Le pavillon d'hiver

DÉJÀ PARUS DU MÊME AUTEUR

DANS LA SÉRIE LAC DES SAULES

Un été au Lac des Saules
Le pavillon d'hiver
Retour au Lac des Saules
Neige sur le Lac des Saules
Le refuge du Lac des Saules
Un jour de neige
L'été des secrets

DANS LA SÉRIE LA ROSE DES TUDOR

L'héritière des Romanov
Les amants rebelles
Sous l'emprise du destin

Autres publications

La maison du Pacifique
La rebelle de Longwood
Les amants de l'été
Le rêve de Leah
Les amants du Pacifique
Un printemps en Virginie
La promesse d'un été
Promesses d'été

SUSAN WIGGS

Le pavillon d'hiver

BestSellers

Collection : BEST-SELLERS

Titre original : THE WINTER LODGE

Traduction française de SABINE BOULONGNE

HARLEQUIN®
est une marque déposée par le Groupe Harlequin

BEST-SELLERS®
est une marque déposée par Harlequin S.A.

Ce roman a déjà été publié en janvier 2008

Photos de couverture
Lac : © ED GIFFORD/RADIUS IMAGES/JUPITER IMAGES
Paysage sous la neige : © FRANS LEMMENS/GETTY IMAGES

83/85, boulevard Vincent-Auriol, 75646 PARIS CEDEX 13.
Service Lectrices — Tél. : 01 45 82 47 47
www.harlequin.fr
ISBN 978-2-2802-4876-1 — ISSN 1248-511X

DE LA NOURRITURE POUR L'AME

Par Jenny Majesky

Kolaches pour débutants

C'est drôle qu'un si grand nombre de boulangers soient intimidés par la levure. Dès qu'ils voient qu'elle figure dans la liste des ingrédients, ils s'empressent de tourner la page. La recette qui suit n'a aucune raison de vous effrayer.

Cette pâte est toute simple à préparer. Elle est souple, résistante, et vous donnera l'impression d'être pro. Comme le disait Helen Majesky, ma grand-mère : « Dans la pâtisserie, comme dans la vie, on en sait toujours plus qu'on ne le pense. »

KOLACHES SIMPLES

- 1 c. s. de sucre
- 2 paquets de levure chimique
  (qui se vend généralement par trois, mais bon !)
- 125 ml d'eau tiède
- ½ litre de lait
- 6 c. s. de beurre doux
- 2 c. c. de sel
- 2 jaunes d'œufs, légèrement battus
- 800 g de farine
- 180 g de beurre fondu.

Versez la levure dans un récipient gradué et saupoudrez d'une cuillerée à soupe de sucre. Ajoutez l'eau tiède. La plupart des livres de cuisine recommandent une température de 30-35°. Les cuisiniers expérimentés savent à quoi s'en tenir en déposant quelques gouttes d'eau à l'intérieur de leur poignet. Les débutants devraient recourir à un thermomètre. Une eau trop chaude aurait pour effet de tuer les ingrédients actifs.

Faites chauffer le lait dans une petite casserole ; ajoutez le beurre et remuez jusqu'à ce qu'il soit fondu. Laissez refroidir un peu avant de transvaser dans un grand plat creux. Ajoutez le sel, puis les jaunes d'œufs battus en fouettant énergiquement pour les empêcher de se figer. Incorporez le mélange à base de levure.

Ensuite, remontez vos manches et ajoutez la farine : une tasse à la fois. Quand la pâte devient trop lourde à remuer, mélangez avec les mains. La pâte doit être luisante et collante. Continuez à ajouter la farine et pétrissez jusqu'à ce que la pâte brille. Déposez la boule de pâte dans un plat creux graissé et tournez-la pour bien l'enrober d'huile. Couvrez avec un torchon humide et entreposez dans un endroit chaud à l'abri des courants d'air. La pâte devrait doubler de volume en l'espace d'une heure. Ma grand-mère avait coutume d'enfoncer deux doigts enfarinés dans le petit monticule ; quand les fossettes ainsi formées se refermaient sur ses doigts, elle déclarait que la pâte était levée. Il faut alors lui assener un coup pour qu'elle se dégonfle. Un petit soupir, parfumé à la levure, témoigne de la capitulation de la pâte.

Prélevez des portions de la taille d'un œuf et façonnez des boulettes. Déposez-les sur du papier lyophilisé graissé en laissant un petit espace entre chacune d'elles. Laissez-les lever de nouveau 15 minutes environ, puis à l'aide du pouce, faites un creux profond dans chaque boulette pour y loger la garniture à base de fruits. La quantité exacte de garniture est la source d'interminables débats parmi les boulangers polonais. Ma grand-mère ne s'en est jamais mêlée. « Fais en sorte que ce soit bon », tel était son leitmotiv. Une cuillerée à soupe de confiture de framboises, de compote de pêches, de figues, de pruneaux ou de pâte à tartiner fera l'affaire.

Faites de la popsika en mélangeant 100 g de beurre fondu à 100 g de sucre, 50 g de farine et une cuillerée à café de cannelle. Saupoudrez les kolaches de popsika. Puis entreposez les plaques dans un endroit chaud — au-dessus du réfrigérateur, par exemple —, et laissez reposer entre 45 minutes et 1 heure jusqu'à ce qu'ils doublent de volume. Pendant ce temps, préchauffez le four à 190°. Faites cuire 20 à 40 minutes jusqu'à ce que les kolaches soient dorés. Accordez une attention particulière à leur base, qui a tendance à brûler si elle est trop près de la source de chaleur.

Sortez les kolaches du four, badigeonnez-les de beurre fondu et laissez-les refroidir après les avoir retirés des plaques. Cette recette donne environ trois douzaines de kolaches.

Ma grand-mère me recommandait toujours de ne pas me préoccuper du temps que prenait cette recette. La cuisine est un acte d'amour. Qui se soucie de savoir combien de temps prend l'amour ?

1

Jenny Majesky s'écarta de son bureau et s'étira en se massant le bas du dos. Quelque chose — le silence profond qui régnait dans la maison, peut-être — l'avait réveillée à 3 heures du matin, et elle n'avait pas pu se rendormir. Penchée sur son ordinateur, en robe de chambre miteuse et chaussons pelucheux, elle avait travaillé sur sa chronique un petit moment. Mais elle n'arrivait pas plus à écrire qu'à dormir.

Elle avait des tas de choses à dire, une foule d'histoires à raconter, mais comment résumer les souvenirs et le savoir-faire culinaire de toute une vie dans une chronique hebdomadaire ?

En réalité, elle avait toujours rêvé d'écrire un livre. Et elle n'avait aucune excuse pour ne pas se jeter à l'eau. Seulement, elle remettait toujours ça au lendemain.

Elle prit machinalement l'alliance de sa grand-mère posée dans une petite soucoupe en porcelaine sur le bureau. Elle ne savait pas trop ce qu'elle allait faire de cet anneau en or tout simple que Helen Majesky avait porté pendant cinquante ans de mariage et dix ans de veuvage. Elle le glissait toujours dans la poche de son tablier lorsqu'elle faisait la cuisine. C'était étonnant qu'elle ne l'ait jamais perdu. En attendant, elle avait fait promettre à Jenny de le lui ôter à son décès.

Tout en faisant tourner l'alliance au bout de son majeur, Jenny revoyait les mains de sa grand-mère, robustes et fermes, pétrissant la pâte, caressant avec douceur la joue de sa petite-fille ou son front pour s'assurer qu'elle n'avait pas de fièvre.

La jeune femme glissa l'anneau à son doigt et ferma le poing. Elle possédait elle-même une bague de fiançailles, qu'elle avait reçue dans un moment d'espoir étourdissant. Mais elle ne l'avait jamais portée : elle l'avait rangée dans un tiroir qu'elle n'ouvrait jamais.

Dans le velours noir de la nuit, c'était difficile de ne pas faire le compte de tout ce qu'elle avait perdu — sa mère partie quand elle était toute petite, son grand-père, et enfin et surtout, Gram, sa grand-mère.

Il n'y avait que quelques semaines qu'on l'avait enterrée. Après la vague initiale de visites et de coups de téléphone compatissants, le calme était revenu, et Jenny se sentait très seule. Bien sûr, elle avait des amis et des collègues auxquels elle était très attachée, comme s'ils faisaient partie de sa famille, mais la présence constante et rassurante de sa grand-mère qui l'avait élevée comme sa propre fille lui manquait terriblement.

Par habitude, elle sauvegarda le texte qu'elle venait d'écrire. Puis elle s'approcha de la fenêtre en s'emmitouflant dans sa robe de chambre et colla le nez contre la vitre glacée pour sonder du regard les profondeurs de la nuit. La neige émoussait tous les angles et les tons du paysage. Maple Street était déserte sous la faible lueur d'un unique réverbère planté au milieu du pâté de maisons. Jenny avait vécu là toute sa vie. Combien de fois s'était-elle postée à cette fenêtre pour attendre… quoi ? Un changement ? Un commencement ?

Elle soupira tristement, et son souffle embua la fenêtre. La neige tombait à présent en gros flocons qui tourbillonnaient en une masse confuse autour du lampadaire. Elle avait toujours adoré la neige. En contemplant le manteau blanc qui enveloppait le paysage, elle se revit enfant grimpant la colline des lugeurs en compagnie de son grand-père. Elle marchait dans ses pas, littéralement, sautant d'une empreinte profonde à une autre tout en tirant sa luge derrière elle.

Ses grands-parents avaient été près d'elle tout au long de son enfance. Maintenant qu'ils n'étaient plus là, il n'y avait plus personne pour évoquer ces souvenirs, pour la regarder tendrement en lui disant : « Tu te rappelles la fois où… »

Elle avait quatre ans quand sa mère l'avait abandonnée, et son père était pour ainsi dire un étranger qu'elle ne connaissait que depuis six mois. A quelque chose malheur est bon, se disait-elle. D'après ce qu'elle savait de ses parents, ils auraient été incapables de l'élever comme Helen et Leo Majesky, ses grands-parents, l'avaient fait.

Un bruit sourd suivi d'un grattement la fit sursauter, l'arrachant à ses pensées. Elle tendit l'oreille en inclinant la tête. C'était sans doute un paquet de neige ou une rangée de stalactites tombés du toit. Elle ne s'était jamais rendu compte à quel point une maison pouvait être silencieuse quand on y vivait seul.

Depuis le décès de sa grand-mère, elle se réveillait souvent au milieu de la nuit, l'esprit rempli de souvenirs qui ne demandaient qu'à être consignés. Tous semblaient émaner de la cuisine de sa grand-mère, à l'instar des parfums délicieux de sa pâtisserie. Jenny écrivait son journal depuis qu'elle était très jeune. Au cours des dernières années, cette habitude avait pris une tout autre ampleur puisque l'*Avalon Troubadour* avait confié à la jeune femme une chronique hebdomadaire qui regroupait recettes de cuisine, traditions culinaires et anecdotes.

Depuis la mort de Helen, il n'y avait plus moyen de vérifier l'origine d'un ingrédient ou un mode de cuisson. Jenny ne pouvait plus compter que sur elle-même, et elle craignait de tout oublier si elle laissait passer trop de temps.

Cette pensée la poussa à agir. Il y avait un moment qu'elle songeait à transcrire les anciennes recettes de sa grand-mère, dont certaines étaient écrites en polonais sur du papier jauni, friable. Elle les conservait dans la réserve, à l'intérieur d'une boîte en fer qu'elle n'avait pas ouverte depuis des années. Sans se préoccuper du fait qu'il était 3 heures du matin, elle descendit au rez-de-chaussée.

Lorsqu'elle pénétra dans la réserve, une odeur douloureusement familière lui chatouilla les narines — mélange des épices de sa grand-mère et d'arômes de farine et de céréales. Elle se dressa sur la pointe des pieds pour attraper la vieille boîte en fer. Au moment de la faire glisser de l'étagère, elle perdit l'équilibre, et la boîte répandit son contenu à ses pieds.

Jenny marmonna un mot qu'elle n'aurait jamais prononcé du temps de Gram, et s'écarta avec soin pour éviter de piétiner ces vieux documents fragiles. Elle allait avoir besoin d'une lampe de poche car la réserve ne disposait d'aucun éclairage. Elle finit par trouver une torche dans un tiroir, mais les piles étaient à plat. Elle songea à allumer une bougie, mais elle craignait qu'il lui arrive une mésaventure avec ces recettes uniques, rédigées à la main.

Adossée au comptoir de la cuisine, Jenny leva les yeux au ciel. « Désolée, grand-mère », murmura-t-elle.

Son regard se posa sur le détecteur de fumée. Ah ! pensa-t-elle. Elle tira une chaise de cuisine en dessous, y grimpa, puis ouvrit le boîtier du détecteur et s'empara des deux piles AA qu'il contenait. Elle les glissa dans la lampe de poche.

Puis elle retourna dans la réserve et ramassa précautionneusement les papiers qui bruissaient comme des feuilles d'automne sèches. Elle les remit en vrac dans la boîte qu'elle emporta dans la cuisine. Il y avait tout un tas de notes et des recettes rédigées dans la langue d'origine de sa grand-mère. Au verso d'une feuille jaunie aux bords effrités, elle découvrit une signature aux déliés délicats répétée une douzaine de fois d'une écriture enfantine à l'encre claire — Helenka Maciejewski. C'était le nom d'épouse de sa grand-mère avant qu'il ait été anglicisé. Elle devait être mariée depuis peu à l'époque où elle s'était exercée ainsi.

Il y avait certaines choses que Jenny ne saurait jamais au sujet de ses grands-parents. Comment avaient-ils vécu le fait que, jeunes mariés et à peine sortis de l'enfance, ils aient été forcés de quitter la seule maison qu'ils aient jamais connue pour commencer une nouvelle vie à l'autre bout de la planète ? Avaient-ils eu peur ou avaient-ils trouvé cela exaltant ? Se querellaient-ils ou étaient-ils soudés ?

Jenny ferma les yeux en sentant approcher une crise de

panique. Elle en avait l'habitude : c'était un nouvel élément dans sa vie, désagréable au possible et tout à fait inattendu. La première crise avait eu lieu à l'hôpital, juste après le décès de Gram, pendant qu'elle s'acquittait machinalement des devoirs qui incombaient à la parente la plus proche. Elle était en train de remplir un formulaire lorsque les doigts de sa main gauche s'étaient brusquement engourdis. Elle avait lâché le stylo pour porter une main à sa gorge. « Je n'arrive plus à respirer, avait-elle murmuré à l'employée. J'ai l'impression que je vais avoir une crise cardiaque. »

Un interne l'avait examinée calmement avant de lui expliquer la situation avec douceur. Relativement courantes, ces crises étaient une réaction physique à un traumatisme émotionnel, les symptômes étant aussi réels et angoissants que dans le cas de n'importe quelle autre maladie.

Depuis lors, Jenny avait appris à connaître intimement ces symptômes. Le malaise s'emparait d'elle irrésistiblement. Elle avait l'impression qu'un bataillon d'araignées montait à l'assaut de sa gorge et que son cœur se dilatait dans sa poitrine.

Elle jeta des coups d'œil affolés autour d'elle en se demandant où elle avait laissé le flacon de médicaments que le médecin lui avait prescrits. Elle détestait ces pilules, presque autant que les crises de panique elles-mêmes. Pourquoi n'arrivait-elle pas à se contrôler, à réprimer tout ça et à se calmer avec une bonne tasse de café et quelques délicieux kolaches à la confiture d'abricots de sa grand-mère ?

A cette heure indue, l'un des rares endroits d'Avalon où elle pouvait trouver une personne éveillée, c'était la boulangerie Sky River, fondée en 1952 par ses grands-parents. Les kolaches fourrés aux fruits ou au fromage blanc étaient la spécialité de Helen, tout comme ses tartes légendaires dans tout le comté. Les restaurants et les petites échoppes de la grand-place s'approvisionnaient chez elle en pâtisseries, pour le plus grand bonheur des distingués touristes qui venaient de New York pour profiter de la fraîcheur des étés à la campagne ou du festival de couleurs automnales. Jenny était l'unique propriétaire de la boulangerie, désormais.

Elle enfila à la hâte un caleçon long en laine polaire, un pantalon de chef à carreaux, un gros pull en laine, des bottes fourrées, un anorak et un bonnet. Il n'était pas question qu'elle prenne le volant, pas avant que le chasse-neige soit passé. En outre, sortir la voiture du garage l'obligerait à dégager l'allée à la pelle, et elle en avait par-dessus la tête de déblayer. D'ailleurs, la boulangerie n'était qu'à cinq cents mètres : elle y serait en quelques minutes. Peut-être même que cette petite marche viendrait à bout de sa crise de panique ?

Elle chercha tout de même son flacon de pilules et le fourra dans sa poche, au cas où. Puis elle sortit dans le silence glacial après avoir pris son sac au passage.

La neige tombée dans la nuit crissait sous ses pieds. Elle prit le chemin qu'elle empruntait depuis son plus jeune âge. Elle avait grandi dans la boulangerie, au milieu des arômes entêtants du pain frais et des épices, des vrombissements des mixeurs et des effeuilleuses, des minuteries, des cliquetis des chariots roulant vers l'aire de chargement.

Une unique lumière brillait au-dessus de l'entrée de service. Avant de pénétrer dans la boutique, elle tapa des pieds pour se débarrasser de la neige. Devant la porte de la salle de préparation, elle ôta ses chaussures et enfila des sabots de boulanger, rangés sur une étagère à proximité.

— C'est moi ! cria-t-elle en parcourant des yeux la vaste pièce, impeccable comme toujours. Des sacs de farine fraîchement moulue, de 25 kilos chacun, étaient empilés avec soin contre un mur, à côté de tonneaux de miel de 500 litres couchés sur le flanc. Des récipients transparents contenant des ingrédients spéciaux remplissaient les étagères du sol au plafond — millet, noix, olives, raisins secs, noix de pécan... Les réfrigérateurs, les fours et les plans de travail en acier inoxydable étincelaient sous les néons ; de riches arômes de levure et de cannelle flottaient dans l'air. La radio beuglait de la musique hip-hop, indiquant que Zach était de service ce soir. Entre les trépidations de la basse, Jenny perçut le vrombissement d'un mixeur.

— Salut, Zach ! lança-t-elle en tendant le cou pour tâcher de le localiser.

Il émergea de la zone de pétrissage en poussant un chariot rempli de pâte à lever. Zach était en terminale ; il travaillait à la boulangerie depuis deux ans. Il ne voyait apparemment pas d'inconvénient à se mettre en route d'aussi bonne heure le matin. Il est vrai qu'il ne partait jamais à l'école sans un sac rempli de viennoiseries encore chaudes. Zach avait un physique de Nordique, avec ses yeux bleu très clair et ses cheveux d'un blond presque blanc. Il était plutôt beau gosse en dépit de son allure dégingandée.

— Y a un problème ? demanda-t-il.

— Je n'arrivais pas à dormir, répondit Jenny d'un air un peu penaud. Laura est là ?

— Elle s'occupe des pains spéciaux, répondit Zach.

Puis il continua de pousser son chariot.

Laura Tuttle avait été engagée trente ans plus tôt. Au bout de cinq ans, elle était devenue maître boulanger. Elle connaissait son affaire encore mieux que Jenny. Elle affirmait qu'elle adorait se lever d'aussi bonne heure, que cet horaire s'accordait parfaitement à son horloge biologique.

— Ça, alors ! Je ne m'attendais pas à te voir à cette heure-ci ! lança-t-elle sans même lever les yeux.

— Je mourais d'envie de manger un kolache.

Jenny se glissa entre les portes battantes bordées de caoutchouc qui donnaient sur le café. Elle se servit une tasse de moka, et prit une pâtisserie datant de la veille dans la vitrine. Après quoi elle retourna dans la grande salle, savourant le goût familier sans se sentir plus calme pour autant. Elle attrapa machinalement un tablier pendu à un crochet.

Elle mettait rarement la main à la pâte. En tant que propriétaire et gérante de la boulangerie, elle s'occupait surtout des tâches administratives et de la supervision. Son bureau, au premier, donnait sur la place. Un moniteur de sécurité lui permettait d'avoir l'œil sur le comptoir du café. Elle passait le plus clair de ses journées le téléphone collé à l'oreille, les yeux rivés sur l'écran de son ordinateur, à jongler entre les besoins des employés, des fournisseurs, des clients, les requêtes des organismes chargés de la réglementation. Mais, de temps à autre, il était bon de remonter ses manches et de faire un peu de pétrissage. Rien de tel que plonger les mains dans la masse tiède d'une pâte soyeuse qui faisait l'effet d'être à moitié vivante lorsqu'elle s'insinuait entre les doigts.

Elle enfila le tablier et rejoignit Laura. Les pains spéciaux étaient confectionnés en quantités plus restreintes et façonnés à la main. Les sélections du jour incluaient le pain polonais traditionnel à base d'œufs, de zeste d'orange et de raisins secs et une succulente miche aux herbes inventée par Laura.

Jenny et elle s'activèrent côte à côte, pesant des portions de pâte d'une livre sur la balance, bien qu'elles fussent capables l'une et l'autre de connaître la taille adéquate rien qu'au toucher.

En face d'elles se dressait l'armoire à gâteaux réfrigérée remplie des spécialités de Helen. Les recettes d'origine de la tarte au citron meringuée, des tartes aux baies rouges à croisillons de pâte, la tourte au fromage crémeux et au babeurre… tous ces secrets remontaient à plusieurs dizaines d'années. Les techniques avaient été transmises d'un maître boulanger à l'autre, si bien que, même après la mort de Helen, sa présence douce et apaisante hantait encore la boulangerie.

Tandis qu'elle tressait la pâte en grosses miches rondes, Jenny se sentait bizarrement détachée d'elle-même. Elle regarda ses mains blanches, couvertes de farine, et revit celles de Gram, soulevant la pâte, la retournant avec une cadence et une patience qui faisaient son admiration.

Cela faisait trois semaines, deux jours et quarante heures que Gram n'était plus de ce monde. Jenny était épouvantée à l'idée qu'elle savait, pour ainsi dire à la seconde près, depuis combien de temps elle était seule.

Laura s'absorbait dans sa tâche, déposant chaque pain huilé sur un plateau, l'un après l'autre. Elle dodelinait de la tête au rythme des accents hip-hop. Elle aimait bien la musique de Zach, mais elle n'écoutait pas vraiment les paroles.

— Elle te manque beaucoup, hein, poupée ? dit Laura.

Laura était le genre de personne qui savait tout d'instinct, comme si elle lisait dans vos pensées.

— Oui, beaucoup, reconnut Jenny. Moi qui pensais m'être préparée. Je ne sais pas pourquoi je suis encore sous le choc. Je ne suis pas très douée pour tout ça. Je suis même nulle. Incapable de faire mon deuil, incapable de vivre seule.

Elle redressa les épaules en s'efforçant de dissiper le mélange de panique et de tristesse qui menaçait de la terrasser. Le plus effrayant, c'est qu'elle n'y arrivait pas. Elle avait perdu le contrôle d'elle-même, inexplicablement, et tout en sentant qu'elle lâchait prise, elle ne pouvait rien faire pour lutter.

Une sirène retentit dehors. Le bruit allait crescendo, et il fut bientôt frénétique, comme un cri. Plusieurs chiens hurlèrent en réponse. Jenny se retourna machinalement pour jeter un coup d'œil par la fenêtre du café plongé dans l'obscurité. Avalon était suffisamment petite pour que le hululement d'une sirène en pleine nuit attire l'attention. Du reste, si sa mémoire était bonne, la dernière fois qu'elle en avait entendu une, c'était le jour où elle avait appelé les urgences.

On ne l'avait pas laissée monter dans l'ambulance avec Gram. Elle avait pris sa voiture et elle avait suivi jusqu'au Benedictine Hospital, à Kingston. Là, elle avait supplié sa grand-mère de revenir sur la déclaration qu'elle avait signée après sa première attaque, interdisant aux médecins de la ranimer, mais Gram n'avait rien voulu entendre. Voyant ses forces s'amenuiser, Jenny n'avait rien pu faire, à part lui dire au revoir.

Une nouvelle vague de panique l'assaillit. Elle s'en tint au rythme de pétrissage que sa grand-mère lui avait enseigné, travaillant la pâte avec des gestes sûrs. Ses compétences n'auraient fait aucun doute aux yeux d'un observateur. Vu de l'extérieur, elle avait tout d'une boulangère chevronnée. La tension qui montait en elle était invisible.

— Je sors une minute prendre l'air, dit-elle à Laura.

— J'ai entendu les sirènes. On risque de voir le Bel amant.

Tel était le surnom que Laura avait donné à Rourke McKnight, le chef de la police. Il avait un mode de vie qui ne passait pas inaperçu dans une bourgade comme Avalon. Jenny, pour sa part, évitait de parler de lui. Ils avaient été très proches, à une époque. Ils se connaissaient même intimement, mais il y avait des années de cela. Depuis lors, ils n'avaient pas échangé un mot. Rourke venait tous les matins à la boulangerie prendre son café, mais comme Jenny travaillait à l'étage, ils ne se voyaient jamais. A vrai dire, ils se donnaient du mal l'un et l'autre pour éviter de se croiser.

A cette fin, Jenny avait mémorisé son emploi du temps. Pendant la semaine, il se pliait aux horaires de bureau comme tout policier, mais le budget que lui accordait la municipalité était restreint : il devait se débrouiller avec une équipe réduite, même en regard des normes dans les petites villes, de sorte qu'il se chargeait souvent lui-même de la troisième relève du week-end, patrouillant dans les rues comme n'importe quel agent de terrain. Il lui arrivait même de prendre le volant du chasse-neige. Jenny faisait mine de ne rien remarquer de tout ça et de se désintéresser totalement de la vie de Rourke McKnight. Il lui rendait la pareille en l'ignorant royalement. Il avait tout de même envoyé des fleurs pour l'enterrement de sa grand-mère. Le message griffonné sur la carte était laconique, bien entendu : « Désolé. » Mais il accompagnait un bouquet de la taille d'une Volkswagen.

En se glissant dehors par la porte de service, Jenny sentit venir un nouvel accès de panique. Elle connaissait parfaitement les symptômes, à présent. Des picotements insupportables sur tout le crâne, une armée de fourmis invisibles remontant le long de sa colonne vertébrale. Son cœur se serra. Elle avait l'impression de suffoquer. Elle était en sueur malgré le froid. Puis elle crut percevoir d'étranges éclairs de lumière…

Elle s'engagea dans l'allée derrière la boulangerie en aspirant l'air à grandes goulées. Elle expira aussitôt, s'étouffant à moitié en sentant la brûlure âcre de la fumée de cigarette dans sa gorge.

— Nom d'un chien, Zach ! s'exclama-t-elle à l'adresse du jeune homme adossé au bâtiment. Ces cigarettes vont te tuer.

— Mais non ! répondit-il en expédiant ses cendres dans la benne. J'arrêterai avant que ça arrive.

— Hum !

Elle s'éclaircit la voix.

— Vous dites tous ça !

Elle ne supportait pas que les gamins fument. Certes, son grand-père avait fumé, roulant lui-même ses cigarettes avec du Velvet Tobacco. Mais, en ce temps-là, on ignorait les risques. De nos jours, il n'y avait tout bonnement pas d'excuse... Jenny s'empara d'une poignée de neige et visa la cigarette, l'éteignant instantanément.

— Hé !

— Tu es un garçon intelligent, Zach. Il paraît même que tu es un excellent élève. Alors, comment se fait-il que tu aies la bêtise de fumer ?

Il haussa les épaules et eut la grâce de prendre un air penaud.

— Des bêtises, j'en fais plein. Demande à mon père ! Il a décidé que je travaillerais l'année prochaine au champ de courses de Saratoga pour gagner de quoi payer mes études universitaires.

En voyant les pourboires ridicules que Matthew Alger, trésorier à la mairie, laissait au café, Jenny avait compris que sa radinerie notoire rejaillissait sur sa vie privée. Son fils en faisait lui aussi les frais, apparemment. Jenny avait grandi sans père, et elle en avait souffert toute sa vie. Matthew Alger lui faisait entrevoir qu'elle avait peut-être surestimé cette relation qui lui avait fait si cruellement défaut.

— J'ai entendu dire qu'en arrêtant de fumer, on pouvait économiser jusqu'à cinq dollars par jour, dit-elle.

Elle se demanda si sa voix paraissait étrange, si Zach se rendait compte qu'elle s'était fait violence pour prononcer ces mots.

— Oui, dit Zach, je suis au courant.

D'une pichenette, il expédia la cigarette mouillée dans la benne.

— Ne t'inquiète pas, ajouta-t-il avant qu'elle ait le temps

de le réprimander, je me laverai les mains avant de me remettre au travail.

Il n'avait pas l'air pressé pour autant. Elle songea qu'il avait peut-être envie de parler.

— Si je comprends bien, ton père veut que tu travailles toute une année avant la fac ? reprit-elle.

— Il veut que je travaille. Point barre. Il n'arrête pas de me répéter qu'il a payé ses études lui-même sans l'aide de sa famille, qu'il s'est fait tout seul.

Il n'y avait pas une once d'admiration dans le ton de sa voix.

Jenny songea à la mère de Zach, qui s'était remariée des années plus tôt et qui était partie vivre à Seattle. Il ne parlait jamais d'elle.

— Et toi, Zach, qu'as-tu envie de faire ? demanda-t-elle.

Il avait l'air perplexe, comme si on ne lui avait pas posé cette question depuis belle lurette.

— Je veux aller à l'université, partir loin d'ici, répondit-il. Vivre autrement.

Jenny comprenait son point de vue. A son âge, elle était convaincue qu'une existence palpitante l'attendait quelque part, loin d'Avalon. Et pourtant, elle n'était jamais partie.

— Alors, c'est ce que tu dois faire, dit-elle avec emphase.

Il haussa les épaules.

— Je vais tenter le coup, en tout cas. Bon, en attendant, il faut que je retourne travailler.

Il rentra. Jenny s'attarda encore un moment dehors, soufflant de faux ronds de fumée dans l'air glacial. Si cette conversation l'avait distraite, elle n'avait rien fait pour dissiper la panique qui bouillonnait en elle. Elle se retrouvait seule avec son malaise qui hurlait au fond d'elle-même comme les sirènes dans le silence de la nuit. Et tout comme les sirènes, la sensation s'intensifiait, resserrant son étau. Le ciel étoilé pesait sur elle, un poids insurmontable faisant pression sur ses épaules.

« J'abandonne », se dit-elle en plongeant la main dans la

poche de son pantalon, en quête du flacon de comprimés en plastique marron. La pilule était à peine plus grande qu'un plomb de carabine. Elle l'avala sans eau. C'était étonnant tout de même qu'une minuscule pilule puisse l'apaiser en quelques minutes…

« Prenez-en uniquement quand vous en aurez besoin, lui avait recommandé le médecin. Il y a un risque d'accoutumance avec ce médicament, et la désintoxication est particulièrement difficile. »

Malgré cette mise en garde, Jenny se sentait déjà plus calme. Tout en continuant à penser à Zach, elle parcourut des yeux le paysage familier qui l'entourait, les vieux édifices en brique du centre-ville abritant bureaux, boutiques et restaurants. Autrefois, si quelqu'un lui avait dit qu'elle resterait à Avalon et qu'elle continuerait de travailler à la boulangerie, elle lui aurait ri au nez. A l'âge de Zach, elle avait, elle aussi, de grands projets. Elle allait quitter cette petite ville de province où elle avait grandi. Elle irait vivre à New York, elle ferait des études, puis se lancerait dans une grande carrière.

Elle détenait un vilain petit secret qu'il ne serait probablement pas juste de partager avec Zach : la vie avait l'art de faire péricliter les plans les plus savamment échafaudés. A dix-huit ans, Jenny avait découvert les terrifiantes lacunes du système de santé publique, surtout dans le cas des travailleurs indépendants. Trois ans plus tard, les subtilités d'une déclaration de faillite personnelle n'avaient plus de secrets pour elle. Elle avait tout juste réussi à conserver la maison de Maple Street. Il n'était pas question qu'elle abandonne Gram alors qu'elle était veuve et invalide après son attaque…

Le comprimé commençait à faire effet, calmant ses nerfs à vif, tel un manteau de neige sur un paysage déchiqueté. Elle prit une profonde inspiration, puis expira lentement, suivant des yeux la buée qu'elle avait créée jusqu'à ce qu'elle se dissipe.

Au nord, dans la direction de Maple Street, le ciel semblait s'être embrasé d'une étrange lueur vacillante. Jenny cligna plusieurs fois les paupières. Une conséquence de sa crise de panique, probablement. Elle aurait dû commencer à avoir l'habitude.

2

Quand le monitor de sa voiture de patrouille émit un signal d'alerte accompagné du message « A toutes les unités, rendez-vous au 472, Maple Street », Rourke McKnight sentit son cœur se figer dans sa poitrine.

C'était la maison de Jenny.

Il était à l'autre bout de la ville, mais dès que l'appel lui parvint, il s'empara du micro manuel pour indiquer sa position et le temps approximatif qu'il lui faudrait pour arriver sur les lieux, puis il fit demi-tour, ses pneus projetant des giclées de neige et de sable, l'arrière de la berline dérapant sur la chaussée. Dans le même temps, il contacta le central. « Je suis en route. Je vous informe dès que je suis code onze. » Son ton était étonnamment ferme, étant donné les émotions qui faisaient rage en lui.

Le bref rapport indiquait que toute la « structure » — Seigneur, la maison de Jenny — était « en proie aux flammes ». Et que l'« occupante » n'avait pas pu être repérée.

En arrivant à Maple Street, il vit qu'effectivement la maison était enveloppée de rubans de flammes aveuglants qui s'échappaient en volutes de chaque fenêtre, léchant déjà les avant-toits.

Il se gara n'importe comment, un phare enfoui dans une congère, et sortit précipitamment de la voiture sans prendre la peine de fermer sa portière. Il évalua la situation d'un coup d'œil. Les pompiers, leurs camions et tout leur matériel baignaient dans une lueur orangée vacillante. Deux tuyaux d'incendie portaient l'assaut contre le brasier ; des hommes se démenaient pour dégager une bouche d'incendie enfouie dans la neige. La scène était étrangement calme, pas chaotique le moins du monde. Pourtant, le rempart du feu était impénétrable et périlleux pour les pompiers, malgré leur tenue ignifugée.

— Où est-elle ? demanda Rourke au pompier chargé de relayer les messages au moyen d'un émetteur porté à l'épaule. Où est-elle, nom de Dieu ?

— Nous n'avons pas trouvé la résidente, répondit l'homme en levant rapidement les yeux sur une ambulance garée dans la rue.

— On suppose qu'elle n'était pas là. Si ce n'est que… sa voiture est dans le garage.

Rourke s'élança vers la maison qui brûlait comme un tas de petit-bois, tout en appelant Jenny à tue-tête. Une fenêtre vola en éclats, et une pluie de verre chaud s'abattit sur lui. Il leva automatiquement la main pour se protéger les yeux.

— Jenny ! hurla-t-il encore.

En un instant, toutes les années de silence s'évaporèrent et les regrets déferlèrent en lui. A quoi cela lui avait-il servi de l'éviter pendant tout ce temps ? « Quel imbécile je suis ! » pensa-t-il.

Il résolut de faire un marché avec un Dieu éventuel susceptible de l'écouter. « Faites qu'elle n'ait rien ! S'il vous plaît, faites qu'elle n'ait rien et je m'arrangerai pour qu'elle soit en sécurité jusqu'à la fin de ses jours sans jamais rien demander en échange. »

Il fallait à tout prix qu'il entre. Mais les marches du perron s'étaient volatilisées. Il fit le tour de la maison à toute allure, glissa dans la neige, se releva péniblement. Quelqu'un l'appelait, mais il continua sans se retourner.

L'arrière de la maison aussi était en feu. La porte avait disparu, abattue à la hache par un pompier. Encore des cris, des hommes en tenue ignifugée courant vers lui, agitant les bras. « Et merde ! » pensa-t-il. C'était de la folie, mais il avait fait des choses encore plus insensées dans sa vie. Il remonta son anorak pour se couvrir le nez et la bouche, puis s'engouffra à l'intérieur.

Il était souvent venu dans cette cuisine, mais elle était méconnaissable. On aurait dit un vortex jaune. Impossible de respirer. D'un seul coup, la fournaise aspira l'air de ses poumons. Il essaya d'appeler Jenny, mais aucun son ne sortit de sa bouche. Le sol en linoléum fondait sous ses pieds en faisant des bulles. La porte donnant sur l'escalier était un grand rectangle de feu, mais il s'élança malgré tout dans cette direction.

A cet instant, une main puissante s'abattit sur son épaule et le retint. Rourke essaya de se dégager, mais, une seconde plus tard, quelque chose — une portion de la rampe du premier, peut-être — s'effondra brutalement sous une pluie de flammes et de plâtre. Le pompier le repoussa dehors.

— Qu'est-ce que vous foutez ? hurla-t-il. Il faut filer d'ici, chef. C'est trop dangereux !

Rourke avait la gorge en feu et il faillit s'étouffer en voulant aspirer une goulée d'air.

— Sans déconner ? Si vous refusez d'envoyer quelqu'un, il faut bien que j'y aille moi-même.

Le pompier — un adjoint qu'il reconnaissait vaguement — lui barra la route.

— Je ne peux pas vous laisser faire ça.

La colère submergea Rourke, inexorablement. Il tendit prestement le bras, écartant le gaillard de son chemin.

— Laissez-moi passer ! aboya-t-il.

Sans proférer un mot, le pompier s'effaça en levant les deux mains, jetant des regards de tous côtés sous son bouclier facial.

— Ecoutez, on est dans le même camp, mon vieux. Vous avez vu comment c'est là-dedans. Vous ne tiendrez pas trente secondes. Nous sommes à peu près sûrs que la propriétaire n'est pas chez elle. Sinon, elle serait sortie.

Rourke desserra les poings. Nom de Dieu ! Il avait failli casser la gueule à ce type. A quoi pensait-il ?

Il ne pensait pas. Tout le problème était là. Ce n'était pas nouveau, du reste. Où Jenny pouvait-elle bien être ? Plusieurs possibilités lui traversèrent l'esprit. Elle était peut-être chez Nina, sa meilleure amie. Mais à cette heure-ci de la nuit ? Ou bien chez Olivia Bellamy ? Non. Même si elles étaient demi-sœurs, elles n'étaient pas très proches. Bon sang, aurait-elle un amant, par hasard ?

Soudain, ça fit tilt dans sa tête. Mais bien sûr !

— Quel con ! marmonna-t-il en fonçant vers sa voiture.

Jenny était toujours dehors devant la boulangerie, attendant l'aube, quand un flash de lumière blanc bleuté éclaira le ciel. Cet éclair soudain lui parut étrangement déplacé au milieu de l'hiver. Puis elle entendit le beuglement saccadé d'une sirène et elle se rendit compte que c'était un gyrophare. Le véhicule semblait tout proche.

« Il s'en passe des choses, cette nuit », se dit-elle en rentrant dans la boulangerie.

Elle traversa la cuisine, où Zach était en train de sortir la pâte levée par plateaux entiers. Elle était sur le point de se remettre au travail quand on frappa énergiquement à la porte d'entrée.

— Je vais voir qui c'est ! lança-t-elle à Laura et à Zach avant de gagner le café qui, à cette heure-ci, était uniquement éclairé par l'enseigne au néon bourdonnante qui représentait une tasse de café d'où s'élevaient des tortillons de vapeur.

Le gyrophare bleu électrique d'une voiture de patrouille barrait par intermittence la pénombre. Jenny s'empressa de déverrouiller la porte.

Dès que la cloche retentit, Rourke McKnight entra à grandes enjambées, son long manteau tourbillonnant dans le vent.

Il avait tout du policier. Son menton carré était rasé de près ; il avait de robustes épaules. Et malgré ses cheveux blonds et ses yeux bleus, on ne pouvait pas vraiment le qualifier de « mignon », à cause de la cicatrice en forme de croissant de lune qui lui barrait la pommette.

— J'ai la nette impression que tu n'es pas venu pour prendre une tasse de café, dit Jenny.

C'étaient les premiers mots qu'elle lui adressait depuis des années.

Il lui décocha un regard sexy qui l'incita à se demander comment ce serait d'être sa petite amie, de faire partie du cortège de bimbos qui défilait dans sa vie avec une régularité consternante. « Allons, se dit-elle. Pourquoi aurais-tu envie de t'intégrer à cette bande-là ? »

Rourke la saisit par les deux bras.

— Jenny, tu es là ! dit-il d'un ton pressant, la voix éraillée.

Voilà qui était intéressant. Rourke McKnight, brisant la glace entre eux, l'attirant contre lui… Qu'avait-elle bien pu faire pour mériter ça ? En tout cas, elle aurait sans doute dû le faire depuis longtemps.

— Je n'arrivais pas à dormir, dit-elle en jetant un coup d'œil à ses mains posées sur lui.

Rourke et elle ne se touchaient jamais. Enfin, pas depuis… Jamais.

Comme s'il avait lu dans ses pensées, il la lâcha brusquement en tournant la tête vers la porte.

— Il y a un problème chez toi. Je vais t'y emmener.

Si le comprimé qu'elle avait pris émoussait ses réactions, elle n'en éprouva pas moins un malaise profond, presque viscéral.

— Qu'entends-tu par « problème » ?

— Ta maison est en feu, répondit simplement Rourke.

La bouche de Jenny forma un « O », mais aucun son n'en sortit. Que dire quand on est confronté à une situation pareille ?

— Vas-y ! dit Laura en lui apportant son anorak et ses bottes à la hâte. Appelle-moi plus tard.

La réalité lui paraissait toujours aussi floue lorsqu'elle s'assit dans la voiture de patrouille que Rourke avait l'habitude de conduire, le week-end.

— Que s’est-il passé ? demanda-t-elle.

— Nous avons reçu un appel de Mme Samuelson.

Irma Samuelson était la voisine de Jenny.

— C’est impossible. Je… Comment ma maison peut-elle être en feu ?

— Boucle ta ceinture ! dit Rourke.

Dès qu’elle eut obéi, il démarra en trombe.

— Es-tu sûr qu’il n’y a pas d’erreur ? demanda-t-elle. C’est peut-être une autre maison.

— Il n’y a pas d’erreur. J’ai vérifié. Seigneur, j’ai pensé… Bon sang, j’ai cru…

Sa voix tremblait. Comment était-ce possible ?

— Seigneur, Rourke ! Tu as pensé que j’étais chez moi ?

— C’est une hypothèse plausible à une heure pareille.

C’était donc pour ça qu’il l’avait saisie à bras-le-corps. Il était soulagé, voilà tout. Tandis qu’il fonçait vers Maple Street, elle prit soudain conscience d’une étrange odeur.

— Ça empeste la fumée, là-dedans.

— Tu peux baisser la vitre si tu ne crains pas le froid.

— Mais d’où vient cette odeur ? Oh, mon Dieu ! Tu es entré dans la maison, n’est-ce pas ?

Elle voyait ça d’ici : Rourke écartant les pompiers de son chemin pour s’engouffrer chez elle.

— Tu es entré pour me chercher.

Il ne répondit pas. C’était inutile. Rourke McKnight passait son temps à sauver des gens. C’était une obsession chez lui.

— As-tu laissé le four allumé ? demanda-t-il. Un appareil ménager, peut-être… ?

— Bien sûr que non !

Ces questions l’inquiétaient. Il était possible qu’elle ait fait preuve de négligence. Depuis qu’elle vivait seule, elle avait peut-être un comportement bizarre. Il lui arrivait de penser qu’elle était condamnée à vivre une existence de paria, sans personne pour éteindre la cafetière si elle la laissait allumer. Elle finirait peut-être comme cette vieille dame aux chats qui inspirait à ses amis toutes sortes d’histoires à dormir debout.

— Tu n’es pas en train de péter un câble, dis-moi ?

La voix de Rourke interrompit le cours de ses pensées.

— Quoi ?

— Ça va aller ?

— Tu viens de m'annoncer que ma maison est en train de brûler. Tu devrais comprendre que ça n'aille pas tout à fait bien.

— Je veux dire…

— Je vois très bien ce que tu veux dire. Ai-je l'air angoissé ?

Il lui jeta un rapide coup d'œil.

— Je te trouve plutôt calme, vu les circonstances. On n'est pas encore sur place, mais… Quand les pompiers disent qu'une structure est entièrement la proie des flammes, tu vois ce que ça peut donner ?

— Non, je…

Sa phrase resta en suspens : ils venaient d'arriver, et elle découvrait sa maison. Son cœur se mit à palpiter.

— Oh, mon Dieu !

La rue était barrée aux deux extrémités et encombrée de véhicules d'urgence, de matériel et de pompiers. Des lumières ambrées sur des trépieds brillaient dans les ombres. Les voisins qui avaient enfilé leur manteau d'hiver à la hâte par-dessus leur pyjama s'agglutinaient sur leur perron ou leur terrasse, le visage levé vers le ciel, hébétés, comme s'ils assistaient aux feux d'artifice du 4 Juillet. Sauf que personne ne souriait.

Des pompiers en tenue encerclaient la maison, luttant contre les flammes qui embrasaient toute la hauteur de la façade.

Rourke coupa le moteur, et ils descendirent. La rangée de fenêtres à l'étage avait été soufflée. Ces fenêtres jalonnaient le couloir du premier qui abritait toute une galerie de photos de famille — un portrait à l'ancienne mode de ses grands-parents en jeunes mariés, quelques clichés de Mariska, sa mère, qui avait éternellement vingt-trois ans et une beauté immuable, figée dans le temps à l'âge où elle était partie. Il y avait aussi une kyrielle de photos d'école d'une Jenny en continuelle métamorphose au fil des années.

Petite fille, Jenny s'amusait à courir dans ce couloir en

faisant un bruit pas possible jusqu'à ce que sa grand-mère la prie de relâcher un peu la vapeur. Elle aimait bien cette expression : relâcher la vapeur. Elle se plantait devant Gram, les mains sur la tête, en émettant un sifflement, telle une bouilloire.

Elle aimait bien s'inventer des histoires à propos des gens qui figuraient sur ces photos. Ses grands-parents qui posaient devant l'objectif avec cette raideur et ce sérieux caractéristiques des émigrés fraîchement débarqués d'Ellis Island devenaient grâce à son imagination des stars de Broadway. Sa mère, dont les grands yeux semblaient receler un mystérieux secret, travaillait comme espionne pour le gouvernement : elle protégeait le monde et vivait dans la clandestinité, à telle enseigne qu'elle ne pouvait même pas révéler à sa famille où elle se trouvait…

Un pompier criait à quelqu'un de reculer pour se mettre à l'abri du danger. Ses collègues fonçaient dans l'allée avec un gros tuyau lourd sur les épaules. Un autre homme perché au sommet de l'échelle se débattait contre le toit en feu.

— Jenny ! Dieu soit loué ! s'exclama Mme Samuelson en se précipitant à sa rencontre.

Elle portait un long manteau en poil de chameau et des boots qu'elle ne s'était même pas donné la peine d'attacher, et elle serrait dans ses bras Nutley, son yorkshire, tout tremblant.

— Quand j'ai vu le feu, j'ai pensé que tu étais dans la maison, ajouta-t-elle. J'ai eu si peur !

— J'étais à la boulangerie, expliqua Jenny.

— Quelqu'un a-t-il pris votre déposition, madame Samuelson ? demanda Rourke.

— Eh bien, oui, mais…

— Je vous prie de nous excuser…

Rourke saisit la main de Jenny, et l'entraîna loin du brasier, derrière une voiture de pompiers. Un homme d'âge mûr aboyait dans un talkie-walkie des ordres qu'un autre pompier répétait à l'aide d'un porte-voix.

— Voici Jenny Majesky, chef ! dit Rourke sans lâcher la main de la jeune femme.

— Je suis désolé pour votre maison, mademoiselle. Nous étions sur les lieux huit minutes après qu'on nous eut avertis, mais le feu faisait rage depuis déjà un bout de temps. Ces vieilles maisons, elles brûlent comme une boîte d'allumettes. On fait de notre mieux.

— Je… euh, vous remercie.

Elle n'avait pas la moindre idée de ce qu'il fallait dire en pareille circonstance.

— Votre voisine nous a dit que vous n'aviez pas d'animal domestique.

— C'est exact.

Juste le saintpaulia de Gram et les herbes aromatiques en pots dans les jardinières. « Rien que mon univers, tout ce que je possède », pensa-t-elle.

Elle grelottait malgré ses vêtements chauds et les flammes qui grondaient. Comment pouvait-elle trembler à ce point, sans parvenir à se contrôler ?

Elle sentit brusquement quelque chose de lourd sur ses épaules. Il lui fallut un moment pour se rendre compte que c'était une couverture de secours. Et les bras de Rourke McKnight. Debout derrière elle, il l'attira dans ses bras.

Elle s'abandonna contre lui comme si elle n'arrivait plus à supporter son propre poids, et ferma les yeux un bref instant pour mettre fin à cette clarté aveuglante et aux picotements de la fumée. Mais cette odeur âcre lui donnait mal au cœur, l'incitant à imaginer tout ce qui, dans la maison, alimentait le brasier. Elle rouvrit les yeux.

— Elle est en ruine, murmura-t-elle en tournant la tête dans la direction de Rourke. Tout est parti.

Un homme muni d'un appareil photo, un journaliste probablement, juché sur la plate-forme de son camion, braquait son téléobjectif sur la scène.

Rourke resserra son étreinte.

— Je suis désolé, Jen. J'aimerais tellement pouvoir te dire que ce n'est pas vrai !

— Qu'est-ce qui va se passer maintenant ?

— On va faire une enquête pour déterminer la cause de l'incendie. Une déclaration de sinistre, un inventaire.

— Je voulais dire *maintenant*. Dans l'heure qui vient. Ils finiront par éteindre l'incendie, mais après ? Est-ce que je retourne à la boulangerie dormir sous mon bureau ?

Il pencha la tête, rapprochant la bouche de son oreille afin d'entendre ce qu'elle disait en dépit des rugissements des flammes. Son corps se lova autour du sien en une attitude protectrice.

— Ne t'inquiète pas pour ça, dit-il. Je m'occupe de tout.

Elle le crut, bien sûr. Comment aurait-il pu en être autrement ? Elle avait connu Rourke McKnight plus de la moitié de sa vie. Malgré leur histoire tourmentée, en dépit de la culpabilité et des peines qu'ils s'étaient infligées mutuellement, nonobstant le fossé qui s'était creusé entre eux, elle avait toujours su qu'elle pouvait compter sur lui.

3

Jenny se réveilla en sursaut et ouvrit brusquement les yeux. Son cœur battait à tout rompre, elle avait l'impression de manquer d'air et elle était dans la plus grande confusion. Elle avait fait un rêve sinistre à propos d'un éditeur fourrant systématiquement tous ses écrits dans le mixer à spirale géant de la boulangerie.

Elle était couchée à plat sur le dos, bras et jambes écartés, survivante d'un naufrage sur un radeau de fortune. Sans comprendre, elle regardait au plafond un lustre qui ne lui était pas familier. Finalement, elle s'assit dans le lit avec précaution.

Elle portait une chemise des Yankees grise à rayures, si ample qu'elle lui glissa de l'épaule, des chaussettes de sport en coton épais, tout aussi flottantes, un boxer à carreaux, comme elle le découvrit en soulevant un pan de la chemise.

Elle trônait au milieu du lit de Rourke McKnight. Son gigantesque lit californien garni de draps d'un luxe outrageant. Elle jeta un coup d'œil à l'étiquette de l'oreiller — du 600 fils ! Cet homme était un sensuel ! Qui l'aurait cru ?

Elle entendit frapper doucement à la porte, et il entra sans attendre d'y être invité. Il avait une tasse de café dans chaque main et le journal du matin plié sous le bras. Il avait mis un Levi's délavé et un T-shirt moulant avec l'inscription « NYPD ». Trois chiens miteux tournaient autour de ses jambes.

— On fait la une, annonça-il en posant les tasses sur la table de chevet.

Puis il déploya l'*Avalon Troubadour*.

Dans un premier temps, Jenny détourna les yeux. Elle était toujours sous le choc, hantée par son rêve, se demandant ce qui l'avait arrachée si brutalement au sommeil.

— Quelle heure est-il ?

— Presque 7 heures. J'ai essayé de ne pas faire de bruit…

— Je suis étonnée d'avoir pu dormir.

— Moi, ça ne m'étonne pas. Sacrée journée hier !

En effet. Elle avait passé la moitié de la journée sur les lieux à regarder les pompiers se débattre contre les flammes jusqu'aux derniers tisons. Sous un ciel d'hiver gris et lourd, elle avait vu sa maison se transformer en une épave faite de bois carbonisé, de tuyaux tordus, d'objets calcinés au point d'être méconnaissables. A la fin, seule la cheminée en pierre se dressait encore, unique monument survivant parmi les décombres. Quelqu'un lui avait expliqué qu'une fois la cause du sinistre déterminée par les enquêteurs, et après la visite de l'expert en assurances, une entreprise de récupération passerait les décombres au peigne fin pour sauver tout ce qui était susceptible de l'être. Après quoi on évacuerait les gravats. On lui avait remis un tas de formulaires à remplir en lui demandant d'estimer ce qu'elle avait perdu en termes financiers. Elle n'avait pas encore touché à ces papiers. Ils ne savaient donc pas que ses plus grandes pertes étaient des trésors pour lesquels aucune compensation financière n'était possible ?

Elle était restée plantée à côté de Rourke, trop accablée pour parler ou envisager quoi que ce soit. Elle avait apposé une signature tremblotante sur quelques documents. Vers la fin de l'après-midi, quand Rourke avait annoncé son intention de la ramener chez lui, elle n'avait pas eu la force de protester. Il lui avait préparé un potage instantané accompagné de crackers, après quoi il lui avait dit d'aller dormir. Ce qu'elle avait fait avec une facilité déconcertante, sombrant instantanément dans un sommeil de plomb.

Rourke s'assit au bord du lit, son profil éclairé par la pâle lumière qui s'infiltrait à travers les rideaux blancs transparents.

Il ne s'était pas encore rasé ; un duvet blond adoucissait le contour de sa mâchoire. Son T-shirt fin, décoloré par des années de lavage, moulait les muscles de sa poitrine.

Les chiens se couchèrent au pied du lit. Cette situation avait quelque chose de totalement surréaliste aux yeux de Jenny. Elle était dans le lit de Rourke. Dans sa chambre. Il lui avait apporté un café. Il lui lisait le journal. Quelque chose clochait dans tout ça. Mais quoi ?

Ah, oui ! Ils n'avaient pas passé la nuit ensemble.

Cette pensée lui semblait bien mesquine après tout ce qui s'était passé. Gram était morte ; la maison avait brûlé. Coucher avec Rourke McKnight ne pouvait pas être une priorité en de telles circonstances. Pourtant, elle trouvait injuste que la seule chose qu'elle ait faite dans ce lit soit un cauchemar !

— Montre-moi, dit-elle en tendant la main vers le journal et en se rapprochant de lui.

C'est ce que faisaient les amants : ils s'asseyaient côte à côte sur un lit pour lire le journal en buvant leur café à petites gorgées.

Puis elle vit la grande photo en première page.

— Oh, mon Dieu ! On a l'air…

D'un couple. C'était flagrant. Le photographe les avait pris alors que Rourke l'étreignait tendrement et se penchait pour lui chuchoter quelque chose à l'oreille. Le feu constituait une dramatique toile de fond. Ce que ce cliché ne montrait pas, c'est qu'elle tremblait au point de claquer des dents et qu'il était en train de lui expliquer à voix basse qu'elle était sans logis. En aucun cas, il ne lui susurrait des mots doux.

Elle s'abstint de tout commentaire, et tenta de se persuader que l'aspect romantique de cette photo était uniquement dans sa tête. Elle but une gorgée de café en parcourant l'article des yeux.

— Une installation électrique défectueuse ? Comment le savent-ils ?

— Ce n'est qu'une hypothèse, dit Rourke. Nous en saurons davantage après l'enquête.

— Comment se fait-il que ce café soit si bon ? C'est le meilleur que j'aie jamais bu !

— Et ça te pose un problème ?

— J'ignorais que tu étais capable d'un tel miracle.

Elle savoura encore une gorgée.

— J'ai beaucoup de talents cachés ! Certaines personnes ont l'art de faire du bon café, ajouta-t-il d'un ton faussement sérieux. On les appelle les chuchoteurs de café.

— Comment as-tu fait pour deviner quelle quantité de lait je mets dans le mien ?

— J'ai peut-être fait une étude approfondie sur toi, de la manière dont tu bois ton café au nombre de serviettes de bain qu'il te faut quand tu prends une douche, en passant par ta station de radio préférée.

Il posa les coudes sur ses genoux.

— Ah ! ah ! Pas mal, McKnight.

— J'étais sûr que ça te plairait, dit-il avant de finir son café.

Elle remonta ses genoux contre sa poitrine, tirant sur la chemise trop grande pour les couvrir.

— C'est étonnant, mais une bonne tasse de café rend les pires situations moins pénibles.

Elle dégusta encore une gorgée, les yeux fermés, s'obligeant à vivre l'instant. Compte tenu de ce qu'elle venait de traverser, c'était le seul moyen pour elle de se sentir un tant soit peu en sécurité. Ici et maintenant. Avec Rourke. A l'abri dans son lit.

— Qu'est-ce qu'il y a de si drôle ? demanda-t-il.

Elle ouvrit les yeux. Elle ne s'était pas rendu compte qu'elle avait ri.

— Je me suis toujours demandé comment ce serait de passer une nuit dans ton lit.

— Alors ? Quelle est ton impression ?

— Eh bien, commença-t-elle en posant sa tasse sur la table de chevet, les draps ne sont pas assortis mais ils sont d'excellente qualité. Et propres. Pas simplement propres : on voit que tu les changes plus d'une fois tous les trente-six du mois. Quatre oreillers, un bon matelas. Tout pour plaire.

— Merci.

— Je ne suis pas sûre que ce soit un compliment.

— Tu aimes bien mon lit, les draps sont propres, le matelas est confortable. Pourquoi est-ce que ça ne serait pas un compliment ?

— Parce que je ne peux pas m'empêcher de me demander ce que tout cela révèle à ton sujet. Ça prouve peut-être que tu es un être merveilleux qui apprécie une bonne nuit de sommeil. Ou bien que tu as tellement l'habitude de ramener des femmes chez toi que tu attaches une importance particulière à ton lit.

— A ton avis, c'est quoi ?

— Je ne sais pas. Il faut que j'y réfléchisse.

Elle se rallongea et ferma les yeux. Il y avait toutes sortes de réponses possibles, mais elle décida de ne pas s'appesantir sur la question. La question du passé.

— J'aimerais pouvoir rester ici pour le restant de mes jours, dit-elle en se forçant à prendre un ton léger.

— Ce n'est pas moi qui t'en empêcherais.

Elle rouvrit les yeux et se dressa sur les coudes.

— Réponds-moi franchement, Rourke. Ai-je offensé le ciel ? Aurais-je perturbé un équilibre cosmique quelconque ? Cela explique-t-il que toutes ces tuiles me tombent dessus ?

— Probablement, répondit-il.

Elle lui expédia un oreiller dans la figure.

— Tu ne m'aides pas beaucoup.

Il lui renvoya l'oreiller.

— Tu veux te doucher en premier, ou tu préfères que j'y aille ?

— Vas-y. Je vais finir mon café en contemplant ma fabuleuse existence. Comment s'appellent-ils ? ajouta-t-elle en jetant un coup d'œil aux chiens couchés à ses pieds.

— Rufus, Stella et Bob. Ils étaient tout jeunes quand je les ai recueillis. Le chat répond au nom de Clarence.

Recueillis. « Oui, évidemment ! » pensa Jenny.

— Ils sont très gentils, ajouta-t-il.

— Moi aussi ! répliqua-t-elle en grattant Rufus derrière l'oreille.

C'était un husky croisé à la fourrure épaisse et aux yeux bleus comme la banquise.

— C'est bon à savoir, dit Rourke. Bon, même si tu n'as pas faim, grignote au moins quelque chose. La journée va être longue.

Il sortit de la chambre et, quelques instants plus tard, elle entendit la radio, suivie du clapotis de l'eau.

Elle jeta un coup d'œil à la pendule. Trop tôt pour appeler Nina. Puis elle se rappela qu'elle était à Albany pour une convention de maires. Elle se leva et s'approcha de la fenêtre, les jambes ankylosées comme si elle venait de prendre part à un marathon, ce qui lui parut bizarre puisqu'elle n'avait strictement rien fait la veille, hormis rester plantée, en état de choc, devant sa maison en feu.

Dehors, le monde n'avait pas changé, et c'est ce qui l'étonna le plus. Sa vie était en train de s'effondrer, et la ville d'Avalon somnolait tranquillement. Le ciel était une chape impénétrable d'un blanc hivernal. Des arbres dénudés bordaient la route ; les montagnes au loin portaient de lourds manteaux de neige. De la fenêtre, elle voyait la petite ville qui reprenait vie, quelques véhicules capuchonnés de blanc s'étant aventurés sur la route après la chute de neige de la nuit. Avalon avait un charme désuet. Des édifices anciens, en brique, bien entretenus, s'agglutinaient autour du parc municipal, au cœur de la ville ; des pelouses et des terrains de sport tapissés de neige bordaient les rives de la Schuyler River qui dévalait en une cascade apaisante un chapelet de rochers brillants, tout givrés, laissant des barbes de stalagmites dans son sillage.

C'était le genre de bourgade où les citadins stressés rêvaient de venir pour décompresser. Certains y achetaient même quelques hectares de terrain vallonné pour y prendre leur retraite. L'été, les routes de campagne qui n'accueillaient jadis que des camionnettes de ferme, voire une occasionnelle charrette tirée par un cheval, étaient envahies de 4x4 importés d'Allemagne, de prétentieux Hummer et de voitures de sport, caprices du retour d'âge.

Heureusement, il restait des sites vierges où la végétation était aussi dense que des centaines d'années plus tôt, des forêts, des lacs, des rivières dissimulées parmi les cimes qui s'étendaient à perte de vue. Du sommet de Watch Hill, qui abritait désormais un relais de téléphone cellulaire, on avait l'impression de contempler la forêt où Natty Bumppo chassait dans *Le Dernier des Mohicans*. Jenny s'étonnait toujours de n'être ici qu'à quelques heures de voiture de New York.

Elle se détourna de la fenêtre et passa la pièce en revue. Pas d'objets personnels, ni photos ni souvenirs, aucun indice d'une vie présente ou passée, encore moins d'une famille, mais ça, il fallait s'y attendre. Si elle connaissait Rourke McKnight depuis l'enfance, un fossé s'était creusé entre eux depuis plusieurs années, et elle n'était jamais entrée dans sa chambre auparavant. Il ne l'y avait pas conviée et, même s'il l'avait fait, elle ne serait pas venue, pas dans des circonstances normales. Rourke était un homme compliqué. Et leur histoire était plus que compliquée. Ils n'avaient rien à faire ensemble. Absolument rien.

Rourke McKnight était une énigme, et pas seulement pour Jenny. Il était difficile de jauger l'homme au-delà de ses traits taillés à la serpe et de son regard bleu perçant. Il avait de multiples facettes, et même si peu de gens étaient à même de les découvrir, il intriguait : cela ne faisait aucun doute. Ceux qui connaissaient la politique locale savaient qu'il était le fils du sénateur Drayton McKnight, qui représentait depuis trente ans les districts les plus riches de l'Etat. Et l'on se demandait pourquoi un homme né dans une famille aussi privilégiée, et promu au plus bel avenir, s'était retrouvé dans une petite bourgade des Catskills à gagner sa croûte comme n'importe qui d'autre.

Jenny savait qu'elle avait joué un rôle dans sa décision de s'installer à Avalon, même s'il n'était pas prêt à l'admettre. Elle avait été fiancée à son meilleur ami, Joey Santini. A une époque, Joey et Rourke s'émerveillaient des charmes de la vie de province et rêvaient d'amitiés qui dureraient toute la vie, de loyautés qui ne seraient jamais mises en cause. Comment avaient-ils pu être aussi naïfs ?

Elle ne parlait jamais avec Rourke de ce qui s'était passé. Ils essayaient tous deux de se convaincre qu'il valait mieux ne pas remuer le passé.

Mais ils n'avaient pas oublié, bien sûr. Le malaise qui régnait entre eux, les efforts qu'ils déployaient pour s'ignorer l'un l'autre en étaient la preuve. Cependant, Jenny était certaine que même si elle vivait centenaire, elle n'oublierait jamais. Il y avait très peu de choses dont elle était sûre, mais elle savait pertinemment qu'elle se souviendrait toujours de cette nuit-là avec Rourke.

Les bruits de douche s'interrompirent. Quelques minutes plus tard, il entra dans la pièce, un drap de bain noué autour de la taille, ses cheveux mouillés lui retombant sur le front. Il était incroyablement beau : un bon mètre quatre-vingts, une carrure d'athlète, des hanches fines. En le voyant, les femmes en oubliaient le numéro de téléphone de leur petit ami. Nina Romano, la meilleure amie de Jenny, disait toujours qu'il était beaucoup trop séduisant pour être flic dans une petite ville. Avec cette mâchoire ciselée, sa fossette au menton, ce regard bleu envoûtant, et cette mémorable cicatrice sur la pommette droite, il avait tout du mannequin posant sur les affiches publicitaires pour un alcool haut de gamme ou le genre de voiture que personne n'avait les moyens de s'acheter. Jenny fut saisie d'un élan de pur désir, si brutal et si flagrant que ça la fit rire.

— Qu'est-ce qu'il y a de si drôle ? demanda-t-il en écartant les bras, paumes tournées vers le ciel.

— Désolée, bredouilla-t-elle sans parvenir à retrouver son sérieux.

Sa situation était tellement abominable qu'elle préférait en rire qu'en pleurer.

— Je tiens à ce que tu saches que ce lit a arraché des sanglots à certaines femmes.

— J'aurais préféré ne pas entendre ça, dit-elle en se tamponnant les yeux.

Puis elle examina attentivement son visage. Elle n'avait jamais rencontré un être aussi plein de contradictions. Il avait l'air d'un dieu grec, mais il ne manifestait pas une once d'orgueil. Il était issu d'une des familles les plus fortunées de l'Etat et il vivait comme un ouvrier. Il feignait de ne se soucier de rien ni de personne, alors qu'il passait sa vie à servir les intérêts de la communauté. Il trouvait des foyers pour les chiens et les chats égarés. Il emmenait les oiseaux blessés chez le vétérinaire. Dès que quelqu'un était meurtri, affaibli, il était là, c'était aussi simple que ça. Il en avait toujours été ainsi. Il avait déjà vécu plusieurs vies, tour à tour fils à papa de l'Upper East Side, étudiant sans le sou, puis fonctionnaire, faisant des choix on ne peut plus insolites pour quelqu'un de son milieu.

Il dissimulait tant de choses sur lui-même. Elle pensait que c'était lié à Joey et à ce qui leur était arrivé à tous les trois.

— … tu me fixes comme ça ? demandait Rourke.

Elle se rendit compte qu'elle était perdue dans ses pensées.

— Désolée, dit-elle en se secouant. Ça fait longtemps que nous n'avons pas parlé. Je pensais à notre histoire.

— Notre histoire ? répéta-t-il en fronçant les sourcils.

— Oui. La série d'événements qui t'ont amené là où tu es maintenant.

Il esquissa un sourire.

— J'aime la loi et l'ordre, et je sais me servir d'une arme, dit-il. Voilà mon histoire et je m'y tiens.

— Même le fait que tu plaisantes pour occulter ta véritable histoire me paraît intéressant.

— Si tu trouves ça intéressant, tu devrais écrire des romans.

Ah, ah ! Il minimisait toujours l'intérêt qu'il pouvait susciter.

— Tu es une excellente source de distractions, en tout cas.

— Qu'est-ce que tu veux dire par là ?

— Toute ma vie vient de partir en fumée, et je pense à toi.

Cette déclaration sembla le rendre nerveux.

— Comment ça ?

— Eh bien, je me demandais juste…

— Non, s'il te plaît ! Evite de te poser des questions sur moi et sur mon histoire.

— Impossible, voyons ! C'est notre histoire.

Et l'incendie, inexplicablement, avait changé la donne entre eux. Ils avaient cessé de s'éviter pour en arriver à cette situation… plutôt difficile à définir. Etait-ce son besoin de protéger les autres qui l'attirait vers elle ou avait-il des motivations plus profondes ? Le feu avait-il été un déclencheur qui les obligeait à affronter des faits qu'ils avaient occultés l'un et l'autre ? Peut-être parviendraient-ils enfin à parler de ce qui s'était passé ?

Pas maintenant, pensa Jenny. Elle avait déjà son compte d'angoisses. Pour le moment, il lui semblait plus facile d'éluder les vrais problèmes en flirtant avec lui en toute insouciance. Elle était devenue très douée pour ça, au fil des années.

— Je ferais mieux d'aller me doucher, dit-elle. Où sont mes vêtements ?

— Je les ai lavés : ils ne sont pas encore secs.

— Tu les as lavés ?

— Oui. Tu voulais que je les envoie au pressing ?

Elle ne répondit rien. Elle savait que ses vêtements empestaient la fumée et qu'elle devrait lui être reconnaissante. En attendant, c'était hallucinant de penser qu'elle ne possédait plus qu'une seule et unique tenue.

Rourke ouvrit le tiroir du bas de son bureau et en sortit un gros paquet de vêtements sous Cellophane qui venaient manifestement d'une blanchisserie.

— Tu trouveras probablement quelque chose qui t'ira là-dedans. Sers-toi.

Curieuse, elle déchira l'emballage en plastique et inspecta le contenu du paquet, sortant chaque article l'un après l'autre pour l'examiner. Il y avait un petit haut à bretelles, un soutien-gorge à balconnet et tout un assortiment de sous-vêtements féminins absolument minuscules. Elle trouva aussi des jeans et des shorts de marque, des petits pulls tricotés aux décolletés plongeants.

Elle se redressa et se tourna vers Rourke.

— Qu'est-ce que c'est que tout ça ? Des trophées de guerre ? Des souvenirs de parties de jambes en l'air ? Des vestiges laissés par des femmes qui t'ont quitté ?

— Peu importe. Je les ai fait nettoyer.

— Tu ne réponds pas à ma question !

— Ecoute, je ne suis pas un moine.

— Ça ne fait aucun doute.

Elle brandit un string en le tenant entre le pouce et l'index, puis déclara :

— Je garde le boxer.

En se dirigeant vers la salle de bains, elle s'arrêta brusquement, le visage à quelques centimètres de la poitrine de Rourke. Il sentait le savon.

— Je ferais bien de me remuer. La journée va être longue, comme tu me l'as signalé.

Sur ce, elle disparut dans la salle de bains. La radio avait été branchée sur sa station préférée. Sur la tablette, elle découvrit trois serviettes propres, soigneusement pliées : le nombre exact qu'elle utilisait.

C'était flatteur, bien sûr, d'imaginer qu'il puisse être attiré par elle. Mais tout ça, c'était du passé. Il ne lui avait pas dit quinze mots depuis des années. Il remarquait tout juste sa présence, jusqu'à tout récemment. Jusqu'à ce qu'elle se retrouve dans un état de vulnérabilité absolue : endeuillée, sans abri, sans endroit où aller ni personne à qui se vouer. Il l'avait ignorée jusqu'à ce qu'elle ait eu besoin d'être secourue. Intéressant.

Elle dut s'allonger sur le lit et rentrer le ventre à fond pour remonter la fermeture Eclair du jean qu'elle avait sélectionné. C'était pourtant sa taille, d'après l'étiquette. Il avait probablement appartenu à une fille du nom de Bambi ou Fanny, le genre de nana qui se plaisait à porter des vêtements qu'on aurait dits peints sur elle.

Le soutien-gorge, en revanche, lui allait étonnamment bien, même si les modèles à balconnet n'étaient pas vraiment son style. Elle enfila un sweat-shirt avec un col en V, assez moulant aussi, avec des poignets cramoisis et le sceau de Harvard pile sur son sein gauche.

Elle se rendit ensuite dans la cuisine, ses chaussettes d'emprunt traînant lamentablement sur le linoléum. En la voyant, Rourke eut une expression qu'elle ne lui avait jamais vue auparavant et qui révélait un désir physique incontrôlable. Il suffisait donc de s'habiller comme un mannequin de Victoria's Secret !

— Sublime ! lança-t-il.

— Ecoute, ces vêtements proviennent de ton placard.

Il se rembrunit.

— Je ne parlais pas de ça, répondit-il en lui tendant un paquet de biscuits au chocolat d'aspect suspect.

Elle secoua la tête.

— Tu es peut-être doué pour faire du café, mais ces trucs-là sont immondes.

Il était le plus jeune chef de police du comté d'Ulster. D'ordinaire, il fallait des années d'expérience et d'habile politique politicienne pour atteindre ce statut, mais à Avalon, il suffisait d'accepter un salaire de misère, ou presque. Il prenait sa fonction très au sérieux, toutefois, ce qui lui avait valu le respect de la communauté.

Jenny prit une orange et s'installa à table.

— Tu travailles le dimanche ?

— Oui. Toujours.

Elle le savait pertinemment, mais pour rien au monde elle ne l'aurait admis.

— Quelle est la prochaine étape, chef ?

— On va chez toi voir l'enquêteur. Avec un peu de chance, il devrait pouvoir déterminer la cause du sinistre.

— De la chance ?

Elle enfonça l'ongle de son pouce dans la peau de l'orange, et entreprit de la peler.

— Je ne sais pas pourquoi, j'ai l'impression de ne pas en avoir beaucoup, ces temps-ci.

En sentant l'anxiété lui serrer brusquement la poitrine, elle se rappela quelque chose.

— Tu as dit que tu avais lavé mes vêtements ?

— Oui. Il me semble que je viens d'entendre la machine s'arrêter.

— Oh, mon Dieu !

Elle se leva d'un bond et se rua dans la minuscule buanderie voisine de la cuisine. Elle ouvrit précipitamment le couvercle de la machine.

— Qu'est-ce qu'il y a ? demanda Rourke en lui emboîtant le pas.

Elle tirailla sur son pantalon de cuisinier à carreaux, plongea la main dans la poche et en sortit le petit flacon de médicaments. Puis, sans un mot, elle le tendit à Rourke.

— C'est fichu, dit-il. Ces comprimés ne te feront plus aucun effet.

— Non, mais tu as maintenant la machine à laver la plus zen d'Avalon !

— J'ignorais que tu prenais des médicaments.

— Tu t'imaginais que j'étais capable de supporter la mort de Gram sans aide ?

— Euh… oui.

— Comment as-tu pu penser ça ?

Il posa le petit flacon sur la table de la cuisine.

— En tout cas, dit-il, tu n'as pas pété les plombs depuis ce matin.

Elle hésita, prit appui des deux mains sur la table, mais elle se rendit compte que cette position moulait ses seins sous le sweat-shirt, alors elle croisa les bras sur sa poitrine.

« Sur une échelle de un à dix, comment évaluez-vous votre anxiété ? » lui avait demandé le médecin, la nuit où Gram était morte. Il lui avait suggéré de se poser la question chaque fois qu'elle éprouvait le besoin de prendre un comprimé afin que cela ne devienne pas une habitude.

— Je dirais cinq, murmura-t-elle, sentant une vibration à peine discernable dans ses veines, une tension subtile dans ses muscles. Ni sueur ni palpitations, pas d'hyperventilation.

— Je sais que ces vêtements ne sont pas à toi, dit Rourke, mais moi, je dirais au moins quatre-vingt-dix.

— Très drôle !

Elle prit une autre orange.

— Le médecin m'a recommandé d'estimer mon niveau d'angoisse sur la base d'une échelle de un à dix afin de déterminer si j'ai vraiment besoin de prendre un comprimé.

Rourke leva un sourcil.

— Alors, si tu dis cinq, ça signifie-t-il qu'il faut foncer à la pharmacie ?

— Non. Pas avant huit. Je me demande d'ailleurs pourquoi je ne panique pas davantage. Après tout ce qui s'est passé, c'est étonnant que je ne fasse pas une dépression nerveuse.

— Tu voudrais en avoir une ?

— Bien sûr que non, mais ce serait normal que je m'effondre, tu ne penses pas ?

— Je pense qu'on ne peut pas parler de normalité dans le cas d'une perte comme celle-ci. Tu ne te sens pas trop mal pour le moment. Tant mieux. On verra bien ce qu'il convient de faire par la suite.

Elle perçut quelque chose au-delà des mots qu'il venait de prononcer. Une certaine sagesse, une compréhension des choses, comme s'il avait de l'expérience dans ce domaine.

L'air lui parut à la fois doux et glacial lorsqu'elle le suivit dehors. Il s'assura que les chiens avaient à manger et à boire et que le chauffage dans le garage voisin était allumé pour qu'ils puissent se mettre au chaud si nécessaire. Il ferma le portail puis, avec galanterie, il ouvrit la portière du Ford Explorer marquée d'un sceau rond figurant une roue à eau en l'honneur du passé d'Avalon, ville de moulins. Les mots Avalon Police figuraient en dessous.

Puis il fit le tour du véhicule et s'installa au volant.

— Ceinture de sécurité ! dit-il en démarrant.

S'il se conduisait en gentleman, se dit-elle, c'était parce qu'il était le chef de la police. Il aurait agi de la même manière avec n'importe qui.

— Es-tu sûre que ça va ? demanda-t-il. Tu recommences à me regarder d'un drôle d'air.

Elle sentit qu'elle piquait un fard et détourna les yeux. Elle était censée être au désespoir après avoir perdu sa grand-mère et sa maison. Pourtant, elle nourrissait des pensées impures à propos d'un flic.

« Seigneur, épargnez-moi ça ! »

— En dehors de la tenue que je porte, répondit-elle, ça ne va pas trop mal.

Il inspira profondément.

— Bon. Concentrons-nous sur la journée d'aujourd'hui. Sur maintenant. Nous allons régler les problèmes les uns après les autres.

— Je t'écoute avec la plus grande attention. Je ne sais pas trop comment m'y prendre, tu comprends ? J'ignore ce qu'on doit faire quand sa maison a brûlé.

— On recommence de zéro, dit-il. Voilà ce qu'il faut faire.

Ses mots l'impressionnèrent. Pour la première fois depuis la mort de Gram, elle commença à voir la situation sous un nouvel angle. Noyée dans son chagrin, elle s'était concentrée sur sa solitude. Le commentaire de Rourke provoqua une révolution dans son esprit. *Seule* signifiait aussi *indépendante*. Or, elle n'avait jamais connu ça. Au décès de son grand-père, on avait eu besoin d'elle à la boulangerie. Après l'attaque de sa grand-mère, c'était à la maison qu'elle avait dû se rendre utile. Il n'avait jamais été question qu'elle suive son propre chemin… jusqu'à maintenant. Mais il y avait une chose terrible qu'elle aurait bien voulu se cacher à elle-même : elle redoutait l'indépendance. Elle risquait de tout rater, et dans ce cas-là, elle ne pourrait s'en prendre qu'à elle-même.

Bien qu'elle ait passé la journée de la veille à regarder sa maison se consumer, une nouvelle onde de choc la frappa quand elle sortit de la voiture. Maintenant que les secours étaient partis, il ne restait plus qu'un squelette noir entouré d'un fossé de boue piétinée, désormais figée en crêtes verglacées.

— Qu'est-il arrivé au garage ? demanda-t-elle.

— L'une des voitures de pompiers est rentrée dedans en reculant. Heureusement qu'on avait sorti ta voiture.

Cette nouvelle perte ne lui fit pour ainsi dire aucun

effet. Ce n'était rien comparé à tout le reste. Elle se borna à secouer la tête.

— Je suis désolé, dit Rourke en lui tapotant un peu maladroitement l'épaule. Les experts en sinistre ne vont pas tarder. Tu peux jeter un coup d'œil en attendant.

Un horrible frisson la parcourut.

— Tu penses qu'il peut s'agir d'un incendie volontaire ?

— Pas spécialement. C'est juste la procédure normale. Si les experts ne trouvent pas d'autre explication, je demanderai une enquête criminelle. Le gars des assurances a dit qu'il arrivait. Il commencera par te donner une carte de paiement pour que tu puisses te procurer l'essentiel.

Elle hocha la tête en dépit du sentiment d'horreur qu'elle éprouvait. Un ruban noir et jaune marquait la lisière de la propriété.

En regardant la maison, elle avait l'impression d'enfoncer le couteau dans la plaie. C'était comme une grotesque mutation de ce qu'elle avait été jadis. On aurait dit un dessin grossier au fusain se détachant sur le ciel pâle du matin. Le perron, jadis comme un sourire blanc sur la façade, avait noirci et gonflé au point de ne plus ressembler à rien. Quelques poutres fragiles penchaient, biscornues, au-dessus du jardin. Il n'y avait plus de porte d'entrée. Les fenêtres qui restaient avaient volé en éclats.

La plomberie constituait une étrange carcasse à la Terminator, tout le reste ayant brûlé. Parmi les ruines calcinées, elle reconnut la cuisine — le cœur de la maison. Ses grands-parents étaient des gens économes, mais ils avaient fait des folies en achetant un réfrigérateur commercial à deux portes et un énorme four double. Cinquante ans plus tôt, Gram avait confectionné ici même, dans cette cuisine, ses premières pâtisseries destinées à être vendues dans le commerce.

Le premier étage s'était presque entièrement effondré, et une partie du rez-de-chaussée se trouvait dans la cave. A travers les ruines, Jenny voyait jusqu'à la barrière du fond du jardin. Une couverture blanche ondulée couvrait le potager. Il avait été la fierté de Gram, sa vie durant. Après son attaque, Jenny s'était donné du mal pour l'entretenir, le préserver tel qu'il était : une luxuriante profusion de fleurs et de légumes.

L'eau sous haute pression jaillissant des tuyaux des pompiers avait creusé le sol en tous sens. Le jet avait fait naître des stalactites sur le portail et la barrière, transformant le jardin en un site sculptural.

Des bottes lourdes avaient tassé la neige sur tout le périmètre, et une forte odeur de charbon de bois mouillé emplissait l'air.

— Je ne sais même pas par où commencer, dit Jenny. Question intéressante. Quand on perd tout ce que l'on possède dans un incendie, qu'est-ce qu'on rachète en premier ?

— Une brosse à dents, répondit simplement Rourke, comme si c'était l'évidence même.

— J'en prends note.

— Il y a une méthode. L'assureur te mettra en contact avec une cellule de soutien psychologique. Ils t'expliqueront comment procéder.

Des voitures passaient dans la rue au ralenti. Jenny sentait les regards consternés posés sur elle. Les gens contemplaient toujours les ennuis des autres en poussant un soupir de soulagement, reconnaissants que ça ne leur soit pas arrivé à eux.

Après avoir enfilé une tenue protectrice, Jenny suivit l'enquêteur et l'expert en assurances sur la planche qui permettait d'accéder au seuil de la maison en l'absence de marches. Elle identifia la disposition des pièces, les vestiges immondes des meubles de famille et de ses autres possessions. Tout avait été transformé en un territoire d'*alien*.

Elle était une *alien*. Elle ne se reconnaissait même pas elle-même, tandis qu'elle répondait d'une voix sans timbre aux questions relatives à ce qu'elle avait fait l'avant-veille. Elle se plia néanmoins à cet interrogatoire jusqu'à ce que sa tête soit sur le point d'exploser. Ils passèrent en revue les scénarios habituels. Non, elle ne s'était pas endormie, une cigarette à la main. Non, elle ne se rappelait pas avoir laissé un appareil ménager allumé ni la machine à café, ni son séchoir, ni le grille-pain. Elle avait éteint les plaques électriques, elle n'avait pas oublié de bougie allumée. D'ailleurs, elle n'arrivait même pas à se rappeler où se trouvait sa réserve d'allumettes de cuisine… Sous l'évier, l'informa l'un des assistants de l'enquêteur. Elle se souvint que Gram apportait des cierges à l'église et qu'elle en allumait parfois des rangées entières au pied de la statue de saint Casimir, le patron de la Pologne et des célibataires.

— Oh, non ! murmura-t-elle tout à coup.

— Qu'y a-t-il, mademoiselle ? demanda l'enquêteur.

— C'est ma faute. Je suis responsable de l'incendie. Ma grand-mère avait une boîte en fer remplie de souvenirs venant de Pologne — des lettres, des recettes, des coupures de journaux. L'autre soir, j'étais… je n'arrivais pas à dormir, alors j'ai voulu faire des recherches pour ma chronique. J'ai sorti la boîte et — oh, mon Dieu…

Elle s'interrompit, envahie par la culpabilité.

— Et alors ?

— Je me suis servie d'une lampe de poche. Les piles étaient mortes, alors j'ai pris celles qui se trouvaient dans le détecteur de fumée et j'ai oublié de les remettre en place. J'ai neutralisé l'alarme !

Rourke ne parut pas s'en inquiéter.

— Tu n'as pas été la première à faire ça.

— Mais ça veut dire que je suis responsable du feu.

— Pour qu'un détecteur de fumée remplisse son office, il faut qu'il y ait quelqu'un pour l'entendre, souligna-t-il. Même s'il avait hurlé toute la nuit, la maison aurait brûlé quand même. Tu n'étais pas là, alors ça n'a pas d'importance.

Elle voulait tellement le croire ! Ne pas être responsable de la destruction de la maison !

— J'ai déjà entendu cette alarme quand elle se déclenche, dit-elle. Elle est suffisamment bruyante pour réveiller les voisins.

— Ce n'est pas ta faute, Jen.

Elle pensa à la boîte en fer remplie de documents irremplaçables rédigés sur du papier extrêmement fin. Disparus à jamais. Elle avait l'impression d'avoir perdu une nouvelle fois sa grand-mère. Pour ne pas s'effondrer complètement, elle se plongea dans l'examen de la cheminée en se rappelant les Noël qu'elle avait passés dans la maison. Elle n'avait pas fait un seul feu depuis le décès de Gram.

Gram avait toujours froid ; elle soutenait que seule une bonne flambée pouvait la réchauffer.

— Je l'emmitouflais comme un kolache, dit Jenny, pensant à voix haute à leurs fous rires quand elle déposait des couvertures au crochet, couche après couche, sur le petit corps fragile de Gram. Mais elle continuait à grelotter et je ne savais plus quoi faire.

Son visage était blotti contre l'épaule de Rourke, à présent, et elle avait mal rien qu'en inspirant.

Elle sentit des tapotements maladroits dans son dos. Rourke ne s'était probablement pas attendu à consoler une femme au bord du désespoir, ce matin. On disait de lui qu'il savait s'y prendre avec le sexe dit faible, mais Jenny soupçonnait que ces rumeurs s'appliquaient plutôt à des beautés sensuelles, uniquement branchées sur le sexe. C'était le seul type de femme qu'il fréquentait, d'après ce qu'elle en savait. Bien sûr, elle n'avait pas dressé la liste de ses conquêtes, mais c'était difficile de l'ignorer. Plus souvent qu'elle n'aurait été prête à l'admettre, elle l'avait surpris alors qu'il ramenait à la gare quelque bimbo aux formes généreuses à l'heure du premier train du matin.

— … partir, lui murmurait-il à l'oreille. On fera ça une autre fois.

— Non.

Elle se ressaisit tout à coup, et s'obligea même à sourire courageusement. Comment pouvait-elle penser à des choses pareilles dans de telles circonstances ?

Elle administra à Rourke une petite tape sur le bras, et elle eut l'impression que ses muscles étaient durs comme la pierre.

— Remarquable épaule pour pleurer, chef.

Il s'associa à son évidente tentative pour alléger l'atmosphère.

— « Protéger et servir. » C'est marqué sur son badge.

Elle se tourna vers l'enquêteur en essuyant ses larmes.

— Désolée, dit-elle. J'ai besoin de décompresser.

— Je comprends, mademoiselle. Perdre sa maison est un grave traumatisme. Nous vous conseillons d'ailleurs de voir au plus vite un membre de la cellule de soutien psychologique.

Il lui tendit une carte de visite.

— Le Dr Barrett, à Kingston, est hautement recommandé. L'essentiel, c'est de ne prendre aucune décision importante pendant quelque temps. Prenez votre temps.

Elle voulut fourrer la carte dans la poche de son jean, et fut presque étonnée d'y parvenir tant le pantalon la serrait.

La visite se poursuivit et elle parvint miraculeusement à conserver son sang-froid. En moins d'un mois, elle avait perdu Gram, et maintenant la maison où elle avait vécu toute sa vie.

La cause du sinistre restait à déterminer, mais l'enquêteur et l'expert des assurances semblaient d'accord sur le fait que le feu avait commencé dans le grenier. Une installation électrique défectueuse était très vraisemblablement responsable. Le Renifleur n'avait rien détecté de suspect, et il n'y avait aucun signe évident de dégradation volontaire.

— Que fait-on ensuite ? demanda Jenny à l'expert, épuisée par cette visite des ruines.

Elle se demandait si c'était ce que l'on éprouvait après une bataille, ce passage au crible des vestiges d'une chose qui avait été entière et vivante, peuplée de plantes vertes, de photos de famille, de souvenirs de moments clés de la vie, de cadeaux d'anniversaire et de Noël, de trésors uniques tels que des vieilles lettres et des recettes écrites à la main.

L'expert désigna son ordinateur, perdu parmi un horrible tas de mobilier carbonisé avec des ressorts jaillissant ici et là, tels des boyaux.

— C'est votre portable ? demanda-t-il.

— Oui.

— Nous pouvons le faire examiner par un technicien. Comme il était fermé, le disque dur a peut-être tenu le coup.

C'était quand même peu probable. Il ne le dit pas, mais elle le lut sur son visage. Toutes ses archives avaient disparu — ses fichiers WordPerfect, ses comptes, ses albums de photos, son carnet d'adresses, ses courriels, les recettes de la boulangerie. Son projet de livre. Elle faisait des copies de sauvegarde, mais elles étaient rangées dans les tiroirs d'un bureau désormais réduit en cendres.

Ses épaules s'affaissèrent à l'idée qu'il lui faudrait tout reconstruire.

— Elle écrit, précisa Rourke à l'adresse de l'enquêteur.

— Vraiment ?

L'homme parut intrigué.

— Qu'écrivez-vous ? demanda-t-il.

Jenny se sentit un peu penaude. Il en était toujours ainsi quand on l'interrogeait sur son travail. Son rêve était si démesuré qu'il lui arrivait de penser qu'elle n'avait pas le droit de l'entretenir. Jenny Majesky, jeune fille sans éducation, originaire d'une petite bourgade, voulait être écrivain. C'était une chose de publier une recette chaque semaine dans le journal local en fantasmant sur un travail plus approfondi et plus prestigieux, et tout autre chose d'avouer ses ambitions à un inconnu.

— J'assure une chronique culinaire dans le journal local, marmonna-t-elle.

— Allons, Jenny ! insista Rourke. Tu as toujours dit que tu écrirais un livre, un jour. Un best-seller.

Elle était stupéfaite qu'il s'en souvienne, et aussi qu'il le dise devant ce type !

— J'y travaille, marmonna-t-elle en rougissant.

Elle foudroya Rourke du regard. De quel droit racontait-il ses rêves à un inconnu ?

Elle en conclut qu'il ne la prenait pas au sérieux. Il pensait sans doute qu'elle n'avait pas l'ombre d'une chance. Elle était boulangère dans une petite ville de montagne. Ce qu'elle serait probablement toujours, penchée sur son livre de comptes ou au comptoir du magasin, vieillissant, de plus en plus aigrie, en arrivant même à appeler ses clients « ma poule » ou « mon petit sucre d'orge ».

— Qu'est-ce qu'il y a ? demanda Rourke quand l'expert eut regagné sa voiture. Pourquoi m'as-tu regardé comme ça ?

— Tu n'avais pas à parler de ma vie privée.

— Pourquoi pas ?

Son expression candide était exaspérante.

— Quelle mouche t'a piquée, à la fin ?

— Best-seller, bougonna-t-elle. J'aurais l'air de quoi si j'allais raconter à tout le monde que j'écris un best-seller ?

Il paraissait sincèrement perplexe.

— Quel mal y aurait-il à ça ?

— C'est totalement présomptueux. J'écris, d'accord, mais ce sont les lecteurs qui décident que tel ou tel bouquin sera un best-seller.

— Tu coupes les cheveux en quatre, là. Tu compliques les choses. Tu m'as dit un jour que tu rêvais de publier un livre qui aurait du succès.

Il ne comprenait décidément pas.

— C'est un rêve, répliqua-t-elle d'un ton farouche. Le rêve, par excellence.

— J'ignorais que c'était un grand secret.

— Ce n'est pas le cas. C'est juste que je ne passe pas mon temps à le colporter. Pour moi… c'est sacré. Je n'ai pas besoin d'en parler à tout le monde.

— Je ne vois pas pourquoi !

— Parce que si ça n'arrive jamais, j'aurai l'air d'une imbécile.

Il rit à gorge déployée.

Elle se souvenait très bien de l'époque où elle pensait quitter Avalon pour toujours, à la fin du lycée. Elle ne cessait de répéter à qui voulait l'entendre : « La prochaine fois que vous me verrez, ce sera sur la couverture d'un livre. » Et elle y avait vraiment cru.

— Je ne vois pas ce qu'il y a de drôle, dit-elle d'un ton agacé.

— Laisse-moi te poser une question. Depuis quand

considère-t-on quelqu'un comme un imbécile parce qu'il se lance à la poursuite de son rêve ?

— Je ne vois pas les choses de cette façon.

Il lui sourit. Il y avait tant de bonté sur son visage qu'elle se sentit fléchir.

— Personne ne voit les choses comme ça, Jenny. Et plus tu parles de ton rêve, plus il te semble réel.

Elle ne put s'empêcher de sourire à son tour.

— On croirait lire une carte de vœux.

Il gloussa.

— En plein dans le mille. C'était écrit sur une carte que j'ai reçue cette année pour mon anniversaire.

Il était déterminé à ne pas la quitter d'une semelle, apparemment.

— Tu ne serais pas attendu quelque part ? lui demanda-t-elle. Tu n'es pas censé faire ton boulot de chef de police dans cette cité du péché ?

Elle désigna Maple Street, immaculée sous le manteau de neige tombé dans la nuit.

— Je dois rester ici, près de toi, répondit-il simplement.

— Pour me ramasser à la petite cuillère si je m'effondre.

— Tu ne vas pas t'effondrer.

— Comment peux-tu en être aussi sûr ?

Il sourit de nouveau.

— Tu as un best-seller à écrire.

Elle pensa à son ordinateur fichu, tout boursouflé.

— Bon, écoute-moi bien, Rourke. Le projet sur lequel je travaillais… il était sur mon disque dur. Tout était là.

Elle désigna le squelette noirci, encore fumant, de la maison, réduite à l'état de ruine. Elle se sentait malade physiquement, à la pensée des écrits de sa grand-mère qu'elle avait si négligemment laissés sur la table de la cuisine. Ces documents uniques en leur genre étaient perdus à jamais, ainsi que les photos et les souvenirs de la vie de ses grands-parents.

— Je ferais mieux d'y renoncer, dit-elle.

— Certainement pas, répliqua Rourke. Si tu cesses

d'écrire à cause d'un incendie, c'est probablement que tu n'y tenais pas tant que ça.

Il se rapprocha d'elle. Il sentait la mousse à raser et l'air frais. Il prit garde de ne pas la toucher, là, en plein jour, au milieu des gens. Pourtant, le regard pénétrant qu'il lui adressa lui fit l'effet d'une caresse intime. Il était sans doute mortifié par la photo parue à la une du journal. Elle n'avait pas vraiment un look de mannequin pour lingerie féminine...

Et puis il la toucha, mais pas pour la prendre dans ses bras. Il la saisit par les épaules et l'obligea à se tourner vers la maison incendiée.

— Ecoute, les histoires que tu dois écrire ne sont pas là. Elles n'ont jamais été là. Elles sont déjà dans ta tête. Il te suffit de les coucher sur le papier, comme tu l'as toujours fait.

Elle hocha la tête, faisant de son mieux pour le croire, mais l'effort eut raison de ses dernières forces. Tout l'épuisait. Elle avait un mal de tête épouvantable, l'impression que son cerveau allait exploser.

— Tu ne te trompais pas quand tu disais que la journée serait longue.

— Tu tiens le coup ? Toujours cinq sur dix ?

Elle était surprise qu'il s'en souvienne.

— Je suis trop dans la confusion pour éprouver de l'angoisse.

— La bonne nouvelle, c'est qu'on va tous faire un break pour déjeuner.

— Dieu merci !

— Où allons-nous ? demanda-t-il alors qu'ils montaient dans la voiture. A la boulangerie ? A la maison pour se reposer un peu ?

A la maison ? pensa-t-elle tristement.

— Je suis sans abri, tu te souviens ?

— C'est faux. Tu vas habiter chez moi, aussi longtemps que nécessaire.

— Oh ! Ce sera du plus bel effet ! Le chef de la police qui s'envoie en l'air avec une pauvre femme sans abri.

Il sourit et démarra.

— J'ai entendu des rumeurs pires que celle-là, en ville.

— Je vais appeler Nina. Je peux m'installer chez elle.

— Elle est partie à une convention de maires, souviens-toi !

— Dans ce cas, je téléphonerai à Laura.

— Son appartement est grand comme un mouchoir de poche.

Il avait raison. Laura se satisfaisait d'un minuscule appartement près de la rivière…

— Dans ce cas, je vais prendre une chambre au *Bed and Breakfast*…

— Tu veux bien arrêter, s'il te plaît ? Tu vas habiter chez moi, un point c'est tout.

Elle se tourna vers lui et le dévisagea, étonnée qu'il gère la situation avec tant d'aisance.

— Qu'est-ce qu'il y a ? s'enquit-il en jetant un coup d'œil à sa chemise amidonnée et à sa cravate bleue. J'ai renversé du café sur mon uniforme ?

Elle boucla sa ceinture.

— Je me disais juste que, d'une manière ou d'une autre, tu es mon sauveur depuis qu'on est tout gamins.

— Ah, vraiment ? Si c'est le cas, je devrais m'en sortir haut la main.

Il tourna le volant d'une main et descendit la colline en direction de la ville. Puis il sortit de la boîte à gants une paire de lunettes de soleil, et ajusta le rétroviseur.

4

Daisy Bellamy attendait sur le trottoir que l'on venait de déblayer devant le lycée d'Avalon. En levant les yeux sur la façade de sa nouvelle école, elle eut la sensation que son cœur voulait bondir hors de sa poitrine. Sa nouvelle école. Un de ces édifices gothiques en brique si communs dans les petites villes vieillottes.

Elle n'arrivait pas à le croire. Elle qui avait passé toute son enfance dans l'Upper East Side, elle se retrouvait à Avalon, au milieu de nulle part, pour son dernier semestre d'école.

« J'ai vraiment foiré, cette fois-ci », pensa-t-elle.

Deux semaines plus tôt, elle était en terminale dans une école privée de New York. Elle avait l'impression que ça faisait des siècles ! Elle avait quitté cet établissement en disgrâce et voilà où elle avait atterri. Son père l'avait forcée à déménager au diable vauvert, et elle devait achever sa terminale dans un lycée public avec les péquenots du coin.

Evidemment, tout le monde disait sur un ton des plus affectueux que le déménagement et le changement d'école procédaient d'un mauvais choix qu'elle avait fait. Mauvais choix. Hilarant !

Elle était là au milieu de la toundra, et elle se sentait totalement détachée de cet environnement. On aurait dit qu'elle était sortie de son corps, qu'elle planait quelque part à l'insu de tous et se regardait de là-haut, silhouette solitaire dans la neige, parmi un kaléidoscope d'illustres inconnus qui jacassaient autour d'elle, sans tenir compte le moins du monde de sa présence.

Non. Ce n'était pas vrai. On ne l'ignorait pas totalement. Deux filles l'avaient repérée et s'étaient aussitôt mises à cancaner. Quelques instants plus tard, une bande de garçons qui s'échangeaient un ballon de foot la toisèrent du regard. Leurs sifflements bas et leurs imitations de singe eurent sur elle autant d'effet qu'un coup de vent.

Qu'est-ce que ça pouvait bien lui faire ?

C'est dans cet état d'esprit qu'elle pénétra dans le bureau principal de l'école. Un souffle de chaleur humide emplissait la pièce qui sentait la laine mouillée et tout ce qu'un établissement scolaire public était censé sentir. Elle enleva son cache-col Burberry et ses gants Portolano. De l'autre côté du comptoir de bois éraflé, les gens étaient au téléphone, les yeux rivés sur des écrans d'ordinateur, ou en train de glisser des messages dans les rangées de boîtes aux lettres.

Une femme aux traits tirés derrière un bureau où était marqué « Assistance scolaire » leva les yeux vers elle.

— Puis-je vous aider ? demanda-t-elle.

Daisy déboutonna sa veste en daim garnie de fausse fourrure.

— Je m'appelle Daisy Bellamy. Je suis nouvelle.

L'employée fouilla dans les plateaux de rangement sur son bureau. Elle sortit une chemise et s'approcha du comptoir d'une démarche pesante de femme enceinte. Daisy essaya de ne pas fixer son ventre énorme.

— Bon. Nous avons reçu tous vos dossiers. Votre père est passé vendredi. Tout est en ordre.

Daisy hocha la tête, le cœur au bord des lèvres, les joues en feu. Son père serait avec elle en ce moment si elle ne l'avait pas supplié de rester à la maison avec Max, son jeune frère.

L'employé lui indiqua son emploi du temps et lui remit un plan des bâtiments en lui précisant où se trouvait sa salle de classe. Elle lui fournit aussi la combinaison de son casier. Il y avait un système de sonneries compliqué : pour les cours, pour le déjeuner, pour le rassemblement… mais Daisy n'écoutait tout cela que d'une oreille. Elle jeta un coup d'œil au numéro de sa classe sur le Post-it rose, sortit du bureau et se dirigea vers les halls dallés de sa nouvelle école.

Le couloir bondé de gamins tapageurs sentait les vêtements d'hiver mouillés. Des bruits de portes qui claquent et des éclats de rire remplissaient l'air. Daisy trouva son casier, composa le numéro et ouvrit en grand la porte métallique. L'ancien occupant manifestait une passion pour le hip-hop, à en juger d'après les graffitis superposés qui couvraient l'intérieur.

Elle rangea sa veste, son cache-nez et ses gants. Ce matin, elle avait été tentée de mettre quelque chose de discret, qui n'attirerait pas l'attention, mais ce n'était pas son style. Le seul intérêt de changer d'école en cours d'année, c'était que, pour la première fois de sa vie, elle fréquenterait un établissement où aucun code vestimentaire n'était imposé. Elle en avait tiré pleinement profit en se présentant aujourd'hui en jean à taille basse et pull court qui laissait apparaître l'une de ses multiples marques de rébellion contre ses parents : un piercing au nombril. Elle ignorait si les péquenots apprécieraient son jean Rock & Republic et son pull Pringle of Scotland, mais au moins elle se sentait bien dedans.

Elle trouva la salle 247, s'avança gaillardement sous les yeux des autres élèves et s'approcha du bureau du professeur.

Ce type était-il vraiment enseignant ? Il paraissait beaucoup trop jeune avec son pantalon beige un peu froissé, sa chemise Oxford bleue plus qu'un peu froissée et une adorable cravate à motif cachemire, de travers.

— Daisy Bellamy, annonça-t-elle en tendant le dossier « nouvel élève » que l'employée lui avait remis.

— Anthony Romano, répondit le professeur en la gratifiant d'un sourire chaleureux. Bienvenue au lycée d'Avalon.

Il avait quelque chose d'un chiot avec ses grands yeux bruns et cette attitude empressée.

— Voulez-vous que je vous présente à la classe ?

Il semblait tellement enthousiaste qu'elle n'eut pas le cœur de le décevoir. Elle hocha la tête — autant en finir une fois pour toutes —, et se tourna vers les élèves.

— Hé, écoutez ! lança M. Romano sur un ton étonnamment autoritaire, en cognant sur le tableau noir pour ponctuer son injonction. Nous avons une nouvelle étudiante aujourd'hui.

Les mots « nouvelle étudiante » eurent l'effet d'un coup de baguette magique. Tous les yeux se tournèrent vers elle. Elle fit comme si elle jouait un rôle dans une pièce. Elle prenait des cours de théâtre depuis l'époque où elle avait incarné un chérubin dans le spectacle de Noël, à l'âge de quatre ans. Au printemps dernier, elle avait même été la vedette d'une comédie musicale. Forte de cette expérience, elle traita tout bonnement la classe comme un public, gratifiant tout le monde d'un sourire théâtral.

— Voici Daisy Bellamy. Ayez la gentillesse de l'accueillir parmi vous et de lui montrer les lieux.

— Bellamy comme les Bellamy du camp Kioga ? demanda quelqu'un.

Daisy était étonnée que son nom soit connu ici. A New York, il fallait être un Rockefeller ou porter le même nom qu'une ligne de vêtements ou une chaîne d'hôtels pour qu'on vous prenne en considération.

— Ce sont mes grands-parents, répondit-elle en hochant la tête.

« Kioga » faisait surgir des images d'une grande propriété familiale perchée dans les montagnes en dehors de la ville, jadis lieu de villégiature réputé pour les New-Yorkais fortunés. Le camp avait fermé ses portes depuis longtemps, mais il appartenait toujours à la famille. Daisy n'y avait séjourné qu'une fois, l'été précédent. Elle avait travaillé pour sa cousine Olivia, qui rénovait l'endroit en vue d'y célébrer les noces d'or de ses grands-parents.

— Asseyez-vous donc ici, entre Sonnet et Zach.

M. Romano lui désignait un bureau entre un garçon aux cheveux blond-blanc et une métisse aux pommettes de supermodèle et aux ongles agressifs.

— Merci, mon Dieu ! marmonna Sonnet. Je ne l'aurai plus sous les yeux, au moins.

— Hé ! lança le professeur en guise d'avertissement.

— Ça va, ça va, bougonna Sonnet en s'adossant à sa chaise, les bras croisés.

Daisy s'attendait à ce qu'elle soit exclue — telle aurait été la procédure dans son ancienne école —, mais le professeur se contenta de lui tourner le dos et se mit à écrire quelques notes de rappel sur le tableau noir.

— Ça te dit ? fit le prénommé Zach.

Daisy se rendit compte qu'il s'adressait à elle et lui tendait une viennoiserie toute dorée sur une serviette en papier. Les arômes frais et sucrés qui en émanaient lui donnèrent légèrement la nausée.

— Non, merci, répondit-elle, déconcertée. J'ai déjà déjeuné.

— Merci ! lança Sonnet en arrachant pour ainsi dire la friandise des mains de Zach.

Zach grogna comme un cochon.

— Tu fais ça très bien, marmonna Sonnet en grignotant. Tu as d'autres tours dans ton sac ?

— J'apprends à faire disparaître les gens.

Daisy avait l'impression d'assister à un tournoi de ping-pong.

— Je travaille à la boulangerie Sky River, expliqua Zach sur un ton badin. Je fais la première relève. Alors, tous les matins, je suis ton homme pour les petits pains chauds.

— On est tous bons à quelque chose, dit Sonnet en jetant un regard de pitié dans sa direction.

— Ouais, riposta Zach. Je confectionne les petits pains et Sonnet est bonne pour les manger, comme le prouve la taille de son arrière-train.

— Bon, déclara brusquement Daisy, comprenant pourquoi le prof l'avait placée entre ces deux-là. On le tue maintenant ou on attend que la cloche sonne ?

Sonnet haussa les épaules.

— Le plus tôt sera le mieux, à mon avis.

Zach s'étira en nouant les mains derrière sa nuque.

— Tu ne peux pas te passer de moi, tu le sais très bien. Tu succomberais à l'état de manque si je ne t'apportais pas une pâtisserie tous les matins. Eh, les gars, vous êtes au courant pour l'incendie ? ajouta-t-il, changeant brusquement de sujet. La maison de Jenny a brûlé.

— N'importe quoi ! lança Sonnet.

— Je t'assure, dit-il, écartant les bras, paumes tournées vers le ciel. Je te le jure. Je n'invente rien. On en parle sûrement dans les journaux.

Daisy avait dressé l'oreille. La boulangerie dont il était question appartenait à Jenny Majesky — c'était sûrement la Jenny dont Zach parlait. Jenny était la fille de son oncle Phil. De sorte qu'elles étaient cousines, même si elles se connaissaient à peine.

— Jenny n'a rien ? demanda Sonnet.

— Non, ça va. Je suis surpris qu'elle ne soit pas chez ta mère.

— Jenny et maman sont des amies intimes, expliqua Sonnet à Daisy. Maman est à une convention de maires. Elle est censée rentrer en fin de matinée.

— Oh ! s'exclama Daisy. Elle travaille à la mairie ?

Sonnet mordit dans son kolache avant de répondre :

— C'est elle, le maire.

— Hé, c'est super !

— Plus pour longtemps, intervint Zach. Mon père se présente contre elle aux prochaines élections.

— Oui, eh bien, je lui souhaite bonne chance ! répliqua Sonnet sur un ton à la fois assuré et désinvolte.

— Il est trésorier municipal et il a fait économiser des sommes colossales à la ville. Les gens adorent ça, affirma Zach.

— C'est vrai, ils adorent quand on restreint les services, en fermant la piscine municipale, par exemple. Qu'est-ce qu'il va supprimer après ? La bibliothèque ?

Elle acheva de manger et s'essuya les mains avec la serviette.

Des annonces crépitèrent dans les haut-parleurs, noyant la suite de la conversation. Il y avait un débat prévu après les cours, puis un entraînement de hockey et une fête du Club des 4 H, ce qui paraissait génial, mais Sonnet lui chuchota à l'oreille que c'était l'occasion pour les 4 H de filer dans les bois et de faire bouillir de la sève d'érable pour en faire du sirop tout en fumant des joints. Puis — et Daisy n'en croyait pas ses yeux — tout le monde se leva, se tourna comme un seul homme vers le drapeau dans le coin de la pièce et déclama le *Serment d'allégeance*. Les mots qu'elle pensait avoir oubliés resurgirent de quelque puits caché au fond de son cerveau.

— Si on jetait un coup d'œil à ton emploi du temps ? suggéra Zach.

Daisy l'étala sur son bureau et ils se mirent à l'étudier tous les trois.

— Waouh ! s'exclama Zach. Maths, physique et anglais avancés ? T'es maso ?

— Ce n'est pas moi qui ai décidé, expliqua Daisy. Dans mon ancienne école, j'étais obligée de prendre cinq matières avancées.

Elle remua sur sa chaise, mal à l'aise.

— C'était une école superdure, ajouta-t-elle.

— Alors comme ça, en plein milieu de la terminale, ils t'ont envoyée dans la brousse ? dit Sonnet. C'est pas cool.

— J'ai supplié mon père de ne pas faire ça, dit Daisy, quoique supplier soit un euphémisme pour piquer une crise. Je lui ai même dit que je pouvais suivre des cours par correspondance, pour peu qu'il veuille bien m'aider, mais il n'a rien voulu entendre.

— Pourquoi ?

— Il affirme qu'il ne se souvient de rien en maths. Et moi, j'ai dit, genre : bon, dans ce cas, on ratera l'examen tous les deux, parce que moi non plus, je n'y comprends rien.

— Ce n'était probablement pas le meilleur moyen de le convaincre, dit Sonnet. Je suis étonnée qu'il y ait des cours à ton niveau, ici.

Daisy s'abstint de préciser qu'elle en savait déjà suffisamment pour obtenir son diplôme. Le problème étant que, si elle arrêtait l'école maintenant, elle devrait se lancer dans la vraie vie. Or, elle ne se sentait pas du tout prête pour ça.

En faisant des comparaisons, ils se rendirent compte

qu'elle avait plusieurs cours en commun avec Sonnet, Zach ou les deux. Sonnet était une sorte de surdouée. En juin, elle aurait achevé ses études secondaires, alors qu'elle n'avait que seize ans. Et Daisy ne tarda pas à comprendre que, même si Zach et Sonnet n'arrêtaient pas de se chamailler, ils s'aimaient beaucoup.

— Tu sais, dit Zach, moi, je meurs d'impatience de foutre le camp d'ici. J'ai envoyé mes formulaires d'inscription dans les universités dès le mois d'octobre. Et toi ?

Daisy regardait fixement son cahier de textes vide, immaculé.

— Moi aussi, dit-elle.

Son ancien conseiller scolaire l'avait pratiquement assignée à résidence jusqu'à ce qu'elle ait rempli tous les formulaires.

— Mais je n'ai pas vraiment envie d'aller à la fac, ajouta-t-elle.

Sonnet et Zach n'avaient pas l'air de trouver ça bizarre. Dans son ancienne école, quand on disait une chose pareille, cela équivalait à avouer que l'on avait une maladie honteuse. Les gens vous dévisageaient, dissimulant difficilement leur dégoût sous des dehors compatissants.

Et les regards les plus compatissants et les plus écœurés étaient venus de ses parents.

Zach et Sonnet, eux, ne semblaient pas s'apitoyer sur son sort. Peut-être qu'ici on ne vous considérait pas comme un loser ou une bête de cirque parce qu'on avait d'autres projets que devenir chercheur ou juge à la Cour suprême.

La journée ne s'était pas trop mal passée jusqu'ici, songea Daisy. C'était une surprise. Evidemment, ils n'avaient pas encore quitté la salle de classe.

La cloche sonna et tout le monde s'anima, ramassant ses feuilles, les fourrant dans les sacs à dos avant de se ruer vers la porte.

Dans le couloir, Zach vira en direction d'une salle où des affiches de voyage françaises placardaient les murs.

— Je m'arrête là, dit-il. On se retrouve pour déjeuner.

Il disparut dans la classe.

— Alors, Daisy, est-ce que tu as un petit ami ? demanda Sonnet.

Un petit ami ?

— Non, répondit-elle d'un ton ferme. Pourquoi tu me poses cette question ?

— Parce que Zach a eu le coup de foudre pour toi à l'instant où tu es entrée dans la classe.

— Je ne le connais même pas.

— Eh bien moi, je ne connais pas Orlando Bloom, mais je sais que je pourrais être son esclave jusqu'à la fin des temps.

— Je n'ai aucune envie d'être l'esclave de qui que ce soit, crois-moi.

« C'est déjà fait », pensa-t-elle.

— Et puis, de toute façon, tu te trompes. C'est de toi qu'il est amoureux.

Sonnet secoua la tête, agitant ses boucles en tire-bouchon.

— Il me déteste.

— Ben, voyons ! Il te déteste tellement qu'il t'apporte une pâtisserie tous les jours.

— Si tu es tellement futée, comment se fait-il que tu ne veuilles pas aller à la fac ?

— Je ne suis sûre de rien.

Elle éprouva une lueur d'affection pour cette fille et se prit à espérer que c'était le signe d'une amitié naissante.

— J'aime bien ton prénom, Sonnet, dit-elle, désireuse de parler d'autre chose que d'elle-même.

— Merci. Maman l'a choisi parce qu'elle ne voulait pas d'un prénom qui fasse trop ethnique. Tous mes cousins du côté de ma mère s'appellent Lucas, Marias, etc. Sonnet, c'est plus… bizarre.

— Bizarre dans le bon sens, affirma Daisy.

— Ma mère m'a raconté qu'elle était en train de lire les sonnets de Shakespeare quand elle a perdu les eaux.

Le regard brun doux comme du velours de Sonnet s'attendrit encore sans que Daisy puisse s'en expliquer la raison.

— Ton nom de famille c'est Romano, comme le prof,

dit-elle après avoir jeté un coup d'œil au nom gribouillé sur le cahier de textes de Sonnet. Une coïncidence ?

— C'est mon oncle Tony, expliqua Sonnet. Le frère de ma mère.

Ils ne se ressemblaient pas du tout, pensa Daisy, mais elle s'abstint de tout commentaire.

— Ça fait comment d'avoir ton oncle comme prof ?

— J'ai l'habitude. Il y a des tonnes de Romano à Avalon, et la moitié d'entre eux sont enseignants. On peut difficilement les éviter.

— Ça veut dire que tu portes le nom de ta mère et non pas celui de ton père, fit Daisy, tout en espérant que le sujet n'était pas trop épineux.

Ça n'était apparemment pas le cas. Sonny répondit sans difficulté.

— Ma mère est célibataire. Elle n'a jamais épousé mon père.

— Oh !

Daisy ne savait pas trop quoi dire. « Je suis désolée » ne lui paraissait pas vraiment adéquat. Elle promena son regard sur le couloir encombré.

— Je me trompe, ou il y a bien trois professeurs du nom de Romano à cet étage ?

Sonnet sourit d'un air narquois.

— Ce n'est que la pointe de l'iceberg. Les Romano sont partout. Certains disent que grâce à ça, ma mère s'est fait élire maire. Elle a huit frères et sœurs… Et toi ? Comment sont tes parents ?

« Divorcés » fut la première réponse qui vint à l'esprit de Daisy.

— Ma mère est de Seattle. Elle a dégoté un job d'été au camp Kioga, et c'est là qu'elle a rencontré mon père. Ils se sont mariés très jeunes. Maman a fait du droit, et Papa, architecture. Ils se soutenaient mutuellement, et tout semblait devoir marcher comme sur des roulettes. Maman a décroché un emploi dans un important cabinet d'avocats international et papa a monté une boîte de paysagiste. Et puis, l'année dernière, la meilleure amie de maman à Seattle s'est découvert un cancer et, du coup, maman a eu comme une révélation. Elle a dit qu'en fait, elle s'était rendu compte qu'elle faisait juste semblant d'être heureuse, un truc dans ce genre, et que pour être vraiment heureuse, il fallait qu'elle divorce.

Daisy soupira. Cette histoire l'épuisait. D'ailleurs, tout l'épuisait, ces temps-ci.

— Ça ne me pose pas vraiment de problème, puisque je suis sur le point de partir de la maison. Mais mon petit frère, Max, qui a onze ans, le prend assez mal.

— Comment ça se fait que vous vous retrouviez avec votre père, ton frère et toi ?

— Ma mère travaille à la Cour internationale de justice à La Haye, aux Pays-Bas.

Sonnet se révéla une amie idéale dans cette nouvelle école. Elles avaient deux cours ensemble. Sonnet la présenta à plusieurs autres élèves. Certains la dévisagèrent d'un air soupçonneux, mais la plupart se montrèrent gentils. Elle se sentait un peu dépassée, cependant. Il y avait tellement de trucs à se mettre dans le crâne. En cours d'histoire, ils étudiaient les anciennes sépultures ; il fut question d'un cairn, un amas de pierres servant de lieu d'inhumation et destiné à empêcher les charognards de s'attaquer aux restes des défunts.

Zach les rejoignit à l'heure du déjeuner. La cafétéria était immense. Ses fenêtres en hauteur étaient embuées par la vapeur émanant des gros radiateurs en fer. Les élèves s'agglutinaient, par groupes, autour des longues tables en Formica.

— Bon, dit Zach, je t'explique. Là-bas, ce sont les sportifs. Pas de souci avec eux tant que ça ne te gêne pas de parler de sport à en vomir. Dans cette école, on joue surtout au hockey et au base-ball. La table du bout, ce sont les théâtreux. Danseurs, acteurs et chanteurs. La table des skaters est facile à reconnaître. Ici, skaters et snowboarders, c'est kif-kif. Tu fais du snow ?

— Je skie, répondit Daisy.

— Ils ne t'accorderont pas un regard, dans ce cas.

Il continua à lui décrire les diverses bandes : les gothiques, les porteurs de cartable, les Eurotrash, les rockers, le gang.

Les relents d'oignon qui flottaient dans la cafétéria donnaient la nausée à Daisy. Elle suivit Sonnet dans la queue, prenant un bol de fruits et une bouteille d'eau minérale au passage.

— Ben, dis donc, commenta Sonnet en regardant son plateau d'un air consterné. Tu n'aurais pas un problème de dérèglement alimentaire, par hasard ?

Daisy éclata de rire.

— Absolument pas, je te rassure. C'est juste que je n'ai pas très faim en ce moment.

Elles s'installèrent à une table parmi un mélange éclectique de gens qui paraissaient intéressants. Pendant que Zach allait se resservir, Sonnet observa attentivement Daisy, le menton dans le creux de sa main.

— Toi, tu me caches quelque chose.

Daisy grignotait sans conviction un morceau d'ananas.

— Je n'arrive pas à mettre le doigt dessus, reprit Sonnet. C'est vrai, pourquoi est-ce qu'une fille qui opte pour les matières les plus dures dans la meilleure école du pays arrêterait-elle d'aller aux cours au milieu de la terminale parce qu'elle a décidé qu'elle ne ferait pas d'études supérieures ?

Daisy ne répondit toujours pas. Il n'y avait rien à dire. Sonnet lui faisait l'effet d'un vautour décrivant des cercles au-dessus de sa tête, descendant en spirale à mesure qu'elle approchait de la vérité.

Daisy se dit qu'elle allait sans doute devoir s'habituer à être passée au crible et interrogée. Elle espérait avoir un peu de temps devant elle pour s'intégrer dans l'école, de manière à ce que les gens apprennent à la connaître et à se faire une bonne opinion d'elle avant que la vérité éclate, avant que tout le monde découvre son secret.

5

Ce n'était pas un lundi comme les autres, songea Jenny tandis que Rourke la conduisait une fois de plus au 472, Maple Street. L'enquêteur serait là, lui aussi. L'opération de récupération devait débuter plus tard dans la semaine. Elle voyait mal ce que l'on pourrait récupérer, mais Rourke lui avait assuré qu'elle serait surprise.

En sortant de la voiture, elle leva les yeux vers lui et retint son souffle. Elle n'avait pas l'habitude d'être avec un homme aussi séduisant. Elle se sentait toute bizarre quand elle le regardait. Ça lui anéantissait les neurones.

Il s'aperçut qu'elle le dévisageait.

— Qu'est-ce qu'il y a ?

— Ce n'est pas une bonne idée que j'habite avec toi. Chez toi, je veux dire.

— Pour le moment, en tout cas, c'est la meilleure solution. Tu restes.

— C'est gênant. Les gens vont jaser.

— Tu t'es toujours trop occupée du qu'en-dira-t-on, Jenny. C'est ton problème.

Observation intéressante venant de lui.

— Tu veux dire que ça t'est égal ?

— Ai-je l'air de m'en préoccuper ?

Elle songea aux femmes avec lesquelles il sortait.

— Pas vraiment, non. Mais moi, ça m'inquiète.

— Ecoute, personne ne va nous juger. Tu as été victime d'une catastrophe, je suis le chef de la police. Nous sommes divinement assortis.

— Très drôle.

Elle se faufila à côté de lui et s'engagea dans l'allée vers les vestiges de sa maison. Du bout de son pied botté, elle remua ce qui avait dû être un classeur de bois. C'était là qu'elle conservait ses notes, jadis. Dès qu'elle avait su écrire, elle avait consigné tous ses secrets, ses rêves d'enfant, toutes ses pensées dans des cahiers à spirale qu'elle rangeait dans ce meuble. Il ne restait rien que des feuilles noircies qui se désagrégeaient au moindre contact ou des pages trempées, illisibles.

« Comment vais-je me rappeler tout ça ? se demanda-t-elle. Comment me souvenir de la fille que j'étais autrefois ? »

Au milieu de toute cette dévastation, parmi les ruines de l'unique maison qu'elle ait jamais connue, elle se dit qu'il était absurde de se tracasser pour la moindre perte. Si elle se laissait aller, elle pleurerait jusqu'au jour du Jugement dernier. Elle plongea la main dans sa poche et sentit la forme cylindrique du flacon de médicaments qu'elle avait acheté ce matin. « Du calme ! » se dit-elle. Puis elle leva les yeux vers Rourke McKnight, et une sensation irrationnelle, des plus étranges, l'envahit. C'était une sensation de sécurité. De confiance. Il s'y mêlait même une petite lueur d'espoir. Et elle n'avait même pas encore pris le comprimé !

Elle ne comprenait pas très bien. C'est juste qu'il était là à la regarder comme s'il était prêt à se jeter devant un train le cas échéant pour la protéger. Et elle le croyait. Elle lui faisait confiance. Elle se sentait en sécurité avec lui. Ce qui faisait d'elle la femme la plus sotte de la ville… ou la plus perspicace.

Un bruit de moteur attira son attention. En se retournant, elle vit Olivia Bellamy descendre d'un 4x4 Lexus gris et traverser la rue en courant dans sa direction. Blonde comme les blés, adorable dans une veste scandinave brodée et des bottes de couturier, elle ressemblait aux femmes que Rourke fréquentait d'ordinaire, à une différence — essentielle — près : Olivia Bellamy avait de la jugeote.

— Jenny ! s'exclama-t-elle en étreignant la jeune femme. Je viens d'apprendre la nouvelle. Dieu merci, tu n'as rien !

Elle considéra bouche bée la maison en ruine où le feu couvait encore.

— Je suis désolée.

— Merci, murmura Jenny, mal à l'aise.

Olivia et elle avaient beau être demi-sœurs, elles ne se connaissaient pas très bien. Elles s'étaient rencontrées pour la première fois l'été précédent, presque par accident, quand Olivia était venue de New York pour rénover le lieu de villégiature de la famille Bellamy, perché dans la montagne sur les rives du lac des Saules.

Découvrir qu'elles étaient toutes les deux les filles de Philip Bellamy avait été… déroutant au départ, et puis d'une douceur amère. Jenny était le fruit d'un amour de jeunesse ; Olivia était née du mariage de son père avec une femme dont il avait divorcé depuis. Jenny et Olivia cherchaient encore à se faire à l'idée qu'elles étaient sœurs. Loin de ressembler aux jumelles rayonnantes de bonheur de *The Parent Trap*, elles allaient devoir se découvrir peu à peu.

— Tu aurais dû m'appeler tout de suite ! dit Olivia.

Elle jeta un rapide coup d'œil dans la direction de Rourke.

— Salut, Rourke.

Puis, se retournant vers Jenny, elle ajouta :

— Pourquoi est-ce que tu ne m'as pas appelée ?

— Je… euh, j'étais à la boulangerie quand c'est arrivé et puis…

Jenny se demandait pourquoi elle éprouvait le besoin de se justifier. Elle ne savait pas trop quelle attitude adopter en présence de sa nouvelle sœur.

— Ç'a été de la folie, comme tu peux te l'imaginer.

— Excusez-moi, dit Rourke en voyant le capitaine des pompiers lui faire signe.

— Je n'arrive même pas à imaginer, dit Olivia en lui prenant le bras. Oh, Jenny, je voudrais tellement t'aider ! Que puis-je faire pour toi ?

Elle semblait presque désespérée et totalement sincère.

— Je veux absolument t'aider, autant que je le peux.

Jenny esquissa un sourire, émue au-delà des mots à la pensée que, même après avoir perdu Gram, elle avait encore une sœur. Sans Olivia, elle serait totalement seule, sans famille. Dans le même temps, elle éprouvait une pointe de mélancolie en songeant à toutes ces années perdues. Les Bellamy, elle les avait côtoyés toute son enfance, sans savoir quel lien les unissait. Olivia et elle étaient si différentes. Olivia avait passé sa vie dans le luxe et les privilèges. Fille unique adorée, pourrie-gâtée, elle avait fréquenté les meilleures écoles, elle était sortie diplômée de Columbia avec mention, et dès l'âge de vingt-quatre ans, elle avait monté sa propre société. Elle était ravissante, réussissait en tout… et elle était amoureuse de l'homme idéal : un entrepreneur local du nom de Connor Davis. Il aurait été facile de l'envier au point de la prendre en grippe.

Seulement, Jenny aimait sincèrement Olivia. Elle était gentille, drôle, et de toute évidence, elle tenait à nouer des liens avec elle. Jenny avait lu quelque part que, pour tester une relation, il suffisait de voir si elle résistait à une terrible épreuve.

Elle était donc sur le point d'en avoir le cœur net.

— Je suis plutôt désorientée pour le moment, avoua-t-elle en prenant une grande inspiration. J'espère que tu me pardonnes.

— Te pardonner ? Seigneur, Jenny, tu dois être catastrophée !

— Eh bien oui, on peut dire ça comme ça…

Un silence un peu gêné s'installa entre elles. Jenny observait le visage d'Olivia, comme cela lui arrivait parfois, à la recherche de quelque chose — la moindre chose — qu'elles auraient en commun. La forme des yeux, de la mâchoire, du menton, des pommettes ? Leur père affirmait qu'elles se ressemblaient comme des sœurs, mais Jenny estimait qu'il prenait ses désirs pour la réalité.

— Ecoute, il y a une chose que tu peux faire pour moi. Je vais avoir besoin de vêtements.

— Tu vas avoir besoin de tout, corrigea Olivia. Bon, on prend ma voiture.

Jenny ressentit alors ce soulagement, cette gratitude à la pensée que quelqu'un avait envie de prendre soin d'elle. Elle s'approcha de Rourke.

— Est-ce qu'on a fini ici ?

— Pour le moment, oui. L'enquêteur a du pain sur la planche.

— Bon. Je vais avec Oliv…, ma sœur, faire quelques emplettes.

Elle éprouvait une curieuse satisfaction en le disant à haute voix. *Ma sœur.*

— Appelle-moi plus tard, dit-il.

Elle n'aurait aucune excuse pour ne pas le faire. Son portable était dans son sac, bien à l'abri, au moment de l'incendie, et Rourke s'était déjà occupé de remplacer le chargeur.

Elle monta dans la voiture d'Olivia, et le siège chauffant en cuir soupira langoureusement. Preuve supplémentaire que les gens fortunés étaient différents. Même leurs voitures étaient spéciales.

— Où habites-tu en ce moment ?

Jenny ne répondit rien, mais son coup d'œil en direction de Rourke était suffisamment explicite.

— Tu vis chez lui ?

— C'est temporaire.

— Ce n'est pas une critique, précisa Olivia. Mais… Rourke McKnight ? Je veux dire, si on fait le lien entre ça et la photo de vous deux en première page du journal, je ne sais pas… Ça commence à sembler…

— Quoi ?

— A ressembler à quelque chose. Comme si tous les deux, vous…

— Rourke et moi ?

Jenny secoua la tête, se demandant dans quelle mesure Olivia était au courant de leur histoire.

— Jamais de la vie.

— Il ne faut jamais dire « jamais ». C'est ce que je

disais à propos de Connor, et regarde où nous en sommes maintenant. On va se marier l'été prochain.

— Je crois bien que tu es la seule à en être surprise.

— Qu'est-ce que tu veux dire ?

— Connor et toi, vous êtes faits l'un pour l'autre. Ça saute aux yeux.

Olivia lui décocha un sourire radieux.

— Tu peux venir habiter chez nous si tu veux.

« Sans vouloir te vexer, pensa Jenny, je préférerais me faire arracher une dent. » Olivia et Connor faisaient construire sur un magnifique terrain en bordure de la rivière une maison faite de pierres, de bois et de rêves romantiques, et Jenny ne doutait pas un instant qu'un avenir plein de bonheur les attendait. Seulement, la maison n'était pas encore finie et pour le moment, ils habitaient sur place dans une vieille caravane Airstream. Ce n'était pas l'idéal pour loger des invités.

— C'est très gentil à toi, mais j'aime autant pas. Merci.

— Je te comprends. Je n'habiterais pas là si j'avais le choix, mais je sais que c'est temporaire. Connor promet que tout sera terminé en avril. Seulement, il est entrepreneur, et ces gens-là sous-estiment toujours les délais.

— Pas quand il s'agit de leur fiancée, quand même ?

Avant qu'Olivia ait le temps de démarrer, Nina Romano arriva dans sa camionnette déglinguée. Elle leur fit signe de baisser la vitre. La meilleure amie de Jenny était aussi simple que loyale. Elle portait des tenues qu'on aurait dit sorties tout droit d'un marché aux puces à Woodstock, ce qui avait incité ses rivaux à la surnommer « la Hippie joyeuse ». En attendant, son dévouement vis-à-vis de la communauté ainsi que ses méthodes simples et efficaces l'avaient rendue suffisamment populaire pour qu'elle soit élue maire.

— J'ai entendu dire que tu t'étais installée chez Rourke, dit-elle sans préambule.

Jetant un coup d'œil dans le 4x4, elle ajouta :

— Salut, Olivia !

Olivia lui sourit.

— J'adore la vie dans les petites villes. Il y a toujours des bruits qui circulent.

— Je ne me suis pas « installée » chez Rourke, répondit Jenny, sentant qu'elle rougissait.

— C'est pourtant ce qu'on m'a dit !

— Ecoute, il est venu me trouver à la boulangerie au beau milieu de la nuit pour m'annoncer que ma maison brûlait. Je l'ai suivi chez lui parce que j'étais totalement désemparée et qu'il était trop tôt pour embêter qui que ce soit d'autre. J'y suis toujours pour la bonne raison que…

Elle s'interrompit avant d'évoquer le don qu'il avait pour faire le café, ses draps douillets et le sentiment de sécurité indéniable qu'elle éprouvait en sa présence.

Nina renifla et se moucha.

— Désolée. J'ai chopé un microbe. Tu aurais pu t'installer chez moi, ajouta-t-elle. J'étais en déplacement, mais ça n'aurait pas posé de problème à Sonnet.

Jenny savait que Nina n'avait pas plus de place qu'Olivia. Elle vivait avec sa fille dans un bungalow minuscule. Les fonctions de maire s'apparentaient à du bénévolat, tant le salaire était bas.

— C'est gentil à toi, répondit-elle, mais comme je te l'ai dit, c'est une solution temporaire jusqu'à ce que je décide de ce que je vais faire.

Nina avait des milliers d'affaires à régler, comme toujours. Son portable sonna ; elle devait se rendre sur-le-champ à un rendez-vous.

— Appelle-moi, articula-t-elle sans bruit avant de passer la première.

Jenny et Olivia se rendirent sur la place principale où la boulangerie jouxtait une bijouterie, une librairie, plusieurs magasins et échoppes pour touristes. Elles se dirigèrent vers Zuzu's Petals, l'une des boutiques de prêt-à-porter les plus prisées de la région.

Jenny fut surprise de prendre autant de plaisir à faire du shopping avec sa sœur. Il y avait quelque chose de libérateur dans le fait de reconstituer sa garde-robe à partir de zéro. Elle insista néanmoins pour limiter ses achats au minimum.

— J'ai le sentiment que je ne dois pas trop m'encombrer pour le moment, dit-elle. Je n'arrive toujours pas à croire que j'ai tout perdu.

Le regard d'Olivia s'embua.

— Oh, Jenny !

Elle sortit son portable de son sac.

— Il faut qu'on prévienne papa tout de suite.

— Mais non !

« Papa » n'était pas le mot qui venait à l'esprit de Jenny quand elle pensait à Philip Bellamy. Ce ne serait peut-être jamais le cas. Jusqu'à l'été dernier, la seule information dont elle disposait à son sujet était une note figurant dans son certificat de naissance : « Père inconnu. » Dès lors qu'ils s'étaient découverts l'un l'autre, ils avaient fait des efforts pour apprendre à se connaître. N'empêche que, dans son esprit, il n'était pas « papa », mais Philip. Un homme tout à fait charmant qui, des années plus tôt, avait eu la mauvaise idée de tomber amoureux de sa mère Mariska.

— Comme tu veux, dit Olivia, mais je pense quand même que tu devrais lui expliquer ce qui s'est passé.

— Je le ferai. Je l'appellerai plus tard.

— Et puis…

Olivia hésita et s'empourpra légèrement.

— Il faut que je te dise… Ma mère et ses parents, les Lightsey, ont l'intention de venir sans tarder pour m'aider à préparer le mariage.

— Bien sûr, dit Jenny. C'est gentil de m'avertir, en tout cas.

— Ça va être pénible pour toi de les voir ?

De voir la femme que leur père avait épousée après s'être fait larguer par Mariska ? Pourquoi cela lui serait-il pénible ?

— Nous sommes tous adultes. Nous saurons faire face à la situation.

— Merci, Jenny. Les parents de maman et Nana sont amis depuis toujours avec Grandpa Bellamy. Je crois qu'ils avaient décidé tous les quatre que mes parents se marieraient bien avant qu'ils se rencontrent ! C'est probablement la raison pour laquelle ils ont divorcé. Parce que cette union n'était pas leur idée au départ.

Jenny ne pouvait que trop facilement s'imaginer épousant quelqu'un parce que c'était la chose à faire, sur un plan pratique. Elle avait elle-même failli tomber dans ce piège, des années plus tôt. Elle chassa cette pensée de son esprit en prenant le soutien-gorge que sa sœur lui tendait. Olivia avait un goût exquis. Jenny finit par choisir sept slips. Si les petits riens sexy en dentelle attirèrent son attention, elle opta néanmoins pour des culottes beiges toutes simples. Il fallait qu'elle s'en tienne à des choses pratiques.

Olivia se dirigea ensuite vers le rayon des pyjamas, brandit une chemise de nuit à col haut ringarde qu'elle remit aussitôt en place. Puis elle tendit à Jenny un déshabillé rose et hocha la tête d'un air approbateur.

— Si tu habites chez Rourke, c'est peut-être le destin qui l'a voulu.

— Pas du tout !

— On ne sait jamais. Regarde-moi. Si on m'avait dit que je me retrouverais un jour dans une caravane avec un ancien détenu, j'aurais pris ça pour une sinistre plaisanterie. Ma mère était à deux doigts d'entamer une thérapie quand elle a appris la nouvelle. Ça lui a fait un choc, tu sais ? En mai dernier, je sortais avec l'un des héritiers de la fortune Whitney, un gars auquel *Vanity Fair* a consacré tout un article. A la fin de l'été, j'étais tombée amoureuse de Connor Davis. Alors, tu vois !

— Je vois quoi ?

— On ne choisit pas les gens qui vous séduisent. C'est plutôt l'amour qui nous choisit.

— Je ne sais pas pourquoi, j'ai l'impression que tu essaies de me dire quelque chose.

— Pas du tout, répondit Olivia en lui jetant le déshabillé. En fait, pas encore.

A la fin de la journée, Jenny avait atteint un niveau de fatigue dont elle ne soupçonnait même pas l'existence. Elle avait considéré comme normal le fait d'avoir un toit, à l'instar de la plupart des gens. Savoir que sa maison — son fauteuil préféré, sa stéréo, son lit, la pile de livres sur la table de nuit — l'attendait à la fin de la journée était une source de réconfort tellement évidente qu'elle n'y pensait même pas, jusqu'au jour où elle en avait été privée. Maintenant qu'une immense lassitude l'avait envahie, elle regrettait amèrement sa maison, son lit.

Dès qu'elle entra chez Rourke avec ses emplettes, la fatigue s'abattit sur elle telle une vague géante.

— On dirait que tu ne tiens plus debout, lui dit-il.

Les chiens se ruèrent à l'intérieur après avoir galopé dans le jardin, secouant la neige qui couvrait leur pelage, agitant la queue en signe de bienvenue. Clarence, le chat borgne, les suivait de près.

— Tu n'as pas tort, répondit Jenny.

Il donna à manger aux bêtes en leur parlant comme à des gens, ce que la jeune femme trouva charmant.

— Poussez-vous, les garçons ! leur ordonna-t-il. Et ne mangez pas si vite !

En dépit de son épuisement, Jenny se prit à sourire en voyant les chiens se mettre docilement en rang, fixant sur leur maître leurs yeux remplis d'amour pendant qu'il préparait leur repas. Pourquoi n'avait-elle jamais adopté un animal domestique ? Cet amour inconditionnel devait être fabuleusement agréable quand on rentrait chez soi.

— Et toi, Jenny ? Que veux-tu pour le dîner ? demanda-t-il.

Grand Dieu !

— Ça m'est égal. Je ne suis pas difficile.

— Tant mieux, parce que je ne suis pas très doué en cuisine.

— Tu veux que je t'aide ?

— Non. Je veux que tu prennes une bonne douche parce qu'après le dîner, tu iras directo au lit.

Elle songea au lit douillet de Rourke et se dit qu'elle irait bien s'y allonger tout de suite, mais à la place, elle prit docilement le chemin de la salle de bains.

La douche, comme le reste de la maison, était d'une propreté méticuleuse mais étrangement banale. Elle résista à la tentation de jeter un coup d'œil dans l'armoire à pharmacie. Il était parfois préférable de ne pas trop en savoir sur les gens. De toute façon, plus elle découvrait des détails concernant la vie de Rourke, plus il devenait une énigme.

Après sa douche, elle enfila un pantalon de yoga tout doux et un pull à capuchon qu'elle venait d'acheter, puis elle se donna un coup de peigne avant de le rejoindre dans la cuisine. Il était juste en train de déposer les plats sur la table.

— C'est la partie « servir » de ta mission « protéger et servir », si je comprends bien, lui dit-elle.

— Je prends ma mission très au sérieux, même s'il s'agit simplement de soupe en conserve et de sandwichs au jambon. Confectionnés avec le meilleur pain de seigle du monde, précisa-t-il.

— Tu as un excellent goût en matière de pain, dit-elle, reconnaissant le pain polonais traditionnel de la boulangerie Sky River. Sais-tu que le ferment de ce pain a plus de soixante-dix ans ?

Il paraissait perplexe. C'était le cas de la plupart des gens quand on leur parlait de ferment.

— C'est une culture vivante. On en utilise un petit peu pour faire la pâte, et on en cultive d'autre afin qu'il y en ait indéfiniment. Ma grand-mère a reçu le sien de sa mère quand elle s'est mariée en Pologne. C'est un cadeau de mariage traditionnel, offert dans un coffret en pin sculpté de la taille d'une boîte à chaussures. Gram a apporté son ferment avec elle en Amérique en 1945, et elle l'a maintenu en vie toute son existence.

Rourke cessa brusquement de mâcher.

— Tu es sérieuse ?

— Crois-tu que j'inventerais une chose pareille ?

— Tu veux dire qu'une partie de mon sandwich vient de la Pologne d'avant la Seconde Guerre mondiale ?

Il fronça les sourcils.

— Attends une minute. Tu ne l'as pas perdu dans le feu au moins ?

— Non. Nous conservons tous les ferments à la boulangerie.

— Tant mieux. C'est déjà ça. Alors, si jamais tu les perds ou s'il n'y en a plus, tu peux en confectionner des nouveaux ?

— Bien sûr ! Mais ce ne sera jamais la même chose. C'est comme le vin de différents millésimes : le processus de vieillissement leur confère davantage de caractère. Et la transmission s'effectue de mère en fille.

Elle grignota un morceau de son sandwich.

— Bien que ma propre mère ait rompu la tradition, je suppose.

— Cette chose est en sécurité à la boulangerie, dit-il, éludant à l'évidence le sujet de sa mère. C'est tout ce qui compte.

— En d'autres termes, tu estimes qu'un ferment de pain de seigle importe davantage que ma mère ?

— Ce n'est pas ce que j'ai dit. Je ne voulais pas évoquer un sujet douloureux.

— Ce n'est pas un sujet douloureux, crois-moi. Pas après tout ce temps. Et j'ai de plus gros soucis en ce moment.

— C'est vrai. Je te demande pardon si j'ai dit quelque chose qui t'a blessée.

Décidément, il était plein de prévenance à son égard.

— Ecoute, dit-elle, ça va aller.

— Oui, j'en suis sûr.

— Pourtant, ce regard que tu viens de me jeter, la manière dont tu me traites laissent supposer le contraire.

— Quel regard ? Que veux-tu dire ?

— Tu me surveilles comme on surveille une bombe sur le point d'exploser. Et tu prends trop de précautions avec moi.

— J'avoue que c'est la première fois de ma vie qu'une femme me reproche de lui accorder trop d'intérêt. Que suis-je censé faire ? M'excuser ?

Elle se demanda s'il fallait évoquer le pacte du silence qu'ils avaient respecté pendant si longtemps. A un moment ou à un autre, ils allaient devoir en discuter. Mais pas maintenant. Elle était trop fatiguée pour se lancer là-dedans.

— Arrête, c'est tout, répondit-elle. Ça fait bizarre.

— Entendu. J'arrête d'être gentil. Aide-moi à faire la vaisselle.

Il se leva de table.

— J'ai une meilleure idée, en fait. Tu t'occupes de la vaisselle et je vais voir ce qu'il y a à la télé.

— C'est pas drôle, McKnight.

En définitive, ils chargèrent le lave-vaisselle ensemble. Ce faisant, elle remarqua une petite photo encadrée sur le rebord de la fenêtre au-dessus de l'évier. C'était l'un des rares objets personnels qui se trouvaient dans la maison, et elle ne fut pas surprise de s'apercevoir que c'était un cliché de Joey Santini, l'ami d'enfance de Rourke — et l'homme qui avait été son fiancé. La photo le montrait en tenue de soldat dans le 75e régiment des rangers qui servait dans la province de Komar, en Afghanistan. Sur un tarmac désert avec en arrière-plan un hélicoptère cargo Chinook, il avait l'air parfaitement heureux parce que c'était dans sa nature d'être heureux de vivre, quoi qu'il arrive. Dans sa tenue couleur sable, accoudé au capot d'une Jeep, il riait face à l'objectif, amoureux du monde, de la vie elle-même, même au milieu d'un champ de bataille brûlé par le soleil.

— J'ai la même, dit-elle. Ou plutôt, *j'avais* la même. Elle était dans la maison.

— Je t'en ferai une copie, si tu veux.

Elle fut sur le point de lui demander s'il pensait à Joey quelquefois, mais elle n'avait pas besoin de poser la question. Elle connaissait la réponse. *Tous les jours.*

— Il y a un dessert, annonça-t-il en tournant le cadran du lave-vaisselle.

Il estimait apparemment que le sujet était clos.

— Il est hors de question que je mange ces biscuits immondes.

— Des cornets de glace.

— Idéal pour l'hiver.

Ignorant ses protestations, il lui prépara un cône avec trois boules énormes. Puis ils s'installèrent sur le canapé et plongèrent simultanément sur la télécommande. Il la gagna de vitesse, et malgré ses plaintes, il refusa de regarder *Project Runway*, préférant une reprise du classique *American Chopper*. En calant la télécommande entre un coussin et sa cuisse, il déclara :

— Tu ne peux plus m'accuser d'être trop gentil, maintenant.

Elle lécha sa glace en assistant à l'assemblage complexe et méticuleux de quelque chose appelé avec déférence un maître cylindre. Ses yeux commencèrent à se fermer.

— On ne pourrait pas faire un compromis ? demanda-t-elle. Si on regardait une série policière ?

— Là où les flics sont tous nobles et sexy, tu veux dire ?

— Et alors ? C'est si éloigné de la réalité ?

— En toute honnêteté, on fait souvent du travail de fourmi. J'ai passé la moitié de la journée à inventorier des voitures de patrouille, ce qui est totalement déprimant puisque le budget ne nous permet pas de renouveler notre équipement avant au moins deux ans. Le trésorier municipal est un imbécile, ou alors il est pingre.

— Matthew Alger.

Il hocha la tête.

— Tu dois vraiment te coltiner toutes ces corvées ?

— Ça fait partie de mon job, répondit-il simplement, sans quitter l'écran des yeux.

— Pourquoi as-tu choisi ce métier ? Tu aurais pu faire tout ce que tu voulais, partir n'importe où, au lieu de rester dans cette petite ville de montagne où il ne se passe jamais rien.

Profitant d'une pause publicitaire, il se tourna vers elle.

— J'attends peut-être qu'il se passe quelque chose, dit-il.

Elle mourait d'envie de lui demander des précisions, mais elle ne voulait pas avoir l'air de trop s'intéresser à lui.

— Et moi qui croyais que le métier de flic n'était qu'une suite ininterrompue d'aventures !

— Désolé de te décevoir, mais ça n'a rien de noble ni de

sexy. En revanche, confectionner des tartes au babeurre et des kolaches à la framboise, ça, c'est sexy.

— Eh bien, à mon tour de te décevoir : ce n'est pas moi qui m'occupe de la pâtisserie.

— Et alors ? Ça ne t'empêche pas d'être sexy.

Elle rougit malgré elle. C'était ridicule, à son âge, de piquer un fard à cause d'un compliment. Surtout venant d'un homme comme Rourke McKnight. Elle feignit l'indifférence, malgré la chaleur qui lui montait aux joues. Bon sang, étaient-ils en train de flirter ? Ça devenait compliqué mais c'était… irrésistible.

Ils se comprenaient à demi-mot. Depuis toujours. Elle avait passé des années à essayer d'oublier, mais le passé revenait la hanter.

— Je garderai cette information à l'esprit : vous n'êtes pas difficile à contenter, agent McKnight.

— Tu es mieux placée que quiconque pour le savoir.

DE LA NOURRITURE POUR L'AME

Par Jenny Majesky

La tradition du coffret en pin

En Pologne, la coutume veut que l'on donne aux jeunes mariées une provision de ferment pour le pain de seigle au levain. Cette tradition doit mettre ces jeunes femmes au désespoir. Ça ne semble pas juste de leur imposer de se lancer dans la fabrication de pain sur-le-champ, en plus de toutes les choses avec lesquelles elles doivent jongler à ce stade de leur existence.

Ma grand-mère m'a raconté que, la veille de ses noces, alors qu'elle n'était qu'une jeune fille apeurée de dix-huit ans, sa mère lui avait donné un coffret en pin sculpté, comme celui qu'elle avait vu toute sa vie posé sur une étagère au-dessus du fourneau. C'est assez plaisant, en fait, de penser à cette chaîne ininterrompue de femmes couvrant des décennies, voire des siècles.

Dans le monde d'aujourd'hui, toutefois, les jeunes mariées se fichent comme d'une guigne de faire du pain. Si l'envie vous en prend, néanmoins, voici une recette avec un ferment qui lève en une seule nuit. Le processus débute assez mystérieusement. Farine, babeurre et oignon sont à l'origine de ce pain consistant.

PAIN DE SEIGLE POLONAIS AU LEVAIN

- 15 g de levure
- 1 c. c. de sucre
- 500 ml d'eau
- 1 tranche d'oignon épaisse
- 500 g de farine de seigle
- 250 ml de lait caillé, à température ambiante

- 1 c. c. de bicarbonate de soude
- 1 c. s. de sel
- 1 kg de farine blanche
- 1 c. s. de graines de carvi (facultatif).

La veille, dans un récipient creux de taille moyenne, faites dissoudre dix grammes de levure et le sucre dans de l'eau. Laissez reposer 10 minutes environ, jusqu'à ce que le mélange devienne crémeux. Incorporez la farine de seigle jusqu'à obtention d'une mixture lisse. Glissez la rondelle d'oignon dans la préparation. Couvrez et laissez reposer toute la nuit.

Le lendemain, faites dissoudre le reste de la levure dans le babeurre. Ajoutez le mélange à base de farine de seigle, le bicarbonate de soude, le sel, 500 g de farine blanche. Bien amalgamer. Ajoutez les autres 500 g de farine blanche, par demi-tasses, en remuant soigneusement après chaque ajout (vous n'aurez peut-être pas besoin d'incorporer toute la farine). Quand la pâte est une masse lisse et compacte, déposez-la sur une surface légèrement farinée et pétrissez-la jusqu'à ce qu'elle soit bien souple : 8 minutes environ. Saupoudrez la pâte de graines de carvi et pétrissez de nouveau jusqu'à ce que les graines soient réparties de façon homogène dans la masse.

Graissez légèrement un grand récipient creux. Déposez-y la pâte et tournez-la en tous sens pour bien l'enrober d'huile. Couvrez avec un torchon humide et laissez lever dans un endroit chaud environ 1 heure, ou jusqu'à ce que la pâte ait doublé de volume.

Préchauffez votre four à 180°.

Déposez la pâte sur une surface légèrement farinée et divisez-la en trois. Façonnez trois miches que vous déposerez sur des plaques légèrement graissées. Couvrez et laissez lever jusqu'à ce qu'elles aient presque doublé — environ une heure.

Faites cuire à 180°, 35 minutes environ, jusqu'à ce que les miches produisent un son creux quand on tapote dessus.

6

Eté 1988

Rourke McKnight s'efforçait de dissimuler sa joie à la perspective de passer l'été au camp. S'il manifestait le moindre enthousiasme, il redoutait que son père lui interdise d'y aller. Pendant le trajet en limousine jusqu'à Grand Central Station, il resta tranquillement assis en regardant d'un œil distrait la circulation à travers les vitres pare-balles teintées. Il pleuvait : une pluie d'été drue qui provoquait des geysers de vapeur sur l'asphalte.

Son meilleur ami, Joey Santini, était sur la banquette avant à côté de son père. M. Santini était le chauffeur de la famille depuis la nuit des temps, d'après ce que Rourke en savait. Le hasard avait voulu que Joey ait le même âge que lui et que le père et le fils — il n'y avait plus de Mme Santini — vivent dans les chambres de service de la résidence des McKnight. C'était une bonne chose car, dans le cas contraire, Rourke n'aurait eu aucun copain pour jouer avec lui, hormis les fox-terriers de Mme Grummond. La séparation de verre ne l'empêchait pas de voir Joey et son père bavarder et rire ensemble, à la différence des occupants silencieux et tendus à l'arrière du luxueux véhicule.

Malgré ses douze ans, Rourke se rendait au camp pour la première fois. Son père était contre, bien sûr, et lorsqu'il disait non, il n'y avait rien à faire. C'était comme ça, et pas autrement.

Tout avait basculé la semaine précédente, à la suite de deux événements : la famille Bellamy avait versé une importante contribution à la campagne du sénateur, et Drayton McKnight s'était vu attribuer une nomination exceptionnelle au sein d'une commission qui devait faire un séjour prolongé en Extrême-Orient, aux frais de la princesse, afin d'y négocier des accords commerciaux qui bénéficieraient à son district.

Soudain, cela paraissait une aubaine d'envoyer Rourke tout l'été au camp Kioga, propriété des Bellamy, perdue au milieu de la nature dans les Catskills. Sa mère y était allée lorsqu'elle était jeune et elle pensait qu'il serait bon qu'il y aille aussi.

Rourke devait feindre la tristesse à la perspective d'être séparé de ses parents tout l'été. Il devait même faire croire que le fait que Joey l'accompagne de manière à ce qu'ils puissent prendre soin l'un de l'autre ne lui faisait ni chaud ni froid. Rourke savait pertinemment que les tarifs du camp étaient exorbitants, ce qui ne posait aucun problème à sa famille. Il en allait tout autrement pour Joey. Il avait une bourse pour couvrir ces frais. En d'autres termes, c'était le sénateur qui avait réglé la note.

Pas par bonté d'âme, toutefois. Le père de Rourke était totalement parano. Tel était le point de vue de son fils, en tout cas. Il était mort de trouille, le pauvre. Il envoyait Joey au camp pour que Rourke ne soit pas tout seul parmi des étrangers. S'inquiéter d'éventuelles attaques à l'encontre de sa famille donnait probablement au sénateur un sentiment d'importance. Et c'était la seule chose qui comptait dans la vie pour Drayton McKnight : se sentir important.

Ça, et puis être parfait. Non, pensa Rourke. *Avoir l'air* parfait, plutôt. Donner l'impression d'être la famille idéale, d'avoir une vie de rêve. « Fais en sorte que je sois fier de toi », telle était la phrase que Rourke entendait le plus souvent dans la bouche de son père. C'était une sorte de code. Rourke avait compris ce que ça signifiait : ça voulait dire qu'il devait gagner toutes les épreuves sportives. Décrocher les meilleures notes dans toutes les matières. Apprendre à se servir de son physique et de son sourire assuré pour gagner la confiance des gens afin qu'ils votent pour son père à chaque élection.

Tout ça, c'était facile. Il était grand et fort et n'avait aucun problème pour s'imposer dans toutes les disciplines sportives. Quant aux bonnes notes, il lui suffisait d'écouter ce que le professeur disait et de déterminer ce qu'il voulait qu'on lui réponde. Rourke était le fils d'un homme politique. Il savait y faire.

Il mourait d'impatience d'arriver au camp où on n'avait que faire de ses aptitudes scolaires. Il se mordit l'intérieur de la lèvre pour s'empêcher de sourire.

— Tes cheveux sont trop longs ! lança soudain son père. Julia, pourquoi ne lui a-t-on pas fait couper les cheveux avant de le lâcher dans la nature pour l'été ?

Rourke ne broncha pas. L'instant était fatidique. Son père pouvait très bien décider sur un coup de tête de faire demi-tour pour aller chez le vieux coiffeur dont les tondeuses électriques bourdonnantes dessinaient des parois blanches autour des oreilles de garçonnets sans défense.

Rourke continua à regarder obstinément par la fenêtre. Des gouttes de pluie dévalaient la vitre, laissant des sillons argentés comme des filets de mercure. Il en repéra deux qui faisaient la course, en choisit une qu'il donna gagnante, se crispa en la voyant prendre l'avantage et puis ralentir. Pour finir, elle se mêla aux autres et il perdit sa trace.

— Il est allé chez le coiffeur, répondit sa mère de cette voix calme, rassurante dont elle avait le secret. (Celle à laquelle elle avait recours quand elle voulait éviter que son mari se mette en colère.) C'est la même coupe que d'habitude.

— On dirait une fille ! déclara le sénateur en se penchant vers Rourke. Tu as envie d'avoir l'air d'une fille tout l'été ?

— Non, père, répondit le garçon en continuant à contempler la vitre striée de pluie.

Il retint son souffle, priant pour que la voiture ne fasse pas demi-tour.

— Ça va très bien, je t'assure, dit sa mère.

« C'est ça, maman, pensa cyniquement Rourke. Tiens tête à ce salopard ! »

— Mildred Van Deusen m'a dit que trois de ses fils prenaient le même train que toi, Rourke, ajouta-t-elle. Tu devrais essayer de les trouver. Vous pourriez faire le voyage ensemble.

« En plein dans le mille ! », pensa Rourke en voyant que l'intérêt de son père changeait d'orientation.

Rourke devait reconnaître que si sa mère n'était pas très douée pour tenir la dragée haute à son mari, elle savait s'y prendre pour faire diversion. Les Van Deusen faisaient partie des familles les plus en vue et les plus fortunées du district, et le sénateur sautait sur la moindre occasion d'entrer en relation avec eux.

— Je les chercherai, maman, c'est promis.

— C'est ça, mon garçon, dit son père, oubliant apparemment l'histoire de la coupe de cheveux.

Dieu merci, ils arrivaient à Grand Central.

Ce fut un peu la panique, le temps qu'ils extirpent son sac à dos et son autre sac du coffre tout en s'assurant qu'il avait bien son billet et ses papiers. L'air vibrait de coups de Klaxon auxquels se mêlaient des sifflements et les cris des porteurs. Le porche en marbre s'ouvrait sur un immense hall grouillant de voyageurs, de mendiants, de vendeurs et de musiciens de rue. M. Santini s'avança avec un parapluie pour protéger les trois McKnight de la pluie. Joey n'essaya même pas de s'y abriter. Il remonta la capuche de son ciré, franchit une mare d'un bond et fut le premier à atteindre la marquise.

Rourke gagna le hall entre ses parents. M. Santini rejoignit son fils à la hâte après avoir garé la voiture. Les McKnight se plantèrent sous le grand panneau d'affichage pour vérifier le numéro du quai et s'assurer que le train était bien à l'heure. Certains passants leur jetaient des coups d'œil admiratifs. Cela se produisait souvent quand Rourke sortait en compagnie de ses parents. A eux trois, ils incarnaient le *nec plus ultra* de la famille américaine — blonds, en bonne santé, bien habillés et prospères. Parfois, Rourke percevait même de l'envie chez les gens, comme s'ils regrettaient de ne pas être à leur place.

S'ils avaient su…

Rourke s'écarta un peu de ses parents. Joey et lui échangèrent un rapide coup d'œil. Un pur bonheur dansait dans les yeux de Joey. Certaines filles de l'équipe de foot affirmaient qu'il ressemblait à l'un des chanteurs de *New Kids On The Block*. Rourke n'aurait pas su le dire mais, en tout cas, le sourire de Joey était contagieux.

« On va au camp ! », se répétait-il avec enthousiasme, tout en sachant que Joey comprenait sa joie.

Rourke se demandait si Joey se rendait compte de l'importance que cela avait à ses yeux, et à quel point il lui était redevable. Sans lui, Rourke ne serait allé nulle part. La première fois que l'hypothèse du camp Kioga avait été abordée, le sénateur avait aussitôt écarté la question. C'était Joey qui avait énuméré, l'air de rien, tous les enfants de l'école qui y allaient cet été. Il avait feint de s'adresser à Rourke, mais il avait pris soin de mentionner toutes les familles importantes, les gens que le sénateur admirait et dont il cultivait le soutien. Rourke avait convaincu ses parents que ce serait une bonne idée d'y envoyer également Joey, et cela avait fait basculer la balance en sa faveur.

En arrivant sur le quai, Rourke serra la main à son père, et la poigne du sénateur lui écrasa les jointures quelques secondes, comme pour laisser une sorte d'empreinte.

— N'oublie jamais qui tu es ! lui dit-il. Fais en sorte que je sois fier de toi.

— Oui, père, répondit Rourke en le regardant dans le blanc des yeux.

Puis l'attention du sénateur fut détournée par les voyageurs qui affluaient sur le quai. Alors qu'il prenait congé de son fils pour dix semaines, il était là, à l'affût, en quête d'électeurs.

Cela donna au moins à la mère de Rourke quelques secondes supplémentaires pour dire au revoir à son fils. Elle l'étreignit tout en lui murmurant à l'oreille :

— Tu vas t'amuser comme un fou. Le camp Kioga est un endroit magique.

— Julia !

La voix du sénateur interrompit brutalement ce moment.

— Nous devons y aller.

Elle serra son fils dans ses bras une dernière fois.

— N'oublie pas d'écrire !

— Promis.

Il les regarda partir, silhouettes minces et élégantes, vêtues d'imperméables coûteux. Sa mère glissa la main sous le bras du sénateur. Rourke plissa les yeux, et ses parents se fondirent l'un dans l'autre comme s'ils avaient cessé d'être deux individus pour ne faire plus qu'un. LesénateurMcKnightetmadame.

Tout autour de lui, il voyait des enfants et leurs parents se dire au revoir. Certaines filles et leur mère pleuraient pour de vrai en se disant qu'elles allaient terriblement se manquer et qu'elles s'écriraient tous les jours. M. Santini, robuste comme un ours, étreignit longuement son fils avant de lui déposer un baiser bruyant sur le sommet du crâne.

— Je vais me languir de toi comme on se languit d'une bonne glace, fiston ! dit-il en pleurant sans honte.

Rourke se demanda brusquement quel effet cela faisait d'avoir une famille qui vous manquait vraiment quand on s'en allait.

Le camp Kioga était effectivement magique. Joey et Rourke logeaient dans une longue cabane de bois baptisée Ticonderoga, avec dix autres garçons. Les journées étaient remplies d'activités — sport, artisanat, promenades dans la nature, escalade, voile et canoë sur le lac des Saules, outre les veillées autour du feu. Certains soirs, ils devaient chanter et danser, ce dont Rourke se serait volontiers passé, mais comme tout le monde était censé participer, il n'y avait pas moyen de se défiler.

Supporter ce qu'il n'avait pas envie de faire n'était pas vraiment un problème pour lui. Il avait enduré des choses bien pires qu'entraîner une fille ricanante, à la main moite, sur la piste de danse.

Au camp, il fit la connaissance de plusieurs membres de la famille Bellamy. M. et Mme Charles Bellamy, les propriétaires et directeurs des lieux, lui parurent tout à fait gentils.

— La loi que ton père a fait passer sur la préservation de l'environnement nous tient beaucoup à cœur. Grâce à son intervention, nous n'avons plus à redouter d'être envahis par l'industrie, lui avait dit Mme Bellamy le premier jour. Tu dois être fier de lui.

— Oui, madame.

Que dire d'autre ? « Oui, il sert bien la communauté, mais en privé, c'est un vrai salopard » ? Non, ça aurait cassé l'ambiance.

— Nous sommes ravis que tu sois venu, avait-elle ajouté. Je me souviens de ta maman, Julia — Delaney, n'était-ce pas son nom de jeune fille ?

— Oui, madame.

— Elle était la coqueluche du camp. On s'amusait beaucoup avec elle. Elle faisait constamment des blagues, et le soir du concours de talents, elle a fait un numéro de comique qui nous a tous fait mourir de rire.

Rourke ne l'avait pas cru, mais un jour de pluie, alors que les activités en plein air avaient été annulées et que Joey était parti faire une expédition solitaire, Mme Bellamy l'avait entraîné dans la bibliothèque pour lui montrer quelques photos conservées dans les précieux albums du camp. La bibliothèque se trouvait dans le pavillon principal, un grand bâtiment de bois datant des années 30 qui abritait aussi le réfectoire, l'infirmerie, les cuisines et les bureaux.

Effectivement, il y avait une série de clichés de sa mère dans les années 70, jouant les cabotines sur scène. Elle arborait un sourire que Rourke ne lui avait jamais vu. Elle paraissait si heureuse qu'il faillit ne pas la reconnaître.

Il remercia Mme Bellamy de lui avoir fait découvrir une partie de l'histoire du camp. Il s'attarda dans la bibliothèque jusqu'à ce que la pluie cesse, passant en revue les livres, des histoires policières aux manuels sur les oiseaux, en passant par les grands classiques tels que Thoreau et Washington Irving, sans oublier l'inévitable collection d'histoires de fantômes. Longtemps après qu'il eut arrêté de pleuvoir, il resta là à parcourir ces ouvrages en s'efforçant d'imaginer une autre vie. Lorsqu'ils étaient petits, Joey et lui parlaient toujours de s'engager ensemble dans l'armée et de voyager dans le monde entier, mais en grandissant, ce rêve s'était dissipé. Dès le CM2, Rourke sentait déjà le poids écrasant des attentes de son père, et Joey était conscient des réalités de l'existence de la classe ouvrière.

Rourke se demanda comment Joey s'en sortait dans son expédition en solo. Tous les garçons étaient supposés s'y soumettre au moins une fois au cours de l'été. Il fallait s'équiper en conséquence et passer toute une nuit seul dans l'île des Pins, une petite île située au milieu du lac des Saules. Le conseiller principal, Greg Bellamy, le fils cadet des propriétaires, leur avait dit : « C'est censé forger le caractère. » On était supposé faire un feu et réfléchir aux choses importantes de la vie, même si Rourke soupçonnait que Joey était tout bonnement en train de se masturber, l'occupation favorite de n'importe quel garçon de leur âge.

Les bips intermittents d'un camion en train de reculer le tirèrent de ses pensées. En s'approchant de la fenêtre, il vit un gros van blanc. Chaque côté du véhicule était orné d'un dessin représentant une rivière tumultueuse, ainsi que d'une inscription en lettres élégantes indiquant « Boulangerie Sky River » depuis 1952.

Rourke appréciait beaucoup la cuisine du camp, surtout les pâtisseries. Les petits pains, les viennoiseries, les donuts, les desserts étaient incroyables.

Il était sur le point de retourner à sa lecture lorsqu'il vit trois campeurs se glisser en catimini dans le camion. Jacobs, Trent et Robson logeaient dans la même cabane que lui. Il ne les connaissait pas très bien, mais il savait que c'étaient des charlots. Ils avaient tendance à s'en prendre aux plus faibles, ce qui signifiait qu'ils ne lui avaient jamais cherché noise à lui. A vrai dire, ils avaient l'air de penser qu'il faisait partie de leur bande alors qu'il ne se joignait jamais à eux quand ils décidaient d'embêter quelqu'un.

Pour l'heure, ils n'embêtaient personne mais ils volaient ! Ils s'étaient introduits à l'arrière de la camionnette et se servaient sur de longs chariots roulants en fourrant un maximum de biscuits dans leur bouche et dans leurs poches.

Saligauds ! C'était le gagne-pain de quelqu'un. Bien qu'il n'ait jamais eu à gagner sa vie, Rourke savait ce que cela représentait à cause de Joey et de son père. Il se rendait bien compte que la personne qui conduisait le camion de livraison de la boulangerie ne pouvait pas se permettre de céder des biscuits par douzaines à des gosses de riches en vacances.

Cette situation le mettait dans une position délicate. S'il disait aux gars d'arrêter leur manège, ses camarades le traiteraient de mouchard jusqu'à la fin de l'été. S'il ignorait ce qui était en train de se passer, il s'en voudrait de sa lâcheté.

Lorsque Trent s'empara de ce qui lui parut être une tarte aux myrtilles, Rourke prit sa décision. Il était sur le point de foncer dehors quand quelqu'un sortit du camion — une fille brune qui était apparemment restée assise sur le siège passager, jusque-là. Elle avait à peu près son âge, peut-être un peu moins. Ses cheveux étaient tressés ; elle portait un short, un T-shirt rouge et des tennis aux lacets défaits. Un joli brin de fille. Quand il la regardait, il se sentait bizarre sans savoir pourquoi. Elle avait une beauté un peu surannée, de grands yeux, un air un peu perplexe.

Pour l'heure, elle était en train de se faire dévaliser.

Il n'arrivait pas à entendre ce qu'elle disait, mais les trois garçons ne semblaient pas l'écouter. Ils continuaient à se servir allègrement de pâtisseries et de petits pains. Ils devaient être rassasiés à ce stade, mais ils continuaient néanmoins à s'en mettre plein les poches.

La fille parlait toujours. Elle était peut-être dans le coup ? A moins qu'il n'ait mal interprété la situation…

Sans se questionner davantage, il se rua vers la sortie, dévala l'escalier et fit le tour de la cuisine par l'extérieur. A travers une fenêtre, il aperçut le conducteur de la camionnette — un homme âgé — en train de bavarder avec Mme Romano, la cuisinière en chef. Ils n'avaient pas l'air de se rendre compte de ce qui se passait.

Le son infime d'une radio lui parvint.

Il contourna le bâtiment à temps pour voir… Eh bien, il n'était pas trop sûr de ce qu'il avait sous les yeux. Trent avait coincé la fille contre le côté du camion, et ils étaient en train de… *dégueulasse* ! se peloter ?

Rourke allait prendre la fuite, écœuré, lorsqu'il remarqua un petit détail révélateur. Trent plaquait la fille contre la tôle du camion, et elle levait la main sous l'effet de la peur, tel un noyé sur le point d'être submergé pour la dernière fois.

Rourke eut soudain très chaud, comme s'il était au cœur d'un incendie de forêt.

— Eloigne-toi d'elle ! ordonna-t-il d'une voix grave qui les incita tous les trois à se retourner.

Trent sourit.

— Hé, McKnight ! Mange donc un donut en attendant ton tour.

Rourke était suffisamment près pour voir les gouttes de sueur qui perlaient au-dessus de la lèvre supérieure de la fille, et son air terrorisé. Il attrapa Trent et l'écarta d'un geste violent. C'était un grand gaillard costaud qui faisait partie de l'équipe de lutte romaine dans son école, mais il tomba comme une plume quand Rourke le projeta à terre.

Une fois remis de leur surprise, les deux autres bondirent sur lui. Il ralentit à peine la cadence. Relevant brusquement la tête, il gratifia Jacobs d'un coup de boule bien senti, puis planta son coude dans les côtes de Robson, qui vacilla, le souffle coupé. Trent lui asséna quelques coups de poing, mais il les sentit à peine. Il voulut s'abstenir de lui rendre la pareille, mais il abattit ses deux poings sur lui, méthodiquement, sans réfléchir, ignorant les supplications bêlantes de Trent, qui réclamait sa pitié.

Finalement, quelque chose vint mettre un terme à sa

fureur. Il se demandait bien comment il avait pu sentir le contact presque imperceptible de cette main sur son épaule.

— Arrête ! fit une voix calme mais chevrotante. Ça suffit.

Le feu qui faisait rage en lui vacilla, puis s'éteignit. Trent se releva péniblement, son visage boursouflé, ensanglanté transformé en un masque de terreur.

— Nom de Dieu ! s'exclama-t-il en essuyant une goutte de sang du revers de la main. Tu aurais pu me tuer. T'es fou ou quoi ? T'as complètement perdu la tête !

Ses amis l'emmenèrent, à l'infirmerie probablement. Rourke les regarda partir. Il se sentait totalement vidé, comme laminé par la colère.

— Salut ! lui dit la fille.

Il porta brusquement son attention sur elle et elle fit un bond en arrière, brandissant les mains en un geste protecteur. Il se sentait tout penaud, comme si elle l'avait vu nu ou quelque chose comme ça.

— Salut ! répondit-il, se forçant à se détendre, à lui montrer qu'il ne lui voulait aucun mal.

— Il y a une trousse de premiers secours dans la camionnette. Viens.

Elle fit le tour du véhicule et revint avec une trousse d'infirmerie bien équipée.

— Tends les mains, dit-elle.

Il fut surpris de voir que ses jointures étaient rouges et éraflées à plusieurs endroits. Elle tapota les points à vif avec une lingette antiseptique, puis se servit d'un liquide pour couvrir ses plaies d'une sorte de pellicule qui piquait, avant d'y appliquer des pansements.

S'il était étonné par la violence de sa réaction envers Trent, il devait bien reconnaître que ce n'était pas la première fois qu'il adoptait une attitude défensive au profit de quelqu'un d'autre. Ça lui arrivait même assez souvent. Il ne supportait pas, mais alors pas du tout, de voir une personne — ou même un chien — se faire malmener. Ça le rendait fou, comme l'avait dit Trent. L'année dernière, quand une bande de gamins de l'école avait mis Joey en boîte à cause de ses cheveux longs et de son visage de chérubin, il les avait fait fuir rien qu'en proférant des menaces contre eux à voix basse. S'ils en étaient venus aux mains, il les aurait peut-être amochés à vie.

— Il faut que je m'occupe de ta joue, maintenant, dit la fille.

— Ma joue ?

Il orienta le rétroviseur latéral de la camionnette vers lui et découvrit avec stupeur une vilaine entaille en travers de sa pommette.

— Je n'ai rien senti, dit-il.

Elle nettoya la blessure avec une autre lingette.

— Ça ne saigne pas beaucoup, mais tu vas peut-être avoir besoin de points de suture.

— C'est hors de question. Ils avertiraient mes parents et on me renverrait à la maison.

Il ne supporterait pas de devoir quitter le camp maintenant. Si on appelait ses parents, sa mère le ferait probablement transporter par hélicoptère à l'hôpital du Mount Sinaï à New York pour une opération de chirurgie plastique, afin de sauver son visage.

La fille était encore plus jolie de près. Il voyait les facettes brunes et dorées de ses yeux et les taches de rousseur qui lui constellaient le nez. Il sentait son odeur sucrée. Une partie totalement inconnue de sa personne comprit soudain pourquoi Trent était aussi déterminé à lui voler un baiser, voire plus.

« Arrête ! se dit-il. N'y pense même pas ! » Il était surpris de voir qu'elle aussi le dévisageait, scrutant sa bouche et sa poitrine dévoilée par sa chemise déchirée.

Elle rougit et s'affaira de nouveau. Elle prépara deux pansements et en couvrit sa joue.

— Tu auras une cicatrice.

— Ça m'est égal.

Elle referma la trousse.

— Tu penses que tu vas avoir des ennuis ?

— Ça dépend de toi, en fait, répondit-il en plissant les yeux.

Elle en fit autant, comme si elle le mettait au pied du mur.

— Pourquoi tu dis ça ?

— Tout dépend si tu as envie que ces gars paient pour ce qu'ils ont volé et pour…

Il n'arrivait même pas à le dire.

— Pour t'avoir embêtée.

— Je ne vois pas pourquoi ça dépendrait de moi. Et si le garçon qui saignait de la bouche te dénonçait ?

— Trent ? Sûrement pas. S'il dit que je l'ai frappé, il sait très bien que j'expliquerai pourquoi et…

Il s'interrompit, scruta son visage.

— Il t'a fait mal ?

Elle se frottait distraitement le poignet.

— Non, ça va.

Il se demandait s'il devait la croire. Mais comme elle avait l'air un peu gêné, il n'insista pas.

— Bref, ils n'ont certainement pas envie d'avoir des ennuis. Ils garderont le silence.

— Je vois.

— Cela dit, je peux les faire payer pour ce qu'ils ont volé…

— Non, non ! Je crois que tu les as déjà fait payer. Ils n'ont pas pris grand-chose, de toute façon.

Il regarda la tarte aux myrtilles, étalée comme une tache violette dans la boue.

— Tu ne vas pas avoir de problèmes ?

Elle sourit pour la première fois. Et, à cet instant, quelque chose de dingue arriva à Rourke. C'était totalement inattendu, mais soudain, le monde lui parut différent, juste parce qu'elle avait souri. Il s'attendait presque à entendre une petite musique d'accompagnement.

— C'est mon grand-père qui conduit la camionnette, dit-elle. Je n'aurai jamais de problèmes avec lui.

— Tant mieux.

Il dénicha un vieux journal et ramassa les vestiges de la tarte.

— Je m'appelle Rourke, ajouta-t-il, se rendant compte tout à coup qu'ils ne s'étaient même pas présentés. Rourke McKnight.

— Jenny Majesky, répondit-elle. Mes grands-parents

tiennent la boulangerie Sky River en ville. Je travaille avec eux pendant l'été. J'économise pour m'acheter un ordinateur.

— Un ordinateur, répéta-t-il bêtement.

La présence de cette fille semblait le priver de ses neurones.

— Oui. Un portable que je pourrai emporter partout. J'en ai besoin pour écrire. J'aime bien écrire.

Seigneur ! C'était comme faire des devoirs qui n'étaient pas obligatoires.

— Et qu'est-ce que tu écris ?

— Des histoires, des poèmes, ce qui m'arrive.

Elle glissa le bras sous le siège du passager et en sortit un gros cahier à spirale. En tournant les pages rapidement, elle lui montra ses écrits consignés à l'encre bleu turquoise.

— T'as écrit tout ça ?

— Oui.

— Ça t'a pris beaucoup de temps ?

Elle haussa les épaules.

— Je ne compte pas les heures.

— Est-ce que tu vas écrire quelque chose à propos d'aujourd'hui ?

Il n'avait pas pu s'empêcher de lui poser la question.

— Tu plaisantes ou quoi ? Evidemment !

Il se demanda aussitôt ce qu'elle dirait sur lui. A son grand étonnement, il s'aperçut qu'il y attachait beaucoup d'importance. Ce qu'il éprouvait pour cette fille, il ne l'avait jamais ressenti auparavant.

Ils entendirent des claquements provenant de la cuisine, le bruit d'un chariot qu'on faisait rouler vers la porte.

— Mon grand-père, dit Jenny. On ne va pas tarder à partir.

« Ne pars pas ! », la supplia-t-il en secret.

— Ecoute, tu ne dois pas avoir peur de revenir. Je suis sûr que ces types te laisseront tranquille, la prochaine fois.

— Je n'ai pas peur d'eux.

Elle marqua un temps d'arrêt, recula d'un pas, croisant les bras sur sa poitrine en un geste protecteur.

— Le plus terrifiant dans tout ça, c'est toi.

Mais qu'est-ce que… ? Il ne s'attendait pas à ça.

— Rourke !

Quelqu'un l'appelait. C'était Joey qui revenait de son expédition en solitaire.

— Ah, te voilà ! Je t'ai cherché partout.

Evidemment, ils étaient les meilleurs amis du monde, mais, cette fois, Rourke n'était pas si content de le voir. Il était en train d'avoir une vraie conversation avec une vraie fille, et il aurait voulu qu'on le laisse tranquille. Mais il ne pouvait rien y faire. Il les présenta l'un à l'autre, se sentant à la fois guindé et maladroit.

Joey, lui, n'avait rien de maladroit. Il sourit jusqu'aux oreilles, secoua ses longs cheveux noirs, fit étalage de ses charmes, puis se lança dans un récit animé de son aventure en solo dans la nature. Il n'était parti que deux jours, pourtant il semblait… différent. Plus sûr de lui, peut-être.

— Qu'est-ce que c'est que ces pansements ? demanda-t-il à Rourke.

— Trent, fut tout ce que Rourke trouva à dire.

C'était suffisant. Joey avait compris.

Jenny Majesky n'avait même pas l'air de se formaliser que Joey soit crade et en sueur.

— Tu as faim ? lui demanda-t-elle.

— Pas qu'un peu ! répondit-il.

— Ça se comprend, dit-elle en se dirigeant vers les chariots à l'arrière de la camionnette. Une barre au sirop d'érable, ça te dit ? Moi, je les adore.

Elle lui en tendit une, et une autre à Rourke.

— Merci, dit-il.

Mais Joey s'était déjà remis à blablater, une histoire à propos des yeux rouges d'animaux sauvages qu'il avait vus dans la nuit.

Rourke se sentait profondément déprimé. Il était déjà trop tard. Joey s'intéressait sérieusement à Jenny, et il savait que, lorsque deux amis intimes voulaient la même chose, c'était forcément une source d'ennuis.

7

3 juillet 1988

« Chère Maman,

» Ce matin, j'ai travaillé au comptoir pour que Laura puisse mettre la comptabilité à jour. Dans mon enfance, j'avais le sentiment d'être vraiment importante au moment où je me dressais sur un tabouret derrière les vitrines bombées pendant que les gens s'efforçaient de faire leur choix. Kolache ou beignet ? Napoléon ou petits choux ? Le fait d'avoir toujours sous la main ce qu'ils désiraient si fort me donnait une sensation de pouvoir.

» Et puis la famille Alger est venue : M. et Mme Alger et leur petit garçon, Zach, qui est aussi mignon que le gosse dans la pub pour Cheerios. Ils ont une grande maison dans River Road et chaque année, ils s'achètent une voiture neuve.

» Ils m'ont mise mal à l'aise pour plusieurs raisons. Principalement :

» C'est une famille absolument normale, et même traditionnelle. Du coup, j'ai l'impression d'être un monstre parce que ma famille à moi ne l'est pas du tout… *traditionnelle*.

» M. Alger me demande toujours si je me souviens de trucs à propos de toi, alors que tout le monde en ville sait que j'étais toute petite quand tu es partie. On m'enfermerait sûrement chez les zinzins si les gens savaient que quand j'écris mon journal, c'est à toi que je m'adresse. Enfin, peut-être pas. Anne Frank appelait son journal “chère Kitty”, alors ce n'est peut-être pas si bizarre que j'appelle le mien "Chère maman".

» Mme Alger me plaint et elle n'essaie même pas de le cacher. Ça me rend folle. Je déteste que les gens me considèrent comme une pauvre orpheline et me prennent en pitié.

» Dès qu'ils sont partis, j'ai dit à Gram et à Laura que je voulais aller faire les livraisons avec Grandpa, cet après-midi. Il fallait que je sorte. Parce que des fois, la boulangerie sent la sécurité — une odeur chaude et douce —, mais à d'autres moments, comme aujourd'hui, cette même odeur m'oppresse et j'ai du mal à respirer.

» "C'est une si belle journée d'été, a dit Laura. Tu as raison d'aller prendre l'air."

» Laura me comprend toujours. Elle dit qu'elle est un peu ma deuxième maman, mais ce n'est pas tout à fait juste. Pour en avoir une deuxième, il faudrait déjà que j'en aie une, et ce n'est pas le cas. Je raconte aux gens que tu fais de l'espionnage pour le gouvernement. Quand j'étais petite, j'étais sûre qu'ils me croyaient, mais maintenant je suis capable de lire sur leurs visages — ils pensent que tu es partie et que tu ne reviendras jamais parce que tu ne voulais pas élever un enfant toute seule.

» Eh bien, tu sais quoi ? Je ne suis pas si difficile que ça à élever. Tout le monde te le dirait.

» Aujourd'hui, par exemple, Grandpa était content que je l'accompagne pour sa tournée. Il ne travaille plus à la verrerie de Kingston. Il vient de prendre sa retraite. Il est dur d'oreille à cause du bruit à la fabrique. Il donne un coup de main à la boulangerie, maintenant, et dès qu'il peut s'échapper, il va pêcher au lac des Saules. Il est ami avec M. Bellamy, qui est propriétaire du lac et du camp Kioga.

» La pêche est une passion chez lui. Il en profite toute l'année, même en plein hiver, alors qu'il doit marcher sur le lac gelé pour faire un trou dans la glace qui fait trente centimètres d'épaisseur. Il lui arrive d'emprunter une motoneige pour arriver jusque-là, quand les routes n'ont pas été dégagées. Il dit qu'il adore être seul au milieu de nulle part.

» Je l'accompagne parfois, mais moi, la pêche, je trouve ça rasoir. C'est vrai, on s'assied et on attend qu'un poisson morde à l'hameçon, après quoi on le sort de l'eau d'une secousse, on le rapporte à la maison, on le découpe en filets et on le mange. C'est beaucoup de boulot, alors qu'on peut ouvrir une boîte de thon quand on veut.

» Quand je dis ça à Grandpa, il glousse et dit *moj misiaczku*, qui, comme tu le sais probablement, veut dire *mon petit ours* en polonais. Il m'explique que peu importe le poisson qu'on attrape. L'essentiel, c'est ce qu'on donne au silence. Un truc dans le genre. C'est plus joliment dit en polonais. C'est ça qui est drôle chez Grandpa. Quand il parle en anglais, on dirait Yoda. Je t'assure. Et avec son crâne chauve d'où jaillissent peut-être neuf cheveux, il lui ressemble un peu, à Yoda.

» J'essaie de ne pas trop m'agiter quand il m'emmène à la pêche. Le plus souvent, je rêve tout éveillée. Le même rêve que d'habitude, je t'en ai déjà parlé : je vais vivre en ville et je deviens un écrivain célèbre, et puis un jour, à une séance de signature, mes fans font la queue jusque sur le trottoir, comme pour Judy Blume ou R.L. Stine. Et là, je lève les yeux et je te vois, maman, exactement comme sur les photos, et tu souris en me disant que tu es fière de moi.

» Je ne te demande même pas où tu étais toutes ces années ni pourquoi tu es partie, parce que c'est un rêve et que je sais qu'il n'y a aucune explication ni aucune excuse. On n'en parle même pas. On va juste chercher un Coca à la cerise ou une crème anglaise, on achète des chaussures et tout est parfait.

» Quand il pêche, Grandpa pense à toi, lui aussi, mais pas comme moi. Il pense au passé, quand tu étais sa fille. Il me dit que tu adorais pêcher et que, même après ma naissance, tu as continué à aller pêcher avec lui.

» Il m'a raconté que tu confectionnais tes propres plombs pour la pêche le soir dans la cuisine en faisant fondre du fer à souder — qui bout à faible température, je le sais, on l'a appris à l'école au cours de chimie — dans une poêle avant de le verser dans des moules en forme de pyramides inversées, tout ça en écoutant la radio.

» C'est là que des souvenirs me reviennent vaguement. Bon, d'accord, ce n'est peut-être pas vraiment des souvenirs, peut-être que je crois me rappeler certaines choses parce que Grandpa me les a racontées des tas de fois. Je suis dans la cuisine, assise sur la table en pin bien astiquée qui sent le produit pour nettoyer. Toi, tu es debout devant le fourneau et tu chantes avec la radio. Je sais même de quelle chanson il s'agit parce que c'est la chanson de Jenny. *867-5309-Jenny*, de Tommy Tutone.

» Jenny n'est pas un trop vilain nom, je suppose, même si le type qui chante l'a trouvé sur le mur des toilettes publiques.

» C'est un air joyeux, en tout cas, et je te revois, les cheveux relevés par une barrette en forme de papillon, avec un des tabliers de Gram, en train de chanter tout en fabriquant des plombs.

» A un moment donné, dans mon souvenir, Gram entre et elle te reproche d'avoir utilisé sa bonne casserole pour la sauce. Elle dit que, maintenant, elle est contaminée et qu'il va falloir qu'elle s'en achète une autre.

» Je me rappelle ton rire et les étincelles dans tes yeux quand tu lui as répondu : “Je t'achèterai une centaine de casseroles pour la sauce, si tu veux, maman ! Et un domestique pour faire la sauce, et un autre pour la verser sur tes pommes de terre. Je t'achèterai tout ce que tu veux !” Et puis tu me prends dans tes bras et on danse dans la pièce au rythme de la chanson de Jenny.

» Je crois bien que c'est mon dernier souvenir de toi. J'ignore dans quelle mesure c'est réel et ce que j'ai imaginé. Mais je sais que les plombs que tu as fabriqués sont toujours dans le fond de la boîte à pêche de Grandpa. Il ne s'en sert jamais. Il utilise des cartouches usagées à la place. Il dit que ceux que tu as faits sont trop lourds, et puis il ne veut pas les perdre.

» Comme si le fait de se cramponner à quelque chose que tu as fait pouvait te ramener !

» Aujourd'hui, Grandpa avait une livraison à faire au camp Kioga. L'été, ce sont nos meilleurs clients parce qu'il y a des centaines de gamins au camp. C'était une de ces journées d'été radieuses, et j'étais contente d'aller me balader avec Grandpa au lieu d'être enfermée dans la boulangerie. On est entrés dans le camp et je suis restée assise dans la camionnette à écouter la radio : WKRW, qui passe que des vieilles chansons. Et tu devineras jamais quelle chanson est passée : *867-5309-Jenny*.

» J'ai pensé que c'était un signe.

» En définitive, c'était un mauvais signe parce que trois garçons du camp se sont mis à voler des trucs à l'arrière de la camionnette. En les voyant au début, je n'ai pas compris. C'est vrai, on ne m'avait jamais rien volé. J'ai trouvé ça vraiment… dégueulasse. J'avais l'impression qu'on s'en prenait directement à moi. Rien qu'à ce souvenir, je suis écœurée.

» Je t'avoue à ma grande honte que j'ai eu vraiment peur, en plus. J'ai failli me dégonfler et me planquer sous le tableau de bord jusqu'à ce qu'ils soient partis après avoir piqué tout ce qu'ils voulaient.

» Oui, je le reconnais : j'ai eu la trouille. Quel bébé je fais !

» En cours d'études sociales, j'ai fait un exposé un jour sur Eleanor Roosevelt ; elle a dit des tas de choses célèbres. J'en ai appris une par cœur : "On acquiert de la force, du courage et de l'assurance chaque fois que l'on prend la peine de regarder la peur en face."

» Au fait, j'ai de très bonnes notes à l'école, je ne sais plus si je te l'ai dit…

» Pendant que j'étais assise là, pétrifiée, et que ces garçons nous dévalisaient, je me suis souvenue de ces mots précisément. Et je me suis dit : "D'accord, Eleanor, c'est sûrement comme vous dites. En attendant, je vais sûrement passer un sale quart d'heure."

» C'est ce qui a failli arriver, d'ailleurs. Enfin, pas tout à fait. Les chapardeurs — des gosses de riches typiques avec des cheveux brillants et des dents blanches impeccables — ont fait autre chose après, une chose à laquelle je ne m'attendais pas du tout. Ils se sont moqués de moi parce que je travaillais dans une boulangerie. Et puis ils se sont mis à me bousculer en disant : “Si tu nous donnais un baiser ?” et puis : “Je parie que tu peux faire encore mieux que ça.”

» Le chef, celui qui prenait toutes les décisions, m’a plaquée contre le camion en essayant de m’embrasser. Le truc, c’est que je ne pense qu’à ça : embrasser les garçons. Mes copines aussi, d’ailleurs. On s’exerce même avec nos oreillers. Alors, ce n’est pas comme si c’était un grand mystère pour moi.

» Seulement, ça n’avait rien d’agréable ni de romantique ni de drôle : rien à voir avec ce que j’avais imaginé.

» J’aimerais pouvoir dire que je me suis débattue, mais ce n’est pas exactement ce qui s’est passé. En fait, on est venu me sauver.

» Pour tout dire, ça ne m’a pas plu qu’on vienne à ma rescousse.

» Je me sentais complètement impuissante quand ce sale type essayait de m’embrasser et de me peloter, et je l’étais tout autant quand un autre gamin s’est interposé et s’en est pris aux trois saligauds. Au bout de trente secondes, ils hurlaient tous de douleur. Et pendant la bagarre, je suis restée plantée là comme une parfaite imbécile dans le film le plus bête de la Terre. L’abrutie totale !

» Si je m’étais vue dans ce film, j’aurais crié : “Ne reste pas plantée là ! Donne-lui un coup de main, bon sang !”

» C’est vrai, c’était nul de rester là à rien faire pendant que le gamin devenait fou furieux. C’est difficile à raconter, mais il y avait quelque chose de fascinant dans la manière dont il se battait. Il envoyait des coups de poing au plus costaud comme si c’était un tas de viande. En baissant les yeux, j’ai vu que j’avais des gouttes de sang sur les jambes et sur les pieds.

» Pour finir, j’ai repris mes esprits, suffisamment pour dire quelque chose : “Arrête.” Et puis j’ai ajouté : “Ça suffit.”

» Ça n’aurait pas dû marcher, mais ça a marché. Le garçon déchaîné a levé les mains, il s’est relevé et s’est écarté du gus qui avait essayé de m'embrasser. Après ça, ils ont détalé tous les trois.

» Je n'arrivais pas à détacher les yeux du garçon qui était venu à mon secours. Je restais à l'écart en le regardant comme quelque chose qui risquait d'exploser au moindre contact. Il transpirait, il était tout rouge, et puis, comme par magie, il s'est calmé. Son regard brûlant s'est apaisé et il a retrouvé un teint normal.

» Je me bornais à le dévisager en remuant les lèvres comme une truite sortie de l'eau. Parce que maintenant qu'il était là, immobile, je voyais bien qu'il ne ressemblait pas aux autres campeurs. Il était incroyablement mignon. Comme une star de cinéma.

» Il me dévisageait, lui aussi. Il me regardait dans les yeux et je crois qu'il regardait aussi ma bouche. On s'est sentis gênés tous les deux et on s'est mis à danser d'une jambe sur l'autre. Finalement, je me suis ressaisie et je lui ai apporté la trousse de premiers secours.

» Il s'appelle Rourke McKnight. Il doit penser que je ne retournerai jamais au camp Kioga pour faire les livraisons avec Grandpa. Il se trompe complètement. Je suis prête à y retourner à la moindre occasion… En tout cas, j'aimerais vraiment que tu sois là, maman : ce n'est pas le genre de choses que je peux confier à Gram. J'ai eu une drôle de sensation en parlant avec ce garçon, une sorte de trac, sauf que c'était agréable. On aurait peut-être pu bavarder plus longtemps et j'aurais compris pourquoi il me faisait cet effet, mais un autre garçon est arrivé. Au début, j'ai eu peur que ce soit encore une brute, mais en fait, c'est le meilleur ami de Rourke : Joey Santini.

» Bon, alors, maintenant, je les regarde tous les deux et je me dis : *c'est pas possible, je rêve !* Ils sont absolument adorables, surtout Joey, qui a les yeux bruns les plus grands et les plus doux que j'aie jamais vus. Si c'était une fille, on dirait qu'il a un regard de top-model. Il n'arrêtait pas de raconter des histoires pour m'impressionner, ce que j'ai trouvé gentil.

Rourke, lui, n'avait pas l'air gentil du tout, mais pour je ne sais quelle raison, c'est lui qui me donnait le trac.

» Bref, je suis impatiente de tout raconter à Nina. Elle ne va pas en revenir quand je vais lui dire que j'ai rencontré les deux garçons les plus mignons du camp Kioga. Correction : les deux garçons les plus mignons de la planète. »

Nina était la meilleure amie de Jenny. Elles se connaissaient depuis l'école primaire. Nina avait un an de plus que Jenny, mais elles étaient dans la même classe. Elle affirmait que sa mère avait oublié de l'inscrire en maternelle pendant toute une année parce qu'elle avait neuf enfants. En fin de compte, Nina avait des difficultés à suivre à l'école, et on ne l'aidait pas beaucoup à la maison pour ses devoirs. Mme Romano venait presque tous les jours à la boulangerie quinze minutes avant la fermeture. Elle savait exactement à quelle heure le pain de la veille ne coûtait plus que la moitié du prix.

En plongeant son regard dans les yeux doux et curieux de Nina, Jenny avait reconnu une âme sœur. Elles étaient devenues les meilleures amies du monde, passant indifféremment leur temps chez Jenny, dans Maple Street, ou chez Nina, dans Elm Street. Nina adorait le calme qui régnait chez Jenny. Elle se figeait parfois alors qu'elles jouaient avec leurs poupées Barbie et s'exclamait d'un ton émerveillé : « J'entends une cloche sonner ! »

Jenny, pour sa part, était fascinée par le vacarme et le chaos qui régnaient chez les Romano. Plus les enfants grandissaient, plus ils devenaient turbulents. Il y avait toujours quelqu'un qui criait. Les discussions s'enflammaient et s'éteignaient comme des allumettes de cuisine que l'on gratte. Jenny raffolait de toute cette animation, de la passion qu'elle trouvait là-bas. Elle était sidérée par l'aptitude que ces frères et sœurs avaient à se chamailler pour absolument n'importe quoi.

— Je donnerais tout pour avoir une sœur, disait-elle.

— Tu ne te rends pas compte de la chance que tu as,

lui répondait Nina en se frottant le crâne à l'endroit où sa grande sœur Loretta venait de lui tirer les cheveux. Moi, je préférerais de loin être fille unique, tu peux me croire.

Un jour, son frère Carmine lui avait volé son journal et l'avait lu à travers le haut-parleur de l'école alors qu'il était censé faire la lecture des annonces du jour. L'idée que l'on puisse diffuser ainsi ce qu'elle écrivait enthousiasmait secrètement Jenny, mais elle s'abstint de le dire.

Un jour d'été que les adultes avaient qualifié de « caniculaire », Jenny et Nina s'étaient trouvées désœuvrées. Elles étaient allées à la boulangerie, ce qui plaisait tellement à Nina que, du coup, Jenny avait l'impression que c'était quelque chose de spécial, alors que, pour elle, c'était aussi banal que de se promener dans le jardin. Au grand étonnement de Jenny, en débarquant dans la cuisine, elles étaient tombées sur une douzaine de petites filles, en rang d'oignons dans la salle de préparation. Laura Tuttle leur avait expliqué que c'était le week-end des parents au camp Kioga. Les parents de tous les campeurs avaient afflué de partout pour visiter les lieux, et on avait organisé des sorties spéciales, comme la visite d'une boulangerie. Les gens semblaient toujours fascinés par la simplicité avec laquelle on faisait du pain.

Les fillettes portaient des shorts rouges et des T-shirts gris arborant le logo du camp. Leurs parents — les mamans en robe d'été fraîche, sans manches, les papas en bermuda et polo — assistaient eux aussi à la préparation, un peu à l'écart. Chaque fille portait un badge qui disait : « Bonjour, je m'appelle… » suivi d'un prénom caractéristique des milieux aisés : Ondine, Jacqueline, Brooke, Blythe, Garamond, Dare ou Lolly.

— Voici les Cadettes, expliquait le joyeux animateur qui répondait au nom de Buffy. Ces jeunes filles ont entre huit et onze ans. Et nous faisons les meilleures sorties, n'est-ce pas, les Cadettes ?

Elles pépièrent en réponse.

Jenny et Nina se plaquèrent une main sur la bouche pour s'empêcher d'éclater de rire. Une fille blonde rondelette au bout de la rangée s'attarda près de Jenny. Pendant que le reste du groupe jetait un coup d'œil dans la salle, elle chuchota :

— Salut, je m'appelle Olivia Bellamy.

— Salut, Olivia, répondit Jenny, même si le prénom inscrit sur son badge était « Lolly ».

La fillette jeta un coup d'œil vers un homme de grande taille, à la mine grave, qui se tenait parmi le groupe de parents. Il avait les cheveux blond cendré et des yeux clairs, et l'on devinait aisément qu'il aurait préféré être n'importe où plutôt que coincé dans cette arrière-boutique.

— Mes parents sont en train de divorcer, murmura Lolly.

— Désolée, dit Jenny, mal à l'aise.

Les enfants étaient bizarres, parfois : il fallait qu'ils racontent leurs secrets à des étrangers.

— Tu veux un donut, Olivia ?

Laura tapa dans ses mains pour avoir l'attention de tout le monde.

— Je suis mademoiselle Tuttle, déclara-t-elle. Je vais vous faire visiter le magasin, puis vous aurez droit à une petite dégustation de biscuits.

Lassées, Jenny et Nina allèrent se servir un verre de limonade à la fontaine, derrière le comptoir, puis elles sortirent. Les parents des campeurs étaient faciles à reconnaître. Ils ne portaient pas l'uniforme, mais des tenues coûteuses, impeccables, comme s'ils avaient passé des heures à essayer de se donner une allure décontractée. Les gamins en uniforme affluaient par bandes, avides de faire découvrir la ville à leurs parents.

Jenny eut vite fait de repérer Rourke McKnight. Il était tout seul et il avait les yeux rivés sur elle.

Bon, pensa-t-elle. Et maintenant ? Une décision s'imposait. Elle pouvait faire semblant de ne pas l'avoir vu. Ou lui sourire gentiment.

— Viens, dit-elle à Nina. Je vais te présenter quelqu'un.

Peut-être qu'elle sortirait avec Rourke, et que Nina sortirait avec Joey, et ils seraient amis tous les quatre pour la vie. Ce serait génial ! Quoique… Nina ne serait probablement pas intéressée. Elle avait un petit copain qui allait au lycée dans la ville voisine, même si personne ne le savait. Il fallait qu'elle garde ce secret parce que ses frères lui démoliraient le portrait s'ils l'apprenaient. Ils estimaient qu'elle était beaucoup trop jeune pour avoir un amoureux.

Jenny essaya de deviner qui étaient les parents de Rourke. Contrairement aux autres, il ne faisait pas le guide. Ses parents n'étaient peut-être pas venus. Dans ce cas, il allait être content de voir un visage ami.

Entraînant Nina dans son sillage, Jenny s'approcha de lui et le salua. Il était encore plus beau que la première fois qu'elle l'avait vu. Il était tout bronzé et ses cheveux semblaient avoir éclairci. Sa plaie sur la joue était presque cicatrisée, même si elle était encore visible : un petit croissant de lune.

— Salut ! dit-il. J'étais juste…

— Rourke ! Hé, Rourke !

Joey les rejoignit, un sourire jusqu'aux oreilles, à la différence de son ami qui souriait, lui, d'un air circonspect.

— Salut, Jenny ! lança-t-il sans la moindre timidité. Je te présente mon père, Bruno Santini.

Jenny le salua et présenta Nina.

M. Santini ne ressemblait pas du tout aux autres parents. Il était trapu, robuste, avec des cheveux noirs ondulés, et il enveloppait son fils d'un regard pétri d'amour. En les voyant, Jenny se sentit légèrement envieuse.

— Vous vous êtes fait des amis, je vois, dit M. Santini en administrant une petite tape sur l'épaule de son fils.

— C'est la boulangerie de Jenny, là-bas, précisa Joey. Et la maman de Nina dirige la cuisine au camp.

— Vous avez été bien nourris, manifestement, ajouta Santini avec un sourire rayonnant. Ma mère disait que la bonne chère compte plus qu'une longue vie.

Rourke gardait le silence, se tenant poliment à l'écart. Il regardait Joey non pas avec envie mais avec une affection véritable. Elle savait qu'ils étaient liés comme elle l'était elle-même avec Nina… Soudain, elle vit son expression changer, ses yeux bleus se durcir, se glacer. Elle suivit la direction de son regard et découvrit un couple élégant qui s'approchait d'eux. Ses parents, à coup sûr. Son père était grand et mince, blond avec les tempes légèrement grisonnantes. Sa mère portait une robe droite couleur kaki et des escarpins luxueux. C'était à elle que Rourke devait ses cheveux blonds et ses yeux bleus. Les présentations furent nettement plus compassées, cette fois-ci. Si Jenny avait perdu l'usage de la parole, Nina bombardait les McKnight de questions personnelles, parce qu'elle était comme ça, Nina, curieuse et audacieuse. Elle voulut savoir où ils habitaient, quels métiers faisaient M. Santini et M. McKnight. Lorsque le père de Rourke répondit qu'il faisait partie de l'assemblée de l'Etat, Nina s'exclama :

— Mais oui, bien sûr, le sénateur Drayton McKnight ! Ça, alors !

Jenny n'avait jamais entendu parler du sénateur. Qui connaissait des trucs pareils, à part Nina ? Evidemment, elle était obnubilée par la politique et prévoyait de se présenter un jour aux élections. Elle avait étudié tous les échelons du gouvernement, de l'employé de la fourrière au président des Etats-Unis en passant par l'assemblée de l'Etat.

L'idée d'être le fils d'un sénateur n'avait pas l'air d'emballer Rourke.

— Je ferais mieux d'y aller, bougonna-t-il.

Jenny et Joey échangèrent un regard : ils s'étaient compris. Ils se ressemblaient, ces enfants d'émigrés, discrets tous les deux. Les yeux trop beaux de Joey étaient rivés sur elle. Après s'être fait malmener par ces garçons au camp, elle était prête à renoncer aux baisers jusqu'à la fin de ses jours, mais en voyant Joey et Rourke, elle se sentait disposée à reconsidérer la chose.

Un coup de sifflet retentit — c'était l'animateur —, et Rourke donna un coup de coude à Joey.

— Allons-y.

— A un de ces quatre ! lança Joey aux deux filles.

Tandis que les parents s'éloignaient en groupe, Nina fit volte-face, la main sur le cœur.

— Oh, mon Dieu, tu avais raison : il est absolument craquant !

— Lequel ?

— Bonne question. Ils le sont tous les deux. Mais Joey ressemble trop à mes frères.

C'était vrai. Joey cadrait parfaitement avec la famille Romano.

— De toute façon, ça n'a pas d'importance, reprit Nina, parce que c'est toi qui lui plais, pas moi.

Les joues de Jenny s'enflammèrent instantanément.

— Tu es folle.

— Ne le nie pas et ne fais pas comme si c'était pour ainsi dire un étranger. Je ne suis pas aveugle. Je vois bien que Joey s'est entiché de toi.

Une sorte d'étourdissement s'empara de Jenny. Elle était gênée en même temps. Toute cette histoire de garçons était à la fois merveilleuse et terrifiante.

— D'abord, tu te trompes, dit-elle, Ensuite, je te préviens que si tu dis quoi que ce soit à l'un ou l'autre, je raconte à qui veut l'entendre dans la boulangerie que tu es diabétique et qu'il ne faut plus jamais rien te donner à manger.

Nina prit un air pincé.

— Tu n'oserais pas.

Jenny mit les mains sur ses hanches.

— Essaie pour voir.

— Il meurt d'envie de sortir avec toi, insista Nina.

Jenny se sentit rougir de plus belle. Elle les aimait tous les deux, ces garçons : Joey, parce qu'il était drôle, qu'il avait un contact facile et qu'il lui ressemblait en un sens ; Rourke, parce qu'il était beau, mystérieux et un peu perturbé. Elle ressentait un drôle de tiraillement dans le cœur chaque fois qu'elle posait les yeux sur lui. Ces affaires de garçon étaient compliquées, décida-t-elle. C'était sans doute une bonne chose qu'ils vivent tous les deux en ville. A la fin de l'été, ils seraient partis et elle n'aurait plus à se soucier de savoir lequel elle préférait.

A partir de cette année-là, chaque été, Jenny surveilla

anxieusement les campeurs qui descendaient du train pour voir si Rourke McKnight était venu cette année. Et il était là, plus grand et plus hâlé que l'année précédente. Joey, lui, ne changeait pas beaucoup. Il était toujours en train de rire de quelque chose et examinait Jenny d'une manière qui n'avait rien d'embarrassant et qui lui donnait plutôt l'impression d'être quelqu'un de spécial. Rourke était plus taciturne, et quand il posait les yeux sur elle, elle ne se sentait pas spéciale mais… troublée.

Le troisième été, il lui annonça que c'était la dernière année pour lui comme pour Joey. C'était la veille du 4 Juillet. Elle était allée faire une livraison au camp et s'était échappée un instant en le repérant au loin. Elle eut une réaction des plus étranges. D'un côté, elle était déçue parce que cela voulait dire qu'elle ne le reverrait plus jamais. En même temps, son cœur fit un bond dans sa poitrine, parce que la première chose qui lui vint à l'esprit, c'était que si elle voulait qu'il l'embrasse, elle avait intérêt à agir vite.

Elle avait attendu deux étés entiers pour ça.

Elle jeta des coups d'œil à la ronde. Ils étaient seuls parce qu'il tombait des cordes : la plupart des campeurs étaient dans leur bungalow ou dans le pavillon principal, en train de jouer à des jeux de société.

Ils se mirent à l'abri sous la terrasse du pavillon.

— Je n'arrive pas à croire que c'est ton dernier été au camp, dit-elle en faisant un pas dans sa direction.

Elle regardait fixement sa bouche, comme c'était recommandé dans le magazine *Dix-sept ans*. Un « indice tacite ».

Il se balançait d'un pied sur l'autre, mal à l'aise. « Il sait », pensa-t-elle. Elle fit un pas de plus, réduisant l'espace entre eux. Puis elle essaya un autre truc : elle se passa la langue sur les lèvres, autre astuce suggérée par le magazine.

— Euh, ouais, dit-il en rougissant d'une manière adorable. C'est vrai, mais on reviendra en tant qu'animateurs. M. Bellamy nous a proposé à tous les deux de travailler ici l'été prochain.

Oh ! C'était peut-être une manière de lui dire de reculer.

Mais elle n'en fit rien. Il était tellement emprunté qu'à la fin, ne sachant comment s'y prendre, elle le saisit à bras-le-corps et l'étreignit.

— Je suis si contente, Rourke, si contente que tu reviennes !

L'espace d'un instant magique, peut-être le temps d'un battement de cœur, il lui rendit son étreinte, et elle eut l'impression d'être au paradis. Puis il se raidit et l'écarta de lui.

— Bref, reprit-il, comme s'il ne s'était rien passé, je suis à peu près sûr que mon père pétera les plombs et m'empêchera de revenir. Il va vouloir que j'utilise mon temps de façon plus productive, selon sa formule.

— Cela veut-il dire que tu ne reviendras pas ?

— Nan. Ça veut juste dire qu'il va falloir que je me batte pour obtenir ce que je veux. C'est toujours comme ça.

Son regard se porta sur le rideau de pluie qui parsemait le lac de gouttelettes.

— Vous vous disputez beaucoup, ton père et toi ?

Il haussa les épaules.

— J'essaie de limiter les engueulades. Il peut être méchant, le salopard.

— Comment ça « méchant » ?

— Ça dit bien ce que ça veut dire !

Il n'y avait rien à répliquer. Mais Jenny s'efforça de réviser son point de vue sur les McKnight. Comme tout le monde, elle les considérait comme la famille idéale, un exemple du rêve américain.

— Tu as déjà de la chance d'avoir un père, dit-elle à Rourke.

— Ben, voyons !

— Parfois j'ai tellement envie d'en avoir un que je serais prête à me contenter d'un méchant, affirma-t-elle.

— Tu es folle.

— Pas du tout ! Un jour, je me suis fait mordre par un chien, ajouta-t-elle, et il s'est avéré qu'il était méchant parce qu'on le battait.

— Les chiens ne savent pas ce qu'ils font.

— Je dis juste que ton père a peut-être une raison de

se comporter comme ça. Quand les gens sont blessés, ils deviennent méchants.

Ou bien ils partent en courant. C'était peut-être ce qui était arrivé à sa mère.

Il la foudroya du regard, et elle perçut cette lueur de colère inquiétante qui apparaissait parfois dans ses yeux. Tant pis. Elle ne se laisserait pas démonter.

— Comment on en est arrivés à parler de ça ? dit-elle. Tout ce que je voulais, c'était…

Elle hésita. Oserait-elle lui avouer la vérité ?

— Je voulais que tu m'embrasses. Et j'en ai toujours envie.

Il sourit.

— Non, dit-il, tu n'en as pas envie.

Sur ce, il s'éloigna à grandes enjambées, sans même se protéger de la pluie.

Jenny se sentait ridicule. Ses yeux s'embuèrent de larmes. Elle détestait Rourke McKnight. Elle le haïrait toute sa vie. Avec cette pensée fermement ancrée dans son esprit, elle attendit que la pluie cesse, après quoi elle alla aider son grand-père. Quand ils eurent achevé la livraison, le soleil refit son apparition, et un arc-en-ciel couronnait le lac des Saules.

En contournant la camionnette, elle se retrouva nez à nez avec Joey Santini, qui l'attendait, un grand sourire aux lèvres. Ils bavardèrent un moment en riant de tout et de rien, puis elle le présenta à son grand-père.

Grandpa sourit d'un air approbateur quand Joey lui serra la main en lui disant tout ce qu'il fallait dire, par exemple qu'il adorait les barres au sirop d'érable de Gram.

Heureusement qu'il y avait Joey ! Avec lui, Jenny se sentait de bonne humeur, estimée, et il ne donnait pas constamment l'impression d'être sur le point d'exploser. On était tellement à l'aise avec lui. Elle n'avait jamais l'impression d'être gourde ou stupide. Et il ne lui donnait pas envie de pleurer !

Le lendemain soir, Nina et elle se rendirent au camp Kioga pour les feux d'artifice du 4 Juillet sur le lac des Saules. Et Joey prit l'initiative. Ils étaient installés en bande sur une couverture au bord du lac. Pressant son épaule contre la sienne, il se pencha pour lui chuchoter à l'oreille :

— Je voudrais sortir avec toi.

Jenny ne savait pas quoi dire. Elle n'arrivait pas à déterminer si elle en avait envie ou pas. Alors même que Joey se rapprochait d'elle, elle jeta un coup d'œil dans la direction de Rourke. Il était debout à proximité, les pouces glissés dans la ceinture de son short. Il la regardait fixement d'un air vraiment bizarre. Elle essaya de lui demander avec les yeux s'il y avait une chance pour eux deux, mais soit il ne comprit pas le message, soit il n'en avait que faire. En tout cas, il enlaça nonchalamment la taille d'une fille et se pencha pour lui murmurer quelque chose qui la fit ricaner.

Rourke espérait que ç'avait marché. Il avait passé la moitié de la soirée avec la Ricaneuse. Il ne se souvenait même pas de son nom, mais il avait besoin d'elle. Que pouvait-il faire d'autre ? Jenny était en train de craquer pour lui. Il y avait belle lurette qu'il était amoureux d'elle, mais il fallait qu'il oublie. Elle plaisait à Joey, depuis le premier jour, et il était hors de question que Rourke le prive de ça. Il lui suffisait de faire croire à Jenny qu'il était lui-même un salaud, ce qui était d'ailleurs le cas, selon son père. Elle cesserait alors de s'intéresser à lui pour se tourner vers Joey. Il fallait qu'il en soit ainsi. Joey la méritait. Il saurait comment traiter une fille comme elle. Contrairement à lui, il n'avait pas l'impression d'être consumé par des sentiments si intenses qu'ils risquaient de les anéantir tous les deux, Jenny et lui.

Pendant le reste de l'été, il fit en sorte qu'elle le voie en compagnie de toute une kyrielle de filles. Juste pour qu'elle n'oublie pas : c'était lui le salaud, et elle était beaucoup mieux avec Joey.

DE LA NOURRITURE POUR L'AME

par Jenny Majesky

Le gâteau du bonheur

Il y a une chose que vous n'avez probablement jamais observée. Une fois que je l'aurai soulignée, toutefois, vous ne manquerez plus de la remarquer. Une petite boulangerie familiale est un endroit où l'on est heureux. Songez-y. Vous est-il arrivé de trouver une personne grincheuse en entrant dans une boulangerie ? Ça ne se produit jamais. Les gens derrière le comptoir sont joyeux. Les clients aussi. Même les sons et les odeurs sont placés sous le signe du bonheur.

Je parie que si l'on faisait une étude sur la qualité de l'air dans une boulangerie, on observerait certaines phéromones. Voici l'une des recettes les plus festives de l'arsenal de ma grand-mère. En réalité, c'est un quatre-quarts, mais Gram a créé un néologisme pour cette recette : *Szczesslwe ciastko*, ce qui se traduit *grosso modo*, vous l'aurez deviné, par « le gâteau du bonheur ». Il se distingue par sa couleur jaune soleil et par le fait qu'il est impossible de ne pas se sentir heureux quand on en mange une part.

LE GATEAU DU BONHEUR

- 450 g de farine blanche
- 6 œufs
- 450 g de beurre doux, ramolli (ne pas utiliser de margarine)
- 450 g de sucre (environ 2,25 tasses)
- 2 c. c. de vanille
- ½ c. c. de sel

- 125 ml de lait caillé
- ½ c. c. de bicarbonate de soude
- 1 c. c. de levure.

Préchauffez le four à 170°. Graissez et farinez un moule à charlotte. Fouettez le beurre jusqu'à ce qu'il soit clair, ajoutez progressivement le sucre, la vanille, puis les œufs, un par un. A l'aide d'un mixeur, à vitesse modérée, ajoutez le babeurre. Tamisez ensemble tous les ingrédients secs et incorporez-les petit à petit. Versez la pâte dans le moule et faites cuire environ 1 h 20 jusqu'à ce que la pointe d'un couteau ressorte propre. Laissez le gâteau refroidir 15 à 20 minutes dans le moule. Puis démoulez-le avec précaution, et servez à température ambiante avec des fruits frais ou de la crème au citron.

Pour 12 parts généreuses.

8

Tous les biens de Jenny tenaient dans une camionnette de location. A vrai dire, elle était relativement surprise que l'opération de récupération ait donné un tel résultat. Tout avait été nettoyé et rangé dans des cartons étiquetés avant d'être chargé dans la camionnette. Jenny était censée faire un tri et décider ce qu'elle voulait garder ou jeter, mais elle en était incapable à ce stade. Dans un premier temps, elle allait stocker le tout.

Grelottante, elle croisa les bras sur sa poitrine et se mit à piétiner sur place pour se réchauffer. Elle avait perdu ses gants préférés dans l'incendie, ceux en cuir avec une doublure en cachemire.

Rourke se gara derrière la camionnette. Dans le cadre de son initiative pour la prévention du crime, il s'était rendu au lycée d'Avalon aujourd'hui, et il était habillé en conséquence. Il estimait qu'un costume, et à plus forte raison l'uniforme de la police, constituait un obstacle à la communication avec les jeunes, aussi avait-il revêtu un pantalon large, des grosses chaussures sans lacets, une grande veste et un bonnet de laine. Il ressemblait plus à un snowboarder qu'à un policier.

— Alors ? demanda-t-il.

— Alors, ça y est, répondit Jenny en désignant le camion chargé. Comment ça s'est passé à l'école ?

— Je crois qu'ils m'ont trouvé sympa. Une dizaine d'entre eux se sont inscrits pour les projets de service communautaire.

Elle ne voyait pas comment quiconque, jeune ou vieux, aurait pu lui résister. Les gamins étaient capables de repérer un faux jeton à un kilomètre, et Rourke le savait parfaitement. Il était très à l'aise dans cette tenue décontractée, et il ne la portait pas uniquement pour se mettre au diapason des élèves.

— Comment se fait-il que vous sachiez si bien y faire avec les jeunes, chef ? lui demanda-t-elle.

— Il suffit de les écouter, de leur manifester du respect, et après ça, ça roule… Tu me regardes d'un drôle d'air. C'est à cause de mes vêtements ?

— Non, il ne s'agit pas de tes vêtements.

Elle hésita. Et puis après tout, pourquoi pas ? se dit-elle.

— Est-ce que tu penses parfois à avoir des enfants ?

Il la considéra d'un air étonné, puis éclata de rire.

— Ça n'a rien de drôle ! lui dit-elle. Je ne peux pas m'empêcher de me demander quel genre de père tu ferais, comment tu serais en famille.

— Ni père ni chef de famille, merci beaucoup.

— Allons, McKnight ! Tu n'es pas le premier à avoir eu une enfance malheureuse. Ce n'est pas une excuse.

— Reste à savoir comment je ferais pour acquérir cette progéniture que je suis censé vouloir, d'après toi. Ce n'est pas si facile pour un homme.

Il l'enveloppait d'un regard beaucoup trop intime.

— Ecoute, il faut vraiment que nous reparlions de mon… logement temporaire. Je ne peux pas vivre chez toi éternellement : c'est de la folie.

— Et pourquoi ça ?

— Parce qu'on ne sort pas ensemble.

— On devrait peut-être, dit-il. On pourrait être… colocataires.

Il se détourna brusquement pour aller vérifier le travail effectué par la compagnie de récupération à l'arrière de la camionnette.

Des colocataires, songea Jenny. Qu'entendait-il par là ? Comme elle n'osait pas lui poser la question, elle préféra changer de sujet.

— Tous mes biens tiennent dans cette camionnette. C'est plutôt lamentable, non ?

— Ça n'a rien de lamentable, répondit-il. C'est arrivé, c'est tout.

— Lamentable, répéta-t-elle. Quand je vois ça, quand je pense que c'est tout ce qui reste de ta maison, ça me fait mal au cœur.

Un gros 4x4 équipé d'une lame de chasse-neige venait de se garer à proximité. Connor Davis en sortit, suivi de Greg Bellamy. Greg était le frère cadet de Philip Bellamy, ce qui faisait de lui l'oncle de Jenny, bien qu'il n'ait que quelques années de plus qu'elle. Divorcé depuis peu, il était venu s'installer à Avalon avec ses deux enfants, Daisy et Max. Daisy allait travailler à la boulangerie, Max était en sixième. Comme tous les Bellamy que Jenny avait rencontrés, Greg était un homme affable et plein de charme.

Jenny n'avait pas du tout l'impression de faire partie de la famille Bellamy. Elle n'avait certainement pas hérité de ces traits nobles ni de cette blondeur. Tous les gens qui avaient connu sa mère disaient qu'elle ressemblait trait pour trait à Mariska — à l'évidence jolie, mais d'une manière totalement différente : plus naturelle, plus sombre.

— C'est gentil d'être venus ! lança Jenny.

— C'est tout à fait normal, affirma Greg.

Tandis qu'elle le présentait à Rourke, elle songea qu'à eux trois ils constituaient un rêve dont une femme ne voudrait jamais se réveiller. Ils étaient grands tous les trois, solides, sexy. Et quelque chose dans la présence de ces véhicules puissants et dans la conscience de la lourde tâche à accomplir en plein air semblait élever le niveau de testostérones.

— Je vous suis vraiment reconnaissante, dit-elle. Vous êtes sûrs que ça ne posera pas de problème d'entreposer tout ça au camp Kioga ?

— Aucun problème, répondit Connor. Il y a de la place à revendre là-bas, et personne n'y va, l'hiver.

— C'est vraiment sympa. J'avais l'intention de tout stocker dans le garage, mais il est endommagé, et il va falloir le raser, comme tout le reste.

Elle n'arrivait toujours pas à se faire à l'idée qu'elle n'avait plus de toit ni aucun endroit où stocker ses affaires.

Il fut entendu que Connor conduirait le 4x4 et que Rourke et Jenny suivraient dans la camionnette.

Ils durent s'engager au pas dans l'allée privée conduisant au camp, la lame du chasse-neige soulevant des geysers de neige de part et d'autre, tout en dégageant la chaussée.

— Je suis sidérée que les gens soient aussi gentils, dit-elle à Rourke.

— Ce n'est pourtant pas difficile de l'être avec toi.

— C'est pour ça que tu m'aides ? Pour être gentil ?

— Je ne suis pas gentil, dit-il. Tu es mieux placée que quiconque pour le savoir.

Ils avaient commis des erreurs dans le passé. Jenny était hantée par les regrets et Rourke souffrait d'une culpabilité profonde qui le minait depuis longtemps. C'était la raison pour laquelle ils s'étaient éloignés l'un de l'autre, mais dans la mesure où ils avaient passé beaucoup de temps ensemble récemment, elle s'estimait en droit de revenir sur ce passé.

— Tu ne t'es jamais pardonné pour Joey, dit-elle, évoquant le sujet le plus douloureux qui soit. Quand vas-tu te décider à le faire, Rourke ?

Il continua à regarder droit devant lui, les yeux braqués sur la route.

— Question intéressante, venant de toi.

— Ce n'est pas une réponse.

— D'accord. Alors, disons que je ne me suis pas pardonné à propos de Joey parce que certaines choses sont… impardonnables. On essaie juste d'aller de l'avant, de vivre avec.

« Et on passe le reste de sa vie à faire pénitence », se dit-elle. Pour Dieu sait quelle raison, elle pensa à *La Belle et la Bête* — la version originale française, rageuse, brutale, et non pas l'adaptation édulcorée de Disney. Dans l'original, la furie de la Bête était apaisée par l'amour inconditionnel de l'héroïne, et pourtant la rédemption sous-entendait tant de souffrance et de sacrifices de la part des deux protagonistes que Jenny se demandait si le jeu en valait la chandelle.

Elle garda le silence pendant le reste du trajet. L'extrémité sud du lac était proche de la ville. Des cottages pittoresques, fermés pour la plupart durant l'hiver, s'agglutinaient le long de la rive. Les pontons verglacés où s'entassait la neige projetaient leur ombre sur les champs immaculés. Ils passèrent devant l'Auberge du lac des Saules, un manoir datant du XIXe siècle que l'on disait hanté. Quand elles étaient petites, Jenny et Nina passaient souvent devant à bicyclette, et elles se demandaient toujours quels fantômes pouvaient bien occuper les lieux. Nina rêvait d'être un jour propriétaire de ce manoir. Mais quand elle était tombée enceinte, sa vie avait pris un tout autre cours.

Le lac s'insinuait dans une gorge qui s'enfonçait rapidement dans la nature, et il n'y eut bientôt plus rien à regarder que les bois enneigés. Cette perfection d'un autre monde, la paix qui y régnait fascinaient Jenny. Les arbres frêles se dessinaient sur la blancheur de la neige, sillonnée d'empreintes d'animaux. Mésanges à tête noire et cardinaux sautillaient sur les branches. Les lits des ruisseaux ressemblaient à la banquise ou à des glaciers miniatures. Quand ils atteignirent le périmètre de Kioga, Jenny avait l'impression d'être dans un autre monde, et non pas à quelques kilomètres d'Avalon.

Lieu de villégiature historique, Kioga reflétait le style des « grands camps » de l'âge d'or. L'entrée marquée par une arche rustique de bois et en fer forgé donnait sur une longue allée de neige vierge menant au pavillon principal. Les terrains de sport étaient enfouis sous la neige eux aussi, ainsi que les remises et le hangar à bateaux près du lac gelé tel un vaste champ immaculé.

Tout était en état d'hibernation. Les escaliers des cabanes de bois et des cottages formaient des congères pentues. Sur l'île au milieu du lac, le belvédère était recouvert de stalactites. Jenny était sous le charme de ce calme impénétrable et de ce paysage ensommeillé, comme saupoudré de sucre. Elle n'avait jamais vu le camp en hiver et elle trouvait les lieux magiques.

Le 4x4 de Connor s'immobilisa devant une remise. Greg

déverrouilla la porte et, en un rien de temps, ils eurent tout stocké dans le bâtiment de bois.

— C'est magnifique ici, dit-elle à Connor. Je suis heureuse qu'Olivia et toi ayez décidé de rouvrir le camp.

— Un de ces quatre, ce sera ouvert toute l'année, répondit Connor.

Elle remarqua que Rourke se tenait à l'écart et contemplait le lac, perdu dans ses souvenirs. Il avait passé de nombreux étés au camp, avec Joey. Là, dans l'eau fraîche du lac jusqu'aux chevilles, ils s'étaient amusés à faire des ricochets en comptant consciencieusement leur score. Ici, au ponton, ils avaient commencé leurs courses à la nage. Il y avait un trapèze suspendu à un arbre énorme dont les branches surplombaient le lac ; ils se défiaient l'un l'autre de se balancer toujours plus haut, toujours plus loin, pour plonger plus profondément. Ils avaient toujours rivalisé, d'une manière ou d'une autre. Jenny essaya de se souvenir à quand remontait cette rivalité qui avait creusé un fossé dans leur amitié. Etait-ce le moment où ils s'étaient rencontrés tous les trois ?

Greg prit du recul et contempla les cartons étiquetés, bien empilés.

— Voilà qui est fait.

— Encore merci.

Jenny refusait de penser que tout ce qu'elle possédait se trouvait dans ces cartons. Un jour, dans un avenir proche — peut-être dès le printemps —, elle devrait les ouvrir et décider du sort de chaque objet. Fallait-il conserver le batteur à œufs tordu de sa grand-mère, la boîte de pêche de Grandpa, un cendrier en argile confectionné par sa mère en colonie de vacances ?

La neige s'était mise à tomber à petits flocons. Elle leva son visage vers le ciel, sentant leur caresse sur son front, sur ses joues. Tout allait s'arranger. Le monde était merveilleux, et toutes sortes de possibilités s'offraient à elle.

— On ferait mieux de rentrer ! lança Connor en se dirigeant vers son 4x4.

— Retrouvez-moi à la boulangerie, suggéra Jenny. Je vous offre une tasse de café et toutes les pâtisseries que vous voudrez.

— Une autre fois, répondit Connor. Il faut que je rentre travailler.

— Moi aussi, renchérit Greg. Mais on se voit samedi ? Pour le dîner ?

— Entendu.

Philip Bellamy devait venir de New York pour la voir. Elle lui avait assuré qu'elle n'avait besoin de rien, qu'elle se débrouillait, mais il avait insisté.

Après le départ de Connor et de Greg, Rourke et elle se mirent, eux aussi, en route en prenant leur temps.

— C'est magnifique ici, dit-elle. Je me sens… nostalgique. Pas toi ?

— Peut-être un peu, reconnut-il.

Il accéléra l'allure, et elle sentit qu'il se fermait. C'était aussi bien. Ils n'avaient jamais été très doués pour parler des choses qui importaient vraiment.

9

Jenny était sur le point de sortir de la mairie après avoir passé un après-midi qui lui avait paru interminable à remplir des formulaires pour remplacer les documents qu'elle avait perdus. Nina Romano avait rendu cette corvée plus supportable en passant la voir.

— Réponds-moi franchement, lui dit Jenny. Est-ce qu'il y a beaucoup de ragots au sujet de ma présence chez Rourke ?

— Tu me croiras si je te réponds : « Pas du tout » ?

— Non.

Elle signa la dixième page d'une demande de titre de propriété.

— Cela dit, ils ont d'autres soucis en tête.

Nina prit tous les formulaires signés.

— Je vais les porter au préposé.

Elles s'engagèrent ensemble dans un couloir jalonné de bureaux.

— Quels soucis ?

Nina agita la main.

— Des histoires de finances municipales. Je ne vais pas t'ennuyer avec ça. Je préférerais que tu me racontes comment ça se passe chez Rourke.

— Tu vois ? riposta Jenny. Je ne devrais pas rester là-bas. C'est de la folie.

— J'ai dit ça pour te taquiner. Ecoute, on ne sait toujours pas ce qui s'est passé chez toi. Alors tu devrais rester là-bas au moins jusqu'à ce qu'on ait élucidé l'affaire.

— Oh, mon Dieu ! Est-ce une conspiration ?

— Non, je suis pragmatique, c'est tout. D'ailleurs, si ça te pose vraiment un problème, tu n'as qu'à venir t'installer chez moi.

— Je vais peut-être me laisser convaincre.

Jenny savait qu'elle n'en ferait rien. De toute façon, il n'y avait pas assez de place chez Nina.

— Le plus important, en fait, reprit Nina, c'est de savoir où tu as envie de passer le reste de ta vie.

Rien qu'en entendant ces mots, le cœur de Jenny s'emballa, signe avant-coureur d'une crise de panique. Il n'y avait rien de plus étrange que de se réveiller le matin sans savoir ce que l'on allait faire de sa vie.

Nina avait dû lire l'inquiétude sur son visage car elle lui tapota le bras en un geste qui se voulait rassurant.

— Il ne faut pas te préoccuper de ce que pensent les gens. Ça devrait être le cadet de tes soucis. Prends ton temps, d'accord ?

Jenny hocha la tête en s'emmitouflant en prévision du froid.

Quand elle arriva chez Rourke, trois chiens jaillirent de leur abri pour l'accueillir dans le jardin. Elle avait les bras chargés de provisions et de livres provenant de la bibliothèque. Au bout du compte, bien sûr, elle serait contrainte de racheter tous les précieux volumes qu'elle avait perdus dans l'incendie. Ses livres d'enfants préférés, Dieu merci toujours publiés — *Charlotte's Web, Harriet l'espion, The Borrowers*. D'autres étaient sans doute épuisés, comme la bibliothécaire le lui avait laissé entendre, en lui promettant néanmoins d'essayer de mettre la main sur un exemplaire de *You Were Princess Last Time*, l'histoire de deux sœurs qui l'avait fait pleurer un nombre incalculable de fois quand elle était petite. Et puis il y avait ces recueils auxquels elle ne cessait de se référer : les essais de Ray Bradbury sur l'écriture, des contes d'évasion comme *Sous le soleil de Toscane*, les essais sur la nourriture de Ruth Reichl. Son plus grand regret, c'était de n'avoir aucune archive des innombrables ouvrages dont elle ne se souvenait plus.

Elle déambula dans le salon, ôta lentement ses gants et

son anorak tout en jetant un coup d'œil à la bibliothèque de Rourke. Elle s'était rendu compte qu'il lui arrivait souvent d'explorer sa maison pour essayer de découvrir qui il était. Les livres en disent long sur leurs propriétaires, mais les choix de Rourke étaient aussi hermétiques qu'il l'était lui-même — des polars, de vieux livres scolaires, des manuels de bricolage. Il y avait aussi une importante collection de livres d'aventures ou d'action aux titres tels qu'*Assaut sur l'enceinte 17, Rue du Meurtre*, qui décrivaient sans doute un travail policier très différent de celui que Rourke accomplissait à Avalon. Certains ouvrages, probablement des cadeaux d'ex-petites amies, avaient l'air tout neufs : il n'y avait sans doute pas touché. Il s'agissait de traités sur les relations amoureuses destinés à coup sûr à lui montrer ses erreurs. Elle dénombra au moins trois exemplaires de *Comment sauver votre relation ?* Quant au *Manuel du parfait compagnon*, il était toujours sous son emballage de Cellophane.

« Vous pouvez toujours rêver ! », dit-elle en silence aux femmes qui lui avaient fait ces cadeaux.

Elle doutait sérieusement qu'il soit dans la nature des hommes de lire ce genre d'ouvrage.

Elle retourna dans la cuisine pour ranger ses provisions. Elle n'avait jamais vécu avec un homme. Elle ignorait par conséquent si Rourke était particulièrement représentatif de la gent masculine. Elle avait tellement l'habitude de prendre soin de sa grand-mère, de se lever de bonne heure, de la préparer pour la visite quotidienne de l'infirmière... C'était une sorte de révélation de se réveiller seule, de passer la journée sans avoir à s'organiser en tenant compte des besoins de Gram.

Au bout de quelques jours passés chez Rourke, un rythme s'était établi de lui-même. Il se levait tôt et préparait son fabuleux café. Elle en buvait une tasse pendant qu'il prenait sa douche, puis ils inversaient les rôles. Ils déjeunaient ensemble, puis ils vaquaient à leurs occupations.

A la fin de la journée, pendant qu'elle préparait des sandwichs, elle se prenait à lui demander comme une parfaite femme d'intérieur : « Comment s'est passée ta journée ? »

Pourquoi pas, « comment s'est passée ta journée, chéri ? » tant qu'elle y était.

Elle ne pouvait pas s'en empêcher. Ça lui venait naturellement. Tout comme le léger élan du cœur quand elle l'entendait rentrer par la porte du jardin, taper des pieds pour se débarrasser de la neige et siffler pour appeler les chiens avant de pénétrer dans la cuisine.

— Salut ! lança-t-elle. Comment s'est passée — oh, mon Dieu, voilà qu'elle recommençait — … ta journée ?

— Chargée.

Il n'avait pas l'air gêné par le ton familier de sa question.

— On a dénombré treize accrochages, dont sept liés à des problèmes d'alcool. Une scène de ménage qui a dégénéré, une escroquerie bancaire, des gamins qui ont dégradé du matériel scolaire et une femme qui a laissé son enfant en bas âge seul à la maison pendant qu'elle allait travailler.

— Comment fais-tu pour tenir le coup ? Tu vois quotidiennement les gens sous leur plus mauvais jour. Ça doit être déprimant à la fin.

— Je le supporte parce que je m'efforce d'arranger les choses. Même si ça ne marche pas toujours, malheureusement.

— Tu veux dire que tu es parfois forcé de laisser filer les coupables ?

— Ça m'arrive. S'il n'y a pas suffisamment de preuves ou bien parce qu'on a d'autres chats à fouetter et pas suffisamment d'hommes sous la main. Les raisons sont multiples.

Avant qu'elle ait le temps de poser une autre question, il agita la main.

— Ce que je fais dans la journée n'est guère propice à une conversation bon enfant.

Comme beaucoup de gens, il rapportait chaque jour de son travail un fardeau invisible. Seulement, pour la plupart de ses concitoyens, ce fardeau n'était pas constitué de délits mineurs ni d'actes de cruauté.

— Nos vies sont si différentes, dit-elle. Tu vois des êtres qui se conduisent mal à longueur de journée.

Il rit.

— Personne ne l'a jamais exprimé en ces termes.

— Tandis qu'à la boulangerie, moi, je vois des gens qui ont juste besoin d'un café et d'un beignet tout frais pour être heureux.

— Je devrais donner ma démission et m'acheter un filet à cheveux ! lança-t-il d'un ton railleur.

Il dévora avec appétit la moitié de son sandwich, et elle vit qu'il se détendait. Etait-ce dû à sa présence ou simplement au fait que la journée de travail était finie ?

Elle eut sa réponse quand, en levant brièvement les yeux vers lui, elle s'aperçut qu'il la dévisageait d'une manière déconcertante.

— Qu'est-ce qu'il y a ? demanda-t-elle.

— Rien. Je n'ai pas dit un mot.

— Tu me fixes.

— J'aime regarder les femmes. Qu'est-ce qu'on peut y faire ?

Elle baissa la tête pour dissimuler son sourire. Ils multipliaient les tentatives d'approche, l'un et l'autre, même s'ils s'entouraient de précautions. A la fin du repas, quand il eut débarrassé la table et fait la vaisselle, Jenny fut forcée d'admettre qu'il lui avait fait perdre les pédales.

— Il faut que je sorte ce soir, dit-il.

Dieu merci, il ne parut pas se rendre compte de sa déception.

— Oh ! Euh… bon, d'accord, bredouilla-t-elle.

Que pouvait-elle dire d'autre ? Il ne lui devait aucune explication.

Il s'empara de son portable et glissa son porte-revolver sur son épaule. Elle fit mine de ne pas regarder, bien qu'elle ne puisse s'en empêcher. C'était intrigant, pour ne pas dire sexy, de penser qu'il portait une arme sur lui.

Il surprit son regard et sourit.

— Tu veux m'accompagner ?

— Où ça ?

— Au stand de tir.

— Pourquoi pas ? répondit-elle du tac au tac. Je me suis toujours demandé l'effet que ça faisait de tirer.

— Je t'apprendrai, si tu veux.

Elle hésita encore un instant. Avait-elle vraiment envie d'apprendre ou disait-elle ça simplement pour qu'il ne la trouve pas trop barbante ? Et puis pourquoi voudrait-il lui donner des cours ? Parce qu'il l'aimait bien ou parce qu'il estimait qu'elle devait apprendre à tirer ?

— Je vais chercher mes affaires.

Le stand de tir n'était qu'à une courte distance de la maison. Il y avait deux bâtiments : le premier abritait la salle d'entraînement et l'autre une salle de classe. Dans celle-ci, Rourke l'aida à s'équiper et lui montra le revolver qu'elle utiliserait.

— C'est un Glock calibre 40, lui expliqua-t-il tout en lui montrant comment il fonctionnait. La posture est l'élément clé pour atteindre sa cible.

Il brandit le revolver en le tenant à deux mains dans un mouvement qui semblait parfaitement naturel.

— A ton tour.

Bon, pensa Jenny en soupesant l'arme puissante, noire et angulaire entre ses mains.

— Tiens-le bien. Quel effet ça te fait ?

— Tu vas penser que je suis loufoque, mais je trouve ça… sexy.

Il sourit.

— C'est bon signe. Ça te donnera plus d'assurance.

Avec son sweat-shirt de la police d'Avalon, son protège-oreilles et ses lunettes de protection, elle devait être nettement moins sexy qu'elle ne l'espérait.

— Ferme les yeux et lève ton revolver.

— Pardon ?

— Ne t'inquiète pas, il n'est pas chargé. Il faut que tu le lèves, les yeux fermés, pour apprendre à connaître la position des bras qui t'est naturelle.

Elle s'exécuta, rouvrit les yeux et se retrouva face à un grand X sur le mur de la salle de cours. Rourke se montra incroyablement tatillon quant à sa posture, ajustant soigneusement la hauteur de ses bras tendus, l'angle de son menton, la position de ses pieds, sa poigne… au point qu'à la fin elle faillit laisser exploser sa frustration.

— J'ai l'impression d'être une poupée Barbie articulée.

Il glousse tout en modifiant une fois de plus sa posture.

— La Barbie du stand de tir. La poupée américaine dans toute sa splendeur. Ça me plaît beaucoup.

Il continua son manège, contrôlant la pression sur la détente, la pause de respiration naturelle qui, lui expliqua-t-il, était le moment idéal pour tirer parce que c'était là qu'elle serait le plus détendue. Elle s'efforça de mémoriser tous ses conseils. Tirer un coup de feu équivalait semblait-il à effectuer une bonne douzaine d'actions simultanément et à la perfection.

— Je n'ai jamais eu à me donner autant de mal pour satisfaire un homme, dit-elle.

— Je suis content de savoir que tu es disposée à faire un effort. A présent, arrête de flirter avec moi et concentre-toi.

— Je ne flirte pas avec toi !

— C'est pourtant l'impression que j'ai.

— C'est dans ton imagination. Loin de moi cette idée. Bon, maintenant, montre-moi comment faire pour tirer sur quelque chose.

— Entendu. Règle numéro un, il faut que tu sois un peu plus précise en ce qui concerne ta cible. « Quelque chose », c'est trop vague.

— D'accord. Je veux viser l'une de ces silhouettes de méchants.

— Bon, allons dans le stand de tir.

L'espace était divisé en box où les habitués qui n'avaient pas besoin d'être surveillés de près pouvaient s'exercer. Pour l'heure, seuls quelques box étaient occupés. D'autres flics, lui expliqua Rourke en les saluant d'un geste, et quelques adeptes locaux. Elle fut surprise de voir Zach Alger avec son père. Matthew était un homme de grande taille, au torse imposant. Ses traits nordiques lui donnaient un air plus jeune qu'il ne l'était en réalité. Le père et le fils s'entraînaient dans des allées adjacentes. Chaque coup provoquait une violente détonation qui faisait grimacer Jenny. Rourke lui expliqua que les murs pouvaient arrêter n'importe quelle volée de balles à bout portant.

— Une balle de calibre 40 est capable de pénétrer une douzaine d'épaisseurs de contreplaqué.

— C'est bon à savoir. J'éviterai de me cacher derrière un mur si quelqu'un me tire dessus.

— La meilleure défense dans presque toutes les situations consiste à se battre. Se battre sans jamais renoncer. Mais il faut savoir ce qu'on fait.

Il désigna la silhouette au bout du stand et utilisa une sorte de souris pour la faire bouger et la positionner. Puis elle se prépara, exactement comme il le lui avait montré — bras tendus, pieds orientés de manière à mettre le bras dans l'axe de la cible, prise, alignement de la vue, respiration. Après quoi elle appuya sur la détente. « Ne tire pas, lui avait-il dit. Appuie. »

Elle appuya.

L'arme recula brutalement, provoquant une onde de choc tout le long de son bras.

— Tu as oublié d'accompagner le mouvement, lui dit-il.

Après le premier tir, on était supposé mettre en joue de nouveau pour améliorer la fermeté de sa main. Elle s'exécuta. Elle sentait la cordite brûlée lui chatouiller les narines. Mais la cible resta narquoisement suspendue au bout de l'allée, sans une égratignure.

— Hé ! s'exclama-t-elle en écartant un de ses protège-oreilles. Je pensais que la balle arriverait en plein dans le mille.

— Non, répondit Rourke en agitant le bras. Tu savais très bien que tu avais raté ton coup.

— Comment ça ?

— Ta posture et ta prise étaient excellentes. Mais tu ne toucheras jamais ta cible à moins de l'avoir vue d'abord.

Il effleura sa tempe.

— Quoi ?

— Regarde ta cible, et puis tire.

Jenny n'était pas très sûre d'avoir compris, mais elle était déterminée.

Elle tira plusieurs coups de suite, surprise chaque fois par la force du recul. Finalement, elle parcourut des yeux le pourtour de la cible. *Regarde, et puis tire*, devint pour elle comme un mantra.

Après un nombre incalculable de décharges, elle s'améliora quelque peu. Il y avait tant d'éléments à prendre en compte — le mécanisme de l'arme, la posture, l'ajustement subtil de la respiration et de la pression sur la détente. Rourke avait parfaitement raison. Elle apprit rapidement à visualiser sa cible et, finalement, elle fit mouche. *Regarde d'abord, tire après.*

Quand l'une des cibles fut criblée de trous dans tous les endroits vitaux, elle baissa le Glock et se tourna vers son coach en souriant comme jamais depuis qu'elle avait perdu sa grand-mère.

— Bon travail ! dit-il en levant le pouce.

Après ça, il lui montra comment nettoyer le revolver, et rangea tout l'équipement de protection.

— Je suis fier de toi, déclara-t-il.

C'était une phrase toute simple, mais elle provoqua en elle une émotion inattendue. Elle détourna les yeux en ébouriffant ses cheveux là où les protége-oreilles les avaient aplatis.

— C'est censé être un compliment, précisa-t-il.

— Je sais… C'est gentil.

Elle prit une profonde inspiration. Comment lui expliquer ?

— Je pense avoir passé l'âge où l'on a besoin de l'approbation d'autrui.

— On en est tous là, répliqua-t-il. J'ai passé mon enfance à l'affût de ça, Dieu m'en est témoin.

Intéressant, pensa-t-elle. Ces aperçus de son passé étaient rares.

— Jusqu'au jour où tu as renoncé à essayer de t'entendre avec ton père et où tu as pris la fuite, lui rappela-t-elle.

— Qu'est-ce qui te fait croire que j'ai pris la fuite ? J'allais peut-être vers quelque chose, au contraire.

— A savoir ?

— Le genre de vie que je souhaitais plutôt que celui que ma famille voulait m'imposer, répondit-il simplement.

— Et tu as réussi ? demanda-t-elle. As-tu la vie que tu voulais ?

— C'est ma vie, en tout cas, et je m'en accommode. Comme tout le monde, finalement.

Il se détourna alors, mettant ainsi un terme à la conversation. Jenny n'était pas fâchée de changer de sujet. Tout cela devenait trop personnel. Elle n'était pas sûre d'avoir envie de s'appesantir.

Ils rangèrent leurs équipements. Puis elle nettoya son arme, étape par étape, comme il le lui avait montré, sous son regard appréciateur.

— As-tu l'intention d'écrire tout ce qui s'est passé aujourd'hui ? demanda-t-il quand elle eut terminé.

Prise au dépourvu, elle songea malgré elle au contact de ses bras autour d'elle quand il lui avait montré la posture requise. Elle n'était pas sûre d'avoir envie de consigner ça noir sur blanc.

— Je ne vois pas très bien comment incorporer une leçon de tir dans une chronique gourmande.

— Dans tes mémoires, tu pourrais, non ?

Elle mit son écharpe autour de son cou.

— Je regrette de t'avoir parlé de ça.

— Pourquoi ? J'ai hâte de les lire, moi !

Comme il avait lu tous les livres qui se trouvaient dans sa bibliothèque ? se demanda-t-elle.

— Pourquoi voudrais-tu lire un récit sur une boulangerie familiale ?

— Peut-être parce que j'ai envie de connaître la fin.

— Ce n'est pas à moi de prédire la fin.

— Mais comment aimerais-tu que ça se termine ?

— Je ne peux pas répondre à ça.

— Pourquoi pas ?

— Il me faut des jours pour y réfléchir. Peut-être même des semaines ou des mois.

C'était le problème quand on avait trop de liberté, pensa-t-elle. On ne sait qu'en faire.

— Qu'est-ce que tu racontes ? Tout le monde a une vision de son avenir.

— Ah, bon ? C'est ton cas ?

Elle remonta la fermeture Eclair de son anorak.

— Ouais.

— Et alors... ?

— Je te le dirai peut-être un jour.

A un moment donné, sans qu'elle s'en rende compte, ils s'arrêtèrent de marcher et restèrent plantés là, tout près l'un de l'autre, sous la lueur jaunâtre des lampes à vapeur de sodium du parking. Elle sentait la chaleur de son corps. En penchant la tête en arrière, elle s'aperçut qu'il étudiait sa bouche avec un intérêt incontestable. A la pensée qu'il allait l'embrasser, elle craignit de fondre sur place. Elle en avait envie. Elle le redoutait. Elle en avait envie.

Le désir et l'indécision devaient tous deux se lire sur son visage parce qu'il lui prit le bras et chuchota son nom d'une voix rauque.

— Jenny...

Elle scruta son visage sous la lumière pâle, un peu vague, et une terrible sensation s'empara d'elle. Elle était en train de tomber. De tomber amoureuse de lui. Elle entendait presque le vent bruisser dans ses cheveux durant sa chute, et c'était mauvais signe. Pour la bonne raison que ça ne marcherait jamais entre eux. Elle le savait d'avance. Ils finiraient par se faire du mal ; il s'en irait et elle resterait bloquée dans cette ville pour toujours.

Elle était incapable de rassembler ses esprits tant qu'il était si près d'elle et qu'il la regardait comme ça.

— Je pense qu'avant de...

Elle ne voulait pas l'exprimer verbalement.

— Il faut qu'on parle, Rourke.

Il y avait une pointe d'amertume dans son sourire.

— On a déjà beaucoup parlé.

Il semblait croire qu'il n'y avait plus rien à dire.

— Je ne vais pas tomber dans ton lit comme tes bimbos, déclara-t-elle.

— Je ne t'ai rien demandé, lui fit-il remarquer. Et tu es bel et bien tombée dans mon lit.

Sur ce, il fit volte-face, regagna sa voiture et lui ouvrit la portière.

En le fusillant du regard, elle monta et boucla sa ceinture avant qu'il le lui rappelle.

Elle frissonna au contact du siège glacé. Il faisait un froid mordant et l'on avait atteint cette époque de l'hiver où les journées étaient si sombres et la neige si profonde qu'on imaginait mal que le beau temps puisse revenir un jour et que le soleil puisse briller où que ce soit.

— Je me souviendrai de cette promesse, dit-elle alors qu'il se glissait derrière le volant.

— Quelle promesse ?

Son air paniqué la fit presque rire.

Rourke McKnight et les promesses n'avaient jamais fait bon ménage.

— Tu m'as dit que tu me dirais comment tu envisageais ton avenir, lui rappela-t-elle. Personnellement, je ne pense pas que ce soit une bonne idée de faire trop de projets.

Elle marqua un temps d'arrêt avant de se lancer. La question était en suspens entre eux depuis le jour où il l'avait ramenée chez lui après l'incendie. Autant l'aborder directement.

— Pense à Joey et moi. Les plus beaux projets peuvent tomber à l'eau du jour au lendemain.

Elle s'attendait à ce qu'il lui fasse remarquer que cette histoire était tout bonnement la preuve que le mensonge et la trahison détruisaient les innocents. C'est ce qu'ils avaient pensé tous les deux, elle le savait.

Pour toute réaction, Rourke monta le chauffage, lui expédiant de l'air chaud en plein visage.

10

Le samedi matin, ils allèrent à la boulangerie. Mariel Elena Gale, la vendeuse, les accueillit avec un grand sourire. Dotée d'un solide sens de l'humour et du goût de l'indépendance, elle était la plus jeune des employés. Elle était à l'origine de charmantes innovations telles que les biscuits au sucre en forme de tête d'élan et les quatre-quarts au chocolat ornés de pousses de crocus en pâte d'amandes. A côté du gâteau du jour, elle avait placé un écriteau qui disait : « Voulez-vous un morceau de moi ? »

— Bonjour, Jenny. Bonjour, agent McKnight.

Mariel n'avait pas l'air surpris de les voir ensemble.

Jenny tint à préparer elle-même le café, tandis que Rourke s'installait à une table.

Le fait de passer autant de temps avec lui provoquait en elle des sensations tout à fait inattendues. Des souvenirs qu'elle avait enfouis au fond de sa mémoire refaisaient surface et, à son grand étonnement, ils étaient toujours aussi douloureux. De plus, elle s'inquiétait à l'idée qu'ils puissent succomber à une tentation qui serait… pour le moins périlleuse. Il fallait qu'elle prenne d'autres dispositions, mais l'indécision, l'inertie la paralysaient.

Soudain, près de la table de Rourke, une femme laissa tomber sa serviette et se pencha pour la ramasser. Ce qui aurait été banal si la femme en question n'avait pas porté un fuseau couleur magenta et un pull en angora blanc ultramoulant, et si elle avait mieux dissimulé son intérêt pour Rourke.

Jenny ne pouvait pas entendre ce qu'ils se disaient, mais

la cliente semblait le trouver très amusant. Rourke avait toujours eu cet effet sur les femmes. Il n'avait même pas besoin d'ouvrir la bouche. Il avait *quelque chose*. Il ne s'agissait pas seulement de ses allures de jeune premier. Délibérément ou non, il dégageait une troublante sensualité qui promettait des nuits torrides. En tout cas, c'était ce que Jenny ressentait, tout en reconnaissant à contrecœur que la skieuse pulpeuse et elle avaient les mêmes goûts.

Fort heureusement, cet intermède fut interrompu par Mariel, qui apportait les commandes. Le regard de la skieuse s'attarda un instant de plus, puis elle rejoignit ses amis qui s'apprêtaient à partir.

Le petit déjeuner habituel de Rourke était apparemment un feuilleté au fromage blanc glacé au miel d'oranger, servi chaud, et il était déjà en train de le dévorer quand Jenny rejoignit leur table.

— Désolé, dit-il, la bouche pleine. Je n'ai pas pu attendre. C'est presque aussi bon qu'une partie de jambes en l'air.

Elle glissa un coup d'œil dans la direction de la playmate en tenue de ski.

— J'ajoute que ça dépend de la partenaire, et je change immédiatement de sujet. Les flics ne sont pas censés parler de ce genre de choses.

Il y avait un monde fou dans la boulangerie. Les gens qui faisaient leurs courses s'y arrêtaient pour acheter du pain de seigle ou un gâteau spécial pour le déjeuner du dimanche. Quelques touristes intrépides — skieurs, snowboarders, amateurs de motoneige ou de ski de fond — prenaient un café en planifiant leur journée sur les pistes du domaine skiable qui sillonnaient la région, ou à Saddle Mountain, la station locale.

En dépit du chaos de son existence, Jenny se sentait en étroite relation avec sa communauté dans les moments comme celui-là. Les bavardages des clients, les odeurs, les sourires de la serveuse, les bruits provenant de la cuisine, tout cela concourait à créer une atmosphère à la fois rassurante, familière et hors du temps. Elle adorait ce bâtiment vieillot, immuable, qui trônait sur la grand-place. Alors qu'elle avait tout perdu, la boulangerie, elle, était toujours là, solide, bien réelle, sécurisante.

Dans le même temps, le poids de la responsabilité pesait lourd sur ses épaules. Le double choc psychologique qu'avaient été la perte de sa grand-mère, puis celle de sa maison l'avait profondément secouée, mais elle devait quand même s'occuper du commerce et de ses employés.

Il lui arrivait de se demander ce qu'aurait été sa vie si elle avait eu le choix. La boulangerie était le rêve de ses grands-parents, pas le sien. Elle se sentait déloyale envers eux de penser à ça, mais elle ne pouvait pas s'en empêcher.

Rourke s'adossa à sa chaise et la regarda.

— J'adorerais savoir à quoi tu penses.

— Je ne pense peut-être à rien, qui sait ?

Il se mit à rire.

— C'est absolument impossible, tu le sais bien ! Tu te poses des questions sur cet endroit ? La boulangerie, je veux dire.

— Des questions ? Non. Pour moi, c'est un lieu où l'on ne peut être qu'heureux. Mille fois mieux que Disneyland. Regarde ces gens !

Elle passa en revue les visages des clients, notant leurs sourires sereins.

— Si je me pose des questions, reprit-elle, c'est parce que j'ai vu tous mes amis partir après le lycée. Voilà ce que les gens font dans une ville comme celle-ci : ils fichent le camp.

— D'autres choisissent de venir y vivre, fit remarquer Rourke. Olivia Bellamy, moi, et maintenant Greg. J'ai toujours envié l'enfance que tu avais passée ici.

— Vraiment ? Tu m'enviais *ça* ?

— C'est bizarre, hein ?

— Ma mère est partie quand j'étais toute petite, et je n'ai jamais connu mon père. Mes grands-parents travaillaient tout le temps…

— Et tu étais la petite fille la plus heureuse et la mieux adaptée que j'aie jamais connue.

Elle hocha la tête, consciente que, même si elle avait eu

une enfance hors du commun, elle avait grandi entourée d'amour, de sécurité et d'une richesse qui n'avait rien à voir avec l'argent. Rourke, lui, avait grandi dans le luxe au milieu des domestiques, entre les écoles privées, les camps d'été et les voyages en Europe. Mais elle savait ce qu'il avait enduré. Joey lui avait tout raconté, au cours du deuxième été.

Elle était allée au camp pour assister aux championnats annuels de boxe. Rourke remportait toutes les manches. Mais la foule avait beau applaudir frénétiquement, il ne semblait éprouver aucun plaisir à gagner.

Joey avait effleuré l'épaule de Jenny et s'était penché pour lui chuchoter à l'oreille :

— Son père le bat.

Jenny était épouvantée.

— Tu en es sûr ?

Il avait hoché gravement la tête.

— Jusqu'à maintenant, j'étais le seul à le savoir. Maintenant, on est deux.

Si bien qu'à cet instant, alors que Rourke venait de lui avouer qu'il avait envié son enfance, elle comprenait parfaitement ce qu'il disait.

— Je suis désolée, murmura-t-elle. J'aurais aimé que ça se passe différemment pour toi.

— Ça se passe différemment, maintenant.

Peut-être, pensa-t-elle. Mais il continuait à refréner ses émotions. Une partie de son être était toujours prisonnière du passé, otage de la cruauté de son père et de l'indifférence de sa mère.

Matthew Alger entra pour prendre son café du matin. Jenny remarqua qu'il laissait un pourboire de pingre, comme à son habitude. Elle ne le portait pas vraiment dans son cœur, et Rourke encore moins, elle le savait. Responsable des finances de la ville, Alger avait tendance à lui compliquer la tâche. Combien de fois Rourke avait-il dû aller le trouver, son chapeau à la main, quand il avait besoin de fonds particuliers.

Zach sortit de l'arrière-boutique et s'approcha de la table de son père. Même si elle n'entendait rien de ce qu'ils se disaient, Jenny percevait la tension entre eux. Elle se demanda quel était l'objet de leur querelle. Zach avait tendance à garder les choses pour lui. Il était l'un des membres les plus dévoués du groupe de jeunes que Rourke avait constitué au tout début de sa carrière de chef de la police. Plusieurs incidents violents avaient éclaté au lycée, et Rourke était déterminé à régler le problème. Sa première initiative avait consisté à abaisser les barrières entre les générations en se rendant dans les écoles, en étant à l'écoute des élèves et en s'efforçant de comprendre ce qui se passait dans leur vie. Sa vie personnelle semblait passer après les intérêts de la communauté. Les gamins de son groupe allaient faire des visites dans les maisons de retraite à Indian Wells, et filmaient les résidents pendant qu'ils racontaient leurs souvenirs.

Rourke avait formé un autre groupe chargé de récupérer le pain de la veille à la boulangerie pour le porter à la soupe populaire. Une partie de ses équipes avait exécuté une fresque sur le côté d'un bâtiment abandonné, en lisière de la ville. Cette année, certains d'entre eux allaient faire une sculpture en glace pour la Saint-Valentin.

Et les jeunes lui faisaient des confidences. Peut-être était-ce la raison pour laquelle Matthew Alger n'aimait pas Rourke — parce qu'il redoutait que Zach lui en dise trop.

Zach était pâle, les traits crispés, quand il quitta son père pour aller se remettre au travail.

Matthew prit un journal périmé, le plia sur la page des mots croisés et se mit à l'ouvrage près de la fenêtre.

Jenny reporta son attention sur Rourke.

— Je me demande ce que ça signifie, dit-elle.

— De quoi parles-tu ?

— De Zach et Matthew.

Il haussa les épaules.

— Je n'ai rien remarqué. Trop occupé par mon feuilleté.

Il mordit dedans et adressa à la jeune femme un sourire béat.

Jenny sentit son cœur chavirer. Leurs rapports devenaient décidément trop agréables. Trop aisés. Trop romantiques.

— Qu'est-ce qu'il y a ? demanda-t-il, sentant son regard posé sur lui.

— Il faut que je trouve un appartement, déclara-t-elle.

— Tu *as* un appartement.

— Ecoute, c'est vraiment très gentil à toi de m'avoir hébergée, mais ça commence à bien faire.

— Selon qui ?

— Selon moi. Je t'empêche d'avoir une vie sociale.

— C'est peut-être toi ma vie sociale.

— Je faisais référence à tes conquêtes.

— Ce n'est pas une vie sociale. Ce ne sont que…

Il avait du mal à trouver le mot juste. Elle se retint de suggérer « coucheries ».

— Tu n'as vu personne depuis l'incendie.

— Une semaine, ce n'est pas la fin du monde !

— Ça faisait combien de temps que tu n'avais pas passé une semaine sans sortir avec une fille ?

— Eh bien, mademoiselle Majesky, j'ignorais que ça vous tenait tant à cœur !

— Je ne peux pas vivre chez toi jusqu'à la fin des temps.

Il l'observa un long moment, sans qu'elle puisse lire quoi que ce soit sur son visage. Comment faisait-il pour se raser aussi bien ? se demanda-t-elle bizarrement. C'était impeccablement fait, et maintenant qu'elle connaissait son emploi du temps, elle savait que ça ne lui prenait pas plus de deux minutes.

— Non, reconnut-il. Evidemment que non.

Elle comprit qu'elle l'avait blessé.

— Tu sais, reprit-elle, je pourrais ficher le camp d'ici tout simplement.

En prononçant ces mots à haute voix, elle se sentit à la fois enthousiaste et effrayée. Ça lui faisait peur, bien sûr. Mais le plus effrayant, c'est qu'elle était enfin en train de se rapprocher de cet homme. C'était encore plus terrifiant que de prendre la fuite. Si elle restait, elle allait sans doute devoir affronter cet impossible conflit entre le passé et le présent.

Il se pencha vers elle au-dessus de la table.

— Tu ne peux pas partir. Tu as besoin de la boulangerie comme source d'inspiration pour tes écrits.

C'était ça qu'elle détestait : le fait qu'il lise en elle à livre ouvert.

— Pas mal, Rourke.

Il rit à gorge déployée. Toutes les femmes présentes dans la pièce braquèrent leurs yeux sur lui. Jenny ne pouvait les blâmer. Qu'y avait-il de plus sexy qu'un homme robuste, séduisant, en train de s'esclaffer ?

Evidemment, s'il était nu…

Un sourire s'attardait sur ses lèvres et dans les yeux bleu clair de Rourke.

— Sérieusement, Jenny, reprit-il en se penchant de nouveau vers elle comme s'ils étaient dans un restaurant intime et non pas dans un café bondé. Je voudrais te parler de quelque chose. Tu vois, j'ai pensé que nous pourrions…

— Jenny ? fit une voix d'homme, profonde.

On pourrait quoi ? se demanda-t-elle, frustrée. Mais elle se composa un visage souriant et se leva.

— Philip ! s'exclama-t-elle d'une voix chaleureuse. Vous avez dû prendre le premier train.

Il hocha la tête.

— Tu as dit que tu n'avais besoin de rien, je sais, mais il fallait que je vienne.

« Et vous avez parfaitement choisi votre moment », pensa-t-elle.

— Je suis contente que vous soyez là. Philip, je vous présente Rourke McKnight. Vous vous rappelez peut-être l'avoir rencontré l'été dernier aux noces d'or des Bellamy… Rourke, voici Philip Bellamy, mon… *père*.

Elle avait toujours autant de mal à prononcer ce mot. Cela sous-entendait des liens entre un homme et sa fille qui n'existaient tout bonnement pas.

— Bien sûr. Je me souviens très bien, dit Rourke en se levant pour échanger une poignée de main avec lui. Asseyez-vous, je vous en prie.

— Vous n'étiez pas obligé de venir, dit Jenny, en proie à une sorte de vertige mêlé d'embarras, comme chaque fois qu'elle se trouvait en présence de Philip. Mais je suis contente que vous soyez là.

Elle l'avait rencontré pour la première fois un jour du mois d'août dernier lorsqu'il avait débarqué chez elle simplement en lui annonçant qu'il pensait être son père.

Simplement. En l'espace d'un instant, il avait résolu le plus grand mystère de son existence. Depuis lors, ils avaient exécuté une sorte de danse maladroite, marchant l'un vers l'autre en vacillant avant de faire quelques pas en arrière pour tâcher de déterminer quelle serait leur relation au final.

En un sens, elle aurait voulu que la situation soit aussi simple qu'une carte de vœux : elle lui ouvrirait son cœur et le laisserait entrer dans sa vie. Mais le doute l'assaillait souvent. Elle n'avait que sa parole pour croire qu'il avait aimé sa mère, qu'il avait projeté de l'épouser et qu'il ignorait totalement l'existence de sa fille. Et ne le connaissant pas : comment aurait-elle su ce que valait sa parole ?

— Rourke a eu la gentillesse de m'héberger, expliqua-t-elle à Philip. C'est temporaire, bien évidemment. Nous étions en train de parler des possibilités qui s'offrent à moi.

Philip la gratifia d'un grand sourire.

— J'arrive à temps ! dit-il. Je voulais justement t'en parler.

Elle s'apprêtait à lui demander de clarifier sa pensée quand Laura apparut.

— On m'a dit que tu étais ici, Jenny ! Bonjour, Rourke.

Après quoi, elle salua Philip Bellamy.

Il se leva et lui prit gentiment la main.

— Laura. Ça fait bien longtemps.

Rourke se leva à son tour.

— Je ferais mieux de partir. J'ai des choses à faire.

Etait-ce vrai ou non ? Jenny n'aurait su le dire.

Il tira une chaise pour Laura, qui s'assit d'un air ravi.

« Ne pars pas ! pensa Jenny. De quoi voulais-tu me parler ? »

— A plus tard ! lança Rourke. Content de vous avoir revu,

ajouta-t-il à l'adresse de Philip, qu'il salua d'un hochement de tête.

— Ai-je dit quelque chose qui l'a fait fuir ? demanda Philip en le regardant partir.

— Il travaille dur, répondit Laura.

— A-t-il pu déterminer la cause de l'incendie ?

— L'enquête est en cours, expliqua Jenny. C'était une vieille maison. Je suppose qu'il s'agit d'un problème de réseau électrique défectueux.

Elle entreprit de desservir.

— Alors, c'est la première fois que vous venez à la boulangerie ?

— La première fois depuis longtemps, oui.

— Mais vous la connaissiez ?

— Quiconque séjourne à Avalon est entré au moins une fois à la boulangerie Sky River.

Puis Jenny remarqua l'expression de Laura.

— Vous vous connaissiez… avant ? demanda-t-elle.

Laura se contenta de hocher la tête.

— J'ai vécu toute ma vie ici. Je connais les Bellamy de longue date.

Philip promenait ses regards dans le café. Les skieurs qui se préparaient à sortir remettaient leurs épaisseurs de vêtements. Matthew Alger avait fini son café et ses mots croisés, et il s'apprêtait lui aussi à partir.

— Mon Dieu ! s'exclama Philip. Est-ce bien qui je pense ?

— Vous le connaissez ? s'exclama Jenny.

— Je le connaissais autrefois, répondit Philip en se levant et en s'approchant de Matthew.

— Je t'ai reconnu au premier coup d'œil, lui dit-il.

Ils se serrèrent la main, mais ces retrouvailles n'étaient pas très chaleureuses. Alger avait un côté gamin qui le faisait paraître plus jeune que son âge. Ses cheveux blonds étaient impeccablement coupés, à la Rutger Hauer. Il était plus petit que Philip et moins bien bâti, mais il avait de la prestance. Il salua Philip avec une certaine distance, puis s'approcha de la table de Jenny.

— Où en est l'enquête sur l'incendie ? lui demanda-t-il.

— L'équipe chargée de la récupération vient d'achever son travail, répondit-elle, un peu surprise par l'intérêt qu'il lui portait.

— Ça a été rapide.

— Il n'y avait pas grand-chose à récupérer.

— Zachary m'a dit que tu t'accordais un moment de répit.

— C'est exact, dit-elle. Enfin, j'essaie. J'ai fort à faire entre la gestion de la boulangerie et les démarches à effectuer.

— Eh bien, j'espère que tu as pu sauver une partie de ces trésors de famille irremplaçables.

Ce commentaire la déconcerta. Des sentiments, de la part de Matthew Alger ?

— Je l'espère aussi. Merci.

Après le départ de Matthew, les deux jeunes femmes firent visiter la boulangerie à Philip.

— Tout a commencé avec le pain de seigle de ma grand-mère, expliqua Jenny. Mais vous le savez peut-être déjà ?

Il secoua la tête.

— Mariska ne m'a pas beaucoup parlé de l'affaire familiale.

« Que vous disait-elle ? se demanda Jenny. Qu'elle détestait cet endroit ? Qu'elle voulait fuir ? Qu'avoir un enfant ne suffisait pas à la retenir ? »

— Gram a commencé à faire du pain dans sa cuisine, reprit-elle d'un ton neutre, se rappelant que Philip n'était pas responsable des choix de sa mère. Mon grand-père faisait du porte-à-porte pour les livraisons. Finalement, ils se sont installés dans ce bâtiment. Le café a ouvert ses portes il y a une trentaine d'années. J'ai grandi ici, en somme.

— Elle était adorable, intervint Laura. Tout le monde l'adorait.

— Ça ne me surprend pas.

Son expression en disait long sur le chagrin qu'il éprouvait.

Jenny ressentait la même souffrance en pensant à toutes les fois où elle s'était posé des questions sur son père au cours de son enfance.

— Savais-tu que le meilleur copain de pêche de mon père était ton grand-père ? demanda-t-il.

— Grandpa me l'a dit, répondit Jenny, en proie à un élan de nostalgie.

Le fils de Charles Bellamy et la fille de Leo Majesky étaient tombés amoureux. Ils avaient eu un enfant. Sans que leurs parents le sachent…

Assaillie par les regrets, Jenny s'empressa de changer de sujet.

— Daisy travaille ici, maintenant. Vous le saviez ?

— Non. Ce déménagement doit être un vrai bouleversement pour elle. C'est gentil à vous de la prendre à la boulangerie.

Il hésita avant d'ajouter :

— Elle… euh, a du mal à accepter le divorce de mon frère.

Jenny eut le sentiment qu'il aurait pu leur dire bien d'autres choses à propos de sa nièce, mais il ne le ferait pas, bien sûr. Même si elle était sa fille, elle était encore une étrangère pour lui. Elle espérait que Daisy aurait plaisir à travailler à la boulangerie. Zach l'avait amenée pendant la semaine, et elle avait paru anxieuse à l'idée d'entamer sa formation.

Jenny connaissait à peine sa cousine, mais elle éprouvait de la compassion pour elle. Il s'était passé quelque chose dans son école à New York, bien qu'on ne sache pas exactement ce dont il s'agissait. Sa mère travaillait en Europe, et Greg Bellamy était revenu avec ses enfants dans la petite ville où il avait grandi. En plein milieu de la terminale, Daisy avait changé d'école pour reprendre ses études au lycée d'Avalon. Il y avait quelque chose de triste chez cette fille. Jenny se dit que, en apprenant à la connaître, elle parviendrait sans doute à mieux la comprendre.

Elle reconduisit Philip au café.

— Jetez un coup d'œil là-dessus ! lui dit-elle.

Elle désignait un mur couvert de licences, de certificats, de souvenirs divers. Elle montra à son père le premier dollar jamais encaissé à la boulangerie et la première licence que les services d'hygiène avaient accordée à ses grands-parents.

Et puis il y avait des photographies accrochées là depuis

des siècles, semblait-il. En faisant découvrir la boulangerie à son père, Jenny était frappée par la relative vétusté des lieux. Ça ne ferait pas de mal de les rafraîchir, en donnant un coup de peinture, par exemple, ou en accrochant aux murs quelques œuvres d'art.

— L'*Avalon Troubadour* a publié un article dithyrambique sur la boulangerie, l'été où elle s'est ouverte. Au fil des années, elle a été évoquée à cinq reprises dans la rubrique « Escapades » du *New York Times*.

Elle lui montra les coupures de presse encadrées.

Philip jeta un coup d'œil à l'article le plus récent :

« Un refuge dans les Catskills —
100 kilomètres pour se retrouver au paradis ! »

— Les affaires sont toujours très prospères après ce genre de parution, souligna Jenny.

Elle remarqua que Philip était en train d'examiner un cliché d'elle qui la représentait debout sur un tabouret derrière le comptoir, en train d'aider sa grand-mère à disposer des biscuits. Elle devait être âgée de sept ou huit ans. Elle avait des nattes et son sourire révélait sa bouche édentée.

— Avant l'incendie, j'aurais eu des tas d'autres photos à vous montrer, dit-elle. Les grands classiques : Noël, Pâques, la première rentrée scolaire, ma première communion…

Philip toussota d'un air gêné.

— Jenny, je serais très heureux de voir ces photos de toi petite fille, mais ce n'est pas ce que je regrette le plus. Ce que je regrette le plus, c'est d'être passé à côté de toutes ces années.

Elle ne savait pas du tout comment réagir. Ses marques de regret la touchaient profondément.

— Ce n'est pas ma faute, dit-elle d'une voix chevrotante.

Elle déglutit avec peine et se força à sourire.

— A votre avis, pourquoi ne vous a-t-elle jamais parlé de moi ?

— Je n'en sais rien. Ta mère était…

Il secoua la tête.

— Je croyais la connaître. Je pensais que nous voulions

les mêmes choses. Et je l'aimais, Jenny, mais il s'est passé quelque chose et elle a changé. J'ignore pourquoi elle m'a tenu éloigné de toi.

Jenny sentit le regard de Laura posé sur elle.

— Elle devait avoir ses raisons, dit Laura.

— Nous ne pouvons plus rien y faire, maintenant, conclut Jenny.

Elle montra encore une photo de sa mère à dix-huit ans, riant face à l'objectif.

— C'est celle qu'Olivia a remarquée l'été dernier, et qui lui a fait prendre conscience qu'il y avait un lien entre nos familles.

Jenny ne s'était jamais rendu compte qu'il s'agissait en fait d'une demi-photo, déchirée par une main inconnue, des années plus tôt. La partie disparue représentait Philip Bellamy. Il avait fallu qu'Olivia retrouve une copie du cliché intact montrant Mariska et Philip ensemble pour qu'elles comprennent l'incroyable histoire qui se cachait derrière cette photographie. Olivia était tombée sur l'autre photo alors qu'elle fouillait dans les vieilles affaires de campeur de son père, et cette découverte avait ouvert une boîte de Pandore, révélant cette manière qu'ont les gens d'entrer et de sortir de la vie des autres.

— Je me demande qui m'a éliminé de la photo, dit Philip. Ta grand-mère, je suppose.

— On ne le saura probablement jamais, répondit Jenny, à moins que maman réapparaisse miraculeusement un jour.

Elle considéra cette ravissante jeune femme qui ne vieillirait jamais. Etait-ce à elle que Philip pensait quand il se souvenait de Mariska ?

— Bon, vous deux, lança tout à coup Laura avec une surprenante brusquerie, il faut que je retourne travailler !

Sur ce, elle fonça vers les portes battantes.

DE LA NOURRITURE POUR L'AME
Par Jenny Majesky

Gâteau échiquier

Personne ne connaît l'origine de ce gâteau. Cela n'a certainement rien à voir avec le jeu d'échecs. Ma grand-mère la tenait d'une touriste texane venue, il y a des décennies, admirer le festival des couleurs d'automne dans les Catskills. J'ignore tout de cette femme si ce n'est que la recette s'appelle précisément « le gâteau échiquier de Miss Ida ».

Il est à base de babeurre, mais que cela ne vous rebute pas. Ce gâteau est si doux et si dense qu'il vous faudra une bonne tasse de café pour l'accompagner.

GATEAU ECHIQUIER DE MISS IDA

- 4 œufs
- 180 g de sucre
- 2 c. s. de farine
- 475 ml de lait caillé
- 60 g de beurre fondu
- 1 zeste de citron râpé
- 3 c. s. de jus de citron
- 1 c. c. de vanille
- 1 fond de tarte prêt à l'emploi
- Des fruits rouges frais, pour la garniture.

Dans un grand bol, mélangez les œufs et le sucre jusqu'à obtention d'une préparation mousseuse, jaune citron. Incorporez le lait caillé, la farine, puis le babeurre, le zeste de citron, le jus de citron et la vanille. Versez dans le fond de tarte. Faites cuire à 190°, de 35 à 40 minutes, jusqu'à ce que la lame d'un couteau insérée près du centre ressorte propre. Garnissez avec des fruits rouges.

11

1977

— Oh, Laura, regarde ! J'aime bien cette photo, pas toi ?

Mariska Majesky tendit le cliché provenant d'un lot qu'elle venait de faire développer en express.

— Je suis vraiment contente de ma nouvelle coupe de cheveux.

Laura Tuttle examina la photo avec un enthousiasme forcé, comme elle le reconnut intérieurement. Pendant qu'elle se chargeait de la première relève à la boulangerie depuis le début de l'été, Mariska, sa meilleure amie, filait le parfait amour avec le Prince charmant. Laura s'était retrouvée reléguée au deuxième plan, et maintenant que la fin de l'été approchait, elle en avait assez. Mais elle fit mine d'admirer le cliché qui montrait une Mariska souriante et un Philip Bellamy bronzé, séduisant, brandissant un trophée de tennis, avec en toile de fond les collines verdoyantes et le lac placide du camp Kioga.

— J'aime bien celle-là aussi.

Dissimulant obstinément son courroux, Laura lui rendit la photo. Une brise agréable soufflait dans l'allée derrière le magasin où elles étaient censées rapporter les chariots vides après une livraison. Elles avaient fait une pause avant de retourner dans l'étuve de la boulangerie qui embaumait la levure.

— Ecoute, dit Mariska en secouant ses jolis cheveux

coupés en dégradé. J'ai fait faire des copies. Je vais l'encadrer. Philip retourne à Yale dans quelques jours et c'est la seule photo que j'ai de nous deux.

— C'est parce que vous n'êtes pas censés être ensemble, souligna Laura.

— Ne commence pas !

Laura perçut la mise en garde dans le regard de Mariska. Le mauvais caractère de son amie ne lui faisait pas peur.

— Il est fiancé à quelqu'un d'autre, lui rappela-t-elle.

— Ouais, Pamela Lightsey qui l'a laissé tomber tout l'été pour aller en Italie. Elle mérite de le perdre.

— Tu ne la connais même pas. Comment peux-tu savoir ce qu'elle mérite ?

— Je sais comment elle est. C'est une gosse de riche pourrie-gâtée. Quand Philip rompra avec elle, elle s'achètera probablement une nouvelle BMW pour se consoler.

— Ça ne veut pas dire qu'elle ne souffre pas comme toi ou moi, nota Laura.

Elle ne savait pas très bien pourquoi elle défendait Pamela Lightsey, qu'elle ne connaissait ni d'Eve ni d'Adam.

— Allons, Laura ! s'exclama Mariska en poussant le dernier chariot hors de la camionnette. Réjouis-toi pour Philip et moi. Il est tellement, tellement… tout.

— Ecoute-toi !

Laura avait la sensation d'être l'adulte dans cette amitié. C'était comme ça depuis toujours. Mariska était l'aventurière, l'esprit libre qui travaillait avec acharnement et s'amusait avec encore plus d'acharnement. Laura, elle, avait le sens pratique et ne faisait que trimer dur, toujours plus dur. « Tellement… *tout* ! »

— C'est Philip que tu aimes ou l'argent des Bellamy ?

— Ne sois pas ridicule ! Les deux sont inséparables. Philip est Philip parce qu'il est un Bellamy.

— Et si sa famille faisait faillite demain et que tu devais vivre en dessous du seuil de pauvreté, comment réagirais-tu ?

Laura n'avait pas pu s'empêcher de poser la question parce que, au fond d'elle-même, elle connaissait la réponse. Si

Philip savait la vérité, il serait peut-être moins baba devant Mariska.

Mariska éclata de rire, ce rire cristallin, sexy qui avait contribué à faire d'elle la fille la plus populaire du lycée d'Avalon. A la remise des diplômes, en juin, elle avait été élue la fille la plus certaine de réussir dans la vie grâce à son physique. Elle avait accepté ce verdict sans sourciller parce qu'elle savait pertinemment qu'elle avait d'autres atouts. Elle possédait notamment une grande force de travail. Elle menait deux emplois de front : à la boulangerie et à la bijouterie voisine où elle travaillait comme vendeuse à temps partiel.

— Que feras-tu de ton temps quand tu seras riche ? lui demanda Laura. Tu vas t'ennuyer à mourir, je t'assure !

— N'importe quoi ! Je vais partir à la découverte du monde et faire des achats à n'en plus pouvoir.

— Et Philip dans tout ça ?

Mariska le connaissait-elle ? se demanda Laura. Savait-elle qu'il gardait le milieu de son pain au chocolat pour la fin, qu'il avait vu les Allman Brothers au festival de Fillmoe East avant que Duane Allman soit tué, que ses yeux se plissaient aux coins quand il riait ?

— Et Philip ?

Elle soupira.

— Il est… Laura, il faut que tu me promettes de ne rien dire…

— A propos de quoi ? demanda Laura en fronçant les sourcils. Où est sa place parmi tes projets de voyages et d'emplettes ?

— Justement ! Parfois, j'ai peur de me lasser de lui.

Laura avait envie de la secouer.

— Si tu as peur de ça, pourquoi envisages-tu un avenir avec cet homme ?

— Bon sang, quel rabat-joie tu fais ! riposta Mariska en se renfrognant.

Elle se pencha pour jeter un coup d'œil à son reflet dans le rétroviseur latéral de la camionnette, tout en ébouriffant ses cheveux.

— Je n'aurais jamais dû te parler de nous.

Elle vérifia son rouge à lèvres et s'adossa à l'aile de la voiture.

— C'est pas vrai. Il fallait que je le dise à quelqu'un. Ce secret était trop bon : je ne pouvais pas le garder pour moi tout l'été, et tu es la seule en qui j'aie confiance.

En dépit de l'attirance qu'elle avait pour Philip, Laura se sentait privilégiée que Mariska lui ait confié tous les détails de sa liaison clandestine, pour la bonne raison qu'elle ne vivrait probablement jamais une histoire d'amour d'aussi près. Elle avait la vie la plus morne de la planète. Sa seule source de romantisme et de drame n'était autre que Mariska, qui vivait comme un personnage de série télé.

Malheureusement, les personnages de séries télé finissaient le plus souvent seuls, le cœur brisé, ou bien atteints d'amnésie.

— Ecoute, dit-elle à Mariska. J'espère vraiment que tout se passera bien.

— Mais ?

— Je n'ai pas dit « mais ».

— Ce n'était pas nécessaire. Je l'ai entendu quand même. Mais quoi ?

Laura prit une profonde inspiration.

— Je m'inquiète pour toi, maintenant que Philip va retourner à Yale. Il pourrait… enfin, tu sais ce qui pourrait se passer. C'est là que la formule « amour d'été » prend tout son sens. L'histoire s'achève quand l'été se termine.

— Pas pour Philip et moi, affirma Mariska.

Laura se mordit la langue. Philip et elle étaient issus de milieux radicalement différents, et ils se fourvoyaient, s'ils pensaient que ce serait facile de vivre ensemble. Laura avait déjà connu ce genre de situation. Les gens aussi dissemblables ne restaient pas ensemble. Cendrillon et le Prince charmant appartenaient aux contes de fées. Dans la vraie vie, les princes épousaient des jeunes filles de leur monde, pas des domestiques.

— De toute façon, ajouta Mariska, j'ai une assurance.

— Que veux-tu dire ?

Mariska sourit mystérieusement. Ses mains allèrent se poser sur son ventre.

— Il ne le sait pas encore, alors ne le dis à personne.

Laura eut l'impression d'avoir reçu un coup de poing.

Le sourire de Mariska se changea en un éclat de rire.

— Si tu voyais ta tête ! Tu es encore plus surprise que moi quand j'ai appris la nouvelle. Ça, c'est sûr.

« Parce que tu avais tout planifié », pensa Laura. Et si elle ne savait pas grand-chose sur Philip, elle se rendait bien compte que, en plus d'être le garçon le plus beau de la planète, il était aussi extrêmement loyal. Il faisait venir des enfants défavorisés de la ville, et il avait reçu une récompense spéciale du président Carter à la suite du travail qu'il avait accompli pour les pauvres de New Haven. Maintenant que Mariska était enceinte, il ne la quitterait jamais.

— Je… je ne sais pas quoi dire. Enfin, je suis contente pour toi.

Son cœur chavira. Elle ne voyait vraiment pas comment tout ça pouvait marcher. Mariska n'avait même pas fini de grandir. C'était une erreur d'avoir un enfant si jeune.

Laura plaignait un peu les Majesky. Ils souhaitaient une grande famille, mais d'après la maman de Laura, Helen avait failli mourir en donnant naissance à Mariska, et ensuite, elle n'avait pas pu avoir d'autre enfant. Peut-être cela expliquait-il que Mariska soit aussi gâtée. Ils lui donnaient tout ce qu'ils avaient. Et c'était le problème avec les gens gâtés. Quoi qu'on leur offre, ils n'en avaient jamais assez. Ils en voulaient toujours plus.

— Quand vas-tu le dire à Philip ? demanda-t-elle.

— Je n'y ai pas encore réfléchi.

— Mariska, il faut que tu…

— Je le ferai, je le jure. Je viens juste de l'apprendre. Tu es la première personne à qui je le dis… enfin, presque.

— Comment ça presque ?

Laura se sentait de plus en plus inquiète.

— J'étais sous le choc quand la clinique m'a appelée

pour me donner les résultats. J'ai… lâché le morceau à des clients de la boulangerie.

— Hou, là !

— Tu l'as dit ! renchérit Mariska.

Puis elle rit de nouveau.

— Tu ne devineras jamais ! C'était M. et Mme Lightsey.

Laura se contenta de secouer la tête. Cela n'avait rien d'une coïncidence.

— Les parents de Pamela.

— Philip m'a dit qu'il s'entendait très bien avec ses parents. Ils sont venus pour les cérémonies de fermeture du camp. Ils viennent chaque année, paraît-il.

— Et ils savent que tu es enceinte.

Laura frissonna en dépit de la chaleur. Mariska fonctionnait comme ça. Elle allait manipuler tout le monde. Laura le savait. S'arranger pour que les parents de Pamela soient au courant de la situation faisait partie du plan qu'elle avait manigancé.

— Savent-ils que c'est Philip le père ?

— Ça n'a pas d'importance. Dès qu'il verra Pamela, la semaine prochaine à Yale, il rompra ses fiançailles. Il m'épousera avant la naissance du bébé, et tout sera pour le mieux.

Deux jours plus tard, Laura était en train de tailler les asters des jardinières devant la boulangerie quand elle entendit le train siffler. Elle se rappela que Mariska était allée à la gare faire ses adieux à Philip. Quelques minutes plus tard, Mariska revint à la boulangerie, le teint pâle, la mine défaite. Des perles de sueur brillaient sur sa lèvre supérieure. Elle vacillait un peu sur ses jambes et se cramponnait à son estomac comme si elle était sur le point de vomir.

— Que s'est-il passé ? lui demanda Laura d'un ton pressant, tout en posant son sécateur. Tu as une tête épouvantable.

Mariska se laissa tomber sur une chaise à l'une des tables de la terrasse.

— J'ai rompu avec lui.

— Je ne comprends pas.

Laura avait la tête qui tournait, tant sa confusion était grande.

— Il l'a mal pris ? C'est parce qu'il ne voulait rien avoir à faire avec le bébé ?

— Je ne lui ai pas parlé du bébé.

Le désespoir obscurcissait le regard de Mariska.

— Il ne faut pas qu'il le sache. Tu m'entends ? Jamais.

— Tu es folle ! Il a le droit de savoir.

— Arrête, Laura ! Je te jure que si tu dis un mot…

Elle se massa les tempes.

— Il faut que je réfléchisse.

— Ecoute, il y a quelques jours encore, tu projetais de faire ta vie avec lui. A-t-il changé d'avis ?

— Non. C'est moi qui ai voulu rompre.

— Mais pourquoi ? s'écria Laura en s'efforçant de comprendre ce qui s'était vraiment passé.

Mariska prit une profonde inspiration. Elle contempla son reflet dans la vitrine de la boulangerie.

— J'ai eu une proposition plus intéressante.

— Quoi ? Mais de qui ?

Mariska ne répondit pas. Elle eut un rire amer, se leva brusquement et s'éloigna à grandes enjambées. Laura la rappela, mais elle ne répondit pas et continua à marcher sur le trottoir, la tête haute. Elle sortit quelque chose de son sac, le déchira et le jeta dans une poubelle en métal vert avant de poursuivre son chemin.

Laura ne put se retenir. Elle alla chercher dans la poubelle le papier que son amie venait de déchirer. C'était un agrandissement de la magnifique photo de Mariska et de Philip, déchirée au milieu. Sans hésiter un instant, Laura le récupéra. Mariska précipitait trop les choses, ça ne faisait aucun doute.

DE LA NOURRITURE POUR L'AME

Par Jenny Majesky

Le pain de l'amitié

Dans la boulangerie Sky River, beaucoup de pains commencent avec un ferment au levain, comme ce pain de l'amitié qui est l'un de mes préférés. On l'appelle ainsi parce qu'on peut facilement partager le ferment avec ses amis et les inviter à travailler de leurs propres pains. Cela peut paraître insensé de laisser une cuve remplie d'ingrédients fermenter pendant des jours, mais en définitive, cela confère au pain une saveur particulièrement intense. Avec cette recette, vous obtiendrez suffisamment de ferment pour le partager avec vos amis.

Cette recette spécifique est assez flexible. Vous pouvez y ajouter des fruits secs, des noix, de l'extrait d'amande ou des épices sucrées, à votre convenance.

FERMENT DU PAIN DE L'AMITIE

- 750 g de sucre
- 420 g de farine
- 750 ml de lait

- 1er jour : Dans un bol non métallique, mélangez 250 g de sucre, 140 g de farine et 250 ml de lait. Remuez avec une cuillère de bois ou en plastique (n'utilisez ni métal ni mixeur électrique). Couvrez avec un torchon. Conservez à température ambiante, pas au réfrigérateur.

- Remuez la préparation une fois les 2e, 3e et 4e jours.

- 5e jour : Ajoutez 250 g de sucre, 140 g de farine et 250 ml de lait. Remuez.

- Mélangez la préparation une fois par jour les 6e, 7e et 8e jours.

- 10e jour : Ajoutez 250 g de sucre, 140 g de farine et 250 ml de lait. Extrayez 3 tasses du mélange et donnez-en une à trois de vos amis, avec les instructions. Conservez le reste pour vous.

PAIN DE L'AMITIE

- 100 g de levain
- 250 ml d'huile
- 200 g de sucre
- 125 ml de lait
- 2 c. c. de cannelle
- ½ c. c. de bicarbonate de soude
- 300 g de farine
- ½ c. c. de sel
- 1 c. c. d'extrait de vanille
- 3 œufs
- 1 grosse boîte de mélange pour gâteau à la vanille instantané.

Mélangez le levain avec les autres ingrédients en amalgamant bien le tout. Graissez 2 grands moules à pain et saupoudrez l'intérieur de sucre et de cannelle. Transférez la pâte dans les moules à l'aide d'une grande cuillère. Etalez du beurre sur le sommet de la pâte et saupoudrez avec le reste du mélange cannelle-sucre. Faites cuire à 190° pendant 50 à 70 minutes, jusqu'à ce que le pain soit cuit.

12

Un parfum de mélancolie régnait dans la nouvelle maison de Greg Bellamy. Une étrange tristesse envahit Jenny dès qu'elle pénétra dans la grande demeure victorienne de Spring Street. De l'extérieur, elle était assez caractéristique des maisons d'Avalon : une haute bâtisse à pignon trônant au milieu d'un tapis de neige immaculé et d'arbres dépouillés, telle une toile vierge attendant d'être peinte.

A l'intérieur, c'était une autre histoire. Des objets étaient posés ici et là — cartons, meubles, une pile de courrier sur le rebord de la fenêtre… On se serait cru dans un hôtel. Si ce n'est que Greg et ses deux enfants, Max et Daisy, vivaient bel et bien là.

— Laisse-moi prendre ton manteau, proposa Greg après l'avoir accueillie dans le vestibule.

Philip était déjà là, assis sur un tabouret au bar, un verre de vin à la main. Rourke avait été convié, mais il avait décliné l'invitation sous prétexte qu'il devait travailler tard. C'était probablement la vérité, mais Jenny avait l'impression que les réunions de famille n'étaient pas trop son truc.

En gratifiant Philip d'un sourire hésitant, elle se demanda si c'était son truc à elle. Mais, quelle que soit la réponse, elle n'avait pas peur de tenter le coup.

Elle n'en revenait toujours pas d'avoir une famille. Toute sa vie, elle avait pensé être l'enfant unique d'une enfant unique. Voilà qu'elle se découvrait toute une kyrielle de parents inconnus.

— C'est pour vous, dit-elle à Greg en lui tendant le

paquet qu'elle avait apporté. Un pain de l'amitié. C'est censé porter chance dans une nouvelle maison.

— Merci, répondit-il en lui adressant un sourire puéril. J'ai besoin de mettre toutes les chances de mon côté.

Daisy et Max descendirent bruyamment l'escalier.

— Salut, Jenny ! lança Max. Bonjour, oncle Phil.

Jenny était impatiente d'apprendre à connaître son oncle et ses cousins. Ils avaient les traits caractéristiques de la famille Bellamy : des cheveux raides, une dentition impeccable, un beau port de tête, un charme naturel.

Daisy était blonde, jolie, discrète, mais c'était une fille compliquée, comme on pouvait le comprendre. Elle salua poliment Jenny et Philip. Max était en sixième ; il était grand pour son âge, dégingandé et exubérant, le sourire facile, d'un enthousiasme imparable.

Jenny leur fit cadeau d'un récipient contenant du levain et leur expliqua comment le cultiver et le partager avec leurs amis.

— De sorte qu'en théorie, la chaîne est interminable, conclut-elle.

— Et si on n'a pas envie de faire du pain tous les dix jours ? demanda Max. Est-ce qu'on est… je sais pas, moi… *maudit*, si on brise la chaîne ?

— Oui. Comment le sais-tu ? demanda Jenny. Le plus jeune membre de la famille a une éruption de boutons sur la tête et il doit se raser le crâne.

— Très drôle ! lança Max en portant la main à son épaisse tignasse châtain clair.

— Tu n'as qu'à ignorer cette prédiction. Tu verras bien ce qu'il en est, suggéra Daisy.

— Honnêtement, reprit Jenny, le ferment se conserve indéfiniment dans le réfrigérateur.

Connor et Olivia arrivèrent dans un tourbillon de neige soufflée par un vent glacial. Pendant qu'ils saluaient tout le monde, Jenny resta un peu à l'écart en observant discrètement les rapports familiaux. Tout cela était tellement nouveau pour elle. Olivia manifestait sans effort son affection pour son oncle et ses cousins, et tout particulièrement pour son père. Des liens faciles qui résultaient d'une vie entière d'intimité. Jenny eut un pincement au cœur, non pas de jalousie ni de rancœur, mais de regret d'être passée si longtemps à côté de cette partie de sa famille.

Elle sentit qu'on l'observait et, levant les yeux, elle s'aperçut que c'était Connor. Cet homme imposant, d'une beauté sauvage, avait eu une enfance difficile, lui aussi. Mais il semblait très heureux avec Olivia, et parfaitement bien dans sa peau.

— Ne t'inquiète pas, lui dit-il, comme s'il lisait dans ses pensées. Tu t'y habitueras.

— Un cadeau pour la pendaison de crémaillère ! lança Olivia à Greg en lui tendant un sac volumineux.

— C'est le troisième depuis qu'on s'est installés ici, protesta-t-il. Il faut que tu arrêtes.

— Pas avant que la maison soit confortable ! répliqua-t-elle avec un sourire taquin. On a toujours l'impression d'être dans une gare de transit.

Jenny n'eut aucun mal à identifier les autres contributions d'Olivia au décor de la maison. Il y avait une couverture à franges en cachemire jetée sur le dossier d'un fauteuil et un coussin garni de riche brocart qui portaient l'un et l'autre l'empreinte de son goût exquis. Son nouveau présent était une petite lampe de lecture à abat-jour de verre plombé, à l'évidence destinée à transformer le gros fauteuil brun banal et la table voisine en un coin de lecture intime.

— Je dois reconnaître que tu as du talent dans ce domaine, dit Greg. Tu devrais en faire ton métier.

— Bonne idée !

C'étaient là encore des taquineries, bien sûr, puisque Olivia travaillait dans ce domaine. Elle était ce qu'on appelle une « relookeuse », spécialisée dans l'aménagement des logements à vendre. Elle était tellement douée pour désencombrer les lieux et créer des ambiances nouvelles qu'elle avait monté sa propre boîte à Manhattan, baptisée « Transformations ».

Le décor actuel de la maison de Greg, en admettant que l'on puisse parler de décor, s'apparentait plutôt à un logement d'étudiant. Une grande table de billard digne d'un pub trônait au milieu de la salle à manger, recouverte d'une planche de contreplaqué. Le plafonnier s'ornait d'un abat-jour en plastique coloré : une publicité pour une marque de bière en pseudo-verre à petits carreaux. Sur le mur, il y avait une cible pour jeu de fléchettes, et un barbecue électrique encombrait la cheminée.

— C'est pour les hot-dogs, expliqua Greg.

— Et les marshmallows, ajouta Max. On appelle ça « camper à l'intérieur ».

Jenny n'arrivait pas à déterminer si l'ambiance était plutôt « camping » ou « étudiant ». Ils dormaient non pas dans des lits mais dans des sacs de couchage.

— Il faut absolument que je t'emmène acheter des draps, murmura Olivia à l'oreille de Daisy, tandis qu'elles visitaient le premier étage.

Jenny n'arriva bientôt plus à compter les chambres, les penderies, les salles de bains. Vides, pour la plupart, et non chauffées.

— Dieu merci, dit Daisy, papa n'a pas tout emporté. C'est assez sympa, en fait, de repartir de zéro.

— On a de la place si tu veux venir habiter ici, Jenny, suggéra Greg. Aussi longtemps que tu le veux.

Elle sentit son cœur se gonfler de gratitude. C'était comme ça que les choses se passaient en famille. On s'entraidait, on se serrait les coudes. Pourtant, elle n'arrivait pas tout à fait à y croire. Sans un passé commun, c'était difficile d'admettre le concept de famille.

— C'est vraiment très gentil, dit-elle. J'avoue que c'est un peu la folie en ce moment.

Elle soupçonnait néanmoins qu'un tel arrangement pourrait poser des problèmes. Greg était son oncle, par les liens du sang, mais ils ne se connaissaient pour ainsi dire pas. Il venait de divorcer et son ex était avocate. Trop de complications, en somme.

— Mais j'arrive à me débrouiller, ajouta-t-elle.

— C'est vrai, reconnut Olivia. On ne peut pas faire mieux que le chef de la police.

Jenny s'empourpra instantanément.

— C'est temporaire.

— Oui, oui, on le sait.

Jenny fut surprise de voir arriver Laura Tuttle. Apparemment, Philip l'avait invitée.

— J'ai apporté une tarte, dit-elle en se dirigeant vers la cuisine.

Chacun s'activa alors pour servir le dîner. C'était à la fois étrange et merveilleux pour Jenny de sentir de nouveau une atmosphère familiale. Ils mangèrent des spaghettis, de la salade toute prête et du pain provenant de la boulangerie, rien de bien impressionnant, mais c'était servi avec beaucoup de générosité. Le thème du camping se confirma avec la présence d'assiettes en papier et de gobelets en plastique.

Ensuite, on but du café en mangeant le dessert — le gâteau échiquier de la boulangerie Sky River. Les enfants furent autorisés à quitter la table pour aller regarder la télé, et les adultes recommencèrent à parler de la situation de Jenny. Tout le monde voulait l'aider, son père en particulier, cela ne faisait aucun doute.

— Je ne veux pas te bousculer ni t'influencer de quelque manière que ce soit, mais je sais que c'est un moment crucial pour toi, dit-il.

« C'est le moins que l'on puisse dire », pensa Jenny.

— Tu aimerais peut-être te consacrer davantage à l'écriture, suggéra-t-il. Tu as une remarquable plume.

— Vous avez lu ma chronique ?

Il hocha la tête.

— Je me suis abonné à l'*Avalon Troubadour* pour pouvoir lire « De la nourriture pour l'âme ». On me l'envoie à New York. Je le reçois tous les mercredis.

Il sourit en voyant son air stupéfait, et reprit du gâteau.

— Bref, en ville, tu pourrais rencontrer des gens qui

sont dans l'édition et décider si, oui ou non, tu as envie d'entamer une carrière.

Jenny se demanda si elle avait bien entendu.

— C'est une chronique hebdomadaire, dit-elle, pas un travail à plein temps.

— Pour le moment, oui… Tu sais, j'ai toujours voulu être écrivain, mais ce n'était pas très facile dans mon cas.

— Et dans le mien, ça vous paraît facile ?

— Tu es encore assez jeune pour prendre le risque.

Le regard de Jenny passa de son père à sa sœur. Elle était profondément troublée.

— Merci, dit-elle. Je suis flattée que vous ayez pris la peine de lire ma chronique.

Elle sourit, déterminée à contrôler la panique qui menaçait de s'emparer d'elle.

— Je me suis souvent demandé comment ce serait d'être un écrivain à plein temps, de réunir mes recettes et mes essais en un recueil, par exemple.

Voilà. C'était dit. Elle avait avoué son rêve à ces gens. L'idée d'écrire lui avait toujours paru si fragile, tellement improbable. Un secret… Rourke avait peut-être raison. Quand elle partageait son rêve, il prenait forme, volume, force.

Et elle allait devoir s'y consacrer à plein temps si elle voulait reconstituer tout ce qui avait été perdu dans l'incendie. Si le journal conservait ses chroniques dans ses archives, tout le reste — tout ce qu'elle n'avait pas publié parce que c'était inachevé, trop personnel ou trop récent — avait disparu, maintenant, et elle ignorait si elle serait en mesure de redonner vie à tout ça.

— Tu devrais te jeter à l'eau, dans ce cas, lui dit Olivia.

— Tu écris merveilleusement bien, ajouta Philip. J'adore les petits flashes sur la vie à la boulangerie. J'ai l'impression de connaître tes grands-parents, les habitués, les employés qui ont travaillé là au fil des années. Je suis fier de toi. C'est bien la première fois de ma vie que je lis une chronique culinaire, mais ces derniers temps, je n'ai pas cessé de me vanter des écrits de ma fille.

Jenny éprouva un plaisir presque honteux en entendant ces mots. Jamais elle n'aurait pensé susciter un jour la fierté de son père. Bien sûr, ses grands-parents étaient fiers d'elle, mais ils ne lisaient pas très bien l'anglais ni l'un ni l'autre. Or, cet homme, Philip Bellamy, était un intellectuel, et il était suffisamment content d'elle pour en parler à ses amis.

— Que dirais-tu de passer quelque temps à New York ? lui demanda-t-il en toute sincérité.

— Je…

Elle but une gorgée de vin. A New York ? Il plaisantait ? « Bon, se dit-elle. Garde ton sang-froid. »

— Je ne sais pas… Je n'y ai jamais pensé.

— Ce serait peut-être une bonne idée.

— Mais la boulangerie…

— Rien ne t'empêche de prendre une année sabbatique.

Les Bellamy ne comprenaient pas toujours très bien comment les choses se passaient dans le vrai monde, elle en avait déjà pris conscience.

— Ce n'est pas aussi simple. On ne peut pas prendre une année sabbatique comme ça. La boulangerie est ouverte sept jours sur sept.

— C'est tout à fait possible, intervint Laura. Je peux prendre les choses en main pendant que tu t'accordes un temps de répit.

Toute sa vie avait été liée à la boulangerie d'unc manière ou d'une autre. Même enfant, elle y passait une bonne partie de ses journées à balayer, empiler les plateaux, ou juste pour tenir compagnie à sa grand-mère. Elles chantaient de vieilles chansons polonaises ensemble.

Elle sentait encore la main douce de Gram lissant ses cheveux, comme si c'était hier.

« Tu as un rôle essentiel ici, lui disait Gram quand elle était petite. Tu me rappelles pourquoi je fais des pâtisseries. »

Un merveilleux souvenir. Et il fallait bien reconnaître

qu'elle avait la chance d'avoir des souvenirs en abondance. Elle se rappela qu'elle avait beaucoup d'atouts de son côté. Elle adorait Avalon, ses habitants, la boulangerie, pourtant elle ressentait un manque : un désir inassouvi la hantait. Elle était passée de l'école à la boulangerie avant d'en devenir l'unique propriétaire, et même si c'était loin d'être une existence déplaisante, elle devrait peut-être saisir cette occasion de partir, de vivre autre chose.

Etait-ce le moment ? Cette question la tourmentait. Depuis l'incendie, elle avait finalement renoué des liens avec Rourke. Peut-être était-ce la principale raison qui devrait l'inciter à prendre la poudre d'escampette.

Elle but encore une gorgée de vin, espérant que les autres ne remarqueraient pas son émotion. Et, soudain, elle sentit la panique la gagner : une sensation familière haletait en elle, telle une locomotive prenant de la vitesse.

« Pas maintenant, s'il vous plaît ! »

Bon. Elle pouvait s'excuser, aller aux toilettes et prendre un comprimé. Ce n'était pas un problème. Comme elle restait assise là, immobile, luttant pour dissimuler son désarroi, une pensée étrange s'imposa à elle. Elle n'avait pas eu de crise de panique depuis qu'elle habitait chez Rourke. Coïncidence ? Cela se serait-il produit de toute façon ou était-ce lié à ce qu'elle éprouvait en sa présence ?

Greg, Olivia et Connor débarrassèrent la table et allèrent faire la vaisselle, la laissant seule avec Philip et Laura.

— Parle-moi de Mariska, dit brusquement Philip à l'adresse de Laura. Je veux comprendre.

Intriguée, Jenny se pencha en avant. Il semblait avoir fait exprès de poser la question en sa présence.

Laura ne se laissa pas démonter.

— Elle partait tout le temps, dit-elle en jetant un coup d'œil à l'un et à l'autre. Même après être revenue vivre ici avec Jenny, elle sortait souvent. Ses parents étaient contents de s'occuper de la petite.

Elle sourit à Jenny.

— Tout le monde trouvait que tu étais un ange.

Jenny s'efforçait de lire entre les lignes. Sortir souvent signifiait sans doute faire la fête. Elle savait, d'après ce que disaient parfois ses grands-parents, que sa mère ne rentrait pas toujours la nuit. Lorsqu'elle partait en week-end, il lui arrivait de ne pas revenir avant une semaine, parfois deux. C'était la raison pour laquelle personne ne s'était alarmé, le soir où elle avait disparu.

— Les Majesky étaient des gens merveilleux, reprit Laura. Ils ont donné à Jenny tout l'amour du monde. Un enfant heureux est une bénédiction. C'est impossible d'être triste quand on tient une petite fille qui rit sur ses genoux.

Jenny s'efforçait de sourire. C'est vrai qu'elle avait eu une enfance heureuse, mais il était vrai aussi que, dès l'âge de quatre ans, elle était habituée aux absences de sa mère.

— A quel moment les gens ont-ils compris qu'elle ne reviendrait jamais ? demanda Philip.

— Je ne saurais pas le dire exactement. Au bout d'un mois, peut-être. Je me souviens de Leo disant à l'adjoint du shérif venu prendre un café qu'en général, elle appelait, mais que les coups de fil avaient cessé. En définitive, à force d'inquiétude, un rapport officiel a été établi, puis on a ouvert une enquête. Cependant, dès le départ, on nous a dit qu'une femme adulte qui s'absentait régulièrement sans donner d'explication n'avait probablement aucune envie qu'on la recherche.

A l'évidence, Mariska ne tenait pas à ce qu'on la retrouve pour la ramener dans cette petite ville où elle n'avait jamais été heureuse.

L'angoisse faisait battre le cœur de Jenny. Elle s'excusa et se rendit aux toilettes. Là, elle avala un demi-comprimé, sans eau. En revenant dans la salle à manger, elle s'arrêta dans le couloir, près de la porte. Laura et Philip étaient accoudés à la table et parlaient à mi-voix, ignorant sa présence. L'intensité de leurs voix l'incita à attendre, de peur de les interrompre.

— … ignorais si je te reverrais après cet été, disait

Laura. Tu es venu en visite au camp Kioga avec ta nouvelle femme, et quelques années plus tard, avec ta petite fille.

— Mais tu savais, Laura, répondit-il avant de vider son verre. Mon Dieu, tu savais !

— Il y avait des sujets que l'on n'abordait jamais. Dont toi.

— Pourquoi n'as-tu rien dit ?

— Ce n'était pas à moi d'en parler.

— Tu étais la seule à pouvoir dire la vérité au sujet de Jenny, et tu n'en as rien fait.

— Je protégeais l'enfant.

— Qu'est-ce que ça veut dire, bon sang ?

— Réfléchis, Philip. C'était une petite fille heureuse, élevée dans un monde sûr, pétri d'amour. Je m'inquiétais de ce qui se passerait si un inconnu faisait brusquement irruption dans sa vie en lui disant qu'il était son papa. J'étais sûre qu'étant un Bellamy, tu avais l'argent et le pouvoir nécessaires pour nous la prendre.

— Nous ?

— Je te parle des grands-parents… Et de moi, oui. J'aimais Jenny, mais je n'avais aucun droit sur elle. J'étais terrifiée à l'idée de la perdre.

— On avait vraiment l'air de monstres à vos yeux ?

— Non. Vous nous faisiez l'effet d'une famille normale, mais je ne pouvais pas imaginer Jenny vivant avec vous. Comment ta femme aurait-elle accepté l'enfant d'une autre ? Et ta fille, Olivia, je ne savais pas si ce serait une bonne idée de lui donner une sœur. Dans un cas comme dans l'autre, je ne m'estimais pas en droit de disposer de la vie d'une petite fille.

La petite fille n'existait plus, pensa Jenny, tandis qu'une décision s'imposait inéluctablement à elle. Elle était une femme à présent, et elle en avait assez de se laisser gouverner par les mystères et la peur.

*
**

En repartant à la fin de la soirée, Jenny prit machinalement la direction de Maple Street. Puis elle se rappela qu'elle était supposée retrouver le grand lit confortable de Rourke. Mais comme elle était déjà parvenue tout près de son ancienne demeure, elle décida de passer devant.

Les pneus de sa voiture crissèrent sur la chaussée salée, et elle se gara au bord du trottoir plutôt que de s'engager dans l'allée bordée de hautes congères.

L'emplacement vide de la maison paraissait incongru. Deux érables imposants se dressaient encore dans le jardin. Quand elle était petite, son grand-père ratissait les feuilles à l'automne et il en faisait un tas si haut qu'elle pouvait disparaître en sautant dedans. Ces arbres avaient quelque chose de déplacé, maintenant : maigres squelettes dressés au milieu de nulle part.

Elle voyait jusqu'au fond du jardin. Une entreprise de démolition avait pris la relève des équipes de récupération, rasant ce qui restait de la maison. On se serait cru dans une zone de guerre avec toute cette terre noire, carbonisée.

Il avait neigé la nuit précédente et une grande partie de la journée, et les congères avaient presque effacé les traces d'une maison qui s'était dressée là durant soixante-quinze ans. On ne voyait plus qu'une étendue de bosses blanches limitée par le cordon de sécurité. Sous l'éclairage du réverbère, elle discernait le moindre contour. Des empreintes de lièvre sillonnaient le périmètre qu'occupait autrefois, lui semblait-il, le salon où sa grand-mère et elle passaient des heures, le soir, à bavarder.

Avant son attaque, Gram était une remarquable conteuse. Elle décrivait les choses avec une infinité de détails et adorait répondre aux questions. Ça tombait bien parce que Jenny en avait toujours une foule à poser.

— C'était comment de grandir en Pologne ? demandait-elle.

L'un des sujets favoris de Gram. Son regard s'adoucissait, se troublait comme si elle partait quelque part, en un lieu lointain. Elle lui racontait alors la vie d'autrefois dans un village appelé Brzezny, au milieu des champs de blé et des sycomores, l'air vibrant de chants d'oiseau, du fracas de la rivière tumultueuse, de carillons.

Dès l'âge de seize ans, Helenka avait été chargée par son père de conduire au moulin la charrette remplie de blé ou de maïs. Elle avait ainsi fait la connaissance du fils du meunier, un jeune homme si robuste qu'il était capable de faire fonctionner le moulin tout seul. Il avait les yeux de la couleur des œufs de rouge-gorge, et un rire si puissant, si joyeux que les gens, en l'entendant, interrompaient ce qu'ils étaient en train de faire et souriaient.

Elle était tombée amoureuse de lui, bien sûr. Comment aurait-il pu en être autrement ? C'était l'homme le plus fort et le plus gentil du village, et il lui avait dit qu'elle était plus radieuse que le soleil.

Jenny avait l'impression d'entendre un conte de fées. Elle savait néanmoins que, contrairement à ce qui se passait dans les contes, les jeunes mariés n'avaient pas connu un bonheur éternel, loin de là. Deux semaines après les noces, les Allemands avaient envahi la Pologne. Des soldats avaient fait main basse sur le village, incendiant les maisons et les échoppes, massacrant les gens, enrôlant de force les hommes et les garçons aptes au service, terrorisant les femmes et les enfants. Un peu plus tard, Jenny avait fait des recherches sur le massacre de Brzezny, et elle avait compris que sa grand-mère lui avait épargné les pires détails.

Si Helenka et Leopold avaient échappé au carnage, c'était parce que, ce jour-là, on les avait envoyés au chef-lieu du district pour faire enregistrer leur mariage. En revenant, ils avaient trouvé le village sens dessus dessous. Leurs familles avaient disparu — assassinées ou en fuite.

— Le lendemain, racontait Gram, on s'est mis à marcher.

Il avait fallu de nombreuses narrations et d'interminables questions avant que Jenny apprenne qu'ils avaient fui le village sans rien d'autre que les vêtements qu'ils avaient sur le dos, un sac de pommes flétries et quelques biens, notamment le coffret contenant le ferment de seigle que la mère de Gram lui avait donné le jour de son mariage.

Les Allemands avaient attaqué la Pologne par l'ouest et les Russes par l'est. Pour les Polonais, tous les fleuves, toutes les routes devinrent des champs de bataille. Il n'y avait pas un endroit sûr où s'installer, labourer la terre, élever ses enfants et enterrer ses morts. Six millions de Polonais périrent pendant la Seconde Guerre mondiale. Les grands-parents de Jenny avaient eu de la chance de s'en sortir.

— Jusqu'où avez-vous marché ?

— Jusqu'à la mer Baltique.

Quand elle était petite, Jenny pensait que c'était comme aller chercher du lait à l'épicerie du coin. Par la suite, elle avait appris que ses grands-parents, à peine sortis de l'enfance et qui n'avaient jamais quitté leur minuscule district rural, avaient parcouru à pied des centaines de kilomètres, et que, une fois parvenus au port de Gdansk, ils avaient payé leur passage au prix de leur labeur.

Jenny pensait parfois à tous ces gens que Gram n'avait jamais revus — ses parents, ses six frères et sœurs, tous ceux qu'elle avait connus.

— Ils doivent beaucoup te manquer, disait-elle.

— C'est vrai, répondait sa grand-mère. Mais ils sont ici, ajoutait-elle en posant la main sur sa poitrine. Ils sont dans mon cœur, à jamais.

En s'adossant à sa voiture dont elle avait laissé le moteur tourner, Jenny ferma les yeux et serra les poings en priant pour que Gram ait raison, qu'on ne puisse jamais vraiment perdre quelqu'un tant que l'on conservait son souvenir dans son cœur et qu'on le nourrissait d'amour.

Elle poussa un long soupir, rouvrit les yeux et battit des paupières dans la nuit glaciale. Ça ne marchait pas. Il n'y avait rien dans son cœur. Elle se sentait vide, envahie par une sensation de panique.

Une voiture s'engagea dans la rue, éclairant les abords d'une lumière blanche. Sur le trottoir d'en face, un rideau bougea à la fenêtre de Mme Samuelson. Comme le véhicule approchait, Jenny reconnut Rourke au volant. Il se gara le long du trottoir, sortit et marcha dans sa direction. Jenny sentit son cœur chavirer.

Il était toujours en tenue de travail, son long pardessus gonflant dans le vent derrière lui.

Elle frissonna et fourra les mains dans ses poches.

— Salut, dit-elle.

— Salut.

Il promena son regard sur le terrain dévasté.

— Tout va bien ?

— Oui, oui, répondit-elle, comprenant parfaitement le sens de sa question.

Elle eut un petit rire ironique.

— Il faut un peu de temps pour s'habituer à un changement d'adresse.

Incapable de soutenir son regard dont émanait un mélange de compassion et de bonté, elle s'adossa de nouveau à sa voiture en fixant l'emplacement approximatif de la fenêtre de sa chambre au premier.

— Quand j'étais petite, je sortais par la fenêtre en grimpant sur cette grosse branche, dit-elle en désignant l'un des érables. Je ne me suis jamais fait prendre.

— Pourquoi filais-tu en cachette ?

Elle essaya de déterminer la cause de cette note grave dans sa voix.

— Ça dépendait. En général, c'était pour retrouver des copains près du fleuve. On traînait. On allait parfois au cinéma en plein air à Coxsackie. Je n'irai pas jusqu'à dire qu'on était des délinquants. Je me suis toujours efforcée d'éviter les ennuis pour ne pas causer de soucis à mes grands-parents.

— J'aimerais qu'on puisse en dire autant de tous les gamins, répondit Rourke. Ça me faciliterait sacrément la tâche.

— J'ai toujours eu beaucoup de peine pour eux, à cause de ma mère.

A chaque inspiration qu'elle prenait, la panique s'éloignait un peu plus.

— Elle leur a brisé le cœur, tu comprends ? Il y avait toujours de la tristesse chez eux, surtout chez mon grand-père. Quand les médecins lui ont dit qu'il ne s'en sortirait pas, il a répondu qu'elle reviendrait peut-être pour son enterrement.

Jenny planta le bout de sa botte dans la neige. Elle avait toujours eu le sentiment de devoir compenser l'abandon de sa mère d'une manière ou d'une autre.

— Sachant que ma mère ne reviendrait jamais les voir, je me suis promis de ne pas les abandonner.

Très jeune, elle avait compris que sa mission consistait à dissiper le chagrin de ses grands-parents, un rôle qu'elle avait joué durant toutes ces années. Ça lui faisait bizarre d'en être libérée.

Rourke garda le silence un instant. Jenny en profita pour procéder à l'évaluation que le médecin lui avait suggérée. Un peu plus tôt, elle frisait les huit sur dix. Elle était redescendue à six, peut-être même à quatre ou cinq, et son soulagement était grand. C'était peut-être ce demi-comprimé qu'elle avait pris. A moins qu'elle n'ait finalement dépassé la phase délicate.

— On nous avait remis plusieurs cartons de rapports à propos de la disparition de ma mère, reprit-elle. Ils ont brûlé dans l'incendie.

— Nous avons toutes les archives au commissariat, lui assura Rourke. Je peux vérifier si tu veux.

— C'est gentil… Je pense de plus en plus souvent à elle, ces derniers temps.

Quelques flocons virevoltants s'étaient mis à tomber.

— C'est drôle mais… je m'étais mis dans la tête qu'elle reviendrait après la mort de ma grand-mère.

— En quoi est-ce drôle ?

— Ce n'est pas le mot qui convient. Disons plutôt « bizarre ». Bizarre que je puisse penser ça. C'est vrai, si elle n'est pas revenue quand son père est tombé malade, ni après que Gram a eu une attaque et que nous avons fait faillite… si ces événements-là n'avaient pas suffi à la faire revenir, c'était ridicule de penser qu'elle réapparaîtrait au décès de ma grand-mère.

Il s'abstint de tout commentaire, et elle lui en sut gré. Parce que l'une des conclusions logiques à tout ça était que si sa mère n'avait jamais donné de ses nouvelles, c'est qu'elle n'était plus de ce monde. Jenny refusait de le croire. Si Mariska était morte, elle le saurait.

— L'ironie dans tout ça, c'est que Philip ait resurgi de nulle part, pour ainsi dire. Au moment où j'ai le sentiment d'être totalement seule au monde, je me retrouve avec toute une famille.

— Tu ne seras plus jamais seule, dit-il.

Ses paroles, le ton de sa voix l'ébranlèrent.

— Rourke ? chuchota-t-elle.

Il se reprit aussitôt, et retrouva son air de gentil policier.

— Ce que je veux dire, c'est que tu fais partie de cette ville. Tout le monde t'aime. Le maire est ta meilleure amie.

— Tu as raison. J'ai beaucoup de chance.

Elle prit une inspiration profonde qui lui glaça les poumons.

— Il n'y a pas grand-chose de positif dans tout ce qui m'arrive, dit-elle. Se retrouver sans toit, c'est une chose que je ne souhaite à personne, pas même à mes pires ennemis.

— Tu n'as pas d'ennemi ! lui fit-il remarquer.

— A moins que l'on découvre que quelqu'un a mis le feu à ma maison.

— Ce n'est pas le cas.

— Mais il est ressorti au moins une bonne chose de tout ça. Me retrouver sans abri m'a ouvert tout un monde de possibilités.

— A savoir ?

— Je peux recommencer de zéro.

Elle scruta son visage sans arriver à déterminer ce qu'il pensait.

— C'est pour ça que ce ne sera pas si difficile de quitter Avalon.

Il ne broncha pas. A vrai dire, le silence était si dense qu'elle entendait les flocons de neige se poser sur le tissu de son anorak. Elle attendit, retenant son souffle, cherchant à anticiper sa prochaine question.

Elle ne vint jamais. Il resta planté là, le visage fermé. Il n'avait peut-être pas entendu.

— Je t'ai dit que je quittais la ville.

— J'ai entendu.

— Et tu n'as rien à dire à ce sujet ?

— Non.

— Rourke…

— C'est ta vie. Je n'ai pas à m'en mêler.

« Supplie-moi de rester, et je ne partirai pas ! »

— Dis quelque chose, Rourke.

— Qu'est-ce que tu veux que je te dise ?

— J'aimerais savoir ce que tu penses de mon projet.

— Est-ce vraiment important ?

— Oui.

— Pourquoi ?

— Parce que tu comptes pour moi, bredouilla-t-elle.

Puis, horrifiée, elle s'empressa de faire marche arrière.

— C'est juste que tu as été tellement généreux avec moi. Trop généreux. J'ai honte de t'avoir causé tant de tracas. De m'être imposée à toi si longtemps. Je ne peux pas envahir ta vie comme ça, Rourke.

— Pourquoi pas ?

— Parce que ce n'est pas bien. Parce que nous devons vivre chacun notre vie sans marcher sur les plates-bandes de l'autre.

— Alors je marche sur tes plates-bandes, maintenant ?

— Non. Oh, mon Dieu ! c'est tellement frustrant de te parler !

Il n'ajouta rien.

— J'ai décidé d'aller à New York, dit-elle.

C'était comme si elle venait d'apprendre qu'elle avait

pris cette décision. Pour la première fois, elle l'avait dit à haute voix.

— Je vais habiter dans l'ancien appartement d'Olivia. C'est Philip Bellamy qui me l'a suggéré. Il veut que nous apprenions à mieux nous connaître, que je rencontre ses sœurs, que je passe du temps avec ses parents — mes grands-parents, et… oh… je ne sais pas. Une fois que j'aurai tout réglé ici, je vais le faire. Laura s'occupera de la boulangerie et j'aurai enfin la possibilité de me mettre sérieusement à écrire.

Elle se sentait bizarrement essoufflée quand elle eut achevé de lui faire part de ses projets. C'était si étrange d'en parler. Son projet allait vraiment se concrétiser. Elle allait quitter cet endroit où elle était née, où elle avait grandi, où elle avait vécu toute sa vie. A moins que Rourke ne lui donne une raison de rester… Mais pourquoi ferait-il une chose pareille ?

— Je profite de la liberté qui s'offre à moi.

— Ça ressemble plutôt à une fuite, à mon avis.

Il ouvrit la portière de sa voiture.

— Je te retrouve à la maison.

Perturbée, elle se glissa derrière son volant.

— A tout à l'heure ! ajouta-t-il en se penchant légèrement. N'oublie pas de mettre ta ceinture !

13

Daisy s'était déjà fait deux amis au lycée d'Avalon, et elle n'avait même pas eu besoin de mentir pour qu'ils l'apprécient. Elle avait gardé certaines choses pour elle. Oui, elle cachait partiellement son jeu. Pour le moment, en tout cas.

Elle savait tenir sa langue. Comme à l'époque où ses parents avaient commencé à faire chambre à part, avant le divorce. Elle n'en avait parlé à personne, pas même à son petit frère. Et quand Logan O'Donnell lui avait fait promettre de ne dire à personne qu'ils couchaient ensemble, ça aussi elle l'avait gardé pour elle, alors qu'il passait pour le garçon le plus sexy de l'école.

Certes, sexy et futé n'allaient pas forcément de pair, comme elle n'avait pas tardé à le comprendre. Ce n'était pas parce qu'il était sexy qu'il était capable de faire l'amour sans prendre de risque.

Avec le recul, elle se rendait bien compte qu'elle s'était comportée de façon stupide. Même s'ils étaient dans le noir, même si elle mourait d'envie de passer à l'acte, elle aurait dû prendre deux secondes pour vérifier que Logan savait utiliser un préservatif.

Mais qui aurait pu se douter que Logan O'Donnell était aussi bête ?

— Ça te dit de venir skier avec nous samedi ? demanda Sonnet.

Ils se rendaient chez elle où ils avaient prévu de réviser un contrôle d'histoire. Daisy n'aimait pas beaucoup l'école, mais elle appréciait Sonnet et Zach, et même s'ils avaient la ferme intention d'étudier tous les trois, c'était aussi une occasion de traîner un peu avec eux.

— Je ne peux pas, samedi, déclara Daisy. Je travaille, rappelle-toi !

— Tu n'as pas mis longtemps à trouver du boulot, dis donc !

— C'est vrai. J'ai pensé que si je gagnais un peu d'argent, mes parents me lâcheraient la grappe au lieu de m'obliger à aller à la fac. Cela dit, je n'en ai pas encore parlé à maman.

Elle l'entendait d'ici ! « Une Bellamy ? Travailler comme vendeuse dans une boulangerie ? » Comme si c'était une honte !

— Qu'est-ce qu'elle a contre le travail, ta mère ?

— Rien du tout. C'est même la raison pour laquelle mes parents se sont séparés : elle était obnubilée par son boulot. Elle passait plus de temps au bureau qu'à la maison, ça ne fait aucun doute. L'année dernière, elle s'est occupée d'une affaire à Seattle. Elle ne rentrait que le week-end. Maintenant qu'elle est à La Haye, elle ne vient pour ainsi dire jamais à New York, mais on s'envoie des courriels et on se téléphone. En réalité, on communique mieux que quand elle était à la maison.

Daisy aimait bien ces échanges — en fait, elle les adorait. C'étaient les seuls moments où elle avait toute l'attention de sa mère.

— Elle sera sûrement ravie que tu aies du boulot, déclara Sonnet.

— Elle dira que ce n'est pas un vrai travail. Pour elle, un job qui compte, c'est esclave d'un homme politique ou stagiaire chez un grand courtier, des trucs comme ça. Il faudrait que mon patron puisse m'écrire une bonne lettre de référence pour l'université.

— Jenny te l'écrira.

— Ben, voyons ! « Ma cousine est très douée pour vendre des muffins et des pains au chocolat »…

— On est arrivés ! lança Sonnet en s'arrêtant devant la boîte aux lettres enfouie sous la neige. *Home, sweet home !*

Elle prit le courrier avant de s'engager dans l'allée conduisant à la maison.

A la nuit tombante, la neige faisait des vagues ombrées, dans les tons violets, et la petite maison carrée avait l'air de surgir d'un lointain passé. Elle était incroyablement simple : une boîte blanche sans ornement au milieu d'un terrain plat tout aussi blanc. Mais, au fond, peu importait à quoi ressemblait la maison dans laquelle on vivait. Les parents de Daisy en possédaient non pas une, mais deux — à Manhattan et à Long Island, pour le week-end. Et pourtant, ils n'avaient jamais réussi à être heureux.

— Maman est malade, dit Sonnet comme ils s'engouffraient dans l'entrée. Elle est rentrée de sa conférence avec un gros rhume.

Daisy entendit le son d'une radio quelque part dans la maison. Apparemment, Nina Romano était fan d'*Air America*.

Sonnet conduisit ses amis dans ce qui devait être la pièce à vivre.

Sa mère était allongée sur le canapé, enveloppée dans une couverture, son ordinateur portable sur les genoux. Il y avait tout un assortiment de tasses et de remèdes sur la table voisine, une boîte de Kleenex, un téléphone et un portable. Elle leva les yeux et un sourire illumina son visage.

— Bonjour, tout le monde ! Comment c'était l'école ?

Daisy eut de la peine à dissimuler sa surprise. Elle s'attendait à trouver une femme un peu brusque, efficace, du genre rat de bibliothèque avec des chaussures plates et des chevilles épaisses. Or, Mme le maire avait l'air beaucoup trop jeune pour être la maman d'une lycéenne. En outre, elle était blanche, ce qui n'était pas vraiment une surprise puisque Daisy avait rencontré deux des oncles de Sonnet à l'école. Autre chose qui ne l'étonnait pas non plus : Nina était d'une beauté à vous couper le souffle. Comme sa fille, d'ailleurs. Cependant, la mère et la fille semblaient venir de deux continents différents.

Sonnet fit les présentations. Nina adressa un sourire rayonnant à Daisy.

— Ne vous approchez pas ! lui dit-elle. J'ai la crève et je ne voudrais pas vous contaminer. J'étais impatiente de faire ta connaissance, Daisy. Mon frère Tony m'a dit que tu étais dans sa classe.

— C'est exact.

— Et tu travailles déjà à la boulangerie ? C'est super.

— Les nouvelles vont vite.

— Encore plus vite que tu ne l'imagines ! Savais-tu que Jenny Majesky était ma meilleure amie ? On a grandi ensemble.

Nina se tourna vers Zach.

— Comment vas-tu ? On ne te voit plus !

— Je travaille énormément.

Zach avait l'air un peu mal à l'aise, debout dans l'embrasure de la porte, comme s'il était prêt à fuir. Daisy savait qu'il y avait des tensions entre son père et la mère de Sonnet, probablement dues au fait que Matthew Alger, le trésorier municipal, convoitait le job de Nina Romano. Zach ne parlait pas beaucoup de son père, mais elle avait l'impression que c'était un homme strict et passablement préoccupé par les questions d'argent. Il voyait sans doute d'un mauvais œil que son fils vienne pactiser avec l'ennemi.

Ils allèrent dans la cuisine pour chercher quelque chose à manger avant de se mettre au travail.

— Ta maman a l'air d'une lycéenne, dit Daisy à Sonnet.

— Elle avait quinze ans quand je suis née.

Daisy ne savait pas quoi dire d'autre. « Je suis désolée » ne lui semblait pas vraiment approprié.

— Que s'est-il passé ? bredouilla-t-elle sans prendre le temps de réfléchir.

— Elle a rencontré un type de West Point, l'académie militaire. Il ne savait pas qu'elle était mineure. Elle faisait beaucoup plus que son âge, à l'époque. Alors que maintenant, elle paraît nettement moins que trente et un ans. Je suis très fière d'elle.

— Je te comprends. Ça ne doit pas être évident de devenir maire quand on a été mère célibataire à l'adolescence. Toi aussi, tu m'impressionnes, avoua Daisy. Tu n'auras même pas seize ans à la fin de tes études. Pourquoi tant de précipitation ?

Sonnet haussa les épaules.

— Il n'y a pas de quoi en faire un plat. J'ai sauté une classe, mais en dehors de ça, j'ai suivi le cursus normal. Je n'ai jamais eu l'impression de précipiter les choses. En même temps, c'est vrai que j'ai hâte d'aller vivre ailleurs, de commencer la fac. Maman ne le dira jamais, mais j'ai l'impression qu'elle n'est pas mécontente d'avoir l'occasion de refaire sa vie.

— Et ton père ?

— Je ne le considère pas vraiment comme mon père. Cela sous-entend une relation qui n'existe pas. C'est le type auquel je dois d'être une métisse.

— Où est-il maintenant ?

Sonnet haussa les épaules, ce geste désinvolte dissimulant sans doute tout un monde de souffrance.

— Il travaille à Washington. Au Pentagone.

— C'est un militaire haut placé ?

— Il paraît. Et il a une femme incroyablement glamour, qui a fait ses études à l'université de Rhodes, petite-fille d'un célèbre défenseur des droits civils. Ils ont deux enfants parfaits qui ressemblent à des stars de cinéma.

Là encore, Daisy ne savait pas quoi dire.

— Ça ne me pose pas vraiment de problème, s'empressa d'ajouter Sonnet. Si ce n'est que…

— Si ce n'est que quoi ?

— Il m'arrive de me demander qui je suis. Je vois mon père peut-être une fois par an. Ma mère est la hippie locale. Une rescapée de Woodstock.

— Elle doit être plus que ça pour avoir été élue maire.

Ils ouvrirent leur sac à dos et sortirent leurs cahiers. Daisy en profita pour prendre son appareil photo, un digital doté d'objectifs Carl Zeiss. Elle l'avait reçu en cadeau pour son anniversaire, l'été dernier, et s'était alors découvert une nouvelle passion. Dans son ancienne école, elle avait beaucoup apprécié l'initiation à la photographie. Elle adorait capter un instant, une image, un angle de lumière.

Il y avait quelque chose d'attrayant et de bizarrement

intime dans la manière dont Sonnet et Zach étaient assis à la table, en train d'étudier, se taquinant de temps à autre. L'angle de leurs têtes formait une curieuse symétrie.

— Faites comme si je n'étais pas là, dit Daisy en chargeant l'appareil. Je veux juste prendre quelques photos.

L'espace entre eux formait un cœur, mais ça n'avait rien de cucul à cause de l'intensité de leurs expressions. Daisy fit quelques photos, puis elle rangea son appareil.

Sonnet lui proposa un Coca, mais elle refusa. Elle mourait de faim, en réalité. Ça lui arrivait souvent, ces derniers temps, d'avoir des fringales dix fois plus fortes que lorsqu'elle fumait de la dope. A n'importe quelle heure, en plus, y compris au milieu de la nuit. Quand Sonnet sortit un sachet de chips et une sauce au fromage blanc pour les agrémenter, elle se jeta dessus comme si elle n'avait rien mangé depuis des jours.

Elle réclama un verre d'eau. Puis, dès qu'elle eut fini de boire, elle demanda où étaient les toilettes.

Sonnet lui désigna le couloir.

Elle partit en courant, et passa devant le salon où Nina était au téléphone. Il était question des finances municipales.

Elle avait eu tort de manger ces chips. C'était une grave erreur…

Les toilettes ? Où étaient-elles, pour l'amour du ciel ?

Elle ouvrit à la volée une des portes donnant sur le couloir. Mince, le dressing ! Elle essaya la suivante. L'escalier de la cave ! Au bord de la panique, elle essaya la troisième. Il ne s'agissait toujours pas des toilettes. Elle était sur le point de perdre le contrôle quand elle entendit la voix de Nina :

— Tout au bout du couloir, chérie !

Daisy prit ses jambes à son coup.

Dix minutes plus tard, elle émergea des toilettes en titubant, après s'être passé de l'eau sur la figure.

« Ressaisis-toi, se dit-elle. Va dans la cuisine et fais comme si tout était normal. »

Lès épaules bien droites, le menton levé, elle s'engagea dans le couloir.

En repassant devant le salon, où Nina travaillait toujours, elle fit semblant de ne pas la voir. Elle avait pratiquement réussi son coup quand Nina lança :

— As-tu vu un médecin, mon cœur ?

DE LA NOURRITURE POUR L'AME

Par Jenny Majesky

Le paradis en bouteille

Une femme qui allaite devrait boire chaque jour un petit verre d'alcool. Aucun médecin ne vous le dira, mais c'est ce que préconisaient ma grand-mère et ses amies. « Donnez un verre de bière chaque soir à une femme enceinte : elle aura davantage de lait, et ça ne fera aucun mal au bébé. »

Ma grand-mère n'a jamais beaucoup aimé l'alcool, mais nous en avions toujours à la maison, pour la pâtisserie — du kirsch pour les biscuits de Fanny Farm, du Triple Sec pour les cakes, du Kahlua pour différents usages, du rhum, bien sûr, et de l'Irish Cream. Il y a des années, ma grand-mère a découvert une recette de gâteau sur l'étiquette d'une bouteille d'Irish Cream, et Grandpa a trouvé ça tellement bon qu'il a fini la bouteille. Après, on les a vus se faire des mamours sur la balancelle de la véranda.

Gram a confectionné ce gâteau si souvent qu'elle n'avait plus vraiment besoin de vérifier la recette. On peut facilement le congeler, et c'est un très joli cadeau à offrir.

GATEAU A L'IRISH CREAM

- 50 g de noix de pécan finement hachées
- 50 g de noix de coco, en fines lamelles
- 1 paquet de mélange pour génoise
- 1 paquet de mélange pour gâteau à la vanille instantané
- 4 œufs
- 60 ml d'eau
- 125 ml d'huile végétale
- 180 ml d'Irish Cream
- 125 g de beurre

- 60 ml d'eau
- 200 g de sucre blanc
- 60 ml de liqueur d'Irish Cream.

Préchauffez le four. Graissez et farinez un moule à charlotte de 25 cm. Garnissez équitablement le fond du moule de noix hachées et de noix de coco.

Dans un grand plat creux, amalgamez les deux mélanges pour gâteaux. Incorporez les œufs, 60 ml d'eau, 125 ml d'huile et 180 ml d'Irish cream. Battez au mixeur 5 minutes à plein régime. Versez la pâte dans le moule sur les noix et la noix de coco.

Faites cuire 60 minutes, jusqu'à ce qu'un cure-dents inséré dans le gâteau ressorte propre. Laissez refroidir 10 minutes dans le moule pendant que vous préparez le glaçage. Pour le glaçage, mélangez le beurre, 60 ml d'eau et 200 g de sucre dans une petite casserole. Portez à ébullition et laissez bouillir 5 minutes en remuant constamment avec un fouet. Retirez du feu et incorporez 60 ml d'Irish Cream en continuant à remuer au fouet.

Démoulez le gâteau refroidi à l'envers sur un plat de service. Piquez le sommet et les côtés du gâteau. Versez le glaçage dessus avec une cuillère, et badigeonnez les côtés jusqu'à ce que tout le liquide soit absorbé.

14

1991

— J'ai pris ma décision, annonça Nina à ses amis qui l'attendaient devant la clinique où elle était allée consulter un médecin. Je le garde.

Jenny, Joey et Rourke restèrent silencieux. En sa qualité d'animateur, Rourke avait pu venir avec sa voiture, cette année. Joey et lui avaient eu quartier libre, cet après-midi-là. La brise venant du lac s'engouffrait par les fenêtres. *Alive*, de Pearl Jam, passait à la radio. Ils avaient attendu plus d'une heure. Jenny avait l'impression que les garçons trépignaient d'impatience, même s'ils restaient parfaitement immobiles. Les filles enceintes et les cliniques du planning familial ne faisaient pas franchement partie de leurs sujets préférés, ça ne faisait aucun doute. Cette nouvelle inspirait des sentiments mitigés à Jenny, mais elle sourit quand Nina se glissa sur la banquette.

— Bon, dit-elle, Dans ce cas… félicitations !

Rourke ajusta le rétroviseur.

— Bouclez vos ceintures, dit-il.

Les filles obtempérèrent.

Jenny jetait constamment des coups d'œil à Nina en s'efforçant d'imaginer ce qu'elle ressentait. Quant à Nina, elle se bornait à regarder fixement ses genoux. Quelques instants plus tard, elle sortit des brochures de son sac et entreprit de les parcourir. Elle n'avait que quinze ans. *Quinze ans*. Elle n'avait même pas son permis de conduire, mais, d'ici peu, elle allait devoir s'occuper d'un bébé vingt-quatre heures sur vingt-quatre, sept jours sur sept, sans mari pour l'épauler. Quant à l'accouchement… Jenny avait vu des films sur le sujet au cours d'éducation sanitaire, et elle ne voulait même pas en entendre parler ! Elle n'était même pas sûre de l'orthographe du mot « gynécologue », et n'osait demander à personne. Quand on n'avait pas de mère, on ne savait pas à qui poser ce genre de question. Nina avait une maman, au moins. Une maman qui allait probablement l'interdire de sortie à vie quand elle lui annoncerait qu'elle était enceinte.

Les garçons étaient toujours muets. Joey regardait obstinément par la fenêtre. Rourke fixait la route, l'air renfrogné. Jenny voyait sa mine concentrée dans le rétroviseur. Ils étaient aux antipodes l'un de l'autre, Joey et lui, d'où leurs surnoms de Bill & Ted, inspirés par ce film loufoque à propos de deux gentils abrutis qui étaient les meilleurs amis du monde. Rourke était le surfeur bronzé, et Joey avait quelque chose de Keanu Reeves. Personnellement, Jenny trouvait qu'ils ressemblaient plutôt à Jay Gatsby et Nick Carraway, mais quand elle disait ça, la plupart des gens ne voyaient pas à quoi elle faisait référence.

En jetant un coup d'œil dans le rétroviseur, Rourke surprit son regard posé sur lui. Gênée, elle remua sur son siège et se tourna vers la fenêtre en prenant un air faussement intéressé. Il fallait qu'elle fasse attention avec Rourke parce qu'il avait beau lui répéter sur tous les tons que Joey voulait sortir avec elle, c'était de lui qu'elle était follement amoureuse. C'était comme ça depuis le jour où elle l'avait rencontré et qu'il s'était battu pour la protéger.

Elle se demandait si elle s'habituerait jamais à l'effet qu'il lui faisait. Peu probable. Chaque été, c'était la même chose. Le camp Kioga rouvrait ses portes, et elle aidait son grand-père à faire ses livraisons.

En arrivant au camp, elle avait l'impression de pénétrer dans un autre monde, un lieu idyllique issu du passé. Les gens qui passaient l'été là-bas l'émerveillaient toujours. Ils lui rappelaient une phrase de F. Scott Fitzgerald : « Les riches sont différents. » Elle aurait bien voulu que ce ne soit pas vrai, mais c'était indéniable. Ces gens-là avaient une assurance et une distinction particulières. Ils savaient qui ils étaient et où se situait leur place dans le monde : au sommet.

Chaque année, elle se disait que Rourke avait probablement changé. Il devait être débile et constellé de boutons… Mais elle se trompait toujours. Il était encore plus beau qu'avant, de plus en plus sûr de lui. Et gentil, à telle enseigne que, lorsqu'elle lui avait dit que Nina et elle avaient besoin d'un service, il n'avait pas cillé.

En vérité, elle s'ingéniait à trouver des raisons de ne pas l'apprécier, parce qu'il ne voudrait jamais d'elle. Peine perdue. Même s'il feignait d'être bourru, il était aussi bienveillant que séduisant.

« Ça suffit ! » se dit-elle. Ses obsessions à propos de Rourke McKnight commençaient à lui filer carrément les chocottes. C'était le Prince charmant, trop beau pour être vrai, et aussi inatteignable que la lune. Joey, en revanche, était bien réel : drôle, les pieds sur terre. En tant que fils du chauffeur des McKnight, il osait rêver d'une vie meilleure. Et si Rourke était le genre d'homme que les filles rêvaient d'épouser, c'était avec des Joey qu'elles se mariaient.

Elle tapota le genou de Nina.

— Ça va ? lui demanda-t-elle.

Nina leva les yeux, pâle, gênée.

— Je suis totalement flippée, voilà comme ça va, dit-elle. J'entends déjà les gens… « C'était une fille *tellement* intelligente issue d'une famille *si* merveilleuse. Elle avait tout pour elle… »

— Rien de tout cela n'a changé ! riposta Jenny, cherchant désespérément quelque chose de positif à dire. Tu es intelligente, tu as une famille super et en plus, tu vas avoir un bébé. Ma grand-mère dit que les bébés sont la preuve que Dieu existe.

— Ecoute, c'est très touchant, mais je ne me fais aucune illusion. Ça ne va pas être facile.

Jenny était parfaitement d'accord avec elle, mais elle s'abstint de le dire. Elle évita également d'aborder la question des projets que Nina et elle faisaient depuis des années. Elles étaient censées partir à la découverte du monde, après le lycée. Ensuite, Jenny prévoyait de se trouver un fabuleux travail et un loft à New York ; elle comptait sortir tous les soirs comme les gens dans *Mad About You*. Nina envisageait pour sa part de retourner à Avalon et d'acheter l'Auberge du lac des Saules, jadis un luxueux hôtel qu'elle avait toujours rêvé de posséder. Jenny passerait toutes ses vacances à l'auberge où elle travaillerait sur son roman… Rien de tout cela n'arriverait, bien entendu, et Jenny éprouvait malgré elle une pointe de colère à l'encontre de Nina pour avoir anéanti leurs plans. Mais elle se sentit déloyale et s'obligea à sourire.

— Ce sera difficile, bien sûr, mais tu y arriveras.

— Il faut que je le dise à Laurence, marmonna Nina. Il va être furieux.

Joey se retourna en passant le bras derrière son siège.

— Tu veux qu'on lui casse la gueule ?

— Non. Doux Jésus, Joey ! Tu n'y arriverais jamais, de toute façon. L'autodéfense n'a aucun secret pour lui. Je te rappelle qu'il va à West Point !

Jenny avait rencontré Laurence une fois — un Noir américain, grand, baraqué, plutôt intimidant avec son crâne rasé et son port militaire.

— Dans ce cas, qu'est-ce qui lui a pris de sortir avec une lycéenne ? demanda Rourke.

— Il n'a que dix-sept ans, comme vous.

— Ouais, mais nous, on t'a pas mise en cloque ! lança Joey, cherchant maladroitement à se rendre utile, ce qui lui valut un bon coup sur le bras venant de Rourke.

— C'est sa première année à l'académie. Et puis je lui ai dit que j'avais dix-huit ans, précisa Nina.

Jenny voyait très bien comment Laurence Jeffries avait pu se laisser duper. Avec sa beauté sombre et sa silhouette de rêve, Nina avait le don de se vieillir. En outre, il fallait reconnaître qu'il avait rompu avec elle dès qu'il avait su son âge.

— Si je lui en parle, dit Nina, et s'il s'en tient au code d'honneur, il faudra qu'il avertisse ses supérieurs, et il sera expulsé. Je crois que je ne vais rien lui dire du tout.

Cette hypothèse fit frémir Jenny.

— Toute ma vie, j'ai regretté que mon père ignore mon existence. Je n'ai pas arrêté de me répéter que tout aurait été différent si ma mère lui avait dit la vérité.

Si tant est que les choses se soient passées comme ça. Elle n'en était même pas sûre. Peut-être avait-elle un père quelque part qui savait, sans se sentir suffisamment concerné pour sortir de l'ombre.

— Qu'est-ce que ça changerait que la situation soit différente ? demanda Rourke.

Bonne question. Mais pourquoi s'imaginait-il toujours qu'elle avait une vie de rêve ?

— J'aimerais savoir, c'est tout.

— Bon, alors je te conduis à West Point tout de suite ? demanda-t-il à Nina.

— Non, répondit-elle. Il faut que je rentre à la maison. J'ai besoin de réfléchir.

Elle garda le silence tout le reste du trajet, parcourant négligemment les brochures qu'on lui avait remises à la clinique. *Baby Baby*, d'Amy Grant, passait maintenant à la radio.

Ils atteignirent bientôt la pancarte marquant la périphérie d'Avalon, à proximité du pont couvert.

— Tu ferais mieux de t'arrêter, dit tout à coup Nina. J'ai mal au cœur.

Elle sortit en titubant de la voiture, prit une profonde inspiration et fit un effort visible pour contrôler sa nausée.

— Est-ce que ça va ? demanda Jenny en la rejoignant.

— Oui.

Nina prit son sac.

— Je vais faire le reste du trajet à pied.

— Mais non ! protesta Rourke. Je te raccompagne !

— Ce n'est pas loin, et j'ai besoin de m'éclaircir les idées avant de lâcher la bombe à mes parents, lui expliqua Nina.

— Comme tu veux.

Nina était pâle, mais elle avait l'air déterminé.

— Vous êtes les meilleurs amis du monde. Je ne sais pas ce que je ferais sans vous.

Après son départ, Jenny, Joey et Rourke s'attardèrent au bord de la rivière. C'était l'un des plus beaux endroits d'Avalon, là où le vieux pont couvert avec ses parois usées par le passage du temps enjambait la Schuyler.

— C'est si paisible ici, dit Joey. Vous avez de la chance de vivre dans un endroit pareil.

— Qu'est-ce que tu racontes ? Je meurs d'impatience de partir d'ici.

— Pourquoi ?

— Parce que je n'ai jamais rien connu d'autre. J'ai toujours eu envie d'aller vivre ailleurs. De mener une existence différente. De découvrir qui je suis en dehors de Jenny la boulangère.

Joey avait l'air de comprendre, mais Rourke la dévisageait d'un drôle d'air.

— Pourtant, tout le monde l'aime, Jenny la boulangère !

— Peut-être, mais moi je ne l'apprécie pas trop.

Elle soupira en contemplant l'eau limpide qui dévalait les rochers.

— Nina et moi, on avait de grands projets. On voulait aller s'installer en ville après le lycée. Trouver chacune un petit boulot et aller à la fac. Maintenant, je me retrouve toute seule.

Elle regarda ses amis, si beaux tous les deux, si bien dans leur peau. Elle avait envie de se confier à eux, sans trop savoir pourquoi. De leur révéler des tas de choses.

— Si je vous dis un truc, vous promettez de ne le répéter à personne ?

Rourke et Joey échangèrent un regard.

— Promis.

— Quand Nina a annoncé qu'elle gardait l'enfant, je me

suis sentie… jalouse. Avoir un bébé, ça fait peur, je m'en rends compte, surtout quand on est si jeune. N'empêche que je n'ai pas pu réprimer un sentiment d'envie, et ce n'est vraiment pas sympa.

Rourke haussa les épaules.

— Tout le monde a des mauvaises pensées. Ça ne pose problème qu'à partir du moment où on passe à l'action.

Il avait dit ça d'un ton détaché, et elle le soupçonnait de savoir de quoi il parlait.

— Et toi, qu'est-ce que tu as pensé ? lui demanda-t-elle.

— A propos du fait qu'elle veuille garder le bébé ?

Il pinça les lèvres, secoua la tête.

— Comme j'ai dit, c'est à elle de décider. Bon sang, moi, je n'aurai jamais d'enfant !

— Les garçons disent tous ça. Je parie que dans dix ou quinze ans, tu seras en train de pousser un landau ou tu te baladeras avec un bambin en kangourou.

— Lui, sûrement pas ! lança Joey.

— Il a raison, dit Rourke. Il y a des gens qui ne devraient jamais être parents.

Elle le dévisagea.

— Tu parles de ton père.

— Je n'ai pas dit ça.

— Ce n'était pas nécessaire.

Jenny était sidérée du contraste qui existait entre le personnage que le sénateur Drayton jouait en public et l'homme qu'il était dans le privé. Elle avait du mal à croire Joey quand il lui soutenait mordicus que c'était un salaud de tout premier ordre. Lorsqu'il faisait une apparition en compagnie de sa famille, il forçait l'admiration — le politicien sincère, avec sa jolie femme, son fils séduisant et bien habillé. Au fil du temps, toutefois, Rourke lui avait laissé entrevoir toutes les terribles failles qui se dissimulaient derrière cette façade proprette.

— Moi aussi, j'ai pris une décision ! lança Rourke tout à coup.

Joey et Jenny se penchèrent vers lui.

— Je vais rompre les ponts avec mon père.

— Comment ça, rompre les ponts ? demanda Joey.

— Je vais vivre seul.

Son père avait de grandes ambitions pour lui. Il était censé faire ses études à Columbia ou à Cornell. Décrocher son diplôme avec mention. Poursuivre la tradition familiale. Jenny trouvait ça génial, mais Rourke avait manifestement un autre point de vue.

— Tu focalises sur ce que tu ne veux pas, lui dit-elle. Tu ne veux pas d'enfant, tu ne veux pas aller à Columbia ni suivre les traces de ton père. Mais qu'est-ce que tu désires à la place de tout ça ?

— J'ai des idées qui ne feront pas plaisir à mon vieux. Je n'en dirai pas plus pour le moment.

— Et toi, Joey ? demanda-t-elle, remarquant qu'il avait sombré dans le silence.

— Moi aussi, j'ai des projets, dit-il. Je vais m'enrôler dans l'armée.

Elle fronça les sourcils.

— Dans l'armée ? Tu es sérieux ?

— Ouais. Je m'engage à l'automne.

Jenny ne savait rien de l'armée, mais elle était à peu près sûre qu'il y avait un hic quelque part. Il fallait aller dans des endroits dangereux où des gens hostiles essayaient de vous tuer.

— Que penses-tu de son plan ? demanda-t-elle à Rourke.

— Je pense qu'il devrait faire ce qu'il a envie de faire.

— Tu es sérieux, Joey ?

Joey la dévisagea un long moment. Ils ne se touchaient pas, ils n'étaient même pas près l'un de l'autre, mais elle sentit son regard l'effleurer comme une brise chaude.

— Oui, répondit-il. Oui, j'y tiens. Je tiens à beaucoup de choses, en fait.

Les sentiments qu'il éprouvait pour elle étaient palpables, comme une caresse. Jenny ne put s'empêcher de sourire. Il la faisait toujours sourire.

— A quoi d'autre ? lui demanda-t-elle. J'ai vraiment envie de savoir.

— Je veux aller à l'université, et l'armée me permettra d'y accéder.

— Pourquoi l'université ? Je croyais que tu détestais l'école.

— C'est vrai, mais c'est le meilleur moyen de faire quelque chose de sa personne. Je veux pouvoir me marier, subvenir aux besoins de ma famille. « Vivre heureux et avoir beaucoup d'enfants », tu vois le truc ?

Il donna un coup de coude à Rourke et, imitant son ami, il ajouta :

— Et je n'en dirai pas plus pour le moment.

DE LA NOURRITURE POUR L'AME
Par Jenny Majesky

Temps scratch

Certains emploient cette expression sans vraiment comprendre ce qu'elle signifie, et rares sont ceux qui en connaissent l'origine. On dit aussi « classement toutes catégories » ou « meilleur temps ».

Cette formule qui date du milieu du XIIIe siècle est issue du vocabulaire sportif. A l'origine, elle faisait référence à la ligne de départ, généralement tracée dans la terre avec un bâton pointu. Au cricket, « scratch » désigne la ligne devant chaque piquet où se tient le batteur. Finalement, dans la lutte à mains nues, on traçait une ligne en travers du ring. Les boxeurs « montaient au scratch » avant d'entamer le combat. En anglais, partir de « scratch », c'est partir de zéro.

Dans le domaine de la boulangerie, on considère généralement que ce qui est préparé à partir de rien, c'est-à-dire uniquement avec des ingrédients simples et naturels, ne peut être qu'excellent. Une pincée d'herbes, comme la lavande, suffit à ajouter de la saveur. Confectionnez du sucre à la lavande et gardez-le à portée de main.

BISCUITS AU SUCRE A LA LAVANDE

- 250 g de farine blanche
- 2 c. c. de levure
- ¼ c. c. de bicarbonate de soude
- ¼ c. c. de sel
- 125 g de beurre doux, froid, coupé en une douzaine de morceaux
- 180 ml de lait caillé
- 1 c. s. de beurre fondu

- 1 poignée de sucre à la lavande, à saupoudrer.

Faites chauffer le four à 230°. Mélangez les ingrédients secs ; émiettez le beurre avec deux couteaux ou un mixeur à pâtisserie. Incorporez le lait caillé jusqu'à ce que la préparation soit humide. Transférez la pâte sur une surface légèrement farinée ; pétrissez-la une dizaine de fois, jusqu'à ce qu'elle soit bien lisse. Abaissez la pâte de manière à ce qu'elle fasse environ 2 cm d'épaisseur. Découpez-la à l'aide d'un emporte-pièce de 5 cm ou d'un verre à jus de fruits. Vous obtiendrez une douzaine de biscuits. Disposez-les sur une plaque graissée. Badigeonnez-les avec le beurre fondu et saupoudrez de sucre de lavande. Faites cuire de 10 à 15 minutes, jusqu'à ce qu'ils soient légèrement dorés. Servez chaud avec du beurre.

SUCRE A LA LAVANDE

- 200 g de sucre
- 1 gousse de vanille, coupée en deux et entaillée en plusieurs endroits
- 1 c. s. de bourgeons de lavande séchée.

Dans un moulin à café ou à épices, moudre 2 c. s. de sucre avec les graines de vanille. Transférez dans un bocal. Broyez la lavande et 1 c. s. du sucre restant jusqu'à ce qu'ils soient finement moulus. Mélangez le tout dans le bocal. Couvrez hermétiquement et laissez reposer 5 jours environ.

15

Le projet d'aller à New York paraissait maintenant irréel à Jenny. Elle avait des milliers de choses à faire concernant les propriétés de sa grand-mère, la maison, la boulangerie, les papiers. Elle n'en revenait pas du temps que cela avait pris de remplacer tous ces documents auxquels elle ne pensait jamais, comme son certificat de naissance, sa carte de sécurité sociale, toutes ses archives bancaires.

Dans son bureau au-dessus de la boulangerie, elle avait réparti les tâches en plusieurs tas. Pour Dieu sait quelle raison, cette netteté lui plaisait et apaisait un peu son anxiété, tout en l'incitant à se demander si elle ne devenait pas un peu maniaque.

Ce n'était pas le cas, bien sûr. Elle s'efforçait de gagner du temps, voilà tout. Elle avait retardé ce voyage à New York dont elle rêvait depuis si longtemps afin de mettre un peu d'ordre dans sa vie.

« Ça suffit ! » se dit-elle en s'emparant de sa veste et de son sac. Il y avait une chose qu'elle devait absolument faire, et repousser l'échéance ne lui faciliterait aucunement la tâche.

Quinze minutes plus tard, elle frappait à la porte d'Alger. C'était une grande maison de plain-pied donnant sur la rivière. De loin, elle paraissait imposante, pour ne pas dire prétentieuse. De plus près, toutefois, on remarquait que la peinture s'écaillait et que les briques s'effritaient. Tout avait l'air négligé. Cela avait probablement commencé quand la femme de Matthew était partie brusquement, sans explication, des années plus tôt. C'était l'une des raisons pour lesquelles

Jenny se sentait assez proche de Zach. Leurs mères avaient fui toutes les deux.

En voyant que personne ne venait ouvrir, elle éprouva un mélange de frustration et de soulagement. Le sort lui accordait un sursis. Elle ne serait pas obligée de s'occuper de ça aujourd'hui. Elle frappa une dernière fois et enfonça le bouton de la sonnette. Toujours rien. La nuit tombait, et il n'y avait aucune lumière. Alors qu'elle s'apprêtait à regagner sa voiture, la porte d'entrée s'entrouvrit.

— Jenny ?

Zach avait l'air de sortir du lit, les cheveux en bataille, les joues rouges. Il portait une veste de chasseur à carreaux trop grande pour lui.

— Y a un problème ?

« Bon, se dit-elle. Finissons-en. »

— J'ai besoin de te parler, Zach.

— D'accord. Je peux venir à la boulangerie quand…

— Tout de suite.

— D'accord. Je vais mettre mes bottes.

— Tu n'as pas besoin de tes bottes. Je peux entrer ?

— Mais…

— C'est important.

Depuis qu'elle avait résolu d'aller vivre à New York, Rourke lui avait donné des cours d'autodéfense. L'un des piliers de cet art était la confiance en soi. En abordant chaque situation en vainqueur, on évite d'être défié. Mettant ce concept à l'épreuve, elle poussa la porte du coude et entra dans la maison à grands pas.

Il faisait un froid de gueux, et ses pas résonnaient sur le sol nu. Elle s'immobilisa, oubliant momentanément son assurance.

— Euh… est-ce qu'on peut s'asseoir quelque part pour parler ? Où est ton ordinateur ? J'ai besoin de te montrer quelque chose…

Zach semblait avoir la nausée. Il savait peut-être déjà pourquoi elle était venue.

— Le… euh, mon ordinateur est en panne.

Elle arriverait probablement à lui expliquer les choses sans l'aide de l'informatique.

— Bon. Asseyons-nous.

Zach fit volte-face, les épaules affaissées, et s'engagea dans le couloir sombre menant dans la cuisine où une faible lumière grise s'infiltrait par les fenêtres dénudées. Plusieurs petites boîtes en carton blanc provenant de la boulangerie jonchaient le comptoir.

Jenny se sentait de plus en plus troublée. C'était la première fois de sa vie qu'elle entrait chez les Alger. Elle était un peu choquée par la vétusté des lieux. Il faisait affreusement froid, et il n'y avait pour ainsi dire pas de meuble. Peut-être fallait-il attribuer cela à l'absence d'une touche féminine, se dit-elle, tentant de rationaliser.

Mais ce n'était pas le cas. Même Greg Bellamy avait du chauffage chez lui. Même Rourke, le célibataire mangeur de biscuits immondes, possédait des meubles.

— Est-ce que ça va, Zach ?

Il désigna deux tabourets à trois pieds le long du comptoir.

— On n'a qu'à s'asseoir là.

— Tu ne m'as pas répondu. Est-ce que ça va ?

— Bien sûr, dit-il. Tout va super-bien.

Elle sortit un CD de son sac.

— C'était ça que je voulais te montrer sur l'ordinateur.

Pas d'ordinateur en vue. Elle supposa qu'il n'y en avait aucun dans la maison.

— C'est la vidéo de surveillance de la boulangerie. Je suppose que tu sais ce qu'elle contient.

Une lueur d'épouvante passa dans le regard de Zach. Il fit visiblement un effort pour tâcher de se ressaisir.

— Je ne vois pas du tout de quoi tu veux parler.

— Bien sûr que si, Zach.

Elle avait du mal à parler. Elle se sentait affreusement mal.

— Je suis la seule à l'avoir vue. Je ne vérifie pas tous les jours, si bien que j'ignore combien de fois cette scène s'est reproduite, mais la caméra ne ment pas. Quand j'ai vu ça, j'ai eu l'impression de recevoir un coup de poing dans l'estomac.

Elle l'avait visionnée un nombre incalculable de fois, convaincue qu'elle se trompait. Mais non. Zach avait l'air de savoir exactement ce qu'il faisait. Il plaçait un chariot devant l'œil de la caméra. Ce qu'il ignorait, ce que personne ne savait hormis Jenny, c'est que deux autres objectifs étaient dirigés vers le comptoir.

— Aide-moi, Zach, dit-elle. S'il te plaît ! Je veux comprendre.

Il était aussi blanc que la neige. Il avait tout d'une statue, immobile, insensible.

Finalement, il baissa la tête et se mit à parler.

— On est fauchés, reconnut-il. Papa et moi. Personne ne doit le savoir.

« Bien sûr que non », pensa Jenny amèrement. Matthew Alger était un homme fier, qui convoitait le poste de maire. Elle voyait très bien comment un homme comme lui pouvait sacrifier la sécurité de son propre fils pour sauver les apparences.

— Je suis la seule à le savoir, si ça peut te rassurer, dit-elle.

— Je t'en supplie, n'en parle pas ! Mon père me tuera s'il apprend que je l'ai dit à quelqu'un.

Il désigna la pièce à conviction qu'elle tenait à la main.

— J'avais l'intention de rendre ce que j'ai pris, dès que possible.

Il tressaillit.

— Tu vas en parler à Rourke ?

Sa question surprit Jenny. Elle n'y avait même pas songé.

— Jamais je ne ferai une chose pareille. Je ne sais pas trop ce qui t'est passé par la tête, Zach, mais il doit y avoir une explication. Je t'écoute.

Zach regardait fixement par terre. La honte paraissait l'envahir par vagues. Ce n'était pas un mauvais garçon, Jenny le savait. Mais il allait au-devant de gros ennuis.

— Zach ? murmura-t-elle.

— Il… Mon père n'arrête pas de dire qu'il a un grand projet, que je dois juste être patient et que les choses vont s'arranger. C'est tout ce que je sais, je le jure.

Elle essaya de s'imaginer comment Matthew avait pu se

mettre dans un pétrin pareil. Il ne donnait pas l'impression de se droguer ni de boire, mais il y a des gens qui cachent admirablement leur jeu.

— Il fait des paris sur Internet, murmura Zach, comme s'il avait suivi le cours de ses pensées. Il est accro, je crois bien. C'est de la folie, je sais, mais il n'arrive pas à arrêter. Dès qu'il gagne, même un peu, il affirme que nos ennuis sont terminés. Et puis il se met à perdre, bien entendu. Tout a commencé à l'automne dernier, et c'est allé de mal en pis. En fait, l'ordinateur fonctionne. C'est même la seule chose qu'il ne veut pas vendre ni mettre au clou.

— Je suis désolée, dit Jenny.

Elle ne comprenait que vaguement ce phénomène ; elle ignorait que l'on pouvait être à ce point dépendant.

— Je ne sais pas quoi dire, si ce n'est qu'il faut le convaincre de se faire aider. Tu ne peux pas te compromettre juste pour le tirer d'affaire, tu comprends ça, Zach ?

— Il ne sait pas que j'ai pris de l'argent à la boulangerie. Je ne savais pas comment faire pour payer la facture de gaz.

— Jetons un coup d'œil à ces factures. Je vais les régler pour que tu ne meures pas de froid.

— Je ne devrais pas accepter que tu…

— Mais tu vas le faire, alors inutile d'épiloguer là-dessus.

Il inspira profondément et parut se détendre un peu. Jenny sentit ses yeux s'embuer en voyant son expression. Ce garçon avait juste besoin de quelqu'un qui le comprenne et lui manifeste un peu de compassion.

— Quand as-tu eu des nouvelles de ta mère pour la dernière fois, Zach ?

— On n'est plus en contact. Elle a… euh… refait sa vie en Californie, elle attend un bébé et tout ça. Il n'est pas question que je lui parle de mes problèmes.

— Ecoute, je veux t'aider, dit Jenny, mais j'ai besoin que tu coopères un peu. Pour commencer, il faut que tu me promettes que tu parleras à ton père, que tu lui conseilleras de se faire aider.

— Comme si je ne l'avais pas déjà fait !

— Insiste, Zach. Continue. Ne renonce pas.

— Entendu, répondit-il d'un ton las qui le vieillissait. Je sais déjà ce qu'il dira. Il a juste besoin d'un peu plus de temps. Et d'un bon jackpot. Dès qu'il aura mis la main dessus, nous n'aurons plus aucun souci.

Finalement, Zach releva les yeux vers elle. Ces yeux d'une extraordinaire pâleur étaient empreints d'une souffrance infinie.

— Je n'y crois pas un instant, conclut-il.

16

Daisy avait toujours été exigeante avec elle-même. Elle ne s'estimait jamais à la hauteur et se décevait toujours. Aussi son travail à la boulangerie l'avait-il surprise. Elle l'aimait beaucoup et elle s'en sortait très bien. Elle en avait conclu que le problème ne venait peut-être pas d'elle mais de ce que les autres attendaient d'elle.

— Tu as l'air heureux, lui dit Zach en poussant un chariot vers l'aire de chargement.

— Je le suis, répondit-elle, sortant dans le froid avec lui. C'est assez fou, en fait, mais j'aime tout, ici : les odeurs, les employés, la clientèle. Je trouve ça génial.

Il lui sourit.

— Tu as raison, c'est fou.

— En tout cas, c'est drôlement agréable. J'ai fait plein de petits boulots, et je les ai tous détestés. A l'école où j'allais à New York, on nous faisait faire des stages en vue d'explorer les possibilités de carrière qui s'offraient à nous. Oh, pas n'importe quelle carrière ! Wall Street, la magistrature, les relations publiques. Ils n'auraient jamais envoyé quelqu'un dans une boulangerie.

Zach ferma les portes arrière de la camionnette et verrouilla. Ils avaient décidé de faire une petite balade pendant leur pause, Daisy ayant envie de prendre des photos. En se mettant en route, Zach sortit une cigarette. Elle la lui arracha avant qu'il ait le temps de l'allumer.

— Ne fais pas ça ! lança-t-elle d'un ton de reproche.

— Super, une championne de la campagne antitabac !

— Une ancienne fumeuse, plutôt, avoua-t-elle.

— Toi ?

Daisy savait pertinemment ce qu'il pensait. Elle avait tout du modèle américain qui ne fait jamais rien de mal. C'était la raison pour laquelle elle s'en tirait généralement à bon compte.

— Tu vas voir à quel point c'est stupide, reprit-elle. Non seulement je savais que le tabac me tuerait, mais j'étais sûre que ça agacerait mes parents au plus haut point.

— Et ç'a marché ? Tu les as rendus dingues ?

— Non, répondit-elle avec un petit rire amer. Ils se sont rendus dingues mutuellement. Moi, ils avaient plutôt tendance à m'ignorer.

Ils s'arrêtèrent dans le parc, et Daisy sortit son appareil, tandis que Zach reprenait sa cigarette et l'allumait.

Elle feignit l'indifférence, même si elle le trouvait plutôt sexy dans le genre mauvais garçon.

— Adosse-toi à cet arbre, lui dit-elle. Je vais te prendre en photo.

Il haussa les épaules, puis s'exécuta. Il s'était habitué à sa manie de la photo et se montrait détendu face à l'objectif.

Elle prit quelques clichés supplémentaires. Il avait un visage intéressant — des angles osseux contrebalancés par des lèvres pleines, et cette foison de cheveux blonds, presque blancs, tout raides. Auréolé par les volutes de la fumée de cigarette, il avait une expression intense, un peu triste aussi, pour une raison qu'elle ignorait.

— Tu fais très *Rebel Without A Cause*, dit-elle, le prenant de profil, le regard perdu au loin, une hélice de fumée montant du bout de sa cigarette.

— Quel rebelle ?

Il fallait qu'elle s'y fasse. Dans son ancienne école, ses camarades comprenaient immédiatement toutes ses références aux vieux films et à la littérature. Ici, à Avalon, elle était toujours obligée de fournir des explications.

— C'est un vieux film à propos d'un ado issu d'un milieu petit-bourgeois qui se rebelle sans raison.

Ce qui, à la réflexion, lui semblait désagréablement familier.

— Un fumeur invétéré, ajouta-t-elle.

— Alors, qu'est-ce qui t'a incitée à arrêter ?

— Quelqu'un que j'ai rencontré l'été dernier.

Elle baissa la tête, incapable de réprimer un sourire.

— Julian Gastineaux.

— C'était ton petit ami ?

— Pas du tout.

Elle sourit. Julian était certainement assez beau gosse pour donner envie de sortir avec lui. Mais ce n'était pas ce qu'il cherchait quand ils s'étaient rencontrés. Pas plus qu'elle.

— On a travaillé ensemble au camp Kioga, expliqua-t-elle. Il est retourné en Californie.

Comme Sonnet, Julian était métisse. Il était vraiment canon, mais il avait une vie incroyablement triste. Daisy et lui restaient en contact par courriel. Ils s'écrivaient deux fois par jour.

— Il n'a qu'une seule envie, reprit-elle, poursuivre ses études pour accéder à l'école de pilotes. Bref, c'est lui qui m'a fait comprendre à quel point c'était bête de fumer. On a fait tout un rituel pour brûler mon dernier paquet. Je m'étais rendu compte que la seule personne à laquelle je faisais du tort, c'était moi.

— Si tu t'attends à ce que je te dise « O.K., je suis motivé, je vais arrêter », tu te mets le doigt dans l'œil.

— Je ne m'attends à rien du tout.

N'empêche qu'elle aurait trouvé ça sympa, pensa-t-elle. Sa rébellion d'adolcscente se serait achevée sur une note positive.

Mais la galère avait continué comme avant. Et ce n'était pas une coïncidence si elle avait commencé à coucher avec Logan O'Donnell sans prendre assez de précautions, le jour même où sa mère lui avait annoncé qu'elle partait vivre un an à l'étranger.

— Mon père a travaillé au camp, autrefois, dit Zach.

— Je ne savais pas.

— Ça fait un bout de temps.

Daisy frissonna en rangeant son appareil. Quand Nina

Romano, la maman de Sonnet, lui avait demandé si elle avait vu un médecin, elle s'était sentie comme une biche prise dans les phares d'une voiture. Evidemment, sa réaction l'avait trahie.

Oh, elle avait bien essayé de mentir. Elle avait dit :

— Je ne vois pas de quoi vous voulez parler.

Nina — Seigneur, le maire de la ville — n'avait pas insisté. Mais elle avait griffonné un nom et un numéro de téléphone sur un Post-it en disant :

— Mieux vaut que je te donne le nom d'un bon médecin puisque tu viens d'arriver en ville.

Daisy avait composé le numéro tant de fois qu'elle avait fini par le connaître par cœur. Seulement, dès qu'une voix disait, « le cabinet du Dr Benson, j'écoute », elle raccrochait. C'était totalement ridicule. Elle retardait chaque jour sa décision et, bientôt, elle n'aurait plus le choix.

— Est-ce que ça va ? lui demanda Zach. Tu es toute pâle.

— Ah, bon ?

— Tu as un problème ?

Pour une raison inexplicable, ce fut la coupe qui fit déborder le vase. Depuis trop longtemps, elle s'était contenue, mais sous ces dehors d'Américaine bon chic bon genre se cachait une hystérique se cramponnant au peu de santé mentale qui lui restait. Elle sentit qu'elle se dénouait et, bizarrement, elle éclata de rire.

Plus Zach la dévisageait, plus la situation lui paraissait comique.

L'arôme du gingembre

La pâtisserie est bonne pour l'âme à différents niveaux. Sa principale vertu, ce sont les délicieux effluves des biscuits cuisant dans le four. Les parfums de gingembre et de beurre flottent dans la maison, même des heures après. Cela peut sembler peu orthodoxe d'ajouter une pincée de poivre de Cayenne dans du pain d'épice, mais cette adjonction subtile lui confère un peu plus de mordant.

BARRES DE PAIN D'EPICE A LA CREME D'ORANGE

- 180 g de beurre, ramolli
- 180 g de sucre
- 1 œuf
- 1 c. s. de gingembre moulu
- 1 c. c. de cannelle
- ¼ c. c. de poivre de Cayenne
- 180 g de farine
- ¼ c. c. de bicarbonate de soude
- ¼ c. c. de sel
- 6 c. s. de mélasse + 3 c. s. d'eau chaude.

Garniture :

- 100 g de pâte à tartiner, ramolli
- 6 c. s. de sucre en poudre
- 2 c. s. de jus d'orange
- 1 c. s. de Cointreau, de Grand Marnier ou de Triple Sec (facultatif).

Préchauffez le four à 180°. Garnissez un moule à gâteau de 30 x 20 x 5 cm de papier sulfurisé. Pulvérisez du spray antiadhésion et saupoudrez de farine. Battez le beurre jusqu'à ce qu'il soit lisse. Incorporez le sucre et l'œuf. Ajoutez progressivement les ingrédients secs en alternant avec le mélange à base de mélasse. Versez la préparation dans le moule.

Fouettez la pâte à tartiner jusqu'à ce qu'elle soit lisse. Incorporez le sucre, le jus d'orange et le Cointreau. Déposez des cuillerées à café de pâte dans le moule. A l'aide d'un couteau, faites de longues entailles dans la pâte dans toutes les directions pour créer un effet marbré.

Faites cuire pendant 30 minutes jusqu'à ce que le pain d'épice commence à se décoller des bords. Sortez-le du moule en tirant sur les côtés du papier sulfurisé. Laissez refroidir sur une plaque métallique. Découpez en barres. Conservez au réfrigérateur.

17

19 juin 1995

« Chère maman,

» Si jamais tu réapparais un jour dans ma vie, tu vas avoir beaucoup de lecture pour rattraper le temps perdu. Depuis que je sais écrire, je t'ai raconté ma vie, juste au cas où tu serais intéressée. J'ai tout conservé dans des boîtes rangées dans le fond de mon armoire. En fait, je me rends bien compte maintenant que tu n'es pas intéressée, mais c'est devenu une habitude pour moi de tout noter. A l'école, mes profs me disent tous que j'ai une bonne plume. J'ai toujours pensé que je ferais des études de journalisme. Je t'en reparlerai plus tard.

» En relisant ces pages, je prends conscience que beaucoup de choses ont changé depuis la dernière fois que je t'ai confié mes pensées. Je m'étais dit que, à la fin de mes études secondaires, j'aurais tout le temps de me consacrer à l'écriture, mais la vie a l'art de se mettre en travers du chemin que l'on s'est tracé. Comme quand j'ai perdu Grandpa. Ça fait mal de voir ces mots écrits de ma main. De les consigner sur cette page.

» Sais-tu qu'il est mort, au moins, maman ? Que vers la fin, il m'appelait parfois par ton prénom ? Et qu'au bout du compte, je ne me donnais même plus la peine de le corriger ? J'imagine que tu devrais comprendre pourquoi.

» Gram n'est plus tout à fait elle-même. Tout le monde

est gentil avec elle. Pendant des semaines après la mort de Grandpa, on a eu droit à des repas tout prêts, comme s'il en pleuvait. Les gens venaient nous voir, ils apportaient des plats, ils passaient du temps avec nous. Au début, elle s'en est plutôt bien sortie, mais une fois toutes les formalités accomplies, elle a eu l'air comme vidée. Même quand elle allait à l'église, elle revenait perdue, esseulée. Ils se sont mariés si jeunes et ils ont survécu à tant de choses ensemble.

» On est fauchés, maintenant, je ne sais plus si je te l'ai dit. L'assurance de Grandpa ne couvrait pas tout, loin de là. Quand le diagnostic est tombé pour Grandpa et qu'on a pris la mesure de la situation, on a déposé le bilan pour éviter d'être poursuivis jusqu'à la fin des siècles pour non-paiement de nos dettes. Si je devais dire quels ont été les trois plus grands moments d'humiliation de ma vie, nous déclarer en faillite, Gram et moi, en ferait incontestablement partie.

» Tu comprendras donc que j'aie eu trop à faire pour remplir ces pages de douceur et de lumière.

» Gram dit que tu n'as jamais été du genre à te faire du souci pour l'argent, même si tu aimais les jolies choses. La question des finances ne t'a pas beaucoup préoccupée, apparemment, et tu te comportais toujours comme si la terre d'abondance n'attendait que toi. C'est ce que dit Gram, en tout cas. Elle parle encore de toi de temps en temps. Tu lui manques. Pour être honnête, je ne peux pas en dire autant. Je suis sûre qu'à quatre ans je t'adorais. Mais me languir de toi, ce serait comme regretter une ombre ou un rêve. Je n'arrive pas bien à saisir ce concept. Quand Sonnet, la petite fille de Nina, a perdu son ballon à l'hélium à la parade, elle a plus pleuré que quand son arrière-grand-mère Giulietta est morte, l'autre jour. Les enfants sont comme ça.

» Je suis amoureuse de deux garçons à la fois, je te l'ai peut-être déjà dit, je ne me rappelle plus. Le pire, c'est qu'ils sont très proches. Joey Santini et Rourke McKnight. Je ne les vois que l'été. Rourke travaille au camp Kioga. Joey s'est enrôlé dans l'armée pour avoir les moyens de faire des études, mais il a eu une permission exceptionnelle cet été parce que son père a été victime d'un grave accident de voiture. Joey vient travailler au camp les week-ends et pendant les vacances. Quand son père ira mieux, il repartira parce qu'il veut faire médecine et qu'il va lui falloir beaucoup d'argent. Il envisage de devenir *ranger*. D'après ce que je comprends, c'est l'un des trucs les plus secrets et les plus dangereux qu'on puisse faire dans l'armée.

» J'aime bien Joey parce qu'il adore tout le monde et parce qu'il me fait rire, je mentirais si je disais le contraire. L'armée a fait de lui un type canon. Rourke l'était déjà, bien sûr, et puis il est tellement fort et intelligent. Parfois, rien qu'à le regarder, j'ai le vertige. C'est comme si mon cœur n'arrivait pas à se décider entre les deux.

» Bon, je mens. C'est Rourke que je préfère. Je suis folle de lui depuis que je suis toute gamine. Il est prodigieux, et il a un père horrible avec lequel il ne parle plus depuis qu'il a refusé d'aller dans une bonne université après le lycée. A la place, il a intégré une école de police à Stony Brook. Il me fascine et c'est le garçon le plus sexy que je connaisse. On n'a jamais rien fait ensemble. On a une sorte d'accord tacite, comme quoi on est juste amis. Je ne vois pas d'autre moyen d'avoir une relation avec eux deux — je garde pour moi mes sentiments pour Rourke et je fais comme si de rien n'était.

» Gram me rappelle souvent que les gens comme les McKnight et les Majesky n'ont rien à faire ensemble. En plus, Rourke soutient que ce n'est pas cool d'aimer la fille avec laquelle votre meilleur ami veut sortir, et il se donne un mal de chien pour traîner avec d'autres nanas. J'avoue qu'ils ne m'ont jamais consultée ni l'un ni l'autre à propos de tout ça. Il m'arrive de regretter de ne pas éprouver des sentiments plus profonds pour Joey. Enfin, je l'aime bien, mais comme ami plutôt que comme petit ami. Ça n'a probablement pas d'importance parce que Rourke fait ses études, maintenant, et Joey repart à la fin de l'été. Quant à moi… eh bien, il faut que je reste avec Gram pour qu'elle n'ait pas l'impression que tout le monde l'abandonne. »

*
* *

Après le traditionnel défilé du 4 Juillet, un gigantesque pique-nique avait été organisé dans le parc du comté, près de la rivière. Au crépuscule, les gens s'acheminèrent vers le camp Kioga pour assister au feu d'artifice sur le lac des Saules. Les directeurs du camp avaient invité toute la ville. Jenny et Nina s'y étaient rendues ensemble en voiture avec Sonnet harnachée dans son siège pour bébé sur la banquette arrière.

— Son premier feu d'artifice, nota Nina. Tu crois qu'elle aura peur ?

— Elle n'a peur de rien.

Jenny se retourna à demi pour jeter un coup d'œil à la petite fille, si mignonne dans sa salopette bleu, blanc, rouge, en train de battre des mains. Elle avait fait l'apprentissage de la propreté, mais Nina emportait toujours un sac de couches avec elle, au cas où.

Elles se garèrent dans le parking tapissé de gravier.

— Où sommes-nous censées retrouver Rourke et Joey ? demanda Nina.

— Au pavillon principal, répondit Jenny en désignant l'imposante bâtisse de bois.

Elle aperçut les deux garçons vêtus de sweat-shirts gris marqués du logo du camp. Comme toujours, son cœur chavira à la vue de Rourke. Comme toujours, elle ignora sa réaction. C'était l'une des facettes de l'âge adulte, se disait-elle. Après ce qu'elle avait enduré avec la perte de son grand-père et la faillite, ça ne devait pas être bien difficile de s'empêcher de tomber amoureuse.

Erreur. Quand son regard se posait sur lui, elle ressentait une douleur vive qui lui coupait le souffle.

— Je vais porter la petite, proposa-t-elle en tendant les bras à Sonnet.

Si elle était toujours ravie de la tenir dans ses bras, la petite fille constituait en outre une sorte de bouclier qui lui permettait de garder ses distances.

Contrairement à Jenny, Sonnet ne réprimait en aucune manière ses sentiments. En apercevant Joey, elle poussa des cris de joie. La première fois qu'elle l'avait vu, elle avait décidé que c'était l'amour de sa vie.

Comme la plupart des jeunes gens, Joey et Rourke considéraient les enfants en bas âge avec une sorte de prudence horrifiée, comme s'ils avaient affaire à un serpent à sonnette. A l'instar de la plupart des bambins, Sonnet n'en avait que faire. Elle couina et se tortilla jusqu'à ce que Jenny la dépose dans les bras de Joey.

— Si tu fais pipi, lui dit-il, tout est fini entre nous.

— Pipi ! fit Sonnet en soutenant son regard.

Pendant qu'ils descendaient vers la plage avec la foule des invités pour profiter du feu d'artifice, Rourke resta à l'écart, comme si Joey détenait une substance volatile.

La nuit tombait, et les gens se déployaient peu à peu le long de la plage. Ils faisaient griller des marshmallows et allumaient des cierges magiques que les petits faisaient tournoyer inlassablement en cercles ou en forme de huit. Dès qu'il fit nuit noire, les feux d'artifice jaillirent de l'île au milieu du lac. Des étoiles en couleurs se reflétaient dans l'eau immobile, suscitant des exclamations chez les spectateurs. Sonnet adora le spectacle, tapant dans ses mains, gloussant à chaque explosion. Comme la plupart des petits enfants, toutefois, elle se lassa vite et voulut aller se baigner dans le lac.

— Ce n'est pas une bonne idée, déclara Nina. On n'a pas nos maillots de bain, de toute façon, et il fait noir.

— Maman ! s'exclama Sonnet, sa voix de Minnie Mouse brisée par la menace d'une crise de colère.

— Allons nous promener, suggéra sa mère en se levant d'un bond.

Ils s'éclipsèrent tous les quatre. Rourke éclairait le sentier le long du lac avec sa lampe de poche. Ils passèrent devant le hangar à bateaux, puis le pavillon du personnel où animateurs et employés du camp commençaient à affluer, maintenant que les petits campeurs étaient couchés.

— Où tu vas, Rourke ? lança une voix féminine pleine de tendresse.

Il accéléra le pas, unique preuve qu'il avait entendu.

— Qu'est-ce que c'est ? demanda Nina, désignant une grosse bâtisse à l'écart, nettement plus loin que les maisonnettes du personnel.

— C'est là que le gardien vit pendant l'hiver, expliqua Joey. Il n'y a personne en ce moment. Allons jeter un coup d'œil.

— Ça doit être fermé à clé, dit Rourke.

— Sans aucun doute, répondit Joey. Heureusement que j'ai la clé !

C'était une cabane ancienne, très belle, qui sentait un peu le renfermé. Garnie de meubles en rondins, elle contenait d'innombrables souvenirs du camp tel qu'il était jadis. Elle servait désormais de maison d'hôtes durant la saison creuse.

Joey ouvrit le réfrigérateur ; il était vide. Sonnet se mit à gambader partout, explorant chaque recoin, sortant des jouets d'un coffre. Puis elle se figea devant la tête d'élan qui ornait la cheminée en pierre.

— Ne t'inquiète pas, dit Joey en la prenant dans ses bras. Il ne te fera aucun mal.

Il la reposa aussitôt, comme s'il s'était brûlé.

— Nom de Dieu ! Qu'est-ce que c'est que cette odeur ?

— J'ai fait caca, expliqua Sonnet.

— Seigneur ! Je croyais qu'elle était propre !

— Presque, répondit Nina. Le pire, c'est que le sac de couches est resté dans la voiture.

Sonnet se mit à sangloter comme si elle avait le cœur brisé. On décida que Joey raccompagnerait Nina à la voiture pendant que Rourke et Jenny rangeraient les jouets que Sonnet avait sortis. Jenny ouvrit la fenêtre pour aérer. Elle essaya de ne pas rire de l'expression horrifiée de Rourke, mais ne put se contenir bien longtemps.

— Tu trouves ça drôle ?

— Non, c'est ta réaction que je trouve drôle. Ce ne sont pas des déchets toxiques, Rourke !

— Ils devraient avoir recours à des enfants comme elle

dans les cours de planning familial au lycée. Les taux de naissance baisseraient à tous les coups.

Elle ramassa les cartes que Sonnet avait éparpillées un peu partout.

— Il n'y a pas de quoi en faire un plat.

— Peut-être pour toi.

— Franchement, je ne suis pas folle de joie à l'idée de changer une couche.

Elle s'émerveillait de l'attitude héroïque de Nina, dès le départ. Changer une couche n'était qu'une infime facette de la responsabilité considérable qu'elle assumait. En dépit de sa jeunesse, elle s'occupait de sa fille avec une patience et un amour infinis.

— Mon grand-père venait parfois ici, l'hiver, reprit-elle en parcourant un album de vieilles photos collées sur des pages noires.

Elle s'arrêta devant un cliché de lui sur le ponton, un doux sourire aux lèvres.

— Il allait pêcher sur le lac gelé avec M. Bellamy.

Elle effleura le visage sur la photo, et une vague de chagrin presque physique déferla en elle.

— Je suis désolé, marmonna Rourke.

Comme tant de gens, il semblait incapable de trouver les mots justes.

— C'est comme ça, dit-elle d'une petite voix chevrotante en refermant doucement l'album. C'est juste… il me manque tellement.

En un instant — elle ne sut jamais vraiment comment cela s'était produit —, elle se retrouva dans les bras de Rourke, et cela lui procura un sentiment de réconfort si intense qu'elle l'étreignit à son tour. Puis ils s'embrassèrent.

Finalement, miraculeusement, ils s'embrassaient. C'était un baiser qu'elle avait imaginé un millier de fois : profond, fougueux, qui lui donnait l'impression que le monde avait cessé d'exister. Un baiser comme elle pensait ne jamais en connaître, bien que cette passion ait été entretenue entre eux, été après été, depuis des années. Elle brûlait de désir, et pour la première fois de sa vie, elle avait la sensation de ne plus s'appartenir. Elle en avait tellement envie, depuis toujours, et c'était encore mieux que tout ce qu'elle avait fiévreusement imaginé.

Ce fut un instant de perfection, et elle aurait voulu qu'il ne s'arrête jamais. Finalement, quand ils reprirent leur souffle, elle s'enhardit à glisser les mains sous son sweat-shirt. Il gémit comme si elle lui faisait mal. Le clair de lune qui se déversait sur eux par la fenêtre se reflétait sur la pâle cicatrice qui lui barrait la joue. Et Jenny prit la mesure d'une vérité inéluctable : désormais, tout autre baiser serait gâché par le souvenir de celui-là.

— Rourke…

— Désolé, dit-il en s'écartant d'elle. Je n'aurais pas dû… Ça n'arrivera plus.

« Mais je veux recommencer », pensa-t-elle. Elle mourait d'envie de l'embrasser de nouveau et même de pousser la relation beaucoup plus loin.

— On devrait y aller, marmonna-t-il. Ils vont nous attendre.

Sur ce, il se dirigea vers la porte sans même s'assurer qu'elle le suivait. Il resta planté un moment à lui tenir la porte ouverte. Elle le foudroya du regard, écartelée entre l'excitation et le sentiment de rejet. Il lui rendit son regard sans bouger du seuil pour autant. Elle jeta un dernier coup d'œil autour d'elle, puis sortit à grandes enjambées et descendit les marches. Elle continua son chemin pendant qu'il fermait la cabane.

Il la rattrapa et la dépassa rapidement comme s'il était pressé de s'éloigner d'elle. Le feu d'artifice était fini et la lune était haute dans le ciel quand ils reprirent le sentier le long du lac en sens inverse.

— Tu m'en veux, dit-elle.

Inutile de prétendre qu'il ne s'était rien passé.

— Pas du tout.

— Bien sûr que si ! Ça se voit. Tu ne m'adresses même plus la parole et tu plisses les yeux à mort.

Il s'arrêta de marcher et poussa un long soupir.

— Je ne plisse pas les yeux et je ne t'en veux pas.

— Menteur !

— Bon, là, c'est vrai. Je suis en colère.

— J'en étais sûre. Tu vois, j'avais raison. Maintenant, il faut que tu me dises pourquoi.

— Parce que tu m'as traité de menteur.

— Je te parle d'avant ça.

— Avant ça, je… C'est ridicule. Je ne veux plus en parler.

Il fourra les mains dans ses poches et la foudroya du regard. Des ombres creusaient son visage.

— Si tu es fâché, ce n'est pas parce que tu m'as embrassée, poursuivit-elle. C'est parce que ça t'a plu.

— J'aime bien les filles, qu'est-ce que tu veux que je te dise ? Et puisque tu sais déjà tout, pourquoi est-ce que tu continues à en parler ?

— Parce que j'essaie de comprendre, Rourke.

— Ce n'est pas bien compliqué.

Elle baissa les yeux.

— C'est à cause de Joey, n'est-ce pas ? souffla-t-elle.

— Ça fait un moment qu'il veut te demander de sortir avec lui. Depuis le début de l'été.

Elle le savait. Elle en était parfaitement consciente, au fond.

— Et si je n'en ai pas envie ?

— Je ne vois pas pourquoi. C'est un type formidable.

— Peut-être que j'aime quelqu'un d'autre.

Les mots lui avaient échappé, chuchotés comme quelque scandale.

Il la regarda durement. Il paraissait immense et menaçant.

— Eh bien, tu ne devrais pas.

— Super ! Merci du conseil.

Son sarcasme dissimulait sa douleur. La situation était impossible, quel que soit l'angle sous lequel on l'appréhendait. Elle ne pouvait sortir avec aucun des deux sans blesser l'autre… Mais non, ce n'était pas tout à fait vrai. Rien ne heurterait Rourke. Il portait une sorte d'armure émotionnelle qu'il devait à la cruauté de son père. Il savait se protéger. Ce qui n'était pas le cas de Joey, même après deux années passées dans l'armée. Joey, si sensible, si doux, ne faisait strictement rien pour se protéger.

— Qu'est-ce qui vous a pris autant de temps ? cria-t-il.

Il les attendait près du pavillon du personnel, où la fête battait son plein.

— Rien, répondit Jenny, soudain consciente qu'elle était sur le point d'éclater en sanglots.

Elle baissa la tête pour cacher son visage. En la regardant bien, Joey s'apercevrait peut-être qu'elle venait de donner et de recevoir le baiser de sa vie.

— Où est Nina ?

— Elle a ramené Sonnet à la maison. Je lui ai dit que Rourke et moi, on te raccompagnerait plus tard.

Super ! Lâchée par Nina, et contrainte de passer le reste de la soirée avec ces deux garçons.

— Allons rejoindre les autres, marmonna Rourke, qui semblait, lui aussi, éviter le regard de Joey.

Jenny n'était allée que de rares fois à des soirées au camp Kioga, où les gens dansaient tous collés les uns contre les autres, au son d'une musique assourdissante.

Malgré la pénombre, trois filles repérèrent Rourke sur-le-champ et se précipitèrent vers lui.

Aussitôt, il changea du tout au tout et arbora un sourire suave, aguicheur. D'un air décontracté, il enlaça l'une des filles et l'entraîna vers la piste de danse. Elle portait une jupe courte et un débardeur tellement moulant qu'on voyait l'armature de son soutien-gorge.

La souffrance et la confusion qu'éprouvait Jenny devaient se lire sur son visage parce que Joey s'approcha d'elle et lui effleura le bras.

— Sortons.

Parvenue sur le seuil, elle jeta un coup d'œil par-dessus son épaule — juste à temps pour voir le regard de Rourke posé sur elle, comme s'il s'assurait qu'elle avait bien vu ce qu'il faisait. Que faisait-il, d'ailleurs ? Il essayait de la convaincre qu'elle avait tort de le trouver à son goût. Si tel était le cas, ça marchait. Il avait toutes les raisons d'être satisfait.

— Ne t'inquiète pas pour Rourke, dit Joey. Parfois, il se comporte comme un imbécile sans aucune raison.

« Oh, une raison, je lui en ai donné une ! »

— C'est dur pour lui, tu sais ? Il a eu une enfance difficile.

Elle ne put s'empêcher de sourire. Joey se débrouillait toujours pour voir le meilleur chez chacun. Les choses auraient été tellement plus simples si elle et lui… Pouvait-on aimer quelqu'un simplement parce qu'il vous semblait destiné ?

Elle fit de son mieux, en tout cas. Quand Joey appela pour l'inviter au cinéma, elle accepta de bon cœur. Elle le convia chez elle et fut émue de voir à quel point Gram et lui s'entendaient bien. Une série d'attaques avait amoindri la vieille dame, mais Joey n'en faisait aucun cas. Il s'abstenait de hurler comme si elle avait été sourde — ce qui n'était pas le cas —, de lui parler comme à une demeurée — ce qu'elle n'était pas non plus. Il la traitait avec dignité et respect, et en sa présence, Gram semblait rayonner de bonheur. Jenny adorait le voir s'entretenir avec elle comme si c'était sa propre grand-mère.

Bruno Santini vint un week-end. En passant du temps avec lui, elle comprit précisément d'où venait Joey : d'un monde pétri d'amour et de compréhension. Santini traitait son fils avec une affection et une fierté non dissimulées, et il n'hésita pas à se confier à Jenny et à sa grand-mère.

— Tu es la plus jolie fille que Joey m'ait jamais présentée, dit-il.

— C'est la seule que je t'aie présentée, papa, souligna Joey.

En août, quand la chaleur devint si forte que même les criquets se turent, Joey installa une balançoire pour deux sous la véranda. Jenny et lui s'y attardaient tard le soir, se balançant doucement en espérant que la brise se lèverait. Jenny commençait à penser qu'elle ne quitterait jamais cette maison. Après le décès de son grand-père, elle s'était cramponnée à son rêve, mais quand Gram avait eu sa première attaque, elle s'était fait une raison. Elle devait rester. Sa grand-mère avait besoin d'elle. Elles s'entendaient bien et tiraient le meilleur parti de la situation. Comme Gram ne pouvait plus monter au premier, elles avaient installé sa chambre dans le salon, et Jenny avait tout l'étage pour elle. Elle prétendait parfois que c'était un loft à Soho, mais les criquets se réveillaient ou un coyote hurlait, venant lui rappeler qu'elle était toujours à Avalon.

— C'est tellement agréable ici, dit Joey en passant un bras autour de ses épaules.

Le paradoxe la fit sourire.

— C'est exactement ce que je pensais.

— Tu vas me manquer, ajouta-t-il à voix basse.

— Tu as peur ? lui demanda-t-elle.

— Je suis un peu nerveux, mais je n'ai pas peur.

Il sourit.

— Ça va être plus intense cette année puisque je serai *ranger*, mais ça ne me fait pas peur.

Son sourire s'évapora.

— Te quitter, en revanche, ça me fait peur.

— Pourquoi ?

— Parce que tout me paraît tellement parfait. Je ne veux pas que ça change.

Elle garda le silence un instant, aspira une goulée d'air lourde de chaleur.

— Tout change. Nous le savons aussi bien l'un que l'autre.

— Mais si on était ensemble, on changerait ensemble, on grandirait ensemble.

Il émit un petit rire moqueur.

— Je suis fou, je sais. Il se peut très bien que tu fiches le camp en ville et que tu deviennes quelqu'un d'autre.

Elle rit à son tour, mais sa remarque l'avait agacée.

— Je ne vais nulle part. Gram a besoin de moi ici. Il faut que tu comprennes que je ne l'abandonnerai jamais, Joey.

Il se pencha et lui déposa un petit baiser sur le front.

— Elle a de la chance de t'avoir, dit-il. Et moi aussi.

A cet instant, Jenny eut le sentiment que c'était elle qui avait de la chance. La lune presque pleine brillait haut dans le ciel, sa lumière argentée glissait sur Joey, illuminant un visage auquel elle s'était attachée. Quel don du ciel d'avoir quelqu'un comme lui dans sa vie, quelqu'un qui l'aimait inconditionnellement, dont l'unique crainte était d'être séparé d'elle !

Pendant tout le reste du mois d'août, Rourke regarda Joey et Jenny se rapprocher. Il essaya d'être heureux pour eux. A défaut, il se contenta de se comporter comme s'il n'en avait rien à faire. Il traînait avec des filles du camp, buvait trop, dormait trop peu et évitait son meilleur ami dans la mesure du possible.

Finalement, la fin de l'été approchant, il en vint à compter les jours jusqu'à ce qu'ils partent chacun de leur côté.

La traditionnelle journée du personnel eut lieu la dernière semaine. Animateurs et employés devaient prendre part à différentes compétitions, sous les encouragements des campeurs. Rourke s'était inscrit aux épreuves de tennis. Il remporta facilement les éliminatoires. Lors du dernier match, son rival n'était autre que Joey. Super ! pensa-t-il. Génial ! Il allait se mesurer à son meilleur ami pour le titre. Pis encore, Jenny était venue assister au match. Il l'avait aperçue sur les gradins à côté de Nina. Elle portait un chapeau à large bord et buvait un verre de limonade, et même de loin, il l'entendait rire.

Dès son premier service, il comprit ce qu'il s'apprêtait à faire : infliger un châtiment. Chaque balle avait pour but de punir Joey. Parfaitement ridicule puisque Joey était son meilleur ami. C'était un excellent joueur, lui aussi. Ils avaient pris des cours et s'étaient entraînés ensemble depuis l'enfance. Seulement, c'était Joey qui avait l'amour de Jenny, et Rourke n'avait rien que sa colère et son jeu puissant dont il se servit sans merci. Ce fut un combat impitoyable. Il promena son adversaire sur le court jusqu'à ce qu'il le voie ruisseler de sueur. Il remporta deux sets de suite et l'attira vers le filet pour lui imposer un ultime lob. Au final, ils se serrèrent la main au-dessus du filet, mais Rourke ne regarda même pas son ami dans les yeux.

Il prit possession du trophée — une coupe argentée —, mais pendant qu'il la brandissait, Joey s'éloignait déjà avec

Jenny. A son grand étonnement, Philip Bellamy s'approcha alors pour féliciter le vainqueur. C'était le fils aîné des propriétaires du camp et un ami de ses parents, ce qui le rendait suspect.

— J'ai moi-même décroché ce titre en 1977, dit Philip.

— C'est… euh… un honneur, monsieur, bredouilla Rourke.

Philip tourna son attention vers Joey qui s'était mis à l'ombre avec Jenny. Elle avait ôté son chapeau. Une serviette autour du cou, Joey lui parlait avec animation.

— Qui est-ce ? demanda Bellamy. Cette jeune fille avec votre rival ?

Rourke haussa les épaules comme s'il n'en avait strictement rien à faire.

— Une fille. S'appelle Jenny, je crois. Pourquoi vous me demandez ça ?

— Elle me rappelle quelqu'un, c'est tout. Quelqu'un que j'ai connu jadis.

Philip lui jeta un rapide coup d'œil.

— Quelqu'un que je regardais jadis comme vous la regardez maintenant.

— Je ne…

— Mais non, bien sûr ! N'empêche qu'un jour, j'ai commis l'erreur de laisser partir une fille sans me battre. Je le regrette encore aujourd'hui.

Même s'il refusait de le reconnaître, ce commentaire hanta longuement Rourke. *Dis-le-lui*, murmurait une voix dans sa tête. *Dis-lui la vérité parce que la vérité ne fait jamais de mal. Dis-le avant qu'il ne soit trop tard.*

A la fin de l'été, Joey partit pour l'école des rangers de Fort Benning, en Géorgie. Il n'aurait même pas le loisir de participer aux cérémonies de clôture du camp. Jenny savait qu'elle ne le reverrait pas avant huit semaines, voire plus. Il l'avait appelée de la cabine du camp pour lui dire qu'il avait quelque chose à lui demander, et quelque chose d'autre à lui dire. Elle se doutait de ce que c'était et elle ne savait pas trop qu'en penser. Elle était nerveuse quand il vint lui faire ses adieux.

— Je t'accompagne à la gare, proposa-t-elle quand il apparut à la porte de service de la boulangerie.

Il mit son sac de voyage en bandoulière et glissa son bras libre autour de sa taille. Au cours de l'été, il avait laissé pousser ses cheveux épais et ondulés, mais il n'en conservait pas moins une allure de soldat, tonique, musclée.

— Je n'arrive pas à t'imaginer en ranger, lui confia-t-elle.

— C'est aussi ce que dit mon père.

— Tu es trop… pacifique, je suppose. Trop doux.

— C'est sans doute la raison pour laquelle j'ai accompli ma première mission à Washington, dans le protocole. Mais je suis prêt pour autre chose, cette fois-ci, ajouta-t-il. Un peu plus d'action.

— Je ne peux pas croire qu'on va te former pour tuer des gens.

— On va m'apprendre à faire des tas de trucs. A survivre, à servir mon pays, entre autres choses.

Elle eut honte tout à coup. S'il s'était engagé, c'était pour avoir une éducation, un avenir. Elle n'avait pas le droit de douter de ses motivations.

— Je sais. Pardonne-moi. Tu t'en sortiras très bien, et ils ont de la chance de t'avoir.

— Je suis content de savoir que quelqu'un le pense. Je tâcherai de m'en souvenir quand je supplierai qu'on m'épargne pendant les entraînements.

Il s'arrêta près d'un banc devant l'entrée de la gare.

— Attends une seconde, tu veux ?

Les abords de la gare, conçus pour accueillir les visiteurs d'Avalon, étaient magnifiquement paysagés. Ormes et érables formaient une voûte majestueuse au-dessus de la promenade flanquée de parterres de fleurs. Au mois d'août, les dahlias et les delphiniums paraissaient fatigués. Quelques feuilles sèches tourbillonnaient dans la brise, annonçant la venue de l'automne. Une nuée de corneilles survolèrent le parc avant de se poser dans un arbre en pépiant.

— Il faut que je te demande quelque chose, dit Joey en posant son sac.

Jenny s'arrêta et jeta des coups d'œil alentour, sans trop savoir ce qu'elle cherchait. Elle n'avait rien d'autre sous les yeux que cette ville où elle avait vécu toute sa vie, les vitrines des boutiques et des groupes de touristes déambulant sur la grand-place. Pour finir, elle se tourna vers Joey. Il la dévisageait intensément, mais il y avait quelque chose d'autre dans son regard, une chose qu'elle ne pouvait ignorer, même si elle l'avait voulu : de l'amour. Joey l'aimait. Elle le voyait dans l'éclat de ses yeux quand ils se posaient sur elle, dans la tendresse de son sourire, un sourire spécial, rien que pour elle.

— Je veux t'épouser, Jenny, dit-il sans préambule.

M'épouser ? Elle avait la bouche sèche tout à coup, et la gorge si serrée qu'elle n'arrivait plus à parler. Certainement pas la réaction à laquelle il s'attendait. Il se passait tellement de choses en elle : une grande joie à la pensée que quelqu'un ose lui déclarer qu'il voulait passer sa vie avec elle, une grande frayeur aussi. Joey lui faisait entièrement confiance.

Son silence ne parut pas le gêner. Il plongea la main dans sa poche et en sortit une petite boîte qu'elle reconnut : elle venait de chez Palmquist, le bijoutier.

— Je me rends bien compte qu'on ne va pas se marier maintenant, mais je t'ai acheté ça.

Un adorable sourire presque timide flottait sur ses lèvres lorsqu'il ouvrit la boîte contenant un mince anneau en or orné d'un petit solitaire.

— Je n'avais pas les moyens de faire mieux. J'espère qu'elle te plaît.

— Bien sûr, Joey. Je…

Il se pencha pour l'embrasser, et elle se sentit en sécurité dans ses bras, comme si plus rien ne pouvait jamais la faire souffrir.

Elle entendit le train qui arrivait. Il s'arrêta, et un coup de sifflet retentit. Les corneilles effrayées explosèrent dans le ciel en une volée d'ailes noires.

— Je sais qu'on est très jeunes, murmura Joey. Je sais aussi ce que je veux, et je pense qu'on peut faire en sorte que ça marche. Dans vingt-quatre mois, je quitterai l'armée. Nous vivrons ici, à Avalon. Je ferai la navette pour aller à l'université. Et toi, tu pourras rester près de ta grand-mère.

Jenny ne put s'empêcher de sourire en entendant ces mots.

— Gram t'adore. Quand elle entendra ça, elle te déclarera bon pour la canonisation.

— Je ne suis pas un saint. Même si c'était une méchante sorcière, je l'aimerais quand même parce qu'elle est ta grand-mère.

Sur ce, il lui glissa la bague au doigt.

— Regarde : elle te va à la perfection !

Elle baissa les yeux sur sa main, contemplant l'éclat du diamant.

— C'est vrai, reconnut-elle. A la perfection. Mais deux ans, c'est long…

— Je t'aime depuis plus longtemps que ça, dit-il. C'est rien, deux ans. Cette décision a été mûrement réfléchie. Ça fait des années que je rêve de vivre avec toi.

— Je ne peux pas en dire autant, avoua-t-elle.

— Je le sais.

Il l'attira contre lui.

— Je te demande de faire un acte de foi. D'avoir confiance en mon amour, et aussi en nous.

— En voiture, s'il vous plaît ! lança une voix métallique provenant des haut-parleurs. Le train express va bientôt partir.

En fermant les yeux, Jenny se vit au bord d'un précipice obscur, sur le point de faire ce saut de la foi. Elle pensa à Rourke, malgré elle. Evidemment qu'elle pensait à Rourke puisqu'il était la seule personne qui aurait pu changer le cours de sa vie en cet instant. S'il avait dit quelque chose, s'il lui avait montré d'une manière ou d'une autre qu'il avait des sentiments pour elle, tout aurait été différent. Mais, depuis le soir du feu d'artifice, il gardait ses distances vis-à-vis d'elle. Il se donnait même un mal de chien pour qu'elle le voie en compagnie de tout un tas de filles. C'était le signe qu'elle cherchait, elle le savait. Ce n'était vraiment pas ce qu'elle avait envie de voir, mais il lui faisait comprendre, sans équivoque, où était sa place dans la hiérarchie.

Joey tenait son visage entre ses mains et il avait dû voir les larmes qui brillaient dans ses yeux.

— Ça va aller, dit-il, interprétant mal sa réaction. Je serai de retour en un rien de temps. Nous vivrons ici et nous prendrons soin de ta grand-mère aussi longtemps qu'elle aura besoin de nous, je le jure.

Jenny ne savait pas quoi répondre. Il avait des yeux si doux, une nature si bienveillante. Et jamais il ne lui briserait le cœur. Il était parfait pour elle : loyal, affectueux, dévoué.

— Dernier appel pour les voyageurs ! En voiture, s'il vous plaît !

— Il faut que j'y aille, dit Joey.

Il prit sa main gauche et déposa un baiser au creux de sa paume.

— Je t'appellerai dès que possible. Je t'écrirai tous les jours.

— Bonne chance ! dit-elle, luttant contre les larmes. Prends bien soin de toi.

— Oui, oui.

— Promets-le-moi, Joey. Je t'en supplie, fais bien attention à toi !

— Pas de souci.

Un autre coup de sifflet retentit. Il se pencha une dernière fois pour l'embrasser, puis s'empara de son sac et dévala le couloir avant de traverser la salle d'attente au pas de course. Jenny le vit resurgir sur le quai de l'autre côté de la barrière en fer forgé. Il monta dans un wagon, se retourna pour lui faire signe une dernière fois. Un nuage de poussière balaya le quai, l'enveloppant d'un éclat translucide au moment où le train démarrait.

Jenny resta là, devant la gare, le regard fixé sur l'espace vide que le train venait de libérer. Une odeur de cendre chaude imprégnait l'air, et les sons étaient bizarrement étouffés — la circulation, les voix des passants. A un moment donné, elle s'assit sur un banc. Elle effleura du pouce gauche le cercle dur de la bague, tout en se répétant : « Qu'ai-je fait ? »

Elle perdit toute notion du temps. Les minutes s'écoulèrent, des heures peut-être. Les ombres de l'après-midi glissaient sur elle. Une cloche sonna à la mairie. Pour finir, elle se leva et essuya ses mains moites sur sa jupe. Il était temps qu'elle rentre. Sa grand-mère allait s'inquiéter.

Gram n'avait pas du tout l'air inquiet, en réalité. Elle attendait tranquillement, ses doux cheveux blancs soigneusement coiffés par l'infirmière qui venait prendre soin d'elle chaque jour. Elle regardait Oprah, mais quand Jenny entra dans la pièce, elle éteignit la télé.

Encore un peu remuée, Jenny s'assit en face d'elle. Elle tendit la main pour lui montrer sa bague.

— Joey m'a donné ça, dit-elle. Il veut m'épouser.

— Je sais, dit Gram. Il m'en a parlé.

Elle avait un sourire de guingois depuis son attaque, mais ses yeux rayonnaient de bonheur.

— C'est une bénédiction, ajouta-t-elle. Il te rendra heureuse.

— J'ai peur, avoua Jenny. Je ne suis pas sûre de l'aimer comme un mari.

Elle avait des rêves. Des aspirations. Elle ignorait si ces fiançailles l'aideraient à les réaliser.

— Je n'ai pas dit oui.

— Tu as accepté la bague.

— Oh, Gram !

— Joey est un bon garçon. Il est comme nous, pas comme ces gosses de riches au cœur insouciant.

— Je veux être sûre de moi, dit Jenny.

Elle sentait peser sur elle une terrible responsabilité.

En se garant devant chez elle, Rourke la vit sur la terrasse en train d'écrire furieusement dans un carnet à spirale. Elle était tellement concentrée qu'elle ne se rendit même pas compte qu'il avait bondi hors de la voiture en laissant la portière ouverte.

Elle finit par lever les yeux et, l'espace d'un instant, quand elle s'aperçut de sa présence, il aurait juré qu'elle était heureuse de le voir. Puis elle ferma son carnet et se leva.

— Rourke. Que se passe-t-il ? Quelque chose ne va pas ?

Il resta en bas des marches, le temps de se calmer. Sa question ne manquait pas d'ironie parce que quelque chose n'allait pas depuis le début de l'été, et il avait enfin trouvé le moyen de remédier à la situation. C'était tout simple, en fait. Il était amoureux de cette superbe fille aux yeux noisette qu'il connaissait depuis qu'ils étaient gamins. C'était compliqué, bien sûr, puisqu'elle sortait avec Joey. Mais plus maintenant. Joey était parti. Il avait pris le train ce matin.

Rourke avait vécu un enfer à essayer de se persuader que ce qu'il éprouvait pour elle n'avait rien à voir avec l'amour. Mais c'était fini.

Il la rejoignit sur la terrasse.

— Je suis venu te parler de quelque chose, dit-il en lui prenant la main.

Sa voix était grave, presque rauque.

— C'est assez important, ajouta-t-il.

Seigneur, pourvu que ça le soit pour elle aussi !

— Je voulais te dire que je…

Un train siffla au loin, noyant le reste de ses paroles. Au bout de la rue, des lumières rouges clignotèrent au moment où la barrière commençait à se fermer. Une voiture roulant en direction de la ville accéléra, essayant à l'évidence de traverser la voie ferrée avant le passage du train. Rourke se raidit en voyant la barrière descendre, évitant de justesse le capot du véhicule. « Imbécile, pensa-t-il. Il aurait pu se faire tuer ! »

Le moment passa. Il reporta son attention sur Jenny.

— Excuse-moi, dit-il. Je voulais te dire que…

— Il faut que je te parle de quelque chose, dit-elle en dégageant doucement sa main qu'il tenait prisonnière.

A l'instant où elle se libéra, il se rendit compte que ses doigts étaient glacés — alors qu'il faisait une chaleur étouffante. Elle avala sa salive, fit la grimace comme si l'effort

qu'elle devait produire lui faisait mal. Des larmes brillaient dans ses yeux.

— Joey est parti tout à l'heure.

Rourke hocha la tête. Ils s'étaient dit au revoir la veille au soir. Leurs relations avaient été tendues tout l'été, mais ils étaient liés pour la vie. Rourke voulait croire que cela signifiait quelque chose. Il espérait en tout cas que Joey lui pardonnerait de convoiter sa petite amie.

— Il t'en a peut-être déjà parlé…, dit Jenny.

— Parlé de quoi ?

— De lui et moi… Il m'a demandé de l'épouser.

« Pas possible ! pensa Rourke. Il ne manquait plus que ça ! Non, ça ne pouvait être qu'une mauvaise blague. »

Elle faisait machinalement tournoyer un mince anneau autour de son doigt.

— Bref, j'ai pensé…

Prise d'incertitude, elle laissa sa phrase en suspens.

Elle ne plaisantait pas le moins du monde.

Rourke s'obligea à concentrer son attention sur ce qu'elle disait. Elle allait épouser Joey. Elle allait devenir la femme de son meilleur ami. Il se barricada mentalement parce qu'il ne voulait rien sentir — ni souffrance, ni déception, ni colère.

— C'est bien, dit-il d'une voix blanche. Félicitations.

Elle hocha la tête, les yeux noyés de larmes.

— Merci. Euh… tu voulais me dire quelque chose ?

Il eut un petit rire en se félicitant de ne rien lui avoir dit. C'était la seule chose qui aurait pu aggraver la situation.

DE LA NOURRITURE POUR L'AME
De Jenny Majesky

Des rêves doux-amers

Eileen est cliente de la boulangerie depuis des années, et elle adore le chocolat. Le chocolat a des propriétés magiques quand il est bien préparé. C'est l'ingrédient idéal les jours où on a l'impression que le monde entier est contre nous ou quand on commémore un événement triste parce qu'il tend à nous mettre de meilleure humeur. L'adjonction d'un soupçon de liqueur fait ressortir les nuances les plus subtiles du chocolat. Je vous recommande le Frangelico. Fabriqué en Italie avec des noisettes grillées, cet alcool a un goût suffisamment délicat pour ne pas couvrir les autres saveurs.

La teneur en cacao d'un chocolat est un élément important. Ceux qui vous affirment le contraire ont tort. Il faut qu'un chocolat contienne au moins 70 % de cacao. Evitez toutes les marques incluant un ingrédient appelé « vanilline », substitut chimique de la vraie vanille. L'essentiel est sans doute de choisir un chocolat à base de beurre de cacao. Curieusement, il fond à 35°, température voisine de celle du corps humain. Je doute que ce soit une coïncidence.

GATEAU AU CHOCOLAT AMER D'EILEEN

- Du sucre pour garnir le plat
- 200 g de beurre doux
- 180 g de chocolat noir, coupé en morceaux
- 100 g de chocolat noir amer, à forte teneur en cacao, sans sucre, coupé en morceaux
- 225 g de sucre
- 4 gros œufs
- 1 c. s. de farine blanche

- De la crème fouettée, sucrée
- 1 c. s. de liqueur Frangelico
- Des noisettes grillées, hachées.

Faites préchauffer le four à 170°. Beurrez un moule à manqué de 25 cm de diamètre. Saupoudrez de sucre le fond et les côtés. Enveloppez-le de papier aluminium en laissant dépasser les bords de 5 cm.

Mélangez le beurre et les chocolats dans un plat creux de verre ; faites fondre au micro-ondes en remuant jusqu'à obtention d'une préparation lisse.

Battez ensemble le sucre et les œufs. Incorporez la farine. Amalgamez avec le mélange à base de chocolat. Versez le tout dans le moule préparé. Posez le gâteau dans un grand plat allant au four. Versez de l'eau bouillante dans ce plat, à un centimètre de hauteur. Faites cuire le gâteau jusqu'à ce que la surface soit ferme et qu'un cure-dents enfoncé au centre ressorte enrobé de miettes humides, soit environ 1 heure.

Sortez le gâteau de l'eau et laissez-le complètement refroidir sur une plaque. Transférez-le sur un plat de service, libérez les côtés. Incorporez la liqueur dans la crème fouettée. Garnissez chaque tranche de crème fouettée et parsemez de noisettes grillées.

18

— Tu es sur le point de commettre une grave erreur, dit Rourke. Tu fuis au lieu de rester ici pour chercher à déterminer où tu en es.

Jenny se fit violence pour ne pas lever les yeux sur lui tandis qu'elle déambulait dans la chambre en faisant sa valise.

— Qu'est-ce que tu veux que je détermine ? Où nous en sommes tous les deux ?

Il ne répondit pas, comme elle s'y attendait. Elle ne tenait d'ailleurs pas à poursuivre cette conversation. Fantasmer sur Rourke, c'était une chose. Rien de plus facile. En revanche, quand elle avait commencé à imaginer que sa vie était ici, elle avait pris peur : elle devait s'en aller. Ses bagages étaient vite faits, bien sûr, ce qu'elle trouvait étrangement satisfaisant.

— J'ai passé assez de temps ici, de toute façon.

— Assez de temps pour quoi ?

Il s'adossa au mur en croisant les bras.

— Pour surmonter le choc initial, pour recoller les morceaux.

Elle s'empara d'un chemisier et le lança négligemment dans la valise.

— Au moins, c'est agréable de savoir que je n'étais pas vraiment attachée à mes vêtements. Très peu de choses me manquent, en fait.

Elle secoua son nouveau pantalon de pyjama en flanelle avant de le rouler en boule.

— Qu'est-ce qui te manque ?

— Mon journal, mes archives sur le disque dur. Les

photos, les souvenirs. Les petites choses qui appartenaient à mes grands-parents. Je ne pense pas que ce soit une erreur, Rourke. Il faut que j'aille de l'avant.

— Dans ce cas, dit-il en prenant sa valise, ce n'est pas moi qui peux t'en empêcher.

« Oh, si, il le pourrait ! » songea-t-elle, le cœur battant.

Il aurait pu dire certaines choses pour l'inciter à rester, ou du moins à l'écouter. S'il avait dit : « J'ai besoin de toi », ou bien : « Il y a quelque chose entre nous », peut-être aurait-elle défait ses bagages sur-le-champ. C'était déconcertant de l'admettre, mais c'était la stricte vérité.

Cependant, il ne dit rien de tel.

Ils ne pouvaient pas parler de Joey. Rourke se sentait terriblement coupable de ce qui s'était passé, et Jenny savait qu'ils avaient tous les deux le sentiment que ce ne serait jamais résolu. N'empêche que, s'il lui avait demandé de rester, elle aurait accepté, et ils auraient vécu une sorte de drame qui aurait gâché à jamais cette amitié ressuscitée…

Ils sortirent ensemble dans le froid vif du matin.

En faisant ses adieux aux animaux, elle ressentit une émotion inattendue… Mais le moteur de la voiture tournait déjà.

Alors qu'ils couvraient la courte distance qui séparait la maison de la gare, elle embrassa du regard les vieilles maisons chapeautées de neige, les arbres imposants tout dénudés, le pont couvert enjambant la rivière, l'église et les boutiques pittoresques. Tout lui était si familier. Elle imprima ces images dans son esprit pour remplacer les photographies perdues dans l'incendie.

Rourke se gara dans le parking de la gare. Ils sortirent de la voiture et il tira sa valise jusqu'à l'entrée. Puis ils restèrent debout face à face au milieu des tourbillons de neige.

— Eh bien, je m'en vais, dit-elle.

— Je te souhaite bonne chance.

— Merci, Rourke. Merci pour tout.

— Puis-je te dire quelque chose ?

— Bien sûr. Tout ce que tu veux.

— Tu vas terriblement me manquer.

Elle se mit à rire pour dissimuler sa réaction.

— Tu vas pouvoir récupérer ton lit, au moins.

— Je me suis attaché au canapé.

— Et reprendre ta vie sentimentale, ajouta-t-elle.

— Je n'ai pas de vie sentimentale.

— Dans ce cas, comment appelles-tu toutes ces filles canon avec qui tu sors ?

— Ça n'a rien à voir avec l'amour, répliqua-t-il en riant.

— Alors, pourquoi est-ce que tu le fais ?

Il rit à son tour.

— Je ne vais même pas répondre.

— Il le faut. Tu m'as promis un jour de ne jamais rien me cacher.

Ce qui était un pur mensonge, puisqu'il se cachait tant de choses à lui-même.

— Il n'y a rien à dire. Elles vont, elles viennent. Fin de l'histoire. Rien de plus qu'une distraction les soirs de congé. Il en sera toujours ainsi.

— Comment le sais-tu ? As-tu jamais donné sa chance à une fille ?

— Comment le savoir ?

Il se rapprocha d'elle, et avec une douceur infinie, de sa main gantée, il lui prit le menton et inclina son visage vers le sien.

— Je crois que nous savons tous les deux à quoi nous en tenir, dit-il simplement avant de lui déposer un baiser chaste mais dévastateur sur les lèvres. Bon voyage, ajouta-t-il avant de s'éloigner à grands pas.

19

Jenny avait apporté un livre pour lire dans le train. Elle avait téléchargé trois épisodes de *This American Life* sur son iPod et elle avait emporté son nouvel ordinateur portable dont le fonctionnement était si complexe qu'elle allait mettre des années à tout comprendre.

Pendant le trajet, cependant, elle se borna à regarder par la fenêtre. Les dernières paroles de Rourke, pour le moins inattendues, et la manière dont il l'avait regardée et embrassée la hantaient, tandis que le train filait vers le sud, en direction de New York. Qu'était-elle supposée faire, maintenant ? Chasser de son esprit ce qu'il avait dit ? Plus elle y pensait, plus la colère l'envahissait. Il s'était finalement décidé à montrer son jeu à l'instant même où elle partait. Comme c'était commode de choisir ce moment où il ne prenait aucun risque, sachant qu'elle ne pouvait plus faire marche arrière pour l'obliger à s'engager vis-à-vis d'elle !

Cela dit, c'était elle qui avait décidé de s'en aller. C'était elle qui fuyait un passé qu'ils ne pouvaient résoudre. Et la conviction de Rourke selon laquelle il avait laissé tomber Joey, ils l'avaient intériorisée tous les deux.

Le paysage enneigé, tout en damiers, défilait sous ses yeux, aussi intemporel et bucolique que les gravures de Currier & Ives. Puis il changea, progressivement. Il y avait de moins en moins de neige et de plus en plus de circulation. Le ciel semblait plus lourd et le monde plus morne. Les centres commerciaux et les maisons de banlieue cédèrent bientôt la place aux gratte-ciel.

Tout en regardant le paysage se métamorphoser, Jenny se sentit gagnée par la panique.

« Non ! pensa-t-elle. Ce n'est pas possible ! »

En l'espace de quelques minutes, ses mains devinrent moites et son cœur se mit à tambouriner dans sa poitrine. Elle ferma les yeux et fit les exercices que le Dr Barrett lui avait recommandés. Elle inspira par le nez, souffla par la bouche. Elle visualisa un endroit sûr empli d'une lumière dorée où rien ni personne ne pouvait lui faire de mal. Elle imagina un monde fait d'amour et de douceur.

Peine perdue. Elle s'en doutait un peu. Elle se sentait pitoyable, comme coincée, un peu ridicule aussi. Elle avait le sens pratique, les pieds sur terre : elle ne paniquait pas sans raison.

Elle finit par se rendre aux toilettes, ballottée par le train qui lui faisait faire des embardées. Elle se lava les mains et se passa de l'eau sur la figure. Puis elle avala un demi Xanax et regagna sa place.

Le remède fit son effet, l'enveloppant d'un coussin vaporeux et l'incitant à céder au sommeil. C'était un soulagement artificiel, elle le savait, mais à ce stade, tout était bon à prendre.

Elle s'adossa à son siège et contempla le néant du monde extérieur. Elle essaya de se concentrer sur les autres passagers, en imaginant leur vie. Avaient-ils une famille ? Riaient-ils avec leurs amis ? Se faisaient-ils du mal ? Luttaient-ils contre les regrets ?

Elle avait beau tout faire pour se distraire, son esprit revenait constamment à la même pensée insensée. Elle avait cru que ces crises de panique étaient finies pour la bonne raison qu'elle n'en avait eu aucune depuis la soirée passée chez Greg. Comme une sotte, elle s'était imaginé que l'époque où elle évaluait son état de nervosité sur une échelle de un à dix était révolue.

Or, la panique l'avait de nouveau assaillie impitoyablement, et il fallait qu'elle réévalue la situation.

L'interruption de ces crises n'avait peut-être rien à voir avec le fait qu'elle était finalement en train de s'adapter aux bouleversements de son existence. La présence de Rourke à ses côtés y était sans doute pour beaucoup.

Mais c'était absurde puisqu'elle n'était pas vraiment avec lui. Même quand il l'avait embrassée à la gare pour lui dire au revoir — oh, mon Dieu, il l'avait embrassée et elle avait failli fondre sur place —, elle n'était pas avec lui.

Ça la rendrait encore plus folle que la panique qui l'envahissait. Elle sortit son portable, chercha son numéro. Son pouce frôla la touche d'appel. Elle pouvait l'appeler. Il fallait qu'elle lui parle de ce baiser. Qu'elle lui demande… quoi, en fait ?

« Ça suffit ! » se dit-elle en fermant son téléphone. Philip l'attendait, un homme à l'évidence avide de jouer son rôle de père. D'être dans sa vie. Voilà sur quoi elle devait concentrer son attention.

Cet attachement irrationnel qu'elle éprouvait pour Rourke McKnight ne devait pas l'empêcher de profiter de l'occasion qui lui était donnée d'entamer une nouvelle vie. Elle voulait se débrouiller seule, découvrir qui elle était vraiment, loin d'Avalon, de la boulangerie, des gens qui la connaissaient comme la petite-fille soumise, la propriétaire responsable, la femme qui avait surmonté un passé tragique. Peut-être avait-elle fui, comme Rourke le lui avait dit, mais était-ce un crime ?

20

Greg Bellamy n'en croyait pas ses oreilles quand Daisy accepta de venir faire du ski de fond avec lui. Max et elle étaient des skieurs alpins purs et durs qui se moquaient allègrement de sa passion pour ce sport nordique.

— Trop d'efforts ! disaient-ils.

De sorte que lorsqu'elle consentit à se lever à 6 heures pour l'accompagner, il crut avoir mal entendu. Puis son étonnement céda le pas à la joie. Il avait espéré que ce déménagement à Avalon le rapprocherait de ses enfants. C'était peut-être la première étape. Max était allé dormir chez un copain et ne rentrerait que dans l'après-midi. Daisy et lui allaient enfin passer un peu de temps ensemble.

L'aube n'était qu'un mince filet de lumière à l'horizon lorsqu'ils s'emmitouflèrent de vêtements chauds avant de porter leur équipement à l'arrière de la camionnette.

— Je meurs de faim ! bredouilla-t-elle, une minute après qu'ils se furent mis en route.

— Tu n'as rien voulu manger au petit déjeuner ! lui fit remarquer son père.

— Mais maintenant, j'ai faim.

Il s'obligea à être patient.

— Si on s'arrêtait à la boulangerie pour prendre quelque chose ?

— Parfait ! répondit-elle en lui souriant.

Il y avait déjà du monde à cette heure-ci. Greg repéra un groupe de skieurs et quelques lève-tôt venus lire le journal.

Puis il dévisagea, sidéré, la femme qui faisait la queue devant lui.

— Nina ! s'exclama-t-il. Je suis Greg Bellamy.

Elle lui décocha un sourire à la Sofia Loren.

— Je me souviens, dit-elle. Comment vas-tu ?

Il se fit violence pour ne pas la fixer, mais nom d'un chien, cette Nina-là ne ressemblait guère à celle qu'il avait rencontrée quand il était arrivé en ville : Mme le maire sur le mode bureaucrate dominatrice. Celle-ci portait un jean bleu clair, des boots et un bonnet de laine qui lui donnaient l'air d'être à peine plus âgée que sa fille, Sonnet.

— Tu es matinal, dit-elle.

— J'emmène ma fille faire du ski de fond, du côté d'Avalon Meadows.

— C'est sympa. Comment va Daisy, au fait ?

Il essaya de lire entre les lignes. En vain. Peut-être jouait-elle tout bonnement son rôle de politicienne ?

— Elle va bien. Je suis content qu'on puisse passer un peu de temps ensemble. Est-ce que tu skies ?

— Bien sûr ! répondit Nina. Ski alpin et ski de fond. Aussi mal l'un que l'autre.

« Bon à savoir », pensa-t-il.

Elle commanda un espresso au garçon. Il s'appelait Zach, Greg s'en souvint juste à temps pour l'appeler par son prénom en commandant deux chocolats chauds et deux kolaches au fromage blanc, à emporter.

« Tu n'as pas honte ? » se dit-il, incapable de détourner les yeux de Nina. Il n'était divorcé que depuis quelques mois, et il avait déjà des pensées impures à propos d'une autre femme.

Il paya et faillit arroser Nina de chocolat en se tournant vers la porte.

— Désolé, dit-il en redressant tant bien que mal le plateau en carton. Je n'avais pas vu que tu étais encore là.

— Je t'attendais, en fait.

« Oh ! »

Elle sourit comme si elle avait entendu son exclamation, et lui tendit sa carte.

— Pas de panique. Je me demandais juste… si tu avais envie de prendre un café, un de ces jours.

« Oui. Oui. Oui. »

Il avait la bouche toute sèche.

— C'est gentil à toi, Nina. Vraiment. Mais, euh… peut-être pas.

Il marqua une pause, prit une grande inspiration tout en cherchant le moyen de lui expliquer sa réaction.

Elle ne lui en laissa pas le temps.

— Ce n'est pas grave, dit-elle d'un ton enjoué. J'avais envie de te le demander, c'est tout.

— Mais je…

— A un de ces quatre, Greg !

Sur ce, elle se dirigea vers une table occupée par un groupe de gens du coin, et s'assit.

« Ce que je peux être con ! » marmonna-t-il.

Il empocha la carte et sortit.

— C'était avec Nina Romano que tu parlais ? lui demanda Daisy.

— Euh… oui.

Il posa les tasses dans le porte-verres et tendit à sa fille le sac de kolaches.

— Qu'est-ce qu'elle voulait ?

— Qui ça ? Nina ?

— Oui, Nina. Hé, papa, atterris !

— Elle voulait juste dire bonjour.

— Menteur !

— Pas du tout.

Elle avait raison. Et il mentait mal, en plus.

— Elle m'a proposé de boire un café avec elle, un de ces jours. Voilà. Tu es contente ?

— Oh ! Super !

Il s'engagea sur la route le long de la rivière.

— C'est exactement ce que je me suis dit.

Encore un mensonge, mais il n'était pas près d'avouer à sa fille qu'il avait le béguin pour le maire de la ville.

— Bref, j'ai refusé gentiment.

Daisy grignotait une pâtisserie.

— Elle était fâchée ?

— Pas du tout. Elle a été très gentille.

— Elle *est* très gentille. Point, barre. C'est sûrement pour ça qu'elle a été élue.

— Alors tu penses qu'elle est gentille mais que je ne devrais pas accepter son invitation ?

— Franchement, papa, c'est à toi de décider. Mais j'avoue que ce serait bizarre. Carrément bizarre, même.

— J'ai refusé. Fin de l'histoire.

Foutaises ! Ça ressemblait plus à un commencement qu'à une fin.

Le parking du Country Club et du golf d'Avalon Meadows était presque vide, bien qu'il ait été récemment déblayé. Les propriétaires avaient passé un accord avec la municipalité aux termes duquel, l'hiver, le terrain devait être aménagé pour le ski de fond. Greg se gara et sortit l'équipement du coffre — skis et bâtons, sacs à dos contenant des bouteilles d'eau, des sachets de fruits secs et l'appareil photo de Daisy.

En jetant un coup d'œil sur les petits monticules et les versants du terrain de golf sous la neige, Greg fut assailli par une vague de nostalgie inattendue, une sensation aussi vive et douce que l'air hivernal. Ici, le temps était comme arrêté, le passage des années n'ayant laissé aucune empreinte. Le site n'avait pas changé depuis son enfance : le pavillon du club en brique de style colonial, l'espace magnifiquement paysagé des fairways bordés d'arbres, les mares frangées de joncs, les vallons ondulés, les greens d'un vert surnaturel, d'ordinaire, mais actuellement pareils à des disques blancs couronnant chaque trou.

Enfant, déjà, Greg était aussi fasciné par ce paysage que par le golf en lui-même. Qu'il joue ou qu'il s'attarde simplement dans le silence de la forêt, tout était si tranquille qu'il entendait les feuilles se poser dans le sous-bois.

L'espace de quelques secondes, il eut la sensation d'être de nouveau cet enfant émerveillé et parfaitement à l'aise dans le monde. Durant cet instant fugitif, il n'était plus ce gaillard de trente-huit ans à l'esprit confus, en train d'essayer de refaire sa vie, jonglant tant bien que mal entre sa famille, son travail, sa vie et un nouvel environnement.

— Allons par là ! dit-il à Daisy.

Et ils s'élancèrent dans un chemin balisé, leurs skis étroits se calant dans les traces laissées de bonne heure par le pisteur.

C'était agréable d'être dans le calme, en pleine nature, seul avec sa fille. Il n'entendait que les chuintements rythmés de leurs skis sur la piste et la cadence de leurs respirations en accompagnement. A force de glisser ainsi, il disparut en lui-même et cessa de penser. Au bout d'un moment, ils transpiraient tous les deux sous l'effet de l'effort.

— J'ai envie de prendre quelques photos, dit Daisy. Ça t'ennuie si on s'arrête ici ?

— Pas du tout.

Elle avait choisi un endroit où un bosquet de bouleaux bordait un petit ruisseau qui se déversait dans une mare gelée et couverte de neige. Une passerelle de bois enjambait le petit cours d'eau. L'été, il y avait des golfeurs partout, mais, en cette saison, on ne croisait que des lièvres et des mésanges à tête noire.

— Comment te sens-tu ? demanda Greg.

Elle s'adossa contre une barrière.

— Ça va.

Elle avait les joues roses, mais il discerna quelque chose dans son regard, comme une lueur troublée.

— Tu es sûre ?

Il sortit une bouteille d'eau de son sac et la lui tendit. Elle dévissa le bouchon et but une longue gorgée.

— Absolument.

Le Greg d'avant, celui qui ne passait pas assez de temps avec ses enfants, aurait accepté sa réponse sans se poser de question. Le divorce avait au moins eu l'avantage de le rapprocher de Daisy et de Max. Dire qu'il avait fallu en arriver là ! Il savait à présent qu'« absolument » ne signifiait pas à coup sûr qu'elle allait bien. D'après ce qu'il lisait dans ses yeux, cela signifiait plutôt : « Creuse un peu plus, papa. Tu ne mettras pas longtemps à comprendre ce qui se passe. Il te suffit de poser les bonnes questions. »

— Comment ça se passe à l'école ? demanda-t-il.

Elle ébaucha un sourire comme s'il avait dit quelque chose d'ironique. Peut-être était-ce le cas ? Un jour, il lui avait posé la même question et quand elle lui avait affirmé que tout allait bien, il s'était contenté de cette réponse. Un peu plus tard, en rentrant à la maison, elle lui avait avoué : « J'ai raté quatre examens. »

— Bon, poursuivit-il sans se démonter. Et le boulot ? Ça te plaît de travailler à la boulangerie ?

— Beaucoup. Je me suis fait deux amis : Zach et Sonnet. Et je suis contente de travailler pour ma cousine. Tu vois : tout va bien.

Greg avait appris autre chose lors de ce cours de rattrapage sur la paternité : le pouvoir du silence. Parfois, quand on sait se taire et attendre, les enfants en viennent à vous raconter des choses. Il s'étonnait que beaucoup d'adultes ne l'aient pas compris. Tant de parents qu'il connaissait s'ingéniaient à combler les silences par des mots, encore des mots. Ses enfants à lui lui avaient appris que, parfois, les choses importantes se manifestaient à la faveur d'un long silence, quand on avait passé une ou deux heures dans une barque à essayer d'attraper un poisson. Ou au milieu d'un paisible paysage enneigé.

Cela demandait une certaine discipline, mais il attendit néanmoins. Il secoua l'un de ses skis pour en ôter la neige, sortit de sa poche un bâton de Dermophile indien et s'en badigeonna les lèvres. Puis il plissa les yeux pour se protéger du soleil. Le ciel était d'un bleu particulier, d'une intensité presque dure qui contrastait nettement avec le blanc de la neige et l'écorce des bouleaux. Et il était facile de rester sans rien dire.

Il y avait quelque chose de parfait dans cet instant passé là au milieu de ce paysage désert, en compagnie de sa fille adorée qui avait tellement souffert du divorce. La vie semblait enfin lui sourire.

Daisy sortit son appareil, celui qu'il lui avait offert en septembre dernier. Elle avait toujours eu un œil à la fois créatif et original. Maintenant qu'elle était en possession d'un appareil à la hauteur de ses aptitudes, son talent était manifeste. Les images qu'elle créait ne manquaient jamais de le surprendre.

Il l'observait d'un air approbateur. Elle s'activait avec assurance et un talent inné qui lui permettait de trouver le meilleur angle pour chaque cliché. Maintenant qu'il y pensait, sa passion de la photographie n'avait-elle pas coïncidé avec la décision que Sophie et lui avaient prise de se séparer ?

La première fois qu'il lui avait offert un appareil, elle avait été obnubilée par l'idée de les photographier, Sophie, Max et lui, de préférence ensemble, sans doute parce qu'une photo immortalise un moment, le figeant dans le temps : *voici ma famille maintenant, avant qu'elle ne se brise*. Puis, à force de prendre des cours, elle s'était diversifiée, s'orientant aussi bien vers l'architecture que la nature, toutes les formes, les couleurs, les mouvements qui attiraient son attention. En un sens, elle ressemblait à ce qu'il était au même âge, quand il s'était découvert une passion pour le design. Au bout du compte, son succès avait causé sa perte. La création de sa société l'avait consumé, ne lui laissant guère de temps pour sa famille — ou son couple. En définitive, son mariage avait échoué et il avait réussi de justesse à garder ses enfants en réorganisant entièrement sa vie. Il aurait aimé pouvoir conseiller à Daisy de contrebalancer sa passion pour la photo avec d'autres éléments, de crainte de se laisser consumer, précisément, et de négliger les aspects de l'existence qui comptaient vraiment. Seulement, il était impossible de transmettre à ses enfants sa propre expérience de la vie.

L'espace d'un instant, Daisy sembla oublier sa présence. Il se dit que les photos qu'elle prenait aujourd'hui seraient superbes. C'était l'une de ces journées d'hiver parfaites qui sont comme un don du ciel.

— Continue à regarder de côté, dit-elle, le surprenant en braquant son objectif droit sur lui. Bon, maintenant, bois à la bouteille !

Il obtempéra, puis se hissa sur la barrière, croisa les bras avant de prendre appui sur ses bâtons de ski, un grand sourire aux lèvres.

— Je ne t'ai pas dit de sourire ! protesta-t-elle.

— Je ne peux pas m'en empêcher. Tu as l'air tellement sérieux.

— Et tu trouves ça drôle ?

— Non. Mais j'aime bien te regarder. Bon, maintenant, enclenche le dispositif de retardement et viens poser avec moi.

— Papa…

— S'il te plaît ! Je n'ai pas assez de photos de nous deux.

Ce n'était pas tout à fait vrai. Sophie et lui avaient pris une foultitude de photographies des enfants quand ils étaient petits, bien sûr. Et pour lui, l'un des moments les plus tristes et les plus déchirants du divorce avait eu lieu, non pas quand ils s'étaient partagé les cadeaux de mariage, l'argenterie, les précieux verres en cristal, mais lorsqu'il avait fallu passer en revue les albums de photos pour marquer celles qu'ils souhaitaient copier l'un et l'autre. Au milieu du premier album, il s'était arrêté sur un cliché de Sophie, blonde comme les blés, rieuse, tenant Daisy toute petite en l'air comme un trophée. Elles étaient si belles qu'il en avait eu les larmes aux yeux, comme quand on regarde le soleil trop longtemps. A cet instant, il avait fermé les yeux brusquement en disant : « On fera tout copier. »

Sophie avait accepté sa décision sans sourciller, probablement parce que ça lui était aussi pénible qu'à lui de feuilleter ces albums qui renfermaient tant de moments partagés. C'était ça le problème avec les photographies. Ce n'était pas pour rien qu'on parlait des « moments Kodak ». Quand on sortait les appareils photo, les gens souriaient toujours joyeusement. On n'immortalisait pas les crises de nerfs des bambins, les couples qui se faisaient la tête à la fin de la journée ni les ados qui rentraient de l'école en annonçant qu'ils ne voulaient pas y retourner.

Quand Daisy vint le rejoindre pour la photo, il n'aurait pas su dire si c'était un « moment Kodak » ou non. Elle inclina simplement la tête vers lui tandis qu'ils regardaient l'un et l'autre droit devant eux.

Ils firent encore quelques photos ensemble, puis il s'empara de l'appareil et le braqua sur elle.

Bien entendu, elle protesta.

— Je n'ai pas besoin de photos de moi !

— Moi, si.

Il prit plusieurs clichés.

— Fais-moi plaisir, s'il te plaît ! J'aime prendre des photos de ma fille.

— Bon, si tu veux, répondit-elle en souriant bravement à l'objectif.

Au bout de quelques déclics, quelque chose changea. L'angle de la lumière. L'orientation de la brise. Les ombres dans la neige.

Greg mit quelques instants à se rendre compte que le changement venait de sa fille. C'était subtil mais incontestable, et il en avait déjà pris conscience plus tôt dans la journée : cette lueur d'inquiétude dans son regard, un sourire plus hésitant qu'il vit comme un prélude à des larmes.

— Daisy ? souffla-t-il en écartant l'appareil de ses yeux.

Quelque chose en elle se brisa, et elle dut prendre appui contre la barrière.

— Papa, murmura-t-elle d'un ton faible, implorant.

— Que se passe-t-il ?

Il passa en revue toutes sortes de possibilités. Elle avait fait pas mal de bêtises depuis qu'elle était adolescente. Elle avait bu de façon déraisonnable, elle avait fumé des joints. Il lui était arrivé de faire l'école buissonnière, de rater volontairement des contrôles, d'où les résultats médiocres qui les avaient contraints en définitive à la retirer de l'école. Mais rien de tout cela ne l'avait incitée à regarder son père comme elle le regardait maintenant.

— Dis-moi ce qui se passe, chérie.

— Ça n'est pas facile, mais je vais te le dire quand même.

Elle prit une profonde inspiration, leva les yeux au ciel, puis reporta son attention sur lui. Elle expira et souffla un petit nuage de buée en formant les mots suivants :

— Je suis enceinte.

Il ne comprit même pas, sur le moment. Comme si elle avait parlé dans une langue étrangère. Il avait vu ses lèvres bouger, former des syllabes ; il avait entendu les sons sortir, mais ça ne voulait rien dire. Cette nouvelle resta comme suspendue entre eux, incohérente. Puis il se produisit quelque chose — peut-être la brise changea-t-elle d'orientation —, et la portée de ses paroles le frappa de plein fouet comme une balle à bout portant.

Je suis enceinte.

Il en eut le souffle coupé. Sa fille, sa petite fille, venait de lui dire qu'elle attendait un enfant.

Une seule chose lui traversa l'esprit. « Nom de Dieu, oh, nom de Dieu ! » Il répéta mentalement ces mots jusqu'à ce qu'ils n'aient plus aucun sens.

Il vit une rangée d'empreintes dans la neige entre eux. Comme une démarcation qui les séparait. Dix secondes plus tôt, il se démenait pour être un père. Et voilà qu'à présent… il était sur le point de devenir grand-père, à trente-huit ans. Merde ! Merde ! Merde !

Toutes les questions habituelles lui venaient à l'esprit, bien sûr. *Comment était-ce arrivé ? En es-tu sûre ? Comment as-tu pu être aussi insouciante ?* Mais, tandis que ces mots tourbillonnaient dans sa tête, il se rendit compte que ce n'était qu'un ramassis de récriminations déguisées en questions.

Des questions dont il connaissait déjà les réponses.

En es-tu sûre ? Doux Jésus, il fallait qu'elle en soit absolument certaine pour oser le dire à son père. Jamais elle n'aurait lâché une bombe pareille si elle n'en avait pas été certaine à cent pour cent.

Quant à l'insouciance… elle avait dix-sept ans. Les adolescents ne faisaient que ça, des choses stupides, par insouciance. Il était lui-même passé par là. Il avait fait des choses insensées, plus encore que Daisy peut-être. Et comme elle, il s'était fait prendre à son propre jeu. Sophie et lui s'étaient rencontrés à l'époque où ils étaient animateurs au camp Kioga, à la fin de leur première année d'université. Ils avaient été « obligés » de se marier, selon la formule. Ce n'était pas un grand secret. Il suffisait de connaître la date de l'anniversaire de Daisy pour le savoir. Et voilà que Daisy se retrouvait dans la même situation !

— Papa, fit-elle d'une voix rauque. Je t'en prie, dis quelque chose !

— J'en suis réduit à me répéter : « Oh, merde », reconnut-il. Je n'ai pas été plus loin.

Il planta un bâton dans la neige.

— Bon sang, Daisy, comment est-ce que tu as pu…

Il s'interrompit. Ces paroles firent écho sur le terrain de golf désert, et s'évanouirent. Il savait parfaitement comment elle avait pu, comme tous les gamins depuis l'aube de l'humanité.

« Sois honnête, pensa-t-il. Dis-lui que c'est la catastrophe… » Non. Pas ça. Elle devait déjà le savoir.

— Qu'est-ce que… euh, quelle est la prochaine étape ? demanda-t-il.

— J'ai rendez-vous chez le médecin, lundi.

— Tu n'y es pas encore allée ?

— Non. J'ai fait le test à la maison. Quatre fois. J'espérais me tromper, mais…

Elle haussa les épaules.

— J'ai tellement flippé que je n'ai rien dit.

— A personne ?

— Non. Je crois que Nina Romano l'a deviné, mais je n'en suis pas sûre.

Seigneur ! Nina, en plus ! Il fut pris de colère à la pensée qu'une étrangère ait été au courant avant lui.

« Comment va Daisy ? » C'était la question que Nina lui avait posée ce matin à la boulangerie. « Comment va votre fille enceinte ? »

— Je ne lui ai rien dit, affirma Daisy. Pas un mot. Mais je ne pouvais pas mentir. Je n'ai jamais su mentir.

En effet. C'était souvent pour ça qu'elle s'attirait les pires ennuis.

— Tu en as parlé à ta mère ?

— Non.

Cette réponse l'étonna. Ainsi, elle avait commencé par lui ?

— Il va falloir que tu le fasses.

— Je sais.

— Et le… euh, garçon ?

Greg éprouva comme une envie de meurtre. S'il avait eu le petit salopard sous la main à cet instant, il l'aurait zigouillé à petit feu, délibérément, sans le moindre scrupule.

— Il faut que tu me parles de ce garçon, insista-t-il.

— Logan O'Donnell.

O'Donnell. O'Donnell. O'Donnell. Nom de Dieu !

— Le fils d'Al O'Donnell ?

Elle hocha la tête.

Super ! L'une des grandes familles d'import-export new-yorkaises, pleine aux as. Les O'Donnell étaient riches, puissants et farouchement catholiques.

Greg s'obligea une fois encore à garder son calme. Il fallait d'abord qu'il détermine ce que Daisy éprouvait vis-à-vis de ce gamin. Le petit enfoiré qui l'avait engrossée.

Elle se mit à parler, d'une voix qui portait dans le silence sur la neige qui les cernait de toutes parts. Elle lui raconta les soirées que ses amis et elle organisaient dans des appartements à Manhattan et le week-end à Long Island.

Greg avait un peu la nausée, non pas parce qu'il était choqué, mais tout ça lui paraissait sacrément familier. Il avait fait exactement la même chose quand il était jeune, et il était tout à fait possible qu'il ait mis une fille enceinte et qu'il n'en ait jamais rien su.

Ses enfants avaient beaucoup souffert de la séparation et

du divorce, cela ne faisait aucun doute. La réaction de Daisy avait été on ne peut plus classique — une rébellion complète, assortie d'une absorption abusive de substances nocives et de relations sexuelles sans protection. La date précise de la conception, de son propre aveu, semblait coïncider avec le week-end où Sophie était partie en Europe.

Ce week-end-là, Daisy était venue le trouver, la mine déconfite.

— Est-ce que je peux partir à Sag Harbor avec des copains ? Bonnie Mackenzie m'a invitée.

— Ses parents seront là ?

— Bien sûr ! Tu peux les appeler si tu veux.

— Pas la peine. Je te fais confiance, ma chérie.

Et il l'avait laissée filer ! Il se doutait bien, pourtant, qu'il y aurait de l'alcool et des flirts un peu poussés. Tous les lycéens faisaient ça. Ça n'aurait servi à rien de lui interdire d'y aller.

Daisy l'observait, lisant apparemment en lui à livre ouvert.

— Ne culpabilise pas, papa. Inutile d'accuser maman ou Logan. Je suis responsable. C'est moi qui ai fait cette connerie.

— Et quels sont tes projets vis-à-vis de… Logan ? demanda-t-il.

— Je ne sais pas encore. Ça dépend si je garde l'enfant ou pas.

Elle planta la pointe de sa chaussure dans la neige.

— Tu trouves ça horrible que je puisse envisager de me faire avorter ?

Il la regarda intensément et revit sa petite fille aux cheveux blonds, si fière d'avoir perdu sa première dent, montant sur ses genoux pour qu'il lui lise un livre, descendant l'escalier sur son trente et un pour aller au bal de l'école… Cette enfant-là n'existait plus. Elle avait disparu à jamais, comme si elle était morte. Une étrangère penaude s'était substituée à elle, et l'espace d'une seconde, cette vision provoqua en lui un éclair d'antipathie, peut-être même de dégoût, une sensation si forte qu'il prit peur.

Non, pensa-t-il. Il ne laisserait pas cette nouvelle l'ébranler. *Pas question !*

— Papa ? chuchota-t-elle en levant les yeux vers lui. Tu n'as pas répondu à ma question.

— Il y a une chose que j'ai oublié de te dire, Daisy. Je t'aime, et ça ne changera jamais.

Un frisson la parcourut.

— Je sais, papa. C'est gentil de me le rappeler. Mais… tu n'as toujours pas répondu à ma question.

Il ne savait pas. En toute honnêteté, il n'en avait pas la moindre idée.

— Je ne peux plus prendre les décisions à ta place, répondit-il finalement.

Il examina l'appareil photo qu'elle avait tenu contre sa poitrine pendant toute la conversation. Plus tard, il le savait, il regarderait les photos qu'elle avait prises ce jour-là et il se souviendrait que c'étaient sa fille et lui, avant.

21

Après le départ de Jenny, Rourke reprit sa vie qui lui parut alors étrangement vide.

Pourtant, Jenny était plutôt casse-pieds, il devait bien l'admettre. Elle prenait des douches interminables et encombrait la salle de bains avec un assortiment ahurissant de savons, de shampoings et de produits de beauté. Elle l'obligeait à prendre un petit déjeuner nourrissant et regardait les émissions les plus nulles à la télé — *Project Runway, Le Prochain Top-Model américain.* Avait-on idée d'inventer des trucs pareils ?

C'était un soulagement de retrouver sa salle de bains rangée, sa vie ordonnée, ses biscuits au petit déjeuner et les matchs de box à la télé… Oui, un vrai soulagement.

Mais pour une raison qu'il ne s'expliquait pas, il était agité, irritable. Il enguirlandait ses collègues, aboyait sur son assistant, hurlait contre ses adjoints. Les mémos et la paperasserie lui pesaient comme un poids énorme. Lors d'une réunion budgétaire avec Matthew Alger dans son bureau à la mairie, il faillit sortir de ses gonds.

Alger n'avait aucun scrupule à manifester son antipathie pour lui ; il râlait continuellement contre les dépenses que lui imposait Rourke…

Ce jour-là, il était sur le point de protester une fois de plus.

— J'ai passé ces chiffres en revue, dit-il en lui tendant un document écorné qu'il avait à l'évidence examiné sous toutes les coutures. On n'a pas de quoi acheter les quatre voitures de patrouille que tu demandes.

— Trouve l'argent ! répliqua Rourke. Je refuse de les retirer du budget.

— Aucune importance : je les retirerai moi-même.

Rourke s'obligea à se calmer. Alger passait les budgets au peigne fin, et s'en vantait auprès des contribuables.

— Je ne ferais pas ça si j'étais toi, répondit simplement Rourke sur un ton de mise en garde.

— On n'a pas les moyens, je te dis !

Alger parlait toujours d'une façon douce et moelleuse qui cachait sa volonté de fer.

— Il n'est pas question de puiser dans les réserves !

— As-tu lu la requête ? lui demanda Rourke. On conduit des véhicules qui devraient être à la casse depuis cinq ans. L'un d'eux vient d'être jugé dangereux, lors du contrôle technique. Il est hors de question que je cède, Matthew.

— Tu n'as pas le choix.

Alger prit un autre document sur une étagère derrière son bureau : le manuel du code municipal.

— Les dépenses sont soumises à l'approbation du trésorier municipal. Or, je n'approuve pas.

— Dans ce cas, tu n'es qu'un imbécile, et je ferai en sorte que tout le monde sache que tu te fiches de la sécurité publique.

— Ben, voyons ! Demande à ta copine Nina-l'âme-sensible de s'en plaindre dans son prochain discours. Beaucoup de gens conduisent des vieilles bagnoles et…

— Des vies humaines dépendent de l'état de nos voitures de patrouille.

— Mais non !

Rourke sentait la rage bouillir en lui, prête à exploser. Sans quitter Alger des yeux, il ouvrit un tiroir et en sortit à son tour une chemise.

— J'ai fait le calcul, déclara-t-il. Le budget est suffisant.

— Les calculs, c'est mon boulot, et je te répète qu'on n'a pas les moyens.

— Ecoute, reprit Rourke. Un comptable indépendant doit venir le mois prochain faire un audit…

— Il va falloir reprogrammer le rendez-vous, déclara Alger.

— Impossible ! On ne peut pas le repousser.

En sortant du bureau à grandes enjambées, Rourke se rappela une fois de plus qu'il ne servait à rien de s'énerver. Il fallait régler le problème, voilà tout. Il n'était pas censé s'occuper de ça, mais dans la mesure où un pourcentage conséquent du budget municipal était consacré à la sécurité publique, il devait justifier chaque centime dépensé par son département. Les revenus de la ville étaient en baisse, et personne n'arrivait à comprendre pourquoi. Quelque chose clochait, et Nina était dans ses petits souliers parce qu'il y aurait des élections l'année prochaine. Avec une situation financière aussi désastreuse, elle aurait du mal à tenir la dragée haute à son adversaire. Matthew Alger surgirait tel un chevalier blanc, promettant de reprendre les choses en main.

Rourke était toujours d'une humeur massacrante quand il pénétra dans le bureau de Nina. Le décor de la pièce ne fit qu'augmenter son exaspération. Tout était si gentillet : des murs jaune soleil aux photos joyeuses des citoyens célèbres d'Avalon, les héros personnels de Nina : Gloria Steinem et Madonna, outre les portraits encadrés de Sonnet. Il éprouva une pointe d'envie, et ce n'était pas la première fois. Nina avait une enfant merveilleuse, une grande famille qu'elle adorait. Il n'avait rien de tout ça, et en général, il n'en avait que faire, mais aujourd'hui, ça l'agaçait.

Si Nina remarqua son humeur revêche, elle n'en laissa rien paraître.

— Il faut qu'on revoie une fois de plus le budget de ton département, lui dit-elle en ouvrant un dossier rempli de tableaux. Nous allons encore manquer de fonds, ce trimestre.

— Oh, non ! protesta-t-il en levant la main, paume tournée vers le ciel. Pas question que tu reviennes là-dessus. Bon sang, Nina, nos voitures ont dix ans ! Je refuse de céder un centime. Ce n'est même pas la peine de me le demander.

— Je ne te parle pas de restrictions : je sais qu'on ne peut pas rogner sur tes dépenses.

— Merci.

Il n'en restait pas moins soupçonneux. Elle ne l'aurait pas convoqué si elle n'avait pas une idée derrière la tête.

— En fait, j'aimerais solliciter une bourse d'Etat pour les caméras vidéo digitales que tu veux faire installer sur les voitures.

Il voyait très bien où elle voulait en venir, à présent.

— Mon père est président du département de la police de l'Etat.

— Je ne te le fais pas dire, Rourke…

— C'est hors de question. Trouve un autre moyen de financer ce projet.

— Comme quoi ?

— On pourrait déjà essayer de déterminer pourquoi le budget est tellement déficitaire, madame le Maire.

— Arrête de faire ton malin ! Ça fait des mois que je m'efforce de percer ce mystère. Je pense qu'il est temps de faire venir un expert-comptable pour vérifier nos comptes. Même si ça donne l'impression que je suis complètement parano, je m'en rends compte.

— Ça coûte cher, en plus.

— Si nous trouvons l'origine de l'hémorragie, nous pourrons peut-être l'enrayer.

— As-tu parlé avec Matthew Alger ? C'est par lui qu'il faudrait commencer, à mon avis.

— Il ne m'a été d'aucune aide. Ses registres sont parfaitement en ordre.

Elle fronça les sourcils.

— Ça ne m'étonne pas, d'ailleurs.

— Pourquoi dis-tu ça ?

— Il veut mettre tous les atouts de son côté pour la bonne raison qu'il va se présenter contre moi aux prochaines élections.

Elle paraissait tellement stressée qu'il en oublia presque ses soucis.

— Ecoute, si on faisait appel à un audit indépendant plutôt qu'à un expert du ministère public ? suggéra-t-il. Tu aurais l'air moins parano et on réussirait peut-être à découvrir le pot aux roses.

— Et où trouverais-je le financement pour cet audit ? Dans le budget de ton département ?

— J'essaie de t'aider, bon sang ! lança-t-il en tapant du poing sur le bureau.

Contrairement à la plupart des gens qu'il côtoyait dans son travail, Nina ignorait ses sautes d'humeur.

— Mais qu'est-ce qui t'arrive, McKnight ?

Il la fusilla du regard.

— Rien du tout. A moins que tu ne veuilles essayer de gérer ce département avec un budget de la taille d'un rouleau de printemps.

— Menteur ! Tu ne t'es jamais laissé démonter par un problème d'argent.

Elle s'accouda sur son bureau et le dévisagea.

Il refusa de se laisser impressionner par cet examen. Nina Romano était très belle. Elle était célibataire, et tout le monde l'aimait. Pendant des années, leurs concitoyens avaient espéré qu'ils s'éprendraient l'un de l'autre et vivraient heureux ensemble jusqu'à la fin de leurs jours. Mme le maire et le chef de la police. C'était trop craquant pour y résister.

Le seul problème, c'est qu'ils n'avaient rien à faire ensemble. Ce qu'ils savaient pertinemment tous les deux. Même s'ils avaient beaucoup de respect l'un pour l'autre. Quand elle lui demanda instamment de lui dire ce qui lui rongeait les sangs, il fut incapable de l'envoyer promener.

— Je suis de mauvais poil, ces temps-ci, reconnut-il.

— Oh !

Elle hocha la tête d'un air entendu.

— SSPJ.

— Qu'est-ce que c'est que ça ?

— Syndrome de stress post-Jenny.

« Très drôle ! » pensa-t-il.

— Elle me rendait dingue quand elle habitait chez moi. J'aurais dû être soulagé de la voir partir.

Nina éclata de rire.

— Tu es un drôle de zigoto, McKnight.

— Pourquoi tu dis ça ?

— Tu en pinces pour cette fille depuis que vous êtes gamins.

— Je... euh... je lui en ai touché un mot avant qu'elle parte.

— Et elle est partie quand même ?

Nina avait l'air étonné.

— Ouais.

— Tu n'as pas dû lui dire les choses clairement, alors. Comment est-ce que tu t'y es pris ?

Il réfléchit un moment.

— Je lui ai fait comprendre que si je sortais avec plein de filles, c'était parce qu'aucune n'était comme elle.

Nina mit plusieurs minutes à retrouver son sérieux. Puis elle enfonça son crayon à papier dans la poitrine de Rourke.

— Beau travail, petit génie !

— Qu'est-ce qu'il y a ?

— C'était la dernière chose à dire. S'il faut que je t'explique pourquoi, c'est que tu ne comprendras jamais.

— Ecoute, on ne pourrait pas parler d'autre chose ? Il est assez évident qu'elle est beaucoup mieux en ville.

— Bon sang, McKnight, tu fais toujours ça !

— Je fais quoi ?

— Tu t'arranges systématiquement pour trouver toutes sortes de raisons qui t'empêchent d'être avec Jenny, ou avec une femme bien, quelle qu'elle soit. Comment ça se fait ?

— Je n'ai pas besoin d'une analyse, Nina !

— Tu as raison. Tu te débrouilles tellement bien tout seul !

Elle désigna un carton rempli de photographies et de papiers.

— Ça pourrait te remonter le moral.

— Qu'est-ce que c'est ?

— Tu te rappelles l'annonce que j'ai fait paraître dans le journal ? On a été submergés de réponses.

Quelques jours après l'incendie, Nina avait écrit une lettre ouverte aux citoyens d'Avalon pour leur expliquer la perte que Jenny venait de subir et leur demander d'envoyer des doubles des photos ou des souvenirs qu'ils pouvaient posséder de la famille Majesky ou de la boulangerie. Les réponses avaient afflué, comme elle l'espérait : photos anciennes, calendriers de la boulangerie Sky River datant des années 1960, petits mots évoquant des souvenirs émus, sans oublier un nombre étonnant de clichés de Mariska Majesky. L'école avait fait don d'exemplaires d'annuaires du lycée correspondant à toutes les années de scolarité de Jenny.

Rourke parcourut quelques-uns de ces documents et fut de nouveau frappé par les sentiments que Jenny faisait naître en lui. Elle était tellement belle sur ces photos, souriant joyeusement à l'objectif. Il essaya d'imaginer l'effet que cela devait faire de tout perdre. A un moment donné de sa vie, il avait tout quitté sans rien emporter hormis ce qu'il avait sur le dos, mais ce n'était pas tout à fait la même chose. Il avait été heureux de renoncer à la vie qu'il menait et à tous les signes extérieurs de succès qu'elle sous-entendait.

Il tomba sur une coupure de journal datée du 30 août 1995. Il y avait une photo de Jenny et de Joey, manifestement aux anges.

> *« Madame Helen Majesky vous fait part des fiançailles de sa petite fille, Jennifer Anne Majesky, avec le caporal Joseph Santini... Le mariage est prévu pour cet été. »*

Les souvenirs l'assaillirent, toujours aussi douloureux. Il referma la boîte.

— Elle est au courant ? demanda-t-il à Nina.

— Non. On continue à en recevoir. J'ai pensé que tu pourrais peut-être les lui faire parvenir.

— Alors ça, sûrement pas !

Une chose était claire dans son esprit. Il était encore hanté par les émotions qui l'avaient submergé pendant l'incendie. Il y avait eu un moment où il pensait l'avoir perdue, et depuis lors, il était poursuivi par l'idée presque insoutenable qu'il ne lui avait jamais dit ce qu'il éprouvait pour elle.

22

En émergeant de la station de métro à Rockefeller Center, Jenny avait l'impression d'être une hypocrite. Elle s'efforçait de se couler dans le flot des professionnels aux allures distinguées, qui hâtaient le pas pour arriver à l'heure à leurs rendez-vous, mais c'était grotesque. Elle n'était qu'une étrangère. Ce n'était pas la première fois qu'elle venait à New York, bien sûr, mais jusque-là, elle s'était bornée à visiter la ville en touriste. Ses grands-parents l'avaient emmenée visiter les musées, voir un spectacle de danse, et à deux occasions, merveilleuses, inoubliables, ils étaient allés au théâtre à Broadway. *La Belle et la Bête* avait fait pleurer Gram de joie, tandis que son mari luttait pour rester éveillé. Une autre fois, ils avaient vu une pièce appelée Da à propos d'une famille irlandaise, à la fois magnifique et affreusement triste.

Ils étaient allés au Frick aussi, au Met, à Wall Street. Le plus mémorable, incontestablement, avait été la visite à Ellis Island. Il y avait quelque chose de fascinant dans ce lieu qui avait vu des millions de gens débarquer. Gram et Grandpa n'avaient pas dit grand-chose en regardant les photographies des dortoirs, des salles d'attente bondées et d'un toit où les enfants jouaient jadis. Ils avaient longuement étudié les vitrines contenant des objets disparates — un cartable en cuir craquelé, une chaussure d'enfant égarée, un billet imprimé, un certificat d'immigration timbré. Avec un émerveillement tacite, ils avaient trouvé leurs noms parmi les listes gravées sur des plaques de cuivre qui marquaient le périmètre du parc. Ils avaient effleuré les lettres de leurs noms du bout des doigts, et Jenny n'oublierait jamais l'étreinte qu'ils avaient échangée alors, debout devant la plaque, le vent soufflant dans leurs cheveux, avec la Statue de la Liberté en arrière-plan.

Face à ce mélange de tristesse, de regret et de gratitude, à cet instant, elle avait entrevu ce que cela avait dû être pour eux, si jeunes, mariés depuis peu, de fuir vers une terre nouvelle en sachant pertinemment qu'ils ne reverraient jamais leurs familles.

Elle n'avait que treize ans, alors. Elle adorait ses grands-parents et elle avait découvert qu'elle était très en colère contre sa mère.

Cette année-là, ils avaient également visité les Cloîtres, un musée médiéval situé tout au bout de Manhattan. Ils avaient pris le bus pour s'y rendre, et en traversant l'Upper East Side, elle avait pensé qu'elle était dans le quartier de Rourke McKnight. Elle avait contemplé, émerveillée, les somptueux édifices de l'Age d'or, les parcs, les nounous avec leurs tabliers amidonnés poussant les landaus, les jardins manucurés et les limousines rutilantes transportant ici et là leurs précieuses cargaisons.

Elle se rappela avoir pensé : c'est son monde à lui. Elle s'était sentie comme une étrangère, et elle avait le même sentiment aujourd'hui.

Tout le monde autour d'elle paraissait absorbé, déterminé — les vendeurs aux coins des rues, les jeunes cadres tout de noir vêtus en train de discuter au téléphone tout en se frayant un chemin sur les trottoirs bondés. Même les fumeurs agglutinés autour des cendriers remplis de sable avaient un air affairé et important.

Peut-être qu'avec le temps elle finirait par trouver sa place dans cette scène trépidante, mais, pour le moment, elle se bornait à faire semblant.

Elle s'engagea dans la 47e Rue, où fourmillaient pêle-mêle acheteurs, diamantaires et courtiers, parmi lesquels se trouvaient de nombreux juifs hassidiques aux longs manteaux noirs traditionnels et aux chapeaux à large bord, le visage encadré par une barbe et des sortes d'anglaises.

Des bijoux en diamants étincelaient dans toutes les vitrines. A un angle de rue, une odeur particulière lui chatouilla les narines — mélange de la puanteur chaude des gaz d'échappement et de l'arôme doux et fumé des noisettes grillées. Elle aperçut une petite fille en compagnie d'une femme en train de héler un taxi. La femme semblait pressée. L'enfant trébucha, tandis qu'elle la traînait à moitié derrière elle.

En les regardant, Jenny eut une extraordinaire impression de déjà-vu. Elle entendit, aussi clairement qu'une voix lui parlant à l'oreille, un ordre lancé d'un ton sec : « Allez, viens, Jenny ! Il faut te dépêcher. On a un avion à prendre. »

— Je ne veux pas prendre l'avion !

— Très bien. Dans ce cas, je te laisse à la maison.

L'espace d'un instant, elle eut la sensation de s'être détachée de la vie. Même si ce souvenir était vague, comme un rêve dont on ne se souvient qu'à moitié, elle fut bizarrement convaincue qu'elle était déjà venue ici.

Dans le pâté de maisons suivant, elle trouva finalement l'adresse où elle était censée retrouver Philip Bellamy et Martin Greer, un homme que Philip connaissait depuis l'université et qui était maintenant un agent littéraire de tout premier plan.

En déposant son manteau, son chapeau et ses gants au vestiaire du restaurant, Jenny ressentit les premiers picotements annonciateurs de la panique. « Oh, non ! pensa-t-elle. Pas maintenant ! » Ce n'était pas le moment, en effet. Elle songea à avaler un comprimé, puis écarta cette idée. Dans l'heure qui suivrait, elle se bornerait à ignorer les symptômes.

Elle frotta ses paumes moites sur sa jupe, scotcha un sourire sur ses lèvres et s'approcha de la réception.

— M. Bellamy est-il arrivé ? demanda-t-elle.

— Je viens juste de le conduire à sa table.

L'hôtesse originaire d'Europe de l'Est, mince comme un fil dans sa jupe et son chemisier élégants, l'accompagna à la table où Philip et Martin l'attendaient.

Les deux hommes se levèrent pour l'accueillir, Philip avec un petit baiser sur la joue, Martin avec une poignée de main.

— Merci d'avoir accepté de me voir, dit-elle en s'asseyant.

— C'est un plaisir, répondit Martin.

Il avait une belle voix sonore de présentateur de radio.

Elle jeta des coups d'œil autour d'elle dans le somptueux restaurant. L'endroit était clair, aéré, avec une vue sur l'atrium peuplé d'une foison de plantes tropicales grandes comme des arbres.

Ils avaient la meilleure table. Martin et Philip étaient des gens importants.

— Comment trouvez-vous New York ? demanda Martin.

— C'est fascinant. J'adore l'appartement d'Olivia.

Tant de choses à New York étaient extravagantes, surdimensionnées. L'appartement d'Olivia constituait une oasis confortable : un nid douillet et ensoleillé.

— J'ai eu le plaisir de lire quelques-uns de vos essais et chroniques, dit Martin en reprenant son rôle d'homme d'affaires.

Jenny retint son souffle.

Elle sentit que Philip en faisait autant.

— Il se trouve que ça me plaît beaucoup, poursuivit Martin en se penchant légèrement vers elle. Sincèrement. Je ne dis pas ça parce que Philip m'étranglerait si je disais le contraire. Je le dis parce que votre écriture a quelque chose de tout à fait particulier.

— Je ne sais pas quoi répondre, bredouilla Jenny. Je suis flattée, en tout cas.

Martin leva la main.

— Ce n'est qu'un début. Mais on sent l'atmosphère de cette petite boulangerie familiale, comme si l'on y était. Vous avez fait revivre vos grands-parents pour moi. J'entendais leurs voix et je les imaginais aisément. Je ne suis pas boulanger, mais les recettes me semblent également intéressantes. Votre style est vivant, authentique, sans prétention.

Jenny luttait toujours contre la panique. Elle avait les joues en feu.

— Merci, dit-elle, comme essoufflée.

Elle but une gorgée d'eau minérale.

— Seulement, après tout ce que vous venez de dire, je sens venir un grand « mais ».

Martin et Philip échangèrent un regard.

— Vous ne manquez pas d'intuition, déclara Martin. Très perspicace.

— Alors, quel est ce « mais » ?

Le serveur attendait pour prendre la commande. Elle jeta à peine un coup d'œil au menu et choisit l'une des spécialités qui comportait au moins trois ingrédients dont elle n'avait jamais entendu parler.

— C'est très simple, reprit Martin. Vous nous avez offert la boulangerie, en quelque sorte. Les recettes, les personnages — vos grands-parents, vos collègues, la clientèle parfois un peu excentrique. Tout est là. Il ne manque qu'un seul ingrédient clé.

— A savoir ?

— Vous.

Jenny ne s'attendait pas du tout à ça.

— Je ne suis pas certaine de comprendre.

— Il faut que vous soyez plus présente. Pas seulement en tant que narratrice, mais comme actrice. Certes, les gens vont aimer ces vignettes, les recettes, les personnages esquissés. Mais pour que le livre soit vraiment extraordinaire, on a besoin de vous y voir, de percevoir vos rêves, vos émotions et de comprendre ce que ce lieu représente pour vous. Dévoilez-nous votre cœur.

— Je ne pense pas être assez intéressante pour écrire sur moi.

— C'est que vous n'avez pas suffisamment réfléchi.

Martin ne semblait pas perturbé le moins du monde par le bouleversement qu'il percevait en elle.

— Vous nous offrez des aperçus alléchants d'événements clés qui ont jalonné votre vie. Le gâteau au chocolat amer que votre grand-mère prépare chaque année, le jour de l'anniversaire de votre mère. Comment voulez-vous que le lecteur n'ait pas envie d'en savoir plus ? Et la pièce montée que vous avez confectionnée vous-même pour les noces d'or des parents de Philip. J'ai le sentiment que cela va beaucoup plus loin… C'est vrai, écoutez : quelqu'un commande un gâteau, et par voie de conséquence, vous découvrez le père que vous n'avez jamais connu. Voilà ce que les gens ont envie de lire.

Jenny comprenait, à présent. En jetant un coup d'œil à Philip, elle vit qu'il avait saisi, lui aussi.

— Vous voulez que je parle de ma mère ?

Martin approuva d'un signe de tête.

— Comment avez-vous ressenti son départ ? Et la réapparition de votre père, l'été dernier ? J'ai une autre question : qui est Joey ?

Seigneur Jésus !

— Vous avez lu les archives.

Ce n'était pas une question, mais une constatation.

— Bien sûr ! répondit Martin. Je prends ce projet très à cœur.

Jenny ne savait plus quoi dire. Ses anciennes blessures étaient brutalement exposées. Ces deux hommes ne lui voulaient certainement que du bien, mais le regard insistant qu'ils portaient sur elle la faisait souffrir.

Des années plus tôt, lorsqu'elle avait commencé sa chronique, Joey faisait partie de sa vie…

— Euh… nous étions fiancés, Joey et moi, reprit-elle finalement, les yeux rivés sur la nappe blanche amidonnée.

Ça lui faisait mal de prononcer ces mots, même aujourd'hui. Elle voyait encore Joey, riant innocemment, tellement amoureux d'elle que ses camarades rangers le mettaient en boîte parce qu'il commençait à chanter chaque fois qu'il pensait à elle. Elle avait tant d'autres choses à dire à son sujet, mais elle n'avait pas l'habitude de parler de lui, en particulier à des gens qu'elle connaissait à peine, comme Martin. Un agent littéraire qui plus est, pour l'amour du ciel !

— Je suis désolé, chérie, dit Philip, lui effleurant la main en un geste à la fois maladroit et réconfortant. Je suis mortifié à la pensée de ce que tu as pu subir sans que je sois là pour… je ne sais pas… t'aider, ou simplement t'écouter.

Sa sincérité la toucha, mais elle n'en éprouvait pas moins une pointe d'amertume. Elle aurait voulu qu'il la retrouve plus tôt, quand elle avait eu désespérément besoin de quelqu'un… Mais il n'y était pour rien, bien sûr.

— Je vais bien maintenant, lui dit-elle. Tout cela fait partie du passé.

Puis, se tournant vers Martin Greer, elle ajouta :

— Je ne suis pas certaine de pouvoir écrire sur moi.

— Les petites anecdotes fonctionnent à merveille dans une chronique.

Il marqua un temps d'arrêt.

— Pour l'aspect plus personnel des choses, vous devez prendre le temps de réfléchir… Vous savez, lorsqu'un spécialiste de la gastronomie écrit ses mémoires, il n'est jamais vraiment question de nourriture.

— En d'autres termes, il veut que j'étale mes tripes sur le papier.

— Tu t'en sens capable ? demanda Nina au téléphone.

— Bien sûr ! La question est de savoir si j'en ai envie ou non. Et puis est-ce que ça intéressera vraiment les gens ? Je ne suis qu'une fille quelconque qui a grandi dans une petite ville en apportant sa modeste pierre à la petite entreprise familiale. Pourquoi devrais-je parler de ma mère, et de mon père que je ne connaissais même pas ? Quant à Joey…

— Ecoute, les lecteurs raffolent de ces histoires à propos de gens ordinaires confrontés à des situations extraordinaires.

Jenny essaya de s'imaginer en train de consigner noir sur blanc certains éléments de son passé. Elle jeta un coup d'œil par la fenêtre sur les immeubles d'en face, serrés les uns contre les autres, formant un barrage impénétrable.

— Ça n'aura plus rien à voir avec ce que je comptais écrire, dit-elle.

— Et tu le regrettes ? demanda Nina.

— Je n'en sais rien. Je voulais écrire un recueil de recettes et d'anecdotes plaisantes à propos de la boulangerie. Et me voilà embarquée dans un récit sur l'abandon, la colère, un échec amoureux…

Elle secoua la tête.

— En plus, je ne sais pas du tout comment finir cette histoire.

— Tu pourrais conclure sur ta rencontre avec Philip Bellamy. Ou sur le jour où tu as préparé la pièce montée pour les noces d'or de gens qui se trouvaient être tes grands-parents. A toi de choisir, dit Nina. Tout dépend de ton envie.

— J'en ai envie, c'est sûr. Même si je dois en souffrir.

Elle inspira à fond et se mit à arpenter nerveusement la pièce.

— J'en ai vraiment envie.

— Dans ce cas, je te conseille de te mettre au travail.

Jenny sourit en versant un verre d'eau sur une plante verte.

— Tu sais ce que je pense ? reprit Nina. A mon avis, ton point d'orgue, c'est Rourke McKnight.

Jenny éloigna le combiné de son oreille et le regarda en fronçant les sourcils.

— Qu'est-ce que tu racontes ?

— Rourke et toi. C'est peut-être ça ta conclusion.

— Il n'y a pas de *Rourke et moi…* Seigneur, Nina, qu'est-ce qui te prend ?

— Et je vais te dire encore un truc, poursuivit Nina, sans se laisser démonter. Tu as l'air malheureux. Je ne suis pas sûre que tu aies bien fait d'aller à New York.

— J'en ai toujours eu envie. Toujours. Tu es mieux placée que quiconque pour le savoir.

— Je pense que l'idée te séduisait plus que la réalité, affirma Nina. Tu sais, l'adorable petit appartement, la foule, toutes les activités… Mais dans les faits, ta vie est à Avalon, où les gens tiennent vraiment à toi.

— Je suis censée rencontrer ma nouvelle famille, souligna Jenny. Les sœurs de mon père, mes grands-parents paternels, des cousins dont je ne soupçonnais même pas l'existence il y a six mois.

— Très bien. Rencontre-les. Mais je continue à penser que c'est ici, chez toi.

Jenny fit la grimace. Etait-elle vraiment cette fille-là ? La commerçante destinée à passer sa vie dans une petite ville tout en rêvant d'une autre existence ?

Elle continua à faire les cent pas devant la fenêtre. Dehors, les gens vaquaient à leurs occupations d'un pas pressé, les files de voitures se resserraient et s'écartaient tour à tour, pareilles à un accordéon géant.

— J'aime être ici, dit-elle, tout en se demandant si elle ne se racontait pas des histoires.

— Rentre. Tu en as envie, je le sais.

— Tu oublies que je n'ai plus de maison ! Je refuse d'habiter plus longtemps chez Rourke. Quant à toi, je t'aime très fort, mais il est hors de question que je squatte ton appartement.

— Tu peux louer quelque chose. Ce n'est pas un problème.

Nina, qui était attachée corps et âme à Avalon, qui aimait tellement cette ville qu'elle lui consacrait quatorze heures par jour, semblait tout bonnement incapable de comprendre que l'on puisse vouloir vivre ailleurs.

— Je vais y réfléchir, dit Jenny, qui ne savait plus du tout ce qu'elle se voulait. J'ai un certain nombre de choses à faire ici, en plus de rencontrer la famille de mon père.

— Par exemple ?

Jenny inspira profondément avant de lâcher :

— Il faut que j'aille voir Joey.

— Oh, Jen ! fit Nina d'une voix vacillante. Ne t'impose pas ça !

— Tout ira bien, affirma Jenny. Il faut que je le fasse, c'est tout.

Elle prit un taxi parce qu'il faisait affreusement froid ce jour-là. Il n'y avait pas beaucoup de neige, rien que des amas granuleux et grisâtres le long des trottoirs ici et là. Le ciel était lourd et incolore au-dessus de Manhattan Bridge lorsque le taxi franchit le pont pour s'acheminer vers Flatbush Avenue. Elle était déjà venue une fois, mais elle n'avait conservé qu'un vague souvenir de cette douloureuse journée. Depuis sa rencontre avec Martin Greer, cependant, elle avait beaucoup pensé aux histoires qui sommeillaient en elle, et elle commençait à se rendre compte qu'elle avait occulté le passé au lieu d'y faire face.

Le taxi passa sous l'arche du portail en fer forgé et avança au pas dans l'allée pavée. Elle compta les rangées en silence avant de murmurer faiblement :

— Je crois que c'est là. Pouvez-vous attendre ?

Le chauffeur hocha la tête et elle sortit de la voiture. Elle était la seule visiteuse apparemment. Le froid s'était infiltré jusque dans la terre sous ses pieds ; l'herbe tout aplatie était décolorée.

Elle continua son chemin, comptant au fur et à mesure, puis s'arrêta et se retourna, soudain contente qu'il n'y ait personne d'autre. Elle avait l'estomac tout crispé.

— Salut, Joey ! chuchota-t-elle. C'est moi.

Elle prit une profonde inspiration, expira tant bien que mal et se mit à parler.

— J'ai un projet, et je voulais t'en parler. Tu sais que j'ai toujours eu envie d'écrire un livre ? Tu te moquais de moi parce que je notais tout, rappelle-toi ! Je continue à le faire, et maintenant je vais sans doute pouvoir en faire mon métier. Ce n'est pas facile, cela dit. Certains récits que je vais écrire vont me ramener à… des moments difficiles de mon existence. Je ne sais pas, je suis peut-être maso, mais j'ai envie de le faire quand même. J'aurais probablement dû m'y mettre il y a longtemps. Je pense que tu sais pourquoi. Bref, c'est ce que je projette de faire.

Le vent froid lui faisait monter les larmes aux yeux. Elle s'attarda encore quelques instants, songeuse, se remémorant le passé. La pierre tombale était voisine d'une stèle plus ancienne dressée pour la mère de Joey. Celle de Joey paraissait toute neuve, arrondie au sommet, étincelante, avec les lettres gravées bien nettes sur les bords :

JOSEPH ANTHONY SANTINI, 1976-1998,
A mon fils bien-aimé
Faites attention où vous mettez les
pieds — un rêve est enfoui ici.

On sonna à la porte. Jenny s'empressa d'aller ouvrir. Jane Bellamy, sa grand-mère, la maman de Philip, se tenait sur le seuil, tout sourire. Quelques mèches de cheveux argentés s'échappaient de son chapeau en angora tout doux. Elle portait un manteau en laine bordeaux magnifiquement coupé. Une grande bonté émanait d'elle, mais Jenny ne savait tout bonnement pas comment se comporter en sa présence.

— Bonjour, chère petite, dit Jane. Je suis si heureuse que tu aies accepté de te joindre à moi !

— Je vous remercie beaucoup de votre invitation.

Jenny se demanda si son désarroi était manifeste. Toute la journée, elle avait essayé de travailler, sans parvenir à faire quoi que ce soit hormis trier ses courriels et jouer une douzaine de fois à *Minesweeper*.

Elle serra sa grand-mère dans ses bras. *Sa grand-mère*. Elles se connaissaient depuis peu de temps, mais Jane Gordon Bellamy était une femme qu'on ne pouvait qu'apprécier. Son propre grand-père avait créé le camp Kioga, et elle avait grandi là-bas.

En 1956, elle avait épousé Charles Bellamy. La cérémonie avait eu lieu au camp. Helen Majesky avait confectionné la pièce montée, un magnifique gâteau couvert de roses en sucre. Cinquante ans plus tard, Jenny en avait fait une réplique pour leurs noces d'or, également célébrées au camp. Jane avait soixante-neuf ans à présent, mais c'était encore une très belle femme aux yeux vifs, toujours élégante. Son manteau en cachemire drapait joliment sa silhouette gracile. Malgré tout cela, elle semblait plutôt simple. Elle habitait l'un des vieux immeubles les plus vénérables de l'Upper East Side.

Jane promena son regard dans la pièce qui était très gaie, même au cœur de l'hiver.

— L'appartement d'Olivia te plaît ?

— Je l'adore. Il est parfait.

Elle n'en continuait pas moins de penser à tout ce que Nina lui avait dit au téléphone, l'autre soir. Etait-ce vraiment parfait, ou cherchait-elle simplement à s'en convaincre ?

— Je ne suis pas vraiment surprise que vous ayez des goûts similaires toutes les deux, nota Jane. Après tout, vous êtes sœurs.

Demi-sœurs, pensa Jenny. L'autre moitié d'Olivia, c'était sa mère, Pamela Lightsey — divorcée, fortunée, attachée à la haute société, intimidante. Mais c'était encore un point qu'elles avaient en commun. Des mères difficiles. La différence étant toutefois que Pamela était très présente, contrairement à Mariska.

— Es-tu prête pour notre petite sortie ?

— Absolument. J'ai toujours voulu connaître le St. Regis.

Jenny alla chercher son manteau. Si Jane Bellamy avait l'habitude d'aller prendre le thé dans cet hôtel légendaire, ce n'était pas son cas, et ce serait pour elle une grande première.

— J'y vais généralement une fois par mois, expliqua Jane.

Elle avait son propre chauffeur, un homme discret qui parlait à voix basse en une langue étrangère dans le micro de son portable fixé à son oreille tout en manœuvrant habilement la voiture dans la circulation.

— Autrefois, j'y emmenais Olivia. C'était une sorte de tradition pour nous.

Jenny et Gram avaient des traditions, elles aussi, mais elles étaient nettement plus modestes. Jenny se rendait chaque jour à la boulangerie après l'école. Elle s'installait devant l'un des plans de travail avec un verre de lait froid et un biscuit sortant du four, et elle tournoyait sur son tabouret tout en racontant sa journée à sa grand-mère avec force détails.

— Olivia et moi avons pris ce pli quand elle avait dix

ou onze ans, poursuivit Jane. Je suis sûre qu'elle ne m'en voudra pas de te confier qu'elle a très mal supporté le divorce de ses parents.

— Elle me l'a dit.

— L'emmener prendre le thé ne résolvait évidemment pas le problème, mais ça ne pouvait pas lui faire de mal qu'on s'occupe un peu d'elle.

Jane tapota la main de Jenny.

— Voilà que je radote !

— J'aime bien vous écouter.

La voiture se rangea le long du trottoir devant l'hôtel, un superbe édifice en plein centre-ville. Un portier en livrée se hâta de leur ouvrir la portière, tendant la main à Jane pour l'aider à mettre pied à terre.

— Bonjour, madame Bellamy, dit-il.

La réceptionniste connaissait, elle aussi, Jane Bellamy par son nom. Elle les conduisit à travers un jardin intérieur peuplé de palmiers jusqu'à leur table dans l'élégant salon de thé baigné de lumière. Les conversations discrètes se mêlaient aux accents d'une harpe. Jane gratifia Jenny d'un grand sourire.

— Es-tu impressionnée ? Je voulais t'impressionner.

Jenny éclata de rire.

— Vous plaisantez ? Bien sûr que je suis impressionnée ! On vous traite comme une personnalité de haut rang.

— C'est le privilège de l'âge, dit Jane. Quand Charles et moi sommes venus nous installer en ville après notre mariage, je me sentais comme tu te sens probablement aujourd'hui : perdue, confuse. La seule chose qui me sauvait, c'était de savoir que je passerais mes étés au camp Kioga. Je veux que tu saches qu'il n'y a pas de honte à ressentir le mal du pays, Jenny.

— Je n'ai pas le mal du pays. Je n'ai pas intérêt, de toute façon !

Voyant l'expression perplexe de Jane, elle précisa :

— Je me décevrais moi-même, si c'était le cas.

— Ma chère petite, nous ne nous connaissons pas depuis

longtemps, il n'empêche que je suis ta grand-mère, et je peux flairer un mensonge à un kilomètre.

— Mais..., protesta Jenny, les yeux rivés sur sa tasse de thé, de l'Earl Grey couleur ambre qui embaumait la bergamote. Toute ma vie, j'ai souhaité venir à New York. Ce serait un échec si je n'avais pas l'impression que mon rêve était devenu réalité.

— Foutaises ! lança Jane. On ne peut pas forcer ses sentiments.

Elle sourit tristement.

— Cela fait cinquante ans que j'ai quitté Avalon, et cette ville me manque toujours.

Jenny était sidérée.

— Pourquoi n'y retournez-vous pas, dans ce cas ?

— Ma vie est ici, auprès de Charles. On est chez soi quand on est avec la personne que l'on aime. As-tu déjà été amoureuse, Jenny ?

Elle pensa à Joey, aux projets qu'ils avaient faits, brutalement anéantis.

— Pas à ce point, reconnut-elle. Pas au point de suivre quelqu'un au bout du monde.

Elle but une gorgée de thé, soutenant le regard inflexible de sa grand-mère.

— J'ai été fiancée, ajouta-t-elle. Il s'appelait Joey et il était soldat.

— Ça n'a pas marché, si je comprends bien.

— Il est mort.

Jane méritait sans doute davantage d'explications, mais Jenny redoutait de perdre les pédales si elle en disait davantage. Elle pensait constamment à Joey, sans que ses souvenirs ou ses nouveaux projets clarifient quoi que ce soit dans son esprit. Dire qu'elle était supposée écrire tout ça, alors qu'elle n'arrivait même pas à en parler !

La consternation et l'inquiétude adoucirent le regard de Jane.

— Je suis désolée. Il devait être bien jeune. Je suppose que cette épreuve a été terrible pour toi.

Jenny hocha la tête.

— Je me suis remise. J'ai fini par sortir un peu avec d'autres garçons.

Elle aurait eu honte d'admettre qu'elle l'avait très peu fait.

— Mon dernier petit ami, Don, était gentil. On s'amusait bien ensemble. Mais c'était un piètre conducteur. Je n'ai jamais connu quelqu'un qui ait récolté autant de PV. Du reste, je crois qu'il a fini par quitter la ville pour ne pas les payer. Maintenant que j'y pense, je suis sortie avec un autre garçon qui collectionnait lui aussi les contraventions.

Elle avait presque oublié Tyler. Il ne lui avait pas fait une très forte impression.

— Doux Jésus ! Dois-je en conclure que tu es attirée par les hommes imprudents ?

— Je ne crois pas. Ils n'avaient pas de chance, c'est tout. Ils se faisaient toujours pincer !

— En tout cas, mieux vaut être trop prudent que pas assez. Olivia m'a raconté que le chef de la police s'était montré particulièrement gentil avec toi après l'incendie. J'ai été contente de l'apprendre.

Ah, ah ! Et que lui avait-elle dit d'autre ? Rapporteuse ! Il n'y avait peut-être pas que des avantages à avoir une sœur.

— Rourke et moi nous connaissons depuis longtemps, reprit-elle. C'était le meilleur ami de Joey.

— Je vois. Et comment en est-il arrivé à s'installer à Avalon ?

Cette question surprit Jenny.

— Il a fait des études pour devenir policier et puis il est venu… s'installer là.

Jenny leva un sourcil délicat.

— Et Rourke et toi êtes… proches ?

Rourke n'avait pas de proches.

— Comme je vous l'ai dit, on se connaît depuis longtemps, mais c'est… compliqué.

— Bon, je ne vais pas être indiscrète, bien que j'en aie terriblement envie, dit Jane avec un grand sourire.

Jenny rit en se disant qu'elle appréciait de plus en plus cette femme.

— Ça m'est égal que vous furetiez dans mes affaires, dit-elle, mais j'ai bien peur que vous soyez déçue. Rourke McKnight et moi sommes... Nous nous sommes aperçus il y a belle lurette que nous avions intérêt à garder nos distances. Vraiment intérêt. Je suis seule depuis un moment, ce n'est un secret pour personne.

Jane se tamponna soigneusement les lèvres avec sa serviette en lin.

— Je t'ai menti, dit-elle. Je vais être indiscrète. Je ne prétends pas connaître la situation en aucune manière, mais quand on a mon âge, on sait quelques petites choses sur l'amour. Bon, ce Joey, je parie qu'il était très attaché à toi.

Jenny hocha la tête lentement.

— Il aurait souhaité que tu ailles de l'avant. Que tu tombes de nouveau amoureuse.

— Nous en avons parlé, répondit Jenny. Nous évoquions la possibilité qu'il lui arrive malheur, chaque fois qu'il était envoyé en mission. C'est le cas de tous les soldats. Il ne peut en être autrement. Ces discussions me faisaient horreur, et c'est vrai, il disait toujours que s'il ne revenait pas, il faudrait que je trouve quelqu'un d'autre.

— Mais tu ne l'as pas fait.

Jenny releva les yeux. Elle aurait aimé en vouloir à sa grand-mère, l'accuser ouvertement de se mêler de ce qui ne la regardait pas, mais elle ne voyait que sagesse et compassion dans ses yeux.

— C'est vrai, reconnut-elle. J'ai eu beaucoup à faire entre ma grand-mère et la boulangerie.

— Helen a eu de la chance de t'avoir, dit Jane.

Dieu merci, elle semblait avoir compris que Jenny ne demandait qu'à changer de sujet.

— J'étais à la boulangerie Sky River le jour de son ouverture, en 1952.

— Vous plaisantez ?

Jenny essaya de s'imaginer Jane jeune femme à Avalon.

— Pas le moins du monde. Et je dois te dire qu'à la minute où j'ai mis le pied dans le magasin, j'ai eu une merveilleuse impression. C'était la boulangerie familiale telle que j'en rêvais.

Elle passa en revue les petits-fours et les canapés aux truffes du salon de thé, disposés sur des plateaux superposés, sans en prendre un seul.

— Je me rappelle avoir mangé un kolache à la confiture, ajouta-t-elle. La semaine suivante, mes parents passaient un contrat avec tes grands-parents pour qu'ils approvisionnent le camp Kioga tout l'été.

Ces évocations suscitaient des sentiments à la fois tristes et chaleureux dans le cœur de Jenny. Elle imaginait Helen et Jane ensemble, plus jeunes qu'elle ne l'était elle-même aujourd'hui. C'était si étrange de penser qu'elles s'étaient rencontrées, que Helen avait confectionné la pièce montée pour le mariage de Jane, et qu'à leur insu elles avaient été grands-mères toutes les deux le jour où elle était née.

— Avez-vous connu ma mère ?

— Mariska ? Oh, mon Dieu, oui !

Elle posa les mains sur ses genoux.

— Je ne voudrais pas vous mettre mal à l'aise…

— Pas du tout. Je regrette beaucoup de ne pas l'avoir mieux connue. Je sais que tu ne l'as pas vue depuis que tu étais toute petite.

Jenny se souvenait encore d'effluves de parfum — Jean Naté — et elle entendait toujours la voix de sa mère : *Je te verrai la prochaine fois que je reviens.* C'était ce qu'elle disait toujours, sans se donner la peine de lui expliquer où elle allait ni quand elle serait de retour.

— Helen et Leo étaient très fiers d'elle, ajouta Jane. Elle était ravissante. Tu lui ressembles beaucoup. Elle était intelligente aussi, et travailleuse. Elle aimait bien aller à la pêche avec son père : j'ai toujours trouvé ça bizarre. Ils montaient régulièrement au lac des Saules, tout au long de l'année.

— Pourquoi cela vous paraissait-il bizarre ?

— Elle n'avait pas le genre à ça. Elle était charmante, très féminine, et elle rêvait de partir à la découverte du monde. Elle faisait partie de ces gens qui dépassent la vie, comme on dit. Elle était plus jolie, plus audacieuse que moi ; elle adorait s'amuser. Pas étonnant que Philip soit tombé amoureux d'elle. Je m'étonne qu'ils aient réussi à garder leur idylle secrète tout un été.

L'été où elle avait été conçue.

— Et depuis tout ce temps, reprit Jane d'une voix douce, pas un mot ? Rien ?

Jenny secoua la tête.

— Comme si elle avait disparu de la surface de la terre.

Elle se resservit du thé.

— Si je décide de mener à bien ce projet d'écriture, j'en parlerai.

— Est-ce vraiment ce que tu as envie de faire ?

— Oui.

Elle le désirait sincèrement tout en étant consciente qu'il lui faudrait explorer de pénibles souvenirs.

— C'est très courageux de ta part. Quand j'étais jeune, je rêvais de publier mes poèmes.

— L'avez-vous fait ?

Jane sourit en secouant la tête.

— Ils étaient très mauvais. Ton père a toujours voulu écrire, ajouta-t-elle.

Jenny tressaillit en entendant ces mots : « ton père ». Tous ces parents inconnus lui donnaient l'impression d'être tombée sur une porte cachée dans une maison où elle avait habité toute sa vie, une porte qui s'ouvrait sur des lieux dont elle ignorait l'existence, jusque-là.

— Je n'ai pas beaucoup progressé, toutefois, avoua-t-elle. Ici, en ville, je suis distraite. Philip m'a présenté Martin Greer, un agent littéraire. Il pense qu'il y a matière pour un livre dans mon histoire. Mais il a peut-être dit ça par respect pour son ami.

Jane secoua la tête.

— Je connais Martin. La fourberie n'est pas son genre. Il sait qu'un auteur ne perce que s'il possède de réelles qualités.

— C'est bon à savoir.

Jenny hésita avant d'ajouter :

— En vérité, ce projet me donne beaucoup de fil à retordre.

— Pour quelle raison, à ton avis ? Je peux peut-être t'aider.

Jenny inspira profondément.

— Ce séjour à New York ne se passe pas tout à fait… comme je l'espérais. Je savais que ce serait bruyant et très animé, évidemment, mais je me laisse distraire.

— Tu fais sans doute partie de ces écrivains qui ont besoin de s'isoler.

Jenny songea aux interminables heures de silence qu'elle avait vécues à Avalon. Elle s'absorbait tellement dans ce qu'elle faisait qu'elle ne voyait plus le temps passer. Elle travaillait tard le soir, quand les seuls sons qui lui parvenaient étaient le vent chuchotant dans les feuilles ou le coassement des grenouilles, au printemps. A New York, la nuit n'était jamais silencieuse. Force était de reconnaître que ce n'était pas seulement le bruit qui la déconcentrait.

— J'aimerais te faire une proposition, dit tout à coup sa grand-mère. C'est l'une des raisons pour lesquelles je souhaitais te voir aujourd'hui. Le pavillon d'hiver, là-haut au camp Kioga, est inoccupé. Je suggère que tu t'y installes, aussi longtemps que tu le veux.

Jenny reposa sa tasse bruyamment dans sa soucoupe. Le camp Kioga ? Cela voudrait dire quitter la ville, retourner à Avalon. Etait-elle prête à renoncer à New York au bout de quelques semaines seulement ?

— Je ne sais pas quoi dire. C'est très généreux de votre part. C'est même trop.

— Mais non, voyons ! Le pavillon est parfait pour passer l'hiver. C'est simple, bien sûr, mais charmant et confortable.

Jenny le savait bien. Elle n'y était pas retournée depuis des années, mais elle se rappelait y être entrée un certain 4 Juillet. C'était là que Rourke l'avait embrassée pour la première fois. Elle se souvenait d'ailleurs beaucoup mieux de ce baiser que du pavillon.

— L'automne dernier, nous l'avons prêté à une femme qui se remettait d'un cancer, poursuivit Jane. Elle et sa famille avaient besoin de passer un peu de temps à l'écart du monde pour se ressaisir après cette épreuve. Depuis leur départ, c'est vide. La route de montagne est infranchissable après les fortes chutes de neige, à moins d'être déblayée. Tes deux grands-pères y montaient en motoneige pour aller pêcher sous la glace dans le lac.

Jane poussa une clé en cuivre dans sa direction.

— Penses-y. Tu pourrais écrire tranquillement là-bas, sans être distraite.

23

Quand elle se rendit finalement à son rendez-vous à la clinique de Kingston, Daisy eut l'impression que sa tête allait exploser à force d'écouter les conseils des uns et des autres. La doctoresse l'avait déclarée en pleine forme, et enceinte de neuf semaines. Elle lui avait exposé toutes les options possibles en l'incitant à les analyser soigneusement, à prendre en compte les conséquences de sa décision, à imaginer sa vie dans sept mois, un an, cinq ans et au-delà.

C'était un exercice redoutable, que l'on soit enceinte ou non. Comment savoir ce que l'avenir nous réservait ? Daisy ne savait ni qui elle était ni ce qu'elle voulait devenir.

Elle jeta un coup d'œil à sa mère, qui conduisait. Dans les douze heures qui avaient suivi son coup de fil, elle avait tout laissé en plan, à commencer par le tribunal international avec ses juges à perruque blanche. A cause de sa fille, Sophie Bellamy avait renoncé à l'affaire sur laquelle elle travaillait depuis des années.

— Je suis désolée, maman.

Seigneur ! C'était l'euphémisme du siècle.

— Ne te fais pas de souci, ma chérie.

Ces mots se voulaient rassurants, mais Daisy ne pouvait s'empêcher de penser que sa mère devait lutter contre la déception et la peur. Elle ne pouvait l'en blâmer. Elle aurait sans doute éprouvé la même chose si les rôles avaient été inversés.

— Je t'ai obligée à quitter le Tribunal international.

— J'y retournerai. Tout le monde a des urgences familiales. Ce sont des choses qui arrivent.

Daisy se réfugia dans le silence. Elle se remit à penser au dilemme auquel elle était confrontée. Elle avait sérieusement envisagé de donner son bébé à l'adoption. Elle avait même visionné des vidéos sur lesquelles des couples expliquaient leur désir d'enfant. Tous ces postulants paraissaient sincères. Mais elle avait beau se donner du mal, elle n'arrivait pas à envisager de donner son bébé à des étrangers. Quant à l'éventualité de garder l'enfant… elle avait testé cette réalité. La conseillère lui avait confié un bébé virtuel : un petit dispositif doté d'un bip qui la mettait dans la situation d'une mère vivant vingt-quatre heures sur vingt-quatre avec un vrai nouveau-né qui pleurait à toute heure, faisait pipi et le reste, qui avait des renvois et qui, d'après les statistiques nationales, coûtait une moyenne de deux cent quarante dollars par semaine pendant dix-huit ans. Et puis, d'un autre côté, il y avait l'avortement : une procédure légale et sans danger.

Daisy regardait par la fenêtre le monde gris de l'hiver défiler sous ses yeux. Elle avait rêvé d'avoir un enfant un jour. Un jour. Pas dans sept mois. Dans sept mois, elle serait toujours lycéenne. Dans un an, elle aurait peut-être déterminé ce qu'elle voulait faire dans la vie. Dans cinq ans, elle aurait même peut-être oublié cette journée.

— Je te remercie de m'accompagner, dit-elle à sa mère.

— C'est normal.

— J'aimerais que tu me dises ce que tu ressens.

— Je… Daisy, c'est impossible, pour la bonne raison que je n'en sais rien moi-même. Il n'y a pas de solution facile dans ce genre de situation.

— Tu avais dix-neuf ans quand tu es tombée enceinte. Tu as épousé papa et je suis née. Est-ce que tu le regrettes ? Etait-ce une erreur à ton avis ?

— Bien sûr que non ! Ta naissance a été l'événement à la fois le plus merveilleux et le plus difficile de mon existence. Faire des études de droit, défendre des causes au tribunal, tout cela n'est rien comparé au bonheur d'avoir un enfant.

Et si je m'en suis sortie, c'est grâce à la présence de ton père à côté de moi : mon partenaire, mon mari, mon soutien.

— Mais vous êtes divorcés maintenant, et on est tous malheureux.

— Nos vies sont différentes, mais on n'est pas malheureux.

« Parle pour toi, pensa Daisy. Moi, je suis malheureuse. »

— Je ne regrette pas du tout ces dix-huit années, affirma Sophie. Nous formions une famille heureuse, mais ton père et moi avons cessé… d'être heureux ensemble. Ce sont des choses qui arrivent.

Elle marqua une pause.

— Tu devrais peut-être mettre Logan au courant.

— C'est hors de question.

Elle n'avait eu aucune peine à prendre cette décision. La seule idée d'aller trouver Logan O'Donnell pour lui parler du bébé était presque risible. Quant à élever cet enfant avec lui, c'était carrément insensé. Logan avait un ego colossal et un goût prononcé pour la bière, voire pire. Vivre avec lui reviendrait à élever deux gamins, dont un particulièrement difficile.

Elle avait aussi pensé à élever le bébé toute seule. Pour une jeune mère célibataire sans aucune formation professionnelle, ce serait forcément un défi. La conseillère avait beaucoup insisté sur ce point — c'était un engagement de tous les instants. Elever un enfant seul signifiait tout faire sans aide, sans un second salaire pour joindre les deux bouts, sans personne pour vous épauler dans les moments difficiles. Une mère célibataire, même soutenue par une famille aimante, ne pouvait compter que sur elle-même. C'était ce qui faisait le plus peur à Daisy : elle redoutait de causer involontairement du tort à l'enfant par ses incompétences. Et puis, bon, elle était égoïste. Elle savait pertinemment que, si elle décidait de mener cette grossesse à son terme, c'en serait fini de sa jeunesse. Or, elle ne se sentait pas prête à renoncer à la liberté, à l'aventure, aux concerts, aux nuits blanches, à la découverte du monde, voire à la perspective de devenir un photographe célèbre.

A la clinique, elle eut de nouveaux entretiens avec des conseillers. On lui expliqua précisément ce à quoi elle devait s'attendre, la progression exacte des événements. Au bout de vingt-quatre heures, elle ne serait plus enceinte. Elle serait… vide. C'était affreux de se demander si elle avait fait le bon choix. Elle pensa à Sonnet dont la mère avait été confrontée au même dilemme. A sa cousine Jenny, qui n'aurait jamais vu le jour si sa mère tombée accidentellement enceinte avait décidé de se débarrasser d'elle. Quand tout serait fini, elle ne pourrait jamais revenir en arrière, et l'aspect irréversible des choses la faisait frémir.

Il y avait déjà du monde dans la salle d'attente. Une jeune femme regardait fixement par terre, comme si elle était à bout de forces, ou accablée de honte. Une autre était penchée en arrière, l'air malade, désespéré. Une troisième donnait l'impression d'être folle de rage. Deux filles plus jeunes que Daisy, se ressemblant suffisamment pour être sœurs, discutaient à voix basse en ricanant, d'énervement sans doute. Daisy se voyait mal en train de papoter. De son point de vue, on ne pouvait pas parler à la légère de quelque chose comme ça.

Il fallait remplir un questionnaire et le signer. Il était question des risques encourus et du fait qu'on ne pouvait tenir la clinique pour responsable en cas de problème. Ces mots lui firent peur. Sa mère se pencha vers elle et lui frictionna le dos, comme elle le faisait quand elle était petite.

— Ne t'inquiète pas. J'ai étudié les statistiques. Les risques sont nettement plus faibles que lorsqu'on mène une grossesse à son terme.

Daisy hocha la tête, appelant de ses vœux quelque signe venu du ciel qui lui dirait une fois pour toutes ce qu'elle devait faire. L'attente lui parut interminable, mais sa mère resta près d'elle jusqu'à ce qu'on l'appelle. Elles se levèrent ensemble et s'étreignirent.

— Je t'aime, mon cœur, chuchota Sophie.

— A tout à l'heure, maman.

— Je t'attends ici, dans la salle d'attente.

— D'accord.

Puis elle recula, prit une profonde inspiration et sortit de la pièce.

Greg arpentait nerveusement le salon. Où étaient-elles passées, bon sang ?

Il entendait la télé bourdonner à côté, des vagues de dialogue entrecoupées de rires enregistrés. Max était à cet âge où l'on regarde n'importe quoi à la télé.

Pour une raison qu'il n'arrivait pas à s'expliquer, Greg avait envie de pleurer. Pourtant, il aurait dû se sentir soulagé à ce stade. Daisy allait revenir et tout rentrerait dans l'ordre.

Non pas que cette normalité soit enviable, pensa-t-il en prêtant une oreille distraite à une publicité pour un produit contre les champignons qui infectaient les ongles des pieds. Il était là, au cœur de sa vie, prêt à tout recommencer de zéro. Il n'avait plus cette insouciance de la jeunesse, cet allant, cette naïveté pour l'aiguillonner. Rien que des tracas quotidiens à propos des enfants et de son travail. Et cette affreuse solitude qui le rongeait la nuit quand il passait des heures éveillé.

S'il y avait une chose qu'il savait sur lui-même, c'est qu'il n'était pas fait pour vivre seul. Ce n'était pas dans ses gènes. Sophie le lui faisait souvent remarquer…

Sophie. Sophie. Sophie. Elle aimait se perdre dans des conjectures. Elle était avocate. Elle était douée pour ça.

En sortant son portefeuille de sa poche, il tomba sur la carte de visite de Nina Romano. Il y avait trois numéros de téléphone et une adresse e-mail. Il la retourna pour voir ce que Nina y avait écrit : « Bienvenue ! » Faisait-elle ça pour tous les nouveaux venus ou était-ce spécialement pour lui ?

Il tressaillit en entendant un bruit de moteur et s'empressa de fourrer la carte dans sa poche. Puis il ouvrit la porte d'entrée à la volée et fonça dehors.

— Tout va bien ? demanda-t-il à l'instant où Sophie sortait de la voiture de location.

Les lèvres pincées, l'air grave, elle hocha la tête.

— Ça va.

D'une main tremblante, Greg ouvrit la portière côté passager, et Daisy sortit à son tour. Elle avait l'air en forme, les joues roses, le regard brillant.

— Laisse-moi t'aider, dit-il.

— Dans une minute, répondit-elle. Il faut que je te dise quelque chose.

Il jeta un coup d'œil à Sophie. Son expression glacée était impénétrable.

— Je ne l'ai pas fait, papa, dit Daisy d'une voix chevrotante et presque hystérique.

— Tu n'as pas fait quoi ?

— J'ai changé d'avis. Je vais garder le bébé.

24

Jenny avait l'estomac noué quand le train s'immobilisa dans un crissement de freins en gare d'Avalon. Elle songea qu'elle n'avait aucune raison de se sentir mal, au contraire. Elle rentrait chez elle. Elle aurait dû s'en réjouir.

N'empêche qu'elle éprouvait une impression d'échec. Un mois plus tôt, elle était allée à New York en espérant… quoi ? Que sa vie se mette tout à coup à ressembler à un épisode de *Sex And The City* ? Que le monde allait enfin découvrir à quel point elle était fabuleuse ? Qu'elle se retrouverait en un clin d'œil entourée de gens fascinants ? Elle aurait dû réfléchir un peu plus longtemps. Elle se serait rendu compte qu'il était impossible de se fuir soi-même. La ville et sa rencontre avec un agent littéraire qui lui avait fait prendre conscience de l'ampleur de la tâche qui l'attendait n'avaient fait qu'ajouter à une réalité indéniable. Elle ressemblait à son œuvre : un travail en cours. Et la vie citadine ne lui convenait pas du tout, en définitive.

Les membres lourds, elle récupéra ses affaires dans le porte-bagages avant de se diriger vers la sortie. En descendant sur le quai, elle fut prise à la gorge par un coup de vent glacial charriant des odeurs âcres de combustible.

Quand le nuage de neige mêlée de poussière se fut dissipé, elle aperçut Rourke, scintillant comme une silhouette dans un rêve. Très *Casablanca*, jusqu'à la mine renfrognée.

Elle se rappela le jour où Joey lui avait offert une bague de fiançailles. Rourke s'était apprêté à lui dire quelque chose. Si elle l'avait laissé faire, tout aurait sans doute été différent.

Même si elle vivait centenaire, elle n'oublierait jamais le regard de Rourke, ce jour-là. Un regard dur, insensible, figé par ses paroles. *Joey m'a demandé de l'épouser.* Un seul instant, songea-t-elle. Un seul instant, elle avait flanché, au mépris de ses sentiments véritables. Un moment de doute, et elle avait ouvert la porte pour Joey. Et, à cet instant, elle avait anéanti trois vies.

— Rourke, je t'interdis de me narguer avec : « Je te l'avais bien dit ! »

— Ça ne me semble pas nécessaire, répondit-il, bien qu'il n'y ait pas la moindre satisfaction dans sa voix.

Elle resta plantée là. Etait-elle supposée le serrer dans ses bras ? Lui déposer un baiser sur la joue ? Qu'attendait-il d'elle ?

— Je ne pensais pas que tu viendrais me chercher, ajouta-t-elle finalement.

Il s'empara du sac le plus lourd et se dirigea aussitôt vers la sortie. Pas d'étreinte. Pas même un bonjour. Même un sourire aurait été trop demander. Quant à ce baiser d'adieu, elle l'avait peut-être imaginé.

— Je me suis dit que quelqu'un devait venir te chercher.

— Merci, Rourke.

— Ne me remercie pas encore. En venant ici, mon idée était de t'intercepter.

— Comment ça ?

— Pour t'empêcher d'aller au camp Kioga.

Leurs bottes crissaient sur le sol gelé.

— Tu perds ton temps, dans ce cas, répondit-elle. Je suis décidée. C'est ma nouvelle adresse, pour le moment en tout cas.

Il flanqua ses sacs à l'arrière de la Ford Explorer.

— C'est à dix kilomètres d'Avalon.

— C'est ce qui m'attire, justement ! Surtout après avoir découvert la vie à New York.

Elle s'installa à la place du passager.

— Tu vas revenir habiter chez moi, déclara-t-il en démarrant.

Elle éclata de rire.

— J'adore les hommes qui me donnent des ordres.

— Je ne plaisante pas, Jenny.

Elle cessa de rire aussitôt.

— Oh, mon Dieu ! Mais c'est vrai !

— Ce n'est pas une bonne idée d'aller vivre loin de tout en plein milieu de l'hiver.

— Me donner des ordres n'est pas une bonne idée non plus.

— Ça n'a rien à voir. Il y a mille raisons pour que tu n'ailles pas vivre là-bas.

— C'est ton point de vue. Pas le mien.

Rourke se gara dans l'aire de chargement derrière la boulangerie où elle avait laissé sa voiture à l'abri dans une remise. Elle s'aperçut qu'elle se débattait avec un éventail de réactions déconcertantes. Elle était heureuse de le voir, ça ne faisait aucun doute, et contente, bêtement, à l'idée qu'il se fasse du souci pour elle. Mais ça l'agaçait en même temps.

— Bon, écoute, je t'appellerai tous les soirs pour te dire si l'assassin à la hache m'a épargnée un jour de plus.

— Ça ne me suffit pas.

— C'est dans mon intérêt. Fais-toi une raison.

Il transféra ses bagages dans sa voiture sans piper mot. Très bien, se dit-elle. Qu'il boude si ça lui faisait plaisir !

— Je suis capable de prendre soin de moi, lui assura-t-elle. Je l'ai fait toute ma vie, je peux très bien continuer... Faisons une petite halte à la boulangerie : je t'offre un Napoléon.

En empruntant la porte de derrière, ils furent accueillis par une cacophonie de bruits familiers : le son métallique des plateaux, les vrombissements des machines alliés aux notes suaves d'un air de jazz.

Jenny se laissa envahir par les effluves frais de la levure. Elle était chez elle. Jusqu'à son départ, elle ne s'était pas rendu compte à quel point cet endroit faisait partie d'elle. Elle avait la boulangerie dans le sang, qu'elle le veuille ou non. Elle en était imprégnée jusque dans son âme.

— Ah, te voilà, la citadine !

Laura sortit du bureau et la prit tendrement dans ses bras.

— Ce n'est pas pareil ici, sans toi. Mais je tiens à te dire qu'on se débrouille quand même très bien.

En levant les yeux vers Rourke, elle ajouta :

— La plupart d'entre nous, en tout cas.

Il la foudroya du regard.

— J'essaie de la dissuader d'aller s'installer dans le pavillon d'hiver.

— Pourquoi ? s'étonna Laura. C'est l'endroit idéal pour écrire un livre.

— J'ai entendu dire que tu allais vivre au camp ! lança Daisy Bellamy, qui venait de surgir entre les doubles portes ouvrant sur le magasin. C'est super là-bas, ajouta-t-elle, le visage rayonnant. Tu vas adorer. On y a passé tout l'été dernier. C'était fantastique.

— C'est gentil de me dire ça, leur répondit Jenny avec emphase. Heureusement que tout le monde ne trouve pas l'idée absurde !

Elle monta au bureau chercher quelques dossiers sur lesquels elle voulait travailler. Daisy la suivit et s'attarda sur le seuil.

— J'ai quelque chose à te dire.

— D'accord.

— En privé.

Daisy jeta un coup d'œil par-dessus son épaule, puis elle entra.

— Tout va bien ?

— Oui.

Daisy avait pâli. Des gouttes de sueur perlaient sur son front et sa lèvre supérieure. En la regardant, Jenny se sentit envahie par une pointe d'inquiétude.

— Assieds-toi, Daisy. Tu es sûre que ça va ?

Daisy se frottait nerveusement les mains sur son tablier.

— J'ai la nausée de temps à autre, mais je ne suis pas malade. Je suis enceinte.

La nouvelle fit à Jenny l'effet d'un coup de poing. Daisy, enceinte ? Ce n'était qu'une gamine… Pourtant, ça n'avait rien de si surprenant. Les adolescentes connaissaient ce genre de problème depuis la nuit des temps. De jolies jeunes filles intelligentes qui avaient tout l'avenir devant elles… Mariska, la mère de Jenny. Nina, sa meilleure amie. Toutes celles qui laissaient la passion prendre le pas sur la prudence et le bon sens couraient le risque d'une grossesse non désirée.

« Bon, se dit-elle. Respire à fond. » Elle essaya de s'imaginer ce que Daisy ressentait. C'était un chamboulement terrible. Daisy n'était pas bête. Elle s'en rendait parfaitement compte.

Daisy ferma la porte derrière elle et s'assit sur une chaise face à Jenny. Son menton tremblait, et elle inspira avec peine avant de braver vaillamment sa patronne.

— Je ne sais pas par où commencer, dit-elle.

— Si tu commençais par me dire ce que tu as envie de me dire. Je ne saurai peut-être pas quoi te répondre, mais je promets de ne pas te juger et de ne pas me mettre en colère.

Les épaules de Daisy se détendirent un peu.

— Merci.

Pour Jenny, il y avait quelque chose de gratifiant dans le fait que sa jeune cousine veuille se confier à elle. Dans le même temps, elle se sentait impuissante. Que pouvait-elle bien dire ou faire pour la soulager ?

Daisy manifesta une étrange maîtrise d'elle-même quand elle commença à parler.

— Ça s'est passé juste avant que maman parte en Europe. Entre ce moment-là et le divorce, je ne savais plus du tout où j'en étais. Et puis ils se sont mis à me tanner tous les deux à propos de la fac, tu vois ?

— Pas vraiment, répondit Jenny. J'ai eu une enfance très différente de la tienne. En revanche, je sais ce que c'est que de devoir faire le contraire de ce que l'on désire. On a au moins ça en commun, toi et moi. Tu n'as pas envie d'aller à l'université, n'est-ce pas ?

— Non. Et dans mon ancienne école, ça revient à peu près à dire que je ne veux plus respirer. C'est du jamais-vu.

Jenny comprit qu'elle avait devant elle une jeune fille très malheureuse qui bouillonnait de l'intérieur. Philip lui avait un peu parlé de la situation de son jeune frère, Greg. D'après ce qu'il disait, le divorce avait été une véritable torture pour sa femme et lui, et les enfants en avaient sans doute souffert tout autant.

Jenny fit le tour du bureau et prit les mains de sa cousine dans les siennes. Elle avait les ongles rongés.

— Dis-moi ce que je peux faire pour t'aider.

Daisy leva vers elle ses magnifiques yeux bleus.

— Tu m'aides déjà.

Elle hocha la tête.

— C'est bizarre, tu sais ? Je vais à l'école, je vois mes copains, et j'ai l'impression de mener une vie normale. Et puis tout à coup, c'est le choc : je me rappelle que je suis enceinte. Et là, j'ai l'impression d'être une *alien* venue d'une autre planète.

Jenny se souvenait encore à quel point Nina avait été terrifiée et combien elle avait changé au fur et à mesure de sa grossesse. Quand une fille enceinte déambulait dans les couloirs d'un lycée, quelque chose la distinguait du lot, comme si elle existait dans sa propre bulle. En était-il toujours ainsi ?

— Je ne peux pas prétendre que j'ai de l'expérience dans ce domaine, dit-elle, mais je connais le monde des adultes. Quand on grandit, on attend avec impatience le jour où plus personne ne vous dira ce qu'il faut faire. Mais une fois parvenu à ce stade, il y a des moments où l'on se prend à regretter qu'il n'y ait personne pour vous dire quoi faire.

Daisy laissa échapper un soupir.

— Je ne te le fais pas dire.

— Quand j'avais ton âge, j'éprouvais le même sentiment. Je mourais d'envie de quitter Avalon, et je me promettais de le faire dès que j'aurais fini mes études.

— Qu'est-ce qui s'est passé ?

— Mon grand-père est mort. Du coup, on s'est retrouvées toutes seules, ma grand-mère et moi, à gérer la boulangerie. Cela dit, j'aurais pu m'en aller puisque Gram avait Laura pour l'aider. Mais Gram a eu une attaque. Elle ne m'a jamais demandé de rester. Elle aurait trouvé le moyen de se débrouiller toute seule. Mais comment aurais-je pu lui faire ce coup-là ? Je ne pouvais pas m'en aller, c'était impossible.

Elle marqua une pause, ébranlée par le souvenir des projets qu'elle avait faits.

— En définitive, je suis restée à la maison pour gérer la boulangerie et prendre soin de ma grand-mère. Et puis les années sont passées.

— Tu as des regrets ?

Avant son séjour à New York, elle aurait répondu oui sans hésiter. A présent, elle se rendait compte qu'elle avait fait le bon choix, finalement. Même si elle n'avait rien de glorieux ni d'excitant, sa vie était ici dans cette petite ville, à gérer la boulangerie au milieu des gens qui tenaient à elle.

— C'est drôle, dit-elle. Les choses finissent par s'arranger d'elles-mêmes, même si ce n'est pas du tout ce qu'on avait en tête. Je me souviens quand les médecins sont venus me trouver dans la salle d'attente de l'hôpital pour me demander de prendre cette terrible décision à propos de ma grand-mère : je me sentais comme paralysée. J'aurais donné n'importe quoi pour que quelqu'un décide à ma place. Mais il n'y avait personne, à part moi. Il a fallu que je décide et que j'en subisse les conséquences… Quoi que tu décides, Daisy, l'expérience t'apprendra des choses et te fera grandir comme tu n'aurais jamais pu l'imaginer.

— J'espère que tu as raison. Parce que j'ai décidé de garder l'enfant. Mes parents le savent, et ça n'a pas l'air de trop les ennuyer. J'ignore si j'ai tort ou raison, mais je ne pouvais pas détruire une vie. Ma famille est brisée, mais je me dis que mon bébé et moi, on constituera une petite famille à nous deux.

— Je vois. C'est bien, dit Jenny.

Au fond d'elle-même, pourtant, elle se sentait sceptique. Daisy était si jeune, et un bébé était une responsabilité considérable.

— Alors, est-ce que je suis renvoyée ? demanda Daisy en fourrant la main dans sa poche.

Jenny se mit à rire.

— Tu n'es pas sérieuse ! Bien sûr que non. Pour commencer,

je suis ravie que tu travailles ici. De surcroît, la loi interdit de renvoyer une femme parce qu'elle est enceinte.

— Bon, fit Daisy en soupirant de soulagement. Je ferais mieux de retourner travailler… C'est dingue, tu sais ? Un moment, je suis morte de trouille et, l'instant d'après, je suis tout excitée.

— Je te comprends. Je pense que c'est toujours comme ça quand on attend un enfant. Tout ira bien, tu verras.

Elle n'était pas sûre de dire vrai, mais elle l'espérait de tout son cœur. Daisy aussi, elle le savait. Devenir mère à un âge aussi précoce était peut-être la chose la plus difficile au monde pour une femme. Certaines se montraient à la hauteur et s'épanouissaient. Nina, par exemple. D'autres échouaient, il fallait bien l'admettre. Sa propre mère en était la preuve flagrante.

Daisy ouvrit la porte, puis se retourna.

— Et toi ? dit-elle. Tu veux avoir des enfants un jour ?

— Il faudrait déjà que je trouve un compagnon.

— McKnight et toi, vous n'êtes pas, euh…

— Non, répondit vivement Jenny. Pourquoi est-ce que tout le monde me demande ça ?

— Simple curiosité.

Daisy la devança dans l'escalier. Il n'y avait personne au café. Zach était en train de montrer quelque chose à Rourke sur l'ordinateur.

— Qu'est-ce que c'est que ces photos ? demanda Jenny en jetant un coup d'œil sur l'écran par-dessus l'épaule de Rourke.

— C'est Daisy qui les a prises, répondit Zach.

Daisy tendit une tasse de café à Jenny.

— Je les ai sauvegardées sur l'ordinateur. J'espère que tu n'y vois pas d'inconvénient.

Rourke s'écarta pour que Jenny puisse regarder de plus près. C'étaient des clichés de la boulangerie. Pas simplement des instantanés ou des documents : il y avait des images personnelles, émouvantes, inattendues — un gros plan des mains de Laura façonnant un monticule de pâte avec dextérité. Le visage d'un bambin aux yeux brillants contemplant les plateaux de biscuits dans la vitrine. Une rangée de pains sortant du four, alignés avec une précision géométrique.

— C'est magnifique ! s'exclama Jenny. Tu es vraiment douée, Daisy.

Zach donna un petit coup de coude à Jenny.

— Je te l'avais dit !

Daisy s'éclaircit la voix.

— Je me demandais si tu m'autoriserais à en exposer quelques-unes au café.

L'idée séduisit immédiatement Jenny.

— Si tu me promets de signer chaque épreuve, c'est d'accord. Et je veux aussi les faire encadrer par un professionnel.

— Bien sûr, répondit Jenny, apparemment surprise, tandis que Zach la gratifiait d'un sourire plein de fierté.

— C'est gentil de ta part, dit Rourke au moment où ils sortaient de la boulangerie.

— C'est dans notre intérêt à toutes les deux. Elle fait de magnifiques photos, et le café a besoin d'une note de gaieté.

Ça lui paraissait la chose à faire : déléguer davantage à la boulangerie, prendre elle-même un peu de recul.

— Quand je suis partie, je n'étais pas totalement convaincue que la boulangerie fonctionnerait sans moi.

— Et maintenant ?

— Je suis surprise. En bien.

Elle balaya la neige sur le pare-brise de sa voiture, et ouvrit la portière. Un petit groupe de gens sur le trottoir d'en face attira son attention. Elle reconnut Olivia, qui s'esclaffait en sortant de chez Zuzu's Petals, et…

— Oh, mon Dieu ! murmura-t-elle.

— Qu'est-ce qu'il y a ?

— C'est la maman d'Olivia et ses grands-parents. Olivia m'avait prévenue qu'ils viendraient lui donner un coup de main pour la préparation du mariage… A ton avis, il est trop tard pour me cacher ?

— Je suis à peu près sûr qu'ils t'ont vue.

Effectivement, Olivia levait déjà le bras pour la saluer. L'espace d'un instant, Jenny éprouva un désagréable sentiment de rancœur. Olivia était là, entourée de sa mère et de ses grands-parents, rayonnante comme si elle avait gagné au Loto. Ce qui était le cas, en somme. Elle était née Bellamy, elle avait toujours ses parents et ses grands-parents, et elle se préparait à épouser l'homme de ses rêves. Elle était plus jeune que Jenny. Elle avait reçu une meilleure éducation. Elle était blonde comme les blés. Il était difficile d'éviter les comparaisons. Plus difficile encore de ne pas lui en vouloir un peu.

Jenny espérait que son visage ne trahissait pas ses émotions lorsque Rourke et elle traversèrent la rue pour rejoindre Olivia et sa famille. Cette rencontre risquait d'être aussi malaisée pour eux que pour elle. Un sourire scotché sur les lèvres, elle salua la mère d'Olivia, Pamela Lightsey, et ses grands-parents, Samuel et Gwen Lightsey.

Pamela était l'image même de la mondaine new-yorkaise : une beauté glamour, distinguée de la tête aux pieds. Des diamants scintillaient à ses oreilles sous sa luxueuse toque en agneau. Elle était impeccablement maquillée malgré le froid, et elle souriait avec une grâce infinie.

— Comment allez-vous ? dit-elle.

Mais son regard semblait plutôt dire :

— Alors, vous êtes l'enfant illégitime de mon mari ?

Gwen et Samuel Lightsey étaient un couple de septuagénaires prospères aux cheveux argentés, totalement maîtres d'eux-mêmes — ce fut tout au moins l'impression qu'ils firent à Jenny au premier abord. Il y avait une certaine dureté dans le regard de Gwen, une désapprobation glacée que Jenny comprenait parfaitement. Trente ans plus tôt, les Lightsey envisageaient un avenir idyllique pour leur fille. Pamela devait épouser le fils de leurs meilleurs amis, ce qui leur aurait permis de former une grande famille heureuse. Jusqu'au jour où Philip avait rencontré Mariska Majesky. Leur liaison avait duré tout un été, mais il avait fini par épouser Pamela, bien qu'ils n'en aient réellement envie ni l'un ni l'autre.

Jenny se rendait bien compte que les Lightsey en voulaient

à sa mère. S'il ne l'avait jamais rencontrée, Philip aurait probablement connu un bonheur parfait avec Pamela.

Les Lightsey saluèrent chaleureusement Rourke en évoquant son père, le sénateur, qu'ils comptaient parmi leurs amis. Jenny et Olivia échangèrent un regard, et Olivia déclara : « Je suis désolée. »

Jenny répondit par un sourire conciliant.

— Comment se passent les préparatifs ? demanda-t-elle.

— Ça va. A propos, je voulais te demander quelque chose, ajouta Olivia. J'aimerais beaucoup que tu sois demoiselle d'honneur.

Pamela se raidit comme si quelqu'un lui avait glissé un glaçon dans le cou, et Jenny comprit que c'était la première fois qu'elle entendait parler de ça. Ses lèvres se pincèrent, et elle trembla presque dans son effort pour se contenir.

Jenny fut tentée d'accepter sur-le-champ, mais elle se rappela que c'était un grand jour pour Olivia et qu'elle méritait mieux que de subir le courroux de sa mère.

— Je suis très flattée, Olivia, mais…

— Il n'y a pas de mais. Je n'ai qu'une sœur. Je serais honorée que tu acceptes.

— Puis-je y réfléchir ? Je te donnerai ma réponse bientôt.

Samuel Lightsey était en train de l'observer.

— Vous ressemblez tellement à votre mère ! dit-il. C'est troublant.

Gwen prit le bras de son mari. Jenny songea qu'elle devait lui serrer la vis. Elle sourit poliment au vieil homme.

— J'ignorais que vous aviez rencontré ma mère.

Samuel toussota, visiblement mal à l'aise.

— Je ne sais pas, en fait. Je l'ai peut-être entrevue… dans un passé lointain.

Rourke refusa de laisser Jenny se rendre au camp Kioga sans avoir déblayé et sablé la route, et elle ne put que se réjouir de son aide. Il insista également pour qu'elle prenne

Rufus, le plus âgé des chiens, un husky croisé qu'il avait trouvé dans un appartement abandonné.

Rufus avait un pelage épais et des yeux étrangement clairs ; il avait tout du chien de garde. Il monta sur la banquette arrière, regarda avidement par la fenêtre et imprégna l'intérieur du véhicule de son odeur canine.

Le V tranchant des lames du chasse-neige taillait un sillon dans la neige immaculée qui tapissait la route. Du gravier sablé tombait en pluie de la plate-forme du camion. Jenny suivait au pas à une distance prudente. De part et d'autre de la route, les branches des arbres ployaient sous le poids de la neige, créant un paysage si beau que la jeune femme ne regrettait pas de rouler si lentement.

— *Je ne sais pas, en fait*, murmura-t-elle à l'adresse du chien. Eh bien, je pense que ce drôle de vieux bonhomme ment.

Elle essaya de comprendre pourquoi. La réponse se perdait probablement dans un lointain passé.

Elle fut distraite par un lièvre blanc qui bondit sur la route devant elle. Rufus se jeta sur la vitre, la maculant de bave. Elle ralentit pour laisser le lièvre passer et le regarda déguerpir dans les bois jusqu'à ce que sa fourrure blanche se perde dans la neige et disparaisse de sa vue. Rufus se rassit en geignant, mécontent.

A partir de là, Jenny conduisit encore plus prudemment.

En arrivant, Rourke déblaya un grand rectangle dans le parking devant le bâtiment. Puis ils allèrent inspecter les lieux tandis que le chien s'ébattait joyeusement entre les congères.

— Je persiste à dire que ce n'est pas une bonne idée, déclara-t-il.

— Ça suffit.

Elle s'élança, s'enfonçant jusqu'aux genoux dans la neige légère comme l'air en soulevant un nuage de flocons.

— Ne sois pas si rabat-joie ! protesta-t-elle en sortant

de sa poche la clé que Jane lui avait donnée. Viens jeter un coup d'œil avec moi.

Ils passèrent sous l'arche de l'entrée, pataugeant toujours dans la neige. On se serait cru dans un conte de fées. L'édifice baptisé « pavillon d'hiver » était le plus ancien. Il avait été construit par les fondateurs du camp, les Gordon, qui avaient émigré d'Ecosse dans les années 1920.

Jenny contempla la solide façade de bois. Elle se demanda si Rourke pensait à la dernière fois où ils étaient venus ici tous les deux. Il ne s'en souvenait peut-être même pas.

— Me voilà chez moi, dit-elle.

— J'ai l'impression d'être dans un roman de Stephen King.

— En tout cas, c'est parfait. Si je n'arrive pas à finir mon livre ici, alors je ne mérite pas le qualificatif d'écrivain.

Elle ouvrit la porte, tout excitée.

L'intérieur avait été remeublé l'été précédent, et le décor était spectaculaire avec cette cheminée en pierre de taille s'élevant sur deux étages jusqu'aux poutres du plafond.

Il y avait un poêle à bois en émail rouge entre la cuisine et la salle à manger. Une mezzanine accessible par une échelle sous les combes offrait un couchage supplémentaire. La chambre présentait un luxe désuet issu d'une époque révolue ; il y avait une salle de bains adjacente et un secrétaire rustique incliné près de la fenêtre donnant sur le lac.

Rourke alluma le chauffe-eau, mit le poêle en route et fit un feu dans la cheminée. Quand elle ressortit de la chambre, elle était aux anges.

— Je commence à me réjouir d'être une Bellamy ! lança-t-elle.

— Je continue à penser que tu es folle.

— Tu plaisantes ? Les gens paient des fortunes pour séjourner dans des endroits comme celui-ci, au bord du lac George ou à Saranac. J'aimerais que tu sois content pour moi.

— Ça ne me plaît pas de te laisser seule ici au milieu de nulle part.

— Ce « nulle part » est à une courte distance de la ville, au cas où tu ne l'aurais pas remarqué. Il y a l'électricité, le téléphone. Ce n'est pas comme si on m'avait envoyée à la dérive sur la banquise.

Elle eut envie d'effleurer son front, d'y faire disparaître les plis d'inquiétude, mais elle se retint.

— J'ai besoin de ça, Rourke. J'ai besoin de passer du temps seule. J'aurais probablement dû le faire il y a longtemps… Et puis je suis parfaitement en sécurité. Souviens-toi : mon grand-père venait pêcher ici tous les hivers. Je vais peut-être même essayer d'y aller moi-même.

— Si jamais tu t'aventures sur cette glace, je te jure que je te ramène en ville menottée.

Elle rit pour dissimuler une réaction inattendue à l'idée d'être menottée par ses soins.

— Je t'informe que je suis une grande personne, Rourke, et que tu n'es pas responsable de moi.

— Peut-être pas, mais tu sais quoi ? Je suis le chef de la police, et cet endroit fait partie de ma juridiction. Alors, ne sois pas surprise si je viens patrouiller…

— Tu n'oserais pas !

— C'est ce que tu crois.

— Tu es cinglé.

— C'est toi qui es cinglée de vouloir rester ici. Bon sang, Jenny ! Pourquoi est-ce que tu t'entêtes comme ça ?

— Je ne m'entête pas. C'est une déclaration d'indépendance. J'ai tout perdu, Rourke. Et si je tiens le coup, c'est parce que j'ai une chance de tout recommencer de zéro.

— Tu ne recommences rien du tout. Tu te caches.

— Bon, fais-moi plaisir…

— J'ai essayé. Ça n'a pas marché.

— Ça suffit, maintenant ! Sors d'ici. Tu as intérêt à partir ou je…

— Ou quoi ? lança-t-il en enfilant tranquillement ses gants. Ou tu appelles la police ?

DE LA NOURRITURE POUR L'AME

De Jenny Majesky

Le réconfort de la nourriture

Il est presque toujours question de nourriture dans les moments heureux de l'existence. Et dans les circonstances moins gaies, la nourriture devient une consolation. Quand elle était petite, ma grand-mère avait eu la scarlatine. Couchée dans son lit, elle sentait l'odeur de la cannelle provenant de la cuisine. Dès lors, et pour toujours, ce parfum fut lié à l'amour maternel dans son esprit.

La nourriture est aussi une source de réconfort quand on se réunit entre amis. Si vous voulez mon avis, c'est presque impossible sans manger quelque chose. Ma grand-mère éprouvait toujours une grande joie à faire de la pâtisserie, et elle savait que la nourriture pouvait réchauffer le cœur à cause des associations que nous établissons entre elle et les gens qui nous entourent, ou des émotions que suscitent les goûts et les odeurs. Epicée de nostalgie, parfumée d'amour, la nourriture a le même effet qu'une étreinte venant de quelqu'un qu'on aime.

STRUDEL POLONAIS AUX POMMES

- 3 ou 4 pommes à cuire, pelées, trognon ôté, coupées en tranches fines
- 1 fond de tarte
- 2 c. s. de beurre
- 150 g de noix au sirop
- ½ c. c. de cannelle
- ½ c. c. de poudre quatre épices
- ½ c. c. de cardamome en poudre
- 3 c. s. de sucre brun

- 3 c. s. de miel
- 1 c. s. de Maïzena
- 4 c. s. de chapelure.

Préchauffez le four à 170°. Faites sauter les pommes dans du beurre à feu doux jusqu'à ce qu'elles soient tendres. Ajoutez les noix, les épices, le sucre brun et le miel. Incorporez la Maïzena et remuez pour bien l'amalgamer. Prolongez la cuisson jusqu'à ce que la préparation épaississe.

Abaissez la pâte en rectangle et disposez une feuille de papier parchemin sur une grande plaque. Déposez le mélange à base de pommes au milieu du rectangle de pâte, relevez les bords et pincez pour bien fermer. Pratiquez quelques entailles dans la pâte le long du sommet. Saupoudrez le tout de chapelure.

Faites cuire 30 minutes environ jusqu'à ce que le strudel soit doré. Laissez reposer au minimum 10 minutes. Servez tel quel ou avec une cuillerée de crème sucrée.

25

1998

« Chère maman,

» Je suis toujours fiancée avec Joey. Tu dirais sans doute que je suis trop jeune, si tant est que tu aies un avis sur la question. On a décidé de prolonger les fiançailles parce que Joey ne veut pas me laisser toute seule sur une base militaire quelconque, loin de chez moi. Nous nous marierons quand il aura fini son service. Gram ne va pas très bien ; elle a besoin que je reste près d'elle. Et Joey n'a qu'une seule envie : s'installer à Avalon et y faire sa vie. Gram l'adore. Elle n'arrête pas de me dire qu'il est merveilleux et qu'il fera un mari formidable. Quand il est revenu en permission l'année dernière, nous avons choisi nos alliances chez Palmquist et nous les avons achetées à crédit. Quand je les ai rapportées à la maison, j'ai eu une étrange sensation de vertige — peut-être était-ce les nerfs ? Parce que ces bagues rendent l'avenir tellement réel.

» Nous ne voulons pas précipiter les choses, en tout cas. Les alliances attendront. Joey a reçu son ordre de mission, et comme il est *ranger*, l'endroit où il doit se rendre est top-secret. On lui a accordé quarante-huit heures pour me dire au revoir. Rourke et moi l'avons raccompagné à la gare. Rourke est officier de police, maintenant. Je ne sais plus si je te l'ai dit. Il a fini ses études et il travaille à Avalon. Son père, le sénateur, est furieux. Rourke était supposé faire une carrière brillante… Mais ça, c'est une autre histoire. Je suis censée parler de Joey. Mon *fiancé*. Ça fait tellement officiel ! A la gare, Joey nous a promis de revenir en un seul morceau. J'avais du mal à retenir mes larmes, mais il était tout sourire. Il est dévoué aux rangers. Un de ses camarades de bataillon lui a dit que, s'il était conscient quand l'hélicoptère sanitaire de l'armée l'emporterait, c'est qu'il ne se serait pas donné assez de mal. Ils blaguent tout le temps. C'est peut-être leur manière à eux de faire face au danger.

» A la gare toujours, Joey a demandé à Rourke d'être son témoin de mariage. Rourke a accepté, bien sûr. Ensuite, Joey l'a prié de prendre soin de moi pendant son absence. «Veille sur elle, mon pote, lui a-t-il dit précisément. Je sais que ça fait ringard, mais je ne plaisante pas. Je veux que tu prennes soin d'elle.»

» Rourke a répondu qu'il le ferait. Comme s'il avait le choix !

» Pourquoi les hommes s'imaginent-ils toujours qu'ils doivent prendre soin de nous ? Après tout, je gère une affaire toute seule depuis l'âge de dix-sept ans ! Bon, je suis quand même touchée que Joey se fasse du souci pour moi. C'est gentil, même si ça me donne un peu l'impression d'étouffer.

» Après ça, il m'a embrassée longuement, au point que je me suis sentie un peu gênée. J'aurais voulu que ce baiser m'emporte et me fasse oublier le monde entier, mais je ne pouvais pas m'empêcher de penser aux gens qui assistaient à ce spectacle. Et puis il a fallu que Joey monte dans le train. «A la prochaine, ma chérie !» a-t-il dit, comme s'il allait faire une virée dans une autre ville et non pas à l'autre bout de la planète. L'instant d'après, il était parti.

» Tandis que le train quittait la gare, je me suis abstenue de regarder Rourke. Je redoutais ce que je lirais dans ses yeux.

» As-tu jamais éprouvé ce sentiment, maman ? Le fait de se dire que si l'on voit quelque chose, alors cette chose devient réelle : on est obligée de la reconnaître, d'en tenir compte et, à partir de là, tout change…

» Joey est donc à l'étranger en train de faire des choses que j'arrive à peine à imaginer, et la vie continue. Je m'occupe de la boulangerie, je prends soin de Gram. Je ne vois pas beaucoup Rourke, ces jours-ci. Il sort avec des tas de filles et il travaille dur. Il m'appelle de temps en temps pour me demander des nouvelles de Gram et de la boulangerie. Une manière d'honorer sa promesse, je suppose.

» Pourquoi est-ce que je me pose encore des questions, pour l'amour du ciel ? Joey m'adore. Je l'adore. Après notre mariage, il veut qu'on habite chez Gram aussi longtemps qu'elle aura besoin de moi. Son père est merveilleux. Je l'aime comme si c'était le mien. Chaque fois qu'on se voit, Bruno me serre dans ses grands bras puissants. Il sent l'huile capillaire et le chewing-gum à la menthe, et il m'a dit que Joey avait un cœur de lion.

» Joey a suffisamment de conviction pour nous deux. Il ne doute pas un instant que je suis celle qu'il lui faut et qu'il en a toujours été ainsi. Il affirme qu'il le savait déjà quand nous étions enfants.

» J'aimerais pouvoir en dire autant. Mais je ne suis toujours pas convaincue, figure-toi.

» Chaque année, je me dis que je n'ai plus besoin de toi, finalement, maman. Que j'ai dépassé ce stade. Et puis je m'aperçois que je regrette ton absence parce que j'ai des milliers de questions à te poser. Comment est-on sûr que l'on fait ce qu'il faut ? Y a-t-il un moyen de le savoir, ou faut-il se lancer en espérant que l'on emprunte le bon chemin et que tout ira bien ?

» A quoi cela sert-il de vouloir quelque chose que l'on n'obtiendra jamais ? En fait, j'ai peut-être tort, mais… il me semble que Rourke éprouve la même chose que moi. Et qu'il a aussi peur que moi. »

On interviewait le président Clinton à propos de l'intervention américaine au Kosovo sur NPR, et Rourke voulait écouter parce qu'il soupçonnait que c'était là-bas qu'on avait envoyé Joey en mission. Mais, au lieu d'écouter, il tourna son attention vers Naomi, sa petite amie. En fait, elle n'était plus sa petite amie depuis dix minutes. Une fois de plus, ça n'avait pas marché.

— Tu es un vrai salopard !

Naomi enfila un T-shirt, couvrant ainsi ses meilleurs atouts. Sa tête réapparut. Elle le foudroya du regard.

— Un salopard de première !

Il se demandait pourquoi il s'embêtait avec ça. Il se lançait continuellement dans de nouvelles relations, pensant — espérant, priant — que cette fois-ci serait la bonne, que c'était la femme qu'il cherchait. Et puis, inévitablement, ça allait de mal en pis. Il ne suffisait pas de vouloir que ça marche.

Fatigué, il écarta les couvertures, se leva, dénicha un short.

— Je n'ai jamais voulu te faire du mal, affirma-t-il d'une voix lasse.

Il avait dit ça tellement de fois, à tant de femmes.

Clinton était en train d'expliquer que la nation n'étant plus endettée, le budget étant équilibré et l'économie stable, le moment était venu de tourner notre attention plus loin, afin de maintenir la paix dans le reste du monde.

— Tu ne me vois même pas ! s'exclama Naomi. Tu ne sais même pas qui je suis.

Seigneur ! Elle avait raison. Il ignorait qui elle était. Il savait juste qui elle *n'était pas*.

— Je suis désolé, dit-il.

Et c'était la vérité. Il était désolé pour elle. Désolé pour lui-même. Désolé de passer son temps à fuir le bonheur qu'il avait trouvé.

Naomi partit sans un mot. C'était une femme superbe, qu'il avait meurtrie. Il s'en voulait à mort de lui infliger des blessures qu'elle n'avait pas méritées.

Quand elle fut en route, sur le point de regagner la ville, il avait presque oublié comment ils s'étaient rencontrés. Etait-ce à un concert d'été à Woodstock, ou dans un bar à Kingston ? Etait-ce sa mère qui les avait présentés l'un à l'autre ? Si le sénateur ne lui avait jamais pardonné d'être devenu flic et de s'être installé dans une bourgade, sa mère, elle, s'efforçait inlassablement de le ramener dans le giron familial, en lui présentant notamment des jeunes femmes distinguées et cultivées comme autant d'offrandes.

Il ferait mieux de renoncer aux femmes une fois pour toutes. Mais c'était impossible. Les femmes, c'était comme l'air : indispensable à la survie.

Il pouvait faire mieux. Il *allait* faire mieux. C'était juste une question de concentration et de discipline : deux aptitudes qui ne lui faisaient certainement pas défaut. On les lui avait inculquées dès son plus jeune âge, et il les mettait en pratique chaque jour dans son travail. Ça ne devrait pas être bien compliqué d'étendre ça à sa vie privée. Pourquoi avait-il besoin d'une vie privée, d'ailleurs ? Il ferait mieux de s'en tenir à ce qu'il savait faire : son travail de policier. Les enquêtes, les interventions d'urgence, la sécurité publique, la mise en place de stratégies, soumettre les contrevenants à la justice, voilà ce qu'il avait toujours su faire. C'était la solution. Il devait se concentrer sur son boulot.

Chaque matin, en se préparant pour le briefing, il ressentait l'ironie de la situation en enfilant son gilet protecteur, son étui en fibre de carbone et son casque. Son propre père avait été à l'initiative du projet de loi requérant une telle armure pour les agents de police. Maintenant que son fils était adulte, Drayton McKnight s'était finalement décidé à le protéger !

Rourke s'en tint à la promesse qu'il s'était faite de se concentrer sur son boulot. Il mettait les bouchées doubles pour les braves citoyens d'Avalon — pour les moins braves aussi, d'ailleurs. Parfois, les appels qu'il recevait étaient absurdes — un citoyen se plaignant que le labrador de son voisin avait souillé son jardin. Le lendemain, le propriétaire du clebs rapportait qu'on avait écrit des obscénités à la peinture fluo orange sur le flanc de l'animal. D'autres fois, il se passait des choses qui vous brisaient le cœur : une lycéenne faisait une overdose après avoir été violée. Une vieille dame s'était fait dérober toutes ses économies.

Il traitait chaque appel avec autant de sérieux. Son travail n'était pas vraiment une aventure, mais au moins, il s'y sentait à sa place. Il se disait parfois qu'il était fou de vivre ici et d'assister en spectateur à l'idylle de Joey et Jenny. Mais il se sentait intimement lié à Avalon. C'était là que, enfant, il avait découvert le sens du mot « liberté ».

Il profitait de son temps libre pour étudier — l'art de la négociation, l'administration, les relations communautaires. Il recueillait des chiens abandonnés et chaque soir, à la fin de sa journée, il vérifiait ses courriels. Joey était un excellent correspondant, et grâce à l'informatique, la communication était instantanée. Rourke était parfois au courant des dernières nouvelles avant qu'elles soient diffusées aux informations. En dépit de la censure, Joey brossait une fresque vivante de son quotidien dans un lieu secret, qui semblait se résumer à l'inconfort physique et à l'ennui entrecoupés de montées d'adrénaline pure dans les moments d'action où la vie ne tenait qu'à un fil. Joey achevait presque chaque message en faisant référence à Jenny : « Veille bien sur ma petite chérie » ; « Mange un kolache à ma santé » ; « Dis-lui que je rentrerai d'ici peu. »

Ces derniers temps, son unité semblait en mouvement ; Joey n'écrivait plus que de temps en temps. Il participait à des opérations de nuit, à bord d'un hélicoptère Chinook spécialement équipé. Il avait chopé un virus à l'estomac, mais il n'en avait pas parlé à ses supérieurs parce qu'il ne voulait rien rater de l'action.

Rourke était dans le jardin, un soir, pendant que les chiens s'ébattaient une dernière fois avant de rentrer, quand le téléphone sonna. Il était 22 heures passées. Il lança une dernière fois la balle de tennis toute trempée, et se rua dans la cuisine, s'essuyant la main sur son jean avant d'attraper le téléphone. Trop tard. Lorsqu'il le dénicha finalement entre les coussins du canapé, le répondeur s'était mis en marche. Il écouta le message en bougonnant d'impatience.

— C'est moi, disait-elle, sans avoir besoin d'expliquer qui était « moi ».

D'habitude, elle le saluait joyeusement, mais, ce soir-là,

il perçut une note particulière dans sa voix. Quelque chose qui lui glaça le sang.

— S'il te plaît, Rourke, viens. J'ai besoin de toi.

Il fonça chez elle, oubliant qu'il était le garant de la sécurité publique, franchissant les stops sans s'arrêter, roulant à tombeau ouvert comme s'il avait été poursuivi par des démons. Il se gara à la hâte dans l'allée, sortit de la voiture et monta les marches du perron quatre à quatre.

Jenny l'attendait sur le seuil. Il comprit avant qu'elle ait dit le moindre mot. Un coup d'œil à son visage, et il sut. *Joey.*

Elle buvait du champagne. La bouteille de Cristal qu'elle gardait pour le retour de son fiancé était presque vide. Elle secouait la tête, muette, et puis elle se jeta dans ses bras. Elle ne pleurait pas, mais elle tremblait de la tête aux pieds.

— Parle-moi, chuchota-t-il en lui ébouriffant les cheveux, qui embaumaient la cannelle. Dis-moi tout.

— Pas tout de suite, répondit-elle. Laisse-moi juste rester là, comme ça, une minute.

Pour Rourke, tout espoir de s'être trompé s'évanouit à cet instant. Dans des circonstances normales, Jenny et lui évitaient tout contact physique. C'était un accord qu'ils avaient passé tacitement le jour où elle s'était fiancée à Joey. En sa présence, Rourke était à fleur de peau.

Mais les circonstances étaient loin d'être ordinaires, ce soir-là, et ils respiraient à l'unisson. Ebranlés par cette tendresse née de la souffrance, ils s'accrochaient l'un à l'autre, redoutant de passer à l'instant suivant, celui où ils devraient faire face à la réalité.

Pour finir, elle se dégagea.

— Il reste encore du champagne, dit-elle en esquissant un geste en direction de la cuisine.

Rourke tremblait de tous ses membres quand il se rendit dans l'office pour prendre une autre bouteille qu'il déboucha aussitôt. Ce n'était vraiment pas le moment de boire du champagne, mais ça ne l'empêcherait pas de le faire. Il savait que cette bouteille venait de la caisse que ses parents avaient envoyée à Joey pour le féliciter de ses fiançailles. Un brut dont on ne produisait que quelques milliers de bouteilles. Rourke but le champagne à température ambiante, au goulot. Quand il écarta la bouteille de son visage, il regarda Jenny, à l'autre bout de la pièce. Elle lui fit penser à Blanche-Neige : son teint blême contrastait avec ses cheveux et ses yeux foncés. Elle semblait habitée par une tristesse si profonde qu'il la sentait lui aussi dans sa poitrine.

— Ta grand-mère… ? demanda-t-il.

— Elle dort. Elle était déjà endormie quand Bruno a appelé. Elle ne sait rien. Autant la laisser passer une bonne nuit avant de lui dire la vérité.

Elle jeta un coup d'œil en direction du couloir qui menait à la chambre de sa grand-mère.

— Montons, dit-elle. Je ne veux pas la réveiller.

Rourke la suivit, les jambes en coton.

Quand elle se mit finalement à parler, sa voix était douce et rauque d'émotion. Elle débita les faits, comme si elle se les était répétés encore et encore dans sa tête en s'en imprégnant de toute l'horreur.

« Il y a eu un accident d'hélicoptère. Aucun survivant dans le bataillon de rangers de Joey. »

Rourke ne ressentit aucun choc. Il songea simplement aux tours terribles que jouait la destinée. Pendant qu'elle lui relatait les quelques détails qu'elle connaissait, ils finirent la bouteille et en ouvrirent une autre.

— Ses seize camarades et lui étaient à bord d'un hélicoptère Chinook, quelque part au Kosovo. L'appareil s'est abattu dans un ravin et il n'y a eu aucun survivant. Les noms des victimes ne seront révélés officiellement que dans plusieurs jours, mais Bruno a été informé sur-le-champ. Il a reçu un appel par satellite d'un membre de son unité. Ce n'est pas officiel, il n'y a pas eu de rapport en bonne et due forme sur le nombre de victimes. Mais… pas de survivant, acheva-t-elle d'une voix chevrotante.

Une douleur glaciale transperça Rourke. Joey. Son meilleur ami. Son frère de sang. Le type le plus sympa de la Terre. L'espace de quelques secondes, il fut incapable de respirer.

Jenny leva vers lui un visage qui reflétait sa détresse.

Rourke était épouvanté à la pensée qu'elle ait été seule au moment où elle avait reçu le coup de fil.

— Le père de Joey…

— Il est chez ses sœurs à New York. Je suppose que je… que nous le verrons au… oh, mon Dieu ! Va-t-il y avoir un enterrement ? Une cérémonie commémorative ?

— Je n'en ai pas la moindre idée. Comment pouvons-nous le savoir ?

Il n'arrêtait pas de voir des images de Joey, gamin déconneur aux grandes oreilles, devenu un homme que tout le monde aimait. Ils avaient partagé chaque moment important de leur vie, du passage de la petite souris aux cérémonies de diplômes en passant par les victoires et les défaites sportives, sans oublier les étés au camp. Rourke avait l'impression qu'on lui avait coupé un bras.

Et pourtant, au-delà du chagrin qui creusait inexorablement un vide en lui, quelque chose émergeait. Un mélange de… culpabilité, de tristesse, de tendresse et de rage.

Il étudia longuement le visage de Jenny, dénicha un mouchoir en papier et essuya doucement ses larmes. Puis il la serra contre lui comme il ne l'avait jamais fait auparavant, pas même quand il en mourait d'envie, ni lorsqu'elle l'avait pour ainsi dire imploré de le faire. Ses bras l'enveloppaient comme pour la protéger lors d'un attentat à la bombe. Il l'étreignait si fort qu'il sentait toute la longueur de son corps contre le sien et qu'il percevait les battements de son cœur, sans se sentir assez proche d'elle pour autant.

Il la caressa comme il avait rêvé de le faire des milliers de fois, effleurant son menton du bout de son pouce, inclinant son visage vers le sien, et il eut envie de l'embrasser, pour se noyer en elle et tout oublier.

Inexplicablement, l'amour qu'ils portaient tous les deux à Joey se mêlait aux sentiments qu'ils éprouvaient l'un pour l'autre. Ils s'embrassaient, maintenant, et c'était de la folie qu'ils s'embrassent et qu'ils se dirigent vers la chambre, cherchant désespérément à échapper à la réalité, mais bloqués là, ensemble, dans l'obscurité qui se refermait autour d'eux. Ils abandonnaient leurs vêtements dans leur sillage et quand ils atteignirent le lit, plus rien ne les séparait. Plus rien. Elle avait un goût de champagne et de larmes, et elle noua les bras autour de son cou sans arrêter de l'embrasser, refusant de le lâcher.

Puis elle écarta son visage du sien de quelques millimètres tout en continuant à se cramponner à lui.

— Il t'a dit de veiller sur moi, chuchota-t-elle. Comment vas-tu t'y prendre, Rourke ?

Le téléphone sonna, perçant brutalement le sommeil de Jenny, alourdi par l'alcool. Elle remua, gémit en essayant d'échapper au bruit, mais il continuait à lui écorcher les oreilles. Impossible de soulever sa tête, lourde comme un caillou. Finalement, Dieu merci, la sonnerie stridente se tut et le répondeur, à l'autre bout de la pièce, se déclencha. Elle entendit le son de sa propre voix. En s'étirant, elle rencontra un corps chaud, nu sous les couvertures. Des bras puissants glissèrent autour d'elle et la serrèrent, et un soupir ensommeillé jaillit contre son cou. Oh, mon Dieu ! Rourke ! Elle avait couché avec Rourke ! Joey était mort et elle avait fait l'amour avec Rourke, passionnément, après avoir bu plus que de raison.

Elle allait brûler en enfer.

La personne qui appelait commença à parler, et la voix ressemblait étrangement à celle de Joey. Ce qui voulait dire qu'elle était probablement encore ivre, ou qu'elle rêvait, parce que Joey était mort dans un accident d'hélicoptère. Telle une somnambule, elle s'approcha, toute nue, de la commode où la petite boîte noire du répondeur enregistrait toujours cette voix épouvantablement familière.

— … une terrible erreur, disait-elle. Mon nom était sur le manifeste, mais je n'étais pas dans l'hélicoptère…

Jenny éclata de rire. Les larmes inondaient son visage quand elle décrocha brutalement le téléphone en criant :

— Joey !

Il y eut un instant de décalage — il appelait de loin —, puis il dit :

— Je suis tellement content que tu aies décroché, chérie ! Je sais qu'il est 5 heures du matin, mais je voulais te dire que j'allais bien. Je viens d'appeler mon père. Il y a eu une embrouille à la dernière minute. Je n'étais pas dans l'hélico…

Elle était incapable de parler. Elle arrivait tout juste à respirer et elle tremblait de soulagement tandis que Joey lui expliquait quelque chose à propos d'un manifeste établi par un sergent et remis à quelqu'un d'autre pour être enregistré. En montant dans l'appareil, Joey s'était blessé et on l'avait envoyé à l'infirmerie.

— Comme un imbécile, je n'avais pas mis mes lunettes de protection et j'ai reçu quelque chose dans l'œil. On m'envoie en Allemagne pour me faire opérer.

— Jen ?

Rourke l'appelait depuis le lit.

— Qui est au bout du fil ?

Elle fit volte-face pour lui dire de se taire, mais il était trop tard.

— Qu'est-ce que Rourke fait là à cette heure-ci ? demanda Joey, d'un ton brusquement cassant.

Et Jenny comprit, à cet instant, que Joey savait probablement depuis longtemps qu'il y avait quelque chose entre Rourke et elle.

— Je lui ai demandé de venir à l'instant où on m'a annoncé l'accident, répondit-elle. C'est ton meilleur ami. Qui d'autre pouvais-je appeler, Joey ?

Il ne répondit pas.

— Je suis réformé. Les rangers n'ont que faire d'un soldat borgne. Je rentre.

Elle resta plantée là, le téléphone à la main, toujours nue et encore chaude des caresses de Rourke quand il traversa la chambre pour la rejoindre, les cheveux en bataille, le regard troublé. Et à cet instant, quand elle leva les yeux vers lui, elle ressentit un irrésistible élan de désir intimement mêlé à la honte.

Elle comprit alors qu'elle ne brûlerait pas en enfer. Elle y était déjà.

DE LA NOURRITURE POUR L'AME
Par Jenny Majesky

Au feu !

Les gens aiment mettre le feu. Reconnaissez-le : quand vous voyez un dessert flamber, vous êtes impressionné. Il y a quelque chose de fascinant dans la manière dont les flammes coulent comme une rivière et puis s'éteignent, laissant dans leur sillage de délicieux effluves, reconnaissables entre mille.

Nous éprouvons tous une attirance primitive pour le feu. Un proverbe polonais dit pourtant que le feu n'est jamais bon maître. Henry James affirme que l'être humain a besoin d'une « passion effrénée, le feu pour le feu ». Ce qui fait un peu peur, si vous voulez mon avis, mais ça rend les choses encore plus délicieuses.

AMOUR ARDENT

- 8 tranches de pain
- 750 ml de crème épaisse
- 1 œuf entier
- 3 jaunes d'œufs
- 250 g de sucre
- 1 c. c. de muscade
- ½ c. c. de cannelle
- 60 ml de rhum
- 100 g de raisins secs, trempés quinze minutes dans une tasse d'eau très chaude (réservez le liquide)

Préchauffez le four à 180°. Détaillez le pain en cubes. Amalgamez la crème, l'œuf entier, les jaunes d'œuf, 90 g de sucre, la muscade, la cannelle et 1 cuillerée à soupe de rhum. Mélangez les cubes de pain et la préparation à base de crème.

Egouttez les raisins secs et réservez le liquide. Ajoutez les raisins à la préparation. Transférez le mélange dans des moules à soufflé. Déposez les moules dans un plat allant au four rempli d'eau chaude sur une hauteur de 1 cm environ. Faites cuire jusqu'à ce qu'une lame de couteau insérée au centre des moules ressorte propre, 30 minutes environ.

Juste avant de servir, mélangez le liquide réservé et le reste du sucre dans une petite casserole et portez à ébullition en remuant constamment, à feu vif. Quand le sucre prend une couleur ambrée, incorporez précautionneusement ½ tasse d'eau chaude au fouet. Laissez mijoter jusqu'à ce que la préparation ait la consistance d'un sirop. Ajoutez le reste du rhum et faites de nouveau chauffer à feu vif 15 secondes. Retirez la casserole du feu et faites flamber. Versez le caramel flambé sur les desserts. Servez.

26

Daisy était surprise et, somme toute, assez contente de la manière dont sa famille avait réagi à la nouvelle. Presque tout le monde avait accepté la situation sans sourciller. Ni choc ni horreur. De la compréhension, plutôt, et de la compassion. Certes, Max trouvait que c'était dégoûtant, et il lui avait déclaré qu'elle n'était qu'une imbécile, mais vu son âge, il avait cet avis sur presque toutes les filles. Et il reconnaissait que la perspective d'être oncle lui paraissait cool.

Le jour où elle avait décidé de le dire à ses amis, elle se réveilla dans la splendeur éblouissante d'un monde tout enneigé. Avant même d'avoir jeté un coup d'œil au site Internet de l'école, elle sut que l'établissement serait fermé pour cause de neige. Pouvait-on imaginer plus beau cadeau du ciel ? Il y avait quelque chose de tellement magique dans une journée où la neige vous bloquait à la maison — toute une journée non planifiée où tout s'arrêtait purement et simplement, suspendu jusqu'à ce que les routes puissent être dégagées. Pas d'école. Pas de travail. Tous les rendez-vous, les obligations annulés, les délais repoussés. Rien à faire à part glander. Au lieu d'être au supplice au cours d'éducation civique, elle était libre de faire la grasse matinée et de prendre son petit déjeuner en regardant *La Roue de la fortune*. Plutôt que de chercher désespérément un prétexte pour son devoir de physique inachevé, elle pouvait le finir en prenant son temps.

Elle était sur le point de se remettre sous les couvertures

quand son portable sonna. Elle jeta un coup d'œil à l'écran et l'ouvrit à la hâte.

— Comment se fait-il que tu sois déjà levée ? C'est un jour de neige.

— Justement ! répondit Sonnet, dont la voix tout excitée avait des intonations musicales. Habille-toi chaudement, mets plusieurs couches. On risque de prendre une suée là où on va.

Daisy ne put s'empêcher de sourire. Sonnet avait toujours quelque aventure à l'esprit.

— Qu'est-ce qui se passe ? demanda-t-elle.

— Prends ton appareil photo. Retrouve-nous à la boulangerie dans une demi-heure. On va faire de la raquette. Zach apporte tout l'équipement.

« Ça doit être un signe », pensa Daisy en éteignant son téléphone.

Après quoi, elle enfila un collant chaud. Un jour de neige et une invitation inattendue. Le moment était sans doute venu de leur annoncer la nouvelle. Tout en se brossant les dents, elle étudia sa silhouette dans le miroir. Son corps avait été envahi par une force vitale étrangère. Elle oscillait constamment entre la nausée et des fringales irrépressibles. Ses seins étaient sensibles et ses soutiens-gorge n'étaient plus assez grands. En revanche, son ventre était toujours plat et ses jeans lui allaient encore. Elle essaya de s'imaginer avec un ventre énorme, mais n'y parvint pas. Il n'empêche qu'il était temps d'informer Sonnet et Zach.

Ils prirent la Jeep de Zach pour monter à Meerskill Falls. La route était dégagée à présent parce que Jenny vivait dans le pavillon. Ils n'allaient pas la déranger, toutefois, puisque le sentier de randonnée conduisait au sommet des chutes. La cascade dégringolait des centaines de mètres plus bas le long de la falaise en granit émaillée de cavernes, et se déversait dans une mare profonde, à une bonne distance du pavillon.

En sortant de la voiture, Daisy leva les yeux vers le ciel. Puis elle s'assura que son appareil photo était chargé et que le disque de mémoire était vide. Il y avait quelque chose dans la qualité de la lumière en hiver qu'elle trouvait à la fois agréable et difficile à photographier. Elle raffolait des profondeurs contrastées, de ces formes dépouillées se profilant sur l'immense étendue de neige immaculée. Elle avait appris à ajuster la lumière et les filtres pour créer de magnifiques photos, même lorsque la lumière était morne et plate. Ce n'était pas le cas aujourd'hui. Le soleil était apparu, creusant des ombres et des textures remarquables dans le paysage. Elle prit une photo d'un bosquet de bouleaux, dont les branches minces se détachaient tels des traits d'encre sur le champ de neige. Les arbres étincelaient sous l'angle particulier de la lumière.

Le sentier était couvert d'une épaisse couche de neige intacte depuis le début de la saison, et ils furent rapidement contraints de mettre leurs raquettes. Zach en avait apporté trois paires, high-tech, qui ne pesaient presque rien et qui permettaient de flotter pour ainsi dire à la surface. Zach était bizarre pour ça. Son père, nettement plus âgé que la plupart des pères, semblait dépenser son argent avec une insouciance déconcertante, même s'il ne laissait jamais un sou de pourboire à la boulangerie. M. Alger tendait à acheter ce qu'il y avait de mieux, de plus cher, qu'il s'agisse de voitures, de vêtements ou de raquettes. Il était un peu schizo parce qu'après ça il faisait la morale à Zach au prétexte qu'il ne faisait pas assez d'heures à la boulangerie. Dingue ! Les adultes reprochaient aux ados d'avoir des comportements bizarres, mais ce n'était peut-être qu'une partie de la vérité. On ferait peut-être mieux de braquer les projecteurs sur les parents pour changer.

Elle essaya d'imaginer son enfant quand il serait adolescent, mais l'image refusait de se former dans son esprit. Elle n'arrivait tout bonnement pas à admettre que son corps allait créer un être humain, et encore moins qu'il ferait enrager sa mère et qu'il s'attirerait des ennuis à l'école. Elle se jura néanmoins d'être une mère différente. Elle serait la meilleure amie de son enfant. Ils écouteraient la même musique, elle ne l'enguirlanderait pas à propos de ses notes et elle ne l'obligerait pas à aller dans telle ou telle école. Tout ça appartenait à un avenir lointain, toutefois. Pour l'heure, le problème était d'annoncer la nouvelle à ses amis.

En attendant, pour ce qui était de la raquette, elle s'apercevait que ce n'était pas une sinécure. A mi-chemin de la montée, elle enleva son anorak et le noua autour de sa taille. Puis ce fut le tour de son écharpe et de son bonnet qu'elle rangea dans son sac à dos. Peut-être fallait-il attribuer ça à cette montée d'hormones dont parlaient tous les livres sur la grossesse, mais elle remarqua que Zach et Sonnet peinaient eux aussi et qu'ils transpiraient autant qu'elle.

Lorsqu'ils atteignirent une passerelle qui enjambait la cascade à mi-chemin, elle proposa une pause.

— Je voudrais prendre quelques photos, dit-elle.

L'été précédent, la chute d'eau était un torrent déchaîné jaillissant d'une source cachée beaucoup plus haut et se jetant tout en bas sur les rochers. L'hiver l'avait figée en un pan de glace bleu-vert qui couvrait le versant de piliers imposants et délicats à la fois. Des stalactites frangeaient la cataracte. Au centre, une haute colonne de glace plongeait tel un poignard dans la mare gelée.

Daisy trouva des angles surprenants à photographier. Elle s'allongea sur le dos pour cadrer le pont, une vieille construction en béton dont les deux arches élevées enjambaient le gouffre en contrebas.

— Certains l'appellent « le pont des suicidés », annonça Sonnet. On raconte que deux amoureux se sont jetés de là-haut et ont trouvé la mort.

— Ouais, et on entend leurs fantômes gémir les nuits venteuses ! ajouta Zach en riant.

Sonnet renifla d'un air suffisant.

— Nous sommes sur le territoire de Washington Irving, déclara-t-elle, sur la défensive. Les histoires de fantômes font partie intégrante du paysage.

Daisy prit une photo de son amie, si mignonne avec cet air agacé.

Sonnet se tourna vers elle, comme si elle avait senti l'attention qu'elle suscitait.

— Qu'est-ce que tu dirais de faire mon portrait pour l'album de photos du lycée ?

Daisy était surprise et flattée à la fois.

— Bien sûr. Pourquoi pas ?

— Je te payerai, évidemment !

Sonnet et sa mère économisaient sou après sou afin que Sonnet puisse aller à l'université.

— Il n'est pas question que je te fasse payer, répondit Daisy, cadrant Sonnet dans son viseur pour tester.

— J'y tiens, répliqua Sonnet. Dale Shirley demande quelque chose comme trois cents dollars. Il faudrait que j'économise pendant des semaines pour m'offrir une photo prise par lui.

Shirley était un photographe local réputé dont les œuvres ornaient les brochures de la chambre de commerce, le calendrier annuel distribué par la mairie ainsi que l'annuaire de l'école. Daisy se disait que ça devait être merveilleux de gagner sa vie en prenant des photos.

— Il peut se permettre de pratiquer des tarifs élevés parce qu'il a une excellente réputation, un grand studio et tout ça, dit-elle.

— Non, riposta Zach. C'est parce qu'il est là depuis des siècles. Moi non plus je n'ai pas envie de faire appel à lui, mais mon père m'y obligera probablement.

Le père de Zach se préoccupait beaucoup des apparences en prévision de sa candidature au poste de maire.

— Pas si je fais de meilleures photos que lui, souligna Daisy en prenant un cliché de Zach sur le vif alors qu'il songeait à son père.

Zach était fait pour la neige, à l'instar d'un loup. Ses cheveux blond blanc, sa peau claire, ses yeux bleu ciel lui donnaient un air sauvage et mystérieux.

Sonnet jeta un coup d'œil au cliché par-dessus son épaule.

— C'est dingue ! s'exclama-t-elle. On dirait une affiche pour la nation aryenne.

— La ferme ! lança-t-il en lui lançant une poignée de neige qui éclata en un nuage à l'instant où elle touchait son épaule.

— A toi de la boucler !

Daisy braqua son appareil sur eux deux. Sonnet était un modèle conciliant, imitant volontiers les poses des mannequins. Elle noua les mains derrière sa nuque en inclinant la tête en arrière. Sa chevelure bouclée, rebelle, s'échappait de son bonnet en laine. Daisy avait capté ce moment, sachant instantanément que ce serait un bon cliché. Sonnet n'était pas la ravissante lycéenne telle qu'on se l'imagine, et elle détestait son physique, ce que Daisy trouvait absurde. Sonnet possédait une beauté qui n'était pas à la portée de ses camarades. Elle avait une peau café au lait, et une cascade de boucles couleur d'encre encadrait son visage. Sa bouche généreuse et taquine, ses yeux en amande lui donnaient un air mystérieux jusqu'au moment où elle souriait, et alors là, elle devenait aussi tendre et abandonnée qu'un chiot.

Sonnet laissa Daisy prendre autant de photos qu'elle le voulait. Patiente, pleine de bonne volonté, elle se prêtait facilement au jeu. Une autre qualité dont elle pouvait se prévaloir : c'était vraiment une chic fille. Elle avait une excellente attitude en toutes circonstances. Et le plus étonnant, c'est que, parmi tous les jeunes que Daisy connaissait, Sonnet Romano était celle qui avait le moins d'atouts de son côté et le plus d'excuses pour flemmarder et baisser les bras. Elle n'avait pas de père, elle était métisse, et sa mère et elle arrivaient tout juste à joindre les deux bouts.

En dépit de ces handicaps incontestables, Sonnet était une excellente élève, en avance d'une année qui plus est. Elle figurait sur le tableau d'honneur national ; c'était une musicienne hors pair ; elle donnait des cours en maternelle. Elle avait été acceptée à l'université avant même d'avoir achevé ses études secondaires, et on devait lui accorder une bourse d'études. De l'avis de Daisy, elle incarnait le rêve de tous les parents : un enfant trophée dont on pouvait se vanter en se congratulant d'avoir accompli une telle réussite.

C'était le genre d'enfant que la mère de Daisy aurait adoré avoir. A la place, elle avait écopé d'une fille qui se fichait éperdument de l'école et de la fac, qui faisait continuellement la fête et qui s'était fait engrosser par un garçon qu'elle n'aimait même pas.

— Bon, ça suffit ! dit Zach alors que Daisy venait de prendre une autre série de photos. Tu vas péter ton appareil.

Daisy capta son expression railleuse.

— Vous voyez ces saillies là-haut ? lança Sonnet en désignant les falaises en surplomb. Mes oncles m'ont dit que c'étaient des cavernes glaciaires.

Sonnet avait au moins six oncles qu'on aurait dits sortis tout droit des *Sopranos* !

— Des grottes creusées dans le roc et tapissées de glace. Je me suis documentée à ce sujet dans les archives de la bibliothèque pour un exposé d'histoire, l'année dernière. Dans certaines falaises alentour, la glace de ces cavernes est tellement épaisse qu'elle ne fond jamais, même en été. C'est l'une des raisons pour lesquelles la ville s'appelle Avalon.

Daisy inclina la tête de côté.

— Ah, bon ? fit-elle. Je ne vois pas le rapport.

— D'après la légende du roi Arthur, précisa Zach. La grotte en cristal de Merlin l'Enchanteur. C'est à Avalon que le Haut Roi s'est rendu après avoir été mortellement blessé lors de son ultime bataille.

— J'ai dû rater un épisode, dit Daisy. Je ne vois pas comment vous pouvez me supporter, les gars. Je suis une demeurée.

Ce qui ne manquait pas d'ironie, pensa-t-elle. Elle avait fréquenté l'école la plus élitiste et la plus compétitive de Manhattan. Ses deux amis faisaient leurs études dans un lycée public tout à fait ordinaire et, pourtant, ils paraissaient cent fois plus futés qu'elle.

— Tu n'as rien d'une demeurée, affirma Sonnet.

— C'est l'amitié qui t'empêche de t'en rendre compte ! répliqua Daisy en rassemblant mentalement ses forces.

Le moment était venu. Il fallait qu'elle se décide. Ici, tout de suite.

— J'ai quelque chose à vous annoncer, dit-elle vivement.

Ils avaient dû percevoir l'urgence dans sa voix parce qu'ils l'écoutèrent tous les deux attentivement.

Daisy hésita, comme avec son père, tout en s'efforçant de mémoriser la manière dont ils la regardaient à cet instant. Elle était sur le point de changer radicalement la perception qu'ils avaient d'elle.

— C'est… euh, énorme.

Elle abaissa son appareil avec soin, sentant son poids lui tirailler la nuque.

— Je vais avoir un bébé. L'été prochain.

Ces mots se heurtèrent à un silence si profond qu'on aurait dit qu'un vide les avait aspirés.

Daisy dévisagea ses amis et retint son souffle. Elle refusait d'expirer tant qu'ils ne l'auraient pas rassurée sur la solidité des sentiments qu'ils lui portaient. Pendant quelques secondes, ils se bornèrent à la dévisager à leur tour. Puis Zach rougit. Il avait l'air extrêmement mal à l'aise, comme Max quand elle lui avait annoncé la nouvelle. Sonnet, elle, haussait les sourcils d'un air stupéfait.

— Effectivement, c'est énorme.

Daisy hocha la tête.

— Sûr, c'est loin d'être le truc le plus intelligent que j'ai fait. J'avais l'intention de… enfin, vous voyez, d'y mettre un terme, mais à la dernière minute, je n'ai pas pu. Alors, voilà.

Zach s'était absorbé dans la contemplation d'une trouée dans un arbre près du pont, comme si ça le fascinait. Il était évident qu'il n'avait pas envie de prendre part à la conversation.

Pour finir, Sonnet retrouva l'usage de la parole, un peu troublée à l'évidence.

— Eh bien… Je ne m'attendais pas à ça !

— Je m'en doute bien, répondit Daisy.

— C'est pour ça que tu as quitté ton ancienne école ?

Daisy secoua la tête.

— Non, je ne savais pas. Enfin, je n'en étais pas sûre.

— Est-ce que le père de l'enfant va t'aider ?

Une tension particulière transparaissait dans la voix de Sonnet. Daisy savait qu'elle avait des rapports difficiles avec son père, lourds de secrets qui plus est, du fait de sa position au Pentagone.

— Il n'est pas au courant. Je n'ai pas encore décidé si j'allais le lui dire ou pas. Il ne va pas être content, je peux vous l'assurer.

— Il aurait dû penser à ça quand il… vous…

— Tu as raison, reconnut Daisy. On aurait dû y penser tous les deux.

Sonnet posa sa main gantée sur l'épaule de Daisy.

— Ne t'inquiète pas. Tu vas t'en sortir, lui dit-elle.

Daisy lui sourit.

— C'est bien mon intention. Enfin bref, ajouta-t-elle en s'animant, j'ai passé l'épreuve consistant à l'annoncer à mes parents et on va… faire face à la situation.

Il fallait qu'elle y croie, qu'elle se persuade qu'avoir un bébé n'était pas comme tomber au fond d'un gouffre.

Ils gardèrent le silence un moment, et Daisy se sentit un peu soulagée. Ce n'était pas si dur. Il y aurait une période d'adaptation, bien sûr, et puis les choses reprendraient leur cours normal. Pendant quelque temps, du moins. Après la naissance du bébé, elle ne savait pas du tout ce qu'il adviendrait de leur amitié. Zach n'avait pas dit un mot, mais elle voyait bien qu'il était gêné. Il avait les joues et les oreilles toutes rouges, et ce n'était pas seulement à cause du froid. Et puis il évitait son regard. Sonnet, elle, avait senti qu'il était temps de parler d'autre chose. Elle mit sa main en visière pour examiner les falaises.

— Mes oncles disent que ces grottes ne sont pas faciles à atteindre. Et puis on doit faire attention aux avalanches.

— C'est une perte de temps d'après mon père, ajouta Zach. Ça ne vaut pas la peine de faire toute l'expédition.

— Depuis quand tu écoutes ton père ? lui demanda Sonnet.

Daisy contempla à son tour les falaises en surplomb, dont les silhouettes sculptaient des formes mystérieuses sur le tapis de neige.

— Allons jeter un coup d'œil ! suggéra-t-elle.

— Tu es sérieuse ? demanda Zach d'un air inquiet.

— Elle a raison, dit Sonnet.

Elle se leva et tapa ses chaussures l'une contre l'autre.

— Regarde ce beau ciel bleu ! On devrait au moins monter au sommet, non ?

— Entendu, dit Zach en se levant lui aussi. Ce serait dommage de s'arrêter en si bon chemin.

Il reprit son sac à dos et s'engagea sur le sentier.

— Nous sommes des pionniers ! lança Daisy. Les premiers à découvrir ces cimes.

— J'en doute, répondit Zach.

— Moi aussi, avoua Sonnet. Mon oncle Sal m'a dit qu'on avait trouvé des objets indiens dans certaines de ces grottes, ainsi que des trucs ayant appartenu à des pionniers. Avant l'ère de la réfrigération, ces cavernes servaient pour stocker de la nourriture.

— La congélation naturelle, nota Zach. J'ai l'impression qu'on va mettre un bout de temps à monter là-haut.

Le sentier était de plus en plus raide. La neige formait des creux profonds autour de la base des arbres. Daisy était un peu essoufflée ; elle se demanda si c'était à cause de sa grossesse. Le médecin lui avait dit qu'elle pouvait continuer à vivre normalement, que cela ne posait pas de problème mais qu'il fallait qu'elle fasse une croix sur les sports extrêmes. Grimper au sommet d'une montagne, cela pouvait-il être considéré comme un sport extrême ? Non. La varappe, comme elle en avait fait l'été dernier avec Julian Gastineaux, en d'autres termes le garçon le plus extraordinaire de la planète, ça, oui, c'était extrême puisque ça nécessitait tout un harnachement et des manœuvres risquées dignes de Spiderman. Comparée à ça, cette balade était de la gnognotte.

Sonnet arriva en haut la première, fit volte-face et agita la main.

— Bon, on n'est pas les seuls, c'est clair ! lança-t-elle en désignant une sorte de totem nanti d'une plaque indiquant : « Mont Meerskill. 1 230 mètres. »

Des initiales et quelques mots avaient été gravés dans

le bois, en 1976 apparemment. Toute une histoire liée aux enfants du coin, rendue insignifiante par le passage du temps.

— Regardez ce qui est écrit ! s'écria Sonnet. « Matt est venu ici. » C'est peut-être ton père : Matthew Alger.

Zach haussa les épaules.

— C'est possible. Il travaillait au camp, à l'époque où il allait à la fac.

— Mon père aussi, déclara Daisy. C'était la tradition chez les Bellamy, jusqu'à la fermeture du camp, il y a dix ans.

Daisy ne pouvait que se réjouir qu'Olivia soit venue de la ville l'été précédent. Daisy avait passé tout l'été dernier au camp avec son père et son frère pour donner un coup de main en prévision des noces d'or de ses grands-parents, qui devaient être célébrées sur les lieux. Sa mère ne les avait pas accompagnés ; elle s'était bornée à passer au camp pour y déposer le dossier de divorce et faire acte de présence à l'anniversaire des Bellamy.

Il s'était au moins passé une bonne chose l'été dernier : ils avaient rencontré Jenny. La fille illégitime d'oncle Phil.

Illégitime. Daisy détestait ce mot. Comme si le bébé avait fait quelque chose de mal !

Sonnet s'approcha du bord en raquettes, dans la neige épaisse et profonde.

— C'est là qu'il y a eu l'avalanche. Essayons de trouver ces grottes avant que la nuit tombe.

En s'aidant de leurs bâtons de ski pour s'assurer que le sol était solide, ils continuèrent à avancer prudemment. Zach trouva une paroi en granit toute striée et pleine d'échancrures.

— Je vais jeter un coup d'œil là-haut ! lança Sonnet en se penchant pour détacher ses raquettes.

— Certainement pas ! protesta Zach. Pas question que tu escalades ce roc !

— Attends un peu, tu vas voir.

Elle était douée, reconnut Daisy en la regardant grimper. Seulement, elle n'avait pas le moindre équipement de sécurité.

— Ne monte pas trop haut ! lui cria-t-elle. Il faut que tu puisses sauter !

— Tu n'auras qu'à tomber sur les fesses ! lança Zach. Comme ça, tu auras un bon coussin.

Daisy lui donna un coup de coude. Puis elle prit quelques photos de Sonnet qui atteignait un endroit ombragé de la façade rocheuse.

— Eh bien, cria-t-elle, c'est effectivement une grotte, mais il n'y a pas du tout de glace.

Pour illustrer ses dires, elle jeta une poignée de pierres poussiéreuses qui firent une trouée dans la neige. Elle trouva plusieurs autres ouvertures de son perchoir sur la saillie rocheuse, mais ce n'étaient que des trous et des indentations. Tous vides, sauf celui qui abritait un nid d'oiseau.

— Tu risques de rencontrer des chauves-souris ! cria Zach.

— Des quoi ?

— Des chauves-souris.

— Oui, oui, bien sûr ! Ce que tu peux être bête quand tu t'y mets !

— Je te jure, c'est un coin à chauves-souris, insista Zach. Elles hibernent dans ces grottes. Si tu en déranges une, elle risque de te mordre et tu choperas la rage.

— Je suis morte de peur !

Elle était sur un rebord profond, cinq mètres au-dessus d'eux, en train d'explorer la série de creux dans la roche.

— Hé, s'exclama-t-elle. Qu'est-ce que c'est que ça ?

Daisy braqua son appareil sur elle. Elle avait peut-être trouvé quelque chose.

— Il se pourrait que ce soit une caverne, dit-elle en se dressant sur la pointe des pieds. Je n'arrive pas vraiment à voir.

Elle fit quelques petits bonds sur place.

— Fais attention ! lança Zach, visiblement inquiet.

— Voyons, Zachary, rétorqua Sonnet en imitant la voix de Scarlett O'Hara, moi qui croyais que tu te souciais de moi comme d'une guigne !

— C'est juste que je n'ai pas envie de te porter jusqu'en bas de la montagne.

— Ha ! s'exclama-t-elle en jetant un nouveau coup d'œil dans la grotte. Je tiens à ce que vous sachiez…

Ses mots s'achevèrent par un cri strident. Par pur réflexe, Daisy prit une photo. Au même instant, quelque chose — une chauve-souris ? un oiseau ? — jaillit de la caverne en battant des ailes et s'éleva dans les airs.

Sonnet tomba en arrière, comme si elle flottait, presque suspendue dans un brouillard de neige volant. Une demi-seconde plus tard, elle atterrit dans les congères où elle s'enfonça, hors de leur vue. Son cri se volatilisa avec le reste de sa personne.

— Sonnet ! hurla Zach d'une voix rauque, désespérée.

Il fut incroyablement rapide, compte tenu du fait qu'il avait encore ses raquettes aux pieds. Il vola pour ainsi dire jusqu'à l'endroit où elle avait disparu en criant son nom.

Daisy le suivit presque aussi vite, oubliant son appareil qui rebondissait sur sa poitrine.

Zach était agenouillé et tendait les bras dans le puits de neige où Sonnet était tombée.

— Dis quelque chose ! hurla-t-il. S'il te plaît, Sonnet, pour l'amour du ciel, je t'en supplie…

— J'adore qu'on me supplie ! fit une voix agacée, légèrement étouffée.

Daisy faillit s'évanouir de soulagement tandis qu'elle ôtait ses raquettes et se joignait à Zach pour sortir Sonnet de son trou. Ils étaient tous des imbéciles. Qu'est-ce qui leur avait pris de courir des risques pareils au milieu de nulle part, en plein hiver ? Personne ne les trouverait s'ils avaient des problèmes.

— Heureusement qu'il y a toute cette neige, dit Sonnet alors que Zach lui saisissait les deux mains.

Elle avait les yeux tout brillants, les joues en feu.

— J'ai fait un atterrissage en douceur, ajouta-t-elle en nageant dans la poudreuse. Merci, les gars.

— Rentrons, suggéra Zach. Je meurs de froid. Je vais t'aider à remettre tes raquettes.

— Attends une minute, dit Sonnet. Passe-moi un bâton.

— Qu'est-ce qu'il y a ? demanda Zach en lui en tendant un.

— Je crois que j'ai trouvé quelque chose.

— Probablement la mère de cette chose en hibernation que tu as réveillée, dit Zach.

— Non. Regarde.

Elle repoussa la neige, et plutôt que de se heurter à la façade rocheuse, le bout du bâton continua à s'enfoncer.

— Une autre grotte, souffla Sonnet.

— Et alors ? lança Zach. C'est probablement…

— Regardez !

La neige s'effondra et Daisy se retrouva face à une trouée dans le roc, assez grande pour qu'ils puissent s'y glisser à genoux.

— Ça, c'est une grotte, pas de doute ! s'exclama Zach.

Il alluma sa torche et braqua le faisceau à l'intérieur.

Une fois l'entrée franchie à genoux, il y avait suffisamment de hauteur pour se tenir debout.

Certes, ce n'était pas aussi impressionnant que la caverne que Sonnet leur avait décrite. Pas de cristaux bleus étincelant sur les murs, comme dans la grotte de Merlin. Il était difficile de distinguer la glace de la roche parce qu'elle était recouverte d'une fine pellicule de poussière. Sous leurs genoux, le sol était irrégulier et couvert d'une terre granuleuse comme celle qui s'entassait derrière les bancs de sable à la fin d'un long hiver.

Daisy prit quelques photos. Le flash balayant l'espace illumina des recoins demeurés dans l'obscurité depuis des lustres.

— Nous sommes peut-être les premiers à venir ici, dit-elle.

— Ouais, à part le gus qui a laissé traîner ce papier de chewing-gum.

Zach dirigea sa lampe sur l'emballage.

— Juicy Fruit, dit-il.

— Eh, les gars ! s'exclama Daisy, qui avait entrepris de passer en revue les photos qu'elle venait de prendre. Regardez ça !

Elle tourna le petit écran dans leur direction.

— Tu as fait mieux que ça, lui dit Sonnet.

— Regardez le fond de la grotte.

On le distinguait clairement sur la photo. Ce qui ressemblait à un tas de décombres était en réalité un empilage de cailloux de formes et de tailles diverses.

Sonnet s'empara de la torche.

— C'est dingue.

— Regardez ces pierres, dit Daisy.

Quand on construisait un mur, c'était généralement pour bloquer un accès.

Elle tint la lampe pendant que Zach et Sonnet écartaient quelques pierres.

— Probablement des gamins du camp Kioga qui s'ennuyaient, dit Sonnet.

— Il faudrait vraiment que je m'ennuie pour édifier un mur de pierres à l'intérieur d'une grotte.

Daisy leva la lampe et jeta un coup d'œil de l'autre côté de l'amas de pierres. Un tourbillon d'air froid — plus froid encore que l'air dans la caverne — lui balaya le visage. Elle songea à la chambre froide de la boulangerie face à ce souffle d'air glacé charriant une vague odeur qui n'avait rien à faire là. Une odeur de renfermé.

— Fais-moi la courte échelle, dit-elle à Zach. Je crois que je vois quelque chose.

Il joignit ses mains gantées. Elle grimpa et se cogna aussitôt contre le plafond de la grotte.

— Hé ! hurla-t-elle, clignant les yeux pour chasser les étoiles provoquées par la douleur.

Elle braqua la lampe et poussa un petit cri. Les parois de la cave étaient couvertes de glace à cet endroit, les cristaux scintillant sous la lumière. Et il y avait quelque chose par terre, un autre amas de pierres, ou peut-être… Impossible ! se dit-elle. Non…

— Est-ce que ça va ? demanda Zach. Tu trembles comme une feuille.

Elle baissa les yeux vers lui.

— Il faut que tu voies ça.

— Qu'est-ce que c'est ?

Elle ne voulait rien dire. Elle aurait tout donné pour s'être trompée. Elle redescendit prudemment et fit signe à Zach de regarder.

— Est-ce que ça va ? lui demanda Sonnet. Tu es blanche comme un linge. On dirait que tu as vu un fantôme.

— Je crois bien que c'est le cas, dit Zach.

Au ton de sa voix, Daisy comprit qu'elle ne s'était pas trompée.

— Aide-moi à remonter, s'il te plaît ! dit-elle. Il faut que je prenne des photos.

27

Rourke s'était levé de bonne heure pour aller courir sur le sentier le long de la rivière avec les chiens. Il pouvait disposer de la salle de gym que se partageaient les pompiers et la police, mais il préférait être en plein air et courir dans le froid jusqu'à ce que ses poumons protestent.

Au retour, il prit une douche, s'habilla, rangea sa maison et nourrit les animaux.

La présence de Jenny lui avait fait prendre conscience d'une réalité qu'il avait occultée depuis des années. Il menait une existence solitaire, stérile sur le plan affectif, et il rêvait d'autre chose. Voilà. Il l'avait dit. C'était une réalité qu'il avait du mal à admettre mais à laquelle il ne pouvait échapper. Il lui était désormais impossible de faire semblant.

Il désirait certaines choses, mais il ne savait pas trop comment s'y prendre pour les obtenir.

Il avait passé beaucoup de temps — toute sa carrière, en fait — à analyser les aspects les plus fondamentaux de l'humanité. Son travail de policier lui avait fait découvrir le quotidien des gens, mais par sa nature même, son job lui montrait les êtres humains sous leur plus mauvais jour.

Ici, dans cette petite ville, le chef de la police ne restait pas enfermé dans son bureau vitré en donnant des ordres. Le plus souvent, il opérait sur le terrain où il se heurtait inévitablement aux côtés sordides de l'existence. La corruption et la violence sévissaient à Avalon. Pas comme dans une grande ville, certes, mais c'était quand même un endroit où les hommes se soûlaient et battaient leur femme et leurs enfants, où des voyous concoctaient des drogues dans le grenier de leurs grands-mères, où les lycéennes volaient à la tire, où les footballeurs se mettaient mutuellement au défi de se pendre du pont sur chevalets au-dessus de la voie ferrée et de peindre des graffitis à la bombe en orange fluo sur le château d'eau.

Il y avait toutes sortes de tragédies, et Rourke commençait à être blasé. Du coup, il en venait à se demander pourquoi les gens prenaient la peine de se jurer un amour éternel puisque, la plupart du temps, ils finissaient par se déchirer...

Jenny l'appelait chaque jour pour le rassurer sur son sort, comme elle le lui avait promis. Mais ce n'était pas suffisant. Il ne savait pas si elle lui téléphonait par obligation ou pour l'empêcher de mettre à exécution la menace qu'il avait proférée de venir chaque jour s'assurer qu'elle allait bien.

Il parcourut plusieurs messages notés sur des feuilles roses qu'on avait laissées sur son bureau. Il ne se passait pas grand-chose parce que c'était un jour de neige. Les effectifs étaient restreints dans les différents bureaux du commissariat. L'un des assistants de son père avait appelé pour l'inviter au déjeuner annuel donné en l'honneur du président — un euphémisme pour une collecte de fonds à cinq cents dollars par tête ! Il y avait aussi un message de sa mère, réitérant dûment l'invitation.

Rourke ne voyait que rarement ses parents. Les blessures de son enfance n'avaient jamais complètement cicatrisé. Il fit une boulette des deux feuillets et les jeta dans la corbeille. Il y avait deux autres messages, de Mindy et Sierra, respectivement, avec lesquelles il avait eu une liaison quelque temps plus tôt.

Une liaison ! Façon de parler. Il avait rencontré Mindy dans un bar, il avait passé le week-end avec elle, après quoi il l'avait mise dans le train. Le scénario était à peu près le même pour Sierra. On ne pouvait pas appeler ça une liaison. Il ne se rappelait pas leur avoir donné son numéro de téléphone, mais les plus tenaces se débrouillaient toujours pour retrouver sa trace. Les feuilles roses suivirent le chemin des deux premières.

Sa vie devenait franchement pathétique. Depuis que Jenny avait ravivé la blessure de son cœur, il ne sortait plus avec aucune fille. Il vivait comme un moine, ce qu'il trouvait franchement pénible. Moins pénible, toutefois, qu'une insignifiante partie de jambes en l'air. Il croyait s'en satisfaire, autrefois, mais il n'arrivait même plus à faire semblant.

« Invite-la à dîner. »

Il l'avait déjà fait, mais elle avait refusé.

« Essaye encore. »

Mais était-il prêt à essuyer un nouveau refus ?

Avant de répondre à sa question, il se précipita sur son téléphone. Elle décrocha à la troisième sonnerie.

— Allô ! fit-elle d'un ton enjoué.

— C'est moi, dit-il en tournant le dos pour que les gens du bureau voisin ne puissent pas voir son visage à travers la vitre.

Il se plaisait à penser qu'il avait le sang-froid d'un joueur de poker, mais quand il était question de Jenny, il n'en était plus si sûr. Il retint son souffle, se demandant s'il n'était pas présomptueux de dire juste : « C'est moi. »

— Oh… salut, Rourke !

Bon, pas si présomptueux que ça. Pourtant, la voix de Jenny avait perdu de son allant pour prendre une intonation prudente.

— Désolé de te décevoir, dit-il.

Elle rit.

— J'attendais un coup de fil de M. Greer, mon agent. Seigneur ! Tu arrives à croire que j'ai un agent littéraire ? Ou plutôt que j'en *aurai* un si je parviens à écrire ce livre.

— Bien sûr que je le crois.

— Vraiment ? Tu ne dis pas ça pour me faire plaisir ?

— Je ne vois pas pourquoi tu en fais tout un plat. Tu vas écrire un livre superbe et ce sera un best-seller. Tu me l'as dit toi-même quand tu avais… onze ans.

— Et tu y crois encore ? dit-elle d'une voix radoucie. Oh, Rourke !

Son « Oh, Rourke ! » le terrassa. Il s'assit derrière son bureau et fit pivoter son fauteuil en direction du mur.

— Ecoute, je me demandais…

Nom d'un chien, pourquoi était-ce si difficile ? *Que dirais-tu de venir dîner avec moi à l'auberge du Pommier ?* Une petite question toute bête.

— Quoi donc ? Qu'est-ce que tu te demandais ?

— Si, euh… tout allait bien là-haut.

— Bien sûr ! Tout va à la perfection. C'est une journée idéale pour travailler.

Elle avait l'air sincèrement heureuse d'être loin de lui. Elle avait dû souffrir le martyre quand elle partageait son appartement.

— On est bloqués par la neige aujourd'hui, dit-il. Je voulais m'assurer que tu n'avais besoin de rien.

— C'est comme ça tous les jours ici, répondit-elle. C'est précisément pour ça que j'adore cet endroit.

Elle soupira, et son ton se fit nostalgique.

— Je suis seule, et toutes sortes de souvenirs me reviennent à l'esprit…

« A propos de nous ? » se demanda-t-il.

Mais il s'abstint de poser la question.

A cet instant, on frappa à la porte et il se retourna. Nina Romano entra sans attendre d'y être invitée.

— Il faut que je raccroche, dit Rourke dès qu'il vit son visage crispé, à la limite de la panique. Je te rappelle.

« Merci, Nina », pensa-t-il. Grâce à elle, il avait pu raccrocher avant de s'être totalement ridiculisé.

Elle le gratifia à peine d'un coup d'œil.

— Jenny ? demanda-t-elle en pointant le menton en direction du téléphone.

Bon sang, était-il transparent à ce point ?

— Qu'est-ce qu'il y a ? demanda-t-il, ignorant sa question.

— Je sais où est passé l'argent. Il a été détourné par Matthew Alger.

Il fallut un moment à Rourke pour rattraper le cheminement de sa pensée.

— L'argent de la municipalité ?

Elle hocha la tête et déposa sur son bureau une feuille sur laquelle était imprimé un tableau.

— Il faisait des transferts de fonds spéciaux et réservés dans les caisses générales en se servant au passage. Plutôt futé. Oh, et puis il empochait le montant des contraventions en inscrivant dans les registres qu'elles avaient été annulées sous couvert de service communautaire. Il n'a même pas l'autorité requise, bredouilla-t-elle. Le salopard !

— Ne lui dis rien pour le moment.

— Trop tard.

Nina s'écarta et fit signe à Matthew Alger d'entrer dans le bureau. Il se figea sous son regard incendiaire.

— Rourke pense que je n'aurais pas dû t'en parler, déclara-t-elle d'un ton sec. Il a raison, j'en suis sûre, mais je dois admettre que je n'ai pas l'habitude des employés municipaux qui font main basse sur les fonds publics. Tu es le premier.

— Je ne vois pas du tout de quoi tu veux parler.

Classique, pensa Rourke. C'était le genre de choses qu'il entendait tous les jours dans son travail et, la plupart du temps, c'était de la foutaise. Alger mentait. Cela se voyait dans la manière dont il détournait le regard, dans la position de ses mains posées l'une sur l'autre.

— Alors, tu vas l'arrêter ? demanda Nina.

— Nous allons appeler l'audit de l'Etat, dit Rourke en griffonnant une note. Sur-le-champ.

Nina reprit le document qu'elle avait apporté.

— Et ça, qu'est-ce…

Elle fut interrompue par l'intercom. Rourke tendit le cou pour jeter un coup d'œil en direction du bureau de la réception.

— Oui ?

— Il y a trois jeunes qui veulent vous voir, chef, lui annonça son assistant.

Rourke se tourna vers Alger.

— Nous en avons fini pour le moment.

Puis il lança dans l'intercom :

— Faites-les entrer.

Ce genre de visite n'avait rien d'extraordinaire. Beaucoup de gosses de la communauté le considéraient comme accessible et à même de régler leurs problèmes, le cas échéant.

Il se leva et alla ouvrir la porte. A sa grande surprise, il vit entrer Zach Alger, Sonnet Romano et Daisy Bellamy. Ils étaient habillés chaudement, des raquettes pendaient de leurs sacs à dos, leurs joues étaient rougies par le froid.

De toute évidence, Alger ne s'attendait pas à ça, lui non plus. Il fusilla son fils du regard.

— Tu as des ennuis ? lui demanda-t-il.

Rourke vit que Nina se mordait la langue. Il savait pertinemment qu'elle ne mettrait pas Alger en cause devant son fils — pour protéger le gamin.

— Non, père, répondit Zach, se débrouillant pour que ce qualificatif résonne comme une insulte.

Il y eut un silence, puis Matthew Alger se dirigea vers la porte en déclarant :

— Je serai dans mon bureau.

— Au revoir, monsieur Alger, dit Sonnet avec une politesse infinie.

Elle donna un coup de coude à Zach qui bredouilla :

— A tout à l'heure.

Ils le regardèrent partir tous les trois.

Rourke examina ses visiteurs, selon son habitude. Un coup d'œil rapide lui permettait de déterminer si le gamin s'était battu, s'il avait été victime d'une attaque ou s'il avait pris une substance illicite. Rourke savait même, sans détecteur de mensonge, si un jeune lui racontait des histoires. Pour le moment, le seul message qu'il recevait de ces trois-là, c'était de l'inquiétude, et probablement aussi… de la peur. Daisy Bellamy, qu'il connaissait à peine, était particulièrement pâle et semblait troublée. Elle avait un appareil photo autour du cou qu'elle berçait inconsciemment dans sa main.

— Vous avez fait une randonnée, je vois, dit-il avec l'espoir de les inciter à parler.

— Effectivement, répondit Sonnet en faisant un pas en avant.

— Ça n'a pas l'air de vous réjouir. Je croyais que vous adoriez les jours de neige.

— On est allés faire de la raquette, dit Daisy.

— Sur le sentier au-dessus des chutes de Meerskill, précisa Zach.

— On avait la permission, ajouta Sonnet. C'est dans la propriété du camp Kioga, mais le papa de Daisy a dit que ce n'était pas un problème.

La promenade jusqu'aux chutes et au-delà était assez mal indiquée, mais, à trois, ils ne risquaient pas grand-chose. Ici comme ailleurs, les gamins s'attiraient des ennuis.

— On a eu envie de jeter un coup d'œil dans les grottes, reprit Daisy.

Il y avait un étrange tremblement dans sa voix quand elle alluma son appareil digital et orienta l'écran de vision vers Rourke.

— On en a trouvé une. En fait, c'est Sonnet qui l'a découverte. J'ai pris quelques photos.

Rourke s'étonnait que les trois gamins ne parlent pas tous en même temps. En général, ils bouillaient d'impatience de tout raconter sans attendre. Sceptique, il étudia la photo de la taille d'un ongle de pouce. Les gens apportaient toutes sortes de choses dans les commissariats : des objets qu'ils prenaient — en toute innocence ou par ignorance — pour autre chose. Une partie de ramure trouvée dans les bois ressemblait à des ossements humains. Une touffe de fourrure accrochée dans l'écorce d'un arbre passait pour les cheveux d'un enfant disparu. Des trésors prétendument enfouis se révélaient être de la roupie de sansonnet. Dans quatre-vingt-dix-neuf pour cent des cas, la découverte avait une explication parfaitement logique, et ne comportait aucune implication criminelle.

Mais cette fois, Rourke ne doutait pas un instant de ce qu'il avait sous les yeux.

— Vous avez pris ces photos aujourd'hui ?

Les ados hochèrent la tête à l'unisson.

— Avez-vous touché à quoi que ce soit ?

— Je ne crois pas, répondit Sonnet en secouant la tête.

— Il va falloir me confier la carte mémoire de cet appareil, dit-il. Ça ne vous ennuie pas, Daisy ?

— Pas de problème.

Elle la sortit de l'appareil et la lui tendit, les yeux écarquillés, remplis de frayeur.

— Vous avez très bien réagi, leur dit-il avant d'appuyer sur le bouton de l'intercom pour faire venir son assistant.

28

Jenny s'efforçait de recréer une scène dont elle se souvenait à peine. Comme elle l'avait dit à Rourke au téléphone, c'était une journée idéale pour travailler. Elle s'était réveillée dans un monde inondé de lumière et tapissé d'une couche de neige toute fraîche, et comme promis, elle avait appelé chaque jour Nina, Laura, Olivia et Rourke.

Tout était prêt pour une journée de travail parfaite. Elle avait fait du feu dans le poêle à bois ventru et posé la bouilloire en fer dessus pour faire chauffer de l'eau. Elle avait ouvert les rideaux en grand afin d'avoir une bonne vue sur le lac, vaste plaine de blanc immaculé avec au milieu la minuscule île toute blanche, elle aussi.

Elle avait enfilé un jean et un pull-over en cachemire doux comme un nuage. Puis elle s'était installée dans le gros canapé devant la cheminée, avait allumé son ordinateur et…

Rien.

C'était horrible. Elle se trouvait dans un environnement idéal, seule avec ses pensées et ses souvenirs, et elle semblait incapable d'écrire une ligne. Les mots refusaient de venir, et lorsqu'elle les forçait à sortir, ils étaient aussi banals que le libellé d'une carte de vœux ou d'une pub à la radio.

Que lui arrivait-il ?

Elle n'était même plus la personne qui rédigeait en un clin d'œil sa chronique hebdomadaire quelques heures avant la remise, les mots volant de ses doigts tandis qu'elle captait une scène avec la clarté d'un instantané, avant de l'illustrer par une recette. Elle rédigeait souvent son article à toute vitesse, sûre d'elle et convaincue qu'elle en serait satisfaite.

Or, maintenant qu'elle avait tout le temps, elle tergiversait. Au début, elle avait attribué ses atermoiements au fait que toutes les précieuses recettes de sa grand-mère avaient disparu dans l'incendie. Faute de pouvoir les consulter, comment faire revivre le passé ?

Ce n'était qu'un prétexte. Surtout depuis que le *Troubadour* avait couvert l'incendie et que Nina avait lancé un appel pour qu'on lui fasse parvenir photos et souvenirs liés à son passé. A son grand étonnement, en revenant de New York, elle avait découvert que son amie avait amassé tout un carton de vestiges — des photos, des pages de livres, un vieil article sur la boulangerie, plusieurs annuaires scolaires de son époque et de celle de sa mère. La plupart de ces souvenirs s'accompagnaient d'un petit mot touchant : « Nous sommes de tout cœur avec vous », et parfois même de dons qu'elle s'était empressée de remettre à l'église de Gram. Tout cela venant des habitants d'une ville qu'elle avait rêvé de quitter, qu'elle avait jugée étriquée et provinciale. Rourke avait peut-être raison. Elle était à sa place ici.

En attendant, Martin Greer lui avait confié une tâche qui différait complètement de ce qu'elle avait fait auparavant. Recettes et vignettes n'y suffisaient pas. Elle se devait d'étudier plus en profondeur les rouages d'une boulangerie familiale. Il fallait des détails, des émotions qu'elle n'avait jamais eu à exprimer dans sa colonne. Il voulait du pathétique — l'abandon de sa mère, l'absence de son père et sa réapparition subite. Et, bien sûr, la tragédie liée à Joey.

Jenny n'était pas sûre de trouver les mots justes pour parler de tout ça.

Frustrée, elle se leva et se mit à arpenter la pièce. Elle alluma brusquement la radio. La seule station clairement audible diffusait des airs vieillots, lassants, mais ce fond sonore était encore préférable au silence.

Elle continua à faire les cent pas en prêtant une oreille distraite à *My Sharona* sans être tentée de danser pour autant.

La chanson fut suivie d'une publicité assez peu professionnelle « Palmquist, votre bijouterie familiale depuis 1975 ».

En 1975, sa mère était une ravissante adolescente qui, après l'école, travaillait à la bijouterie comme vendeuse. C'était ambitieux, comme Gram et Grandpa l'avaient dit à Jenny, de prendre cet emploi en plus de son travail à la boulangerie le matin. Jane Bellamy elle-même s'en souvenait : Mariska cherchait constamment à se dépasser.

Jenny ouvrit l'un des annuaires scolaires qu'on lui avait donnés et tomba sur une photographie de sa mère. Il y avait chez elle une sorte d'insouciance joyeuse qui attirait les gens, aux dires de Laura. Jenny n'en avait pas hérité, loin de là. Mais si sa mère ne l'avait pas abandonnée, elle aurait peut-être appris à devenir insouciante.

Cela dit, avait-elle vraiment envie de ressembler à Mariska ? Aurait-elle aimé partir pour toujours ?

— J'espère que tu es heureuse, où que tu sois, dit-elle à la fille qui souriait sur la photo.

Elle sentit une odeur de métal chaud et se rendit compte que l'eau qu'elle avait mise à chauffer s'était évaporée. Elle enfila un gant et porta la bouilloire dans la cuisine pour la remplir de nouveau. Le sifflement aigu avait réveillé Rufus qui faisait sa sieste sur le tapis.

— Désolée, mon vieux, murmura la jeune femme.

Les relents de fer sec et de vapeur chaude éveillèrent en elle un vague souvenir. Des images lui vinrent à l'esprit et elle ferma les yeux, revoyant en pensée une scène du passé dans ses moindres détails. La cuisine sentait le fer et la vapeur, et la radio diffusait une chanson qu'elle connaissait bien : *867-5309/Jenny.*

Elle se laissa aller, et son imagination la transporta dans cette scène qu'elle avait cherché à décrire.

C'était l'hiver. Elle était toute petite, assise sur la table en Formica ronde, et buvait un chocolat chaud. La tasse était en forme de tête d'éléphant, et les anses étaient les oreilles.

Devant la cuisinière, sa mère se balançait au rythme de la musique. Chaque fois que l'on entendait « Jenny, Jenny », elle se retournait et chantait à son tour, désignant sa fille, la faisant rire.

— Qu'est-ce que tu prépares ? avait demandé Jenny en désignant la poêle sur le feu.

— Une fortune ! avait répondu Mariska en riant.

— Qu'est-ce que c'est ?

— Tu le sauras quand tu seras grande.

— Je peux t'aider ?

Jenny était descendue de sa chaise et avait rejoint sa mère en traînant ses pantoufles Winnie-the-Pooh sur le linoléum.

— Non, attends ! C'est chaud. Ne touche à rien. Ce sont des plombs pour la pêche.

Jenny l'avait observée un moment en restant un peu à l'écart. Les fenêtres étaient ouvertes, pour faire partir la fumée. Mariska versa le liquide foncé que contenait la casserole sur un plateau. Après quoi elle dansa jusqu'à la fin de la chanson. Elle était jolie, heureuse.

— Je pense que je devrais sortir pour fêter ça.

— Non, maman ! avait protesté Jenny. Tu pars tout le temps !

— Et je reviens toujours. Bon, attendons que ça refroidisse. Ensuite, nous pourrons les ranger dans la boîte à pêche de ton grand-père. Il faudra faire attention de ne pas en perdre !

Le poêle à bois émit un bruit sec et Jenny rouvrit les yeux, éblouie par la lumière crue qui se reflétait sur la neige, dehors. C'était probablement le souvenir le plus clair qu'elle avait de sa mère. Elle se rendit compte que cette scène s'était répétée plusieurs fois. Quelque chose lui échappait, toutefois : elle n'avait pas tout compris. En dépit de ses rêves et de ses grandes ambitions de devenir riche et de partir à la découverte du monde, Mariska n'en continuait pas moins d'aller pêcher avec son père en plein hiver quand il fallait creuser un trou dans la glace.

Jenny se demanda ce qu'il était advenu de ces plombs faits maison, s'ils étaient encore là quelque part et s'ils ressemblaient au souvenir qu'elle en avait gardé. Peut-être se trouvaient-ils toujours dans la boîte à pêche de Grandpa ?

Elle enfila sa veste, ses gants, ses bottes et se rendit dans la remise où était stocké tout ce qui avait pu être récupéré après l'incendie. Il neigeait toujours, et elle devait lever haut les jambes pour progresser entre les congères. Rufus faisait des bonds dans son sillage, creusant un andain sur le tapis blanc.

Une tempête de neige était annoncée pour la journée et le lendemain. Seuls les véhicules indispensables étaient supposés s'aventurer sur la route.

Jenny dut creuser une tranchée avec les mains devant la porte à rideau de bois de la remise. Une fois à l'intérieur, elle fouilla dans les cartons empilés jusqu'à ce qu'elle trouve celui qui contenait le matériel de pêche de son grand-père, épargné parce qu'il se trouvait sous un évier dans l'atelier. Elle porta le carton près de la porte où la lumière s'infiltrait, diffusée par la neige qui continuait à tomber dru. Elle posa la boîte à pêche par terre et l'ouvrit, ce qui eut pour effet de soulever des plateaux à charnières remplis d'hameçons rouillés et d'objets fondus qui avaient dû être des leurres ou des bobines en plastique. Quelques plombs déformés avaient survécu, mais la plupart avaient fondu, eux aussi.

Jenny retira l'un de ses gants avec les dents et prit un plomb dans le creux de sa main. Mais ce n'était pas un plomb. C'était rond et symétrique. Elle fronça les sourcils, ôta son autre gant et gratta l'objet avec l'ongle de son pouce. Puis elle trouva un couteau et continua à gratter l'alliage tendre…

Elle referma la boîte et regagna le pavillon aussi vite qu'elle le put. C'était de la folie. De la folie pure ! Elle devait se tromper, il ne pouvait pas en être autrement. Si ce n'était qu'une petite intuition lui soufflait qu'elle savait la vérité.

Elle rentra précipitamment dans la maison, le chien sur ses talons, enleva son anorak et ses bottes. Puis elle s'assit à la table et nettoya quelques-unes des pierres au mieux en s'efforçant d'imaginer quel avait bien pu être le dessein de sa mère, priant pour qu'il y ait une banale explication.

A mesure que les secondes passaient, toutefois, ses soupçons ne faisaient que grandir. Elle essaya de trouver le moyen de ne pas passer pour une démente quand elle raconterait à Rourke ce qu'elle avait trouvé. Elle composa son numéro au travail d'une main tremblante. Son adjoint lui répondit qu'il n'était pas joignable sauf en cas d'urgence.

— Ce n'est pas une urgence, répondit-elle. Enfin, pas vraiment. Demandez-lui de me rappeler dès qu'il pourra, s'il vous plaît.

Elle raccrocha et appela Nina, qui n'était pas disponible non plus. Les jours de neige, se rappela-t-elle, les employés du service public avaient fort à faire pour assurer la sécurité de la communauté.

Elle essaya la boulangerie. Un peu plus tôt, Laura lui avait dit qu'elle ouvrirait probablement tard et fermerait de bonne heure.

Mais elle décrocha elle-même le téléphone.

— Boulangerie Sky River.

— C'est Jenny. Tout va bien ?

— Bien sûr ! répondit Laura, un sourire dans la voix. Il y a beaucoup de monde, en fait. Mariel Gale et moi sommes les seules à être venues et on est submergées de travail. Presque tous les autres sont fermés, tu comprends ? Comment ça va, toi ?

— Il neige à gros flocons, mais ça va. Est-ce que Rourke est là, par hasard ?

— Je ne l'ai pas vu.

— Nina ?

— Non plus. De quoi as-tu besoin, mon cœur ?

Jenny avala péniblement sa salive et s'efforça de garder un ton neutre.

— J'étais en train de fouiller dans ce qu'on a récupéré après l'incendie, et j'ai trouvé quelque chose que ma… euh, je pense que c'est quelque chose que ma mère a fait il y a longtemps. Je ne sais pas trop comment te le dire, Laura. Je crois bien avoir trouvé une fortune en diamants dans la vieille boîte à pêche de mon grand-père.

Elle marqua un temps d'arrêt avant d'ajouter :

— Dis-moi que ce n'est pas aussi dingue que ça en a l'air.

Le silence se prolongea si longtemps que Jenny craignit que la ligne ait été coupée. Puis elle perçut de vagues sons provenant de la boulangerie — le tintement de la cloche à la porte, le bip de la caisse enregistreuse, des voix indistinctes.

— Laura ? As-tu entendu ce que je t'ai dit ?

— J'ai entendu.

Elle savait quelque chose. Ça se sentait au son de sa voix.

— Il faut que tu m'expliques, reprit Jenny. Ma mère volait-elle à la bijouterie quand elle y travaillait ?

— Non, ma chérie. Elle n'a jamais rien dérobé chez Palmquist.

Un temps d'arrêt.

— Les diamants… c'est le prix qu'elle a exigé pour garder ton existence secrète.

DE LA NOURRITURE POUR L'AME

Par Jenny Majesky

Du bowling. Pour quoi faire ?

Il est question ici d'un biscuit aux amandes épicé, traditionnellement moulé dans de grands moules sculptés de 25 cm à l'effigie des saints. Vous pouvez vous contenter d'une plaque. Cette variante garnie de pâte d'amandes est assez riche.

Ma grand-mère ne s'est jamais préoccupée de faire un régime, mais elle ne dépassait jamais la mesure. Quand on mange des bonnes choses, on n'a pas besoin de se gaver pour être satisfait. Telle était sa philosophie.

Il n'empêche que les pâtisseries sont généralement très riches en glucides raffinés qui se transforment directement en graisses. Pour éliminer les calories, il faut faire 30 à 47 minutes de course, 40 à 60 minutes de bicyclette, 85 à 125 minutes de marche ou 90 à 135 minutes de bowling.

EPICE DE LA VIE

- 150 g de farine
- 1-1/2 c. c. de levure
- 125 g de beurre ou margarine
- 160 g de sucre, plus 2 c. s.
- 1 c. s. de cannelle en poudre
- ½ c. c. de clous de girofle moulus
- ½ c. c. de muscade fraîchement moulue
- 1 pincée de poivre de Cayenne
- 1 c. s. de lait
- 1 c. c. de zest de citron
- 200 g de pâte d'amandes
- 1 œuf battu

- 4 c. s. d'amandes effilées et une pincée de sucre.

Préchauffez le four à 180°. Mélangez la farine et la levure. Ajoutez le beurre en morceaux. Incorporez le sucre, les épices, le lait, le zeste de citron. Abaissez la pâte sur une surface farinée en un rectangle de 6 mm d'épaisseur. Coupez-la en deux. Disposez la moitié sur une feuille d'aluminium résistante en en repliant les bords autour de la pâte pour former un récipient creux, ajusté. Badigeonnez le dessus de cette moitié d'œuf battu.

Etalez la pâte d'amandes sur toute cette surface. Couvrez avec l'autre moitié de la pâte en pressant légèrement. Badigeonnez le dessus d'œuf battu. Saupoudrez d'amandes effilées et pressez légèrement. Faites cuire 40 minutes. Laissez refroidir, et découpez le biscuit en longues tranches.

29

1983

— Nous avons passé un accord, dit Mariska à Laura. C'est tout ce que tu as besoin de savoir.

Laura la considérait, bouche bée. Elles étaient dans l'enceinte voûtée de la chambre froide, à la boulangerie : on se serait dit dans une caverne. Laura était venue à 3 h 45 pour ouvrir, comme à l'accoutumée.

En général, elle avait une heure devant elle avant que quelqu'un vienne la déranger, mais ce matin-là Mariska l'avait surprise en débarquant juste après elle. Et au lieu de se mettre au travail, elle l'avait entraînée dans la chambre froide. Elle lui avait montré un petit coffret garni de velours noir. En jetant un coup d'œil à son contenu, Laura avait été stupéfaite. D'après Mariska, il s'agissait de diamants ronds d'un carat, incolores et sans défaut, qu'elle avait reçus de M. et Mme Lightsey, de chez Lightsey Gold & Gem, à New York. Ils avaient passé un *accord*.

— Je ne comprends pas, dit Laura. Qui sont ces gens ? Et pourquoi t'ont-ils donné des diamants ?

— Je te l'ai dit…

Mariska referma le coffret et le serra contre sa poitrine.

— Bon, un accord, j'ai compris, reprit Laura. Ce que je veux savoir, c'est pourquoi ? Qui sont ces gens ?

Mariska glissa le coffret dans son sac à main.

— Il faut que je les mette ailleurs. Je pensais qu'ils

seraient en sécurité ici, mais après la coupure de courant d'hier, j'ai pris peur.

— Pourquoi ?

— J'ai l'impression que quelqu'un me surveille. Je vais les changer de place, mais il fallait que j'en parle à quelqu'un, au cas où…

— Comment ça *au cas où* ?

— S'il m'arrivait quelque chose. C'est juste une précaution, et tu es la seule personne en qui je puisse avoir confiance.

Ce commentaire de mauvais augure agaça Laura.

— Si tu me fais confiance, alors tu dois me raconter toute l'histoire.

Elles retournèrent dans la boulangerie étincelante en attendant de commencer la journée. Laura observait son amie. Mariska était plus belle que jamais. Ses continuels voyages lui avaient conféré une singulière allure, comme si elle sortait tout droit des pages d'un magazine de mode parisien. Elle portait avec désinvolture une écharpe de soie et un sac en cuir très doux. Même à cette heure indue, elle semblait habitée par une formidable énergie. Elle aimait beaucoup voyager et trouvait la vie à Avalon insupportable. Même si elle adorait sa fille — tout le monde adorait Jenny —, elle semblait incapable de se poser.

« Voilà que ça recommence ! » pensa Laura.

Tandis qu'elle s'absorbait dans une préparation à base de miel, Mariska se décida enfin à parler.

— Les Lightsey sont les parents de Pamela Lightsey, la fille que Philip Bellamy a épousée, dit-elle.

Laura s'en souvenait, maintenant. Les Lightsey venaient l'été. Ils étaient amis avec les Bellamy.

— Ils tenaient absolument à ce que Philip épouse Pamela, et ils savaient qu'il ne le ferait jamais, tant que je serais dans les parages, poursuivit Mariska. J'ai compris qu'à l'instant où je dirais à Philip que j'étais enceinte, ce serait fini entre Pamela et lui. Le truc, c'est que les Lightsey l'ont compris, eux aussi. Ils m'ont dit que si je rompais avec Philip en le persuadant que je ne voulais plus de lui, ils me dédommageraient. Ils sont dans le commerce des diamants, alors…

Elle tapota son sac.

Ce soir-là, Mariska insista pour qu'elles sortent toutes les deux, et elles allèrent chez Scooter's, un bar populaire au bord de la rivière. Elles burent un verre au bar, perchées sur de hauts tabourets, attirant l'œil de plusieurs garçons. Enfin, surtout Mariska. A côté d'elle, Laura avait l'impression d'être aussi fade que du pain blanc.

Plusieurs gars du coin s'installèrent à la table voisine — Terry Davis, qui travaillait toute l'année au camp ; Jimmy Romano, qui enseignait au lycée ; et Matthew Alger, employé à la mairie. Question flirt, Mariska était experte. Laura, elle, se contentait de regarder en se mettant en retrait. C'était tout un art de retenir le regard d'un garçon. Il fallait donner l'impression d'être naturelle, spontanée, même si cela demandait une grande concentration.

Bientôt, Mariska chuchotait à l'oreille de Matthew en s'esclaffant. On aurait dit qu'il allait la manger toute crue. Laura s'excusa et se rendit aux toilettes. Mariska la rejoignit quelques minutes plus tard.

— Qu'est-ce qui t'arrive ?

Laura voyait bien qu'elle était ivre.

— Je n'arrête pas de penser à ce que tu m'as raconté ce matin, à ce que tu as fait…

— Il n'y avait pas d'autre moyen, d'accord ? Je te rappelle que la situation n'était pas brillante cet été, à la boulangerie.

— Je n'ai pas oublié.

— C'est la solution pour sauver la mise.

— Philip t'aurait aidée. Si tu lui avais parlé du bébé, si tu l'avais épousé, les Bellamy seraient intervenus.

Mariska dévisagea son amie.

— J'aurais eu l'air de quoi ? D'une imbécile qui se serait fait engrosser et qui se serait mariée par intérêt. Tu me connais, Laura. Je ne ferais jamais une chose pareille.

Ah, oui, sa fierté !

— Tu trouves que c'est mieux d'être une mère célibataire

et d'accepter un pot-de-vin. Il aurait mieux valu épouser l'homme que tu aimes.

— Je connais la valeur de l'argent, figure-toi. Depuis toujours.

Un bruit de chasse d'eau leur parvint, et Laura sentit son sang se figer. Seigneur, quelqu'un avait entendu leur conversation !

Une brune sortit des toilettes et vint se laver les mains. Une Romano, remarqua Laura. Peut-être Angela. Elle n'arrivait jamais à les distinguer les unes des autres.

Quand elle partit, Laura dévisagea Mariska d'un air affolé.

— Tu crois qu'elle a compris de quoi on parlait ?

— Ça n'a aucune importance. Je me suis occupée de tout aujourd'hui. La seule personne qui a vu, c'est Jenny, et elle est trop petite pour comprendre.

— N'est-ce pas illégal, ce que tu as fait ?

— Ecoute, je possède quelque chose que les Lightsey voulaient, riposta Mariska, exaspérée. Je n'ai acheté ni voiture ni vêtements. Rien de tout ça. Je ne voulais pas éveiller les soupçons.

Quand elle aurait besoin d'argent, expliqua-t-elle, elle porterait une ou deux pierres chez un marchand de diamants de la 47e Rue à New York, ou bien à Toronto, ou encore en Europe.

— Pourquoi me racontes-tu tout ça aujourd'hui ? Pourquoi maintenant ? demanda Laura.

Elle avait toujours admiré Mariska d'une certaine manière — à cause de son physique, de son courage, de son aplomb. Elle éprouvait tout autre chose à présent : un choc mêlé de réprobation.

— Je vais peut-être être obligée de partir quelque temps, dit Mariska. Plus longtemps que d'habitude.

DE LA NOURRITURE POUR L'AME
Par Jenny Majesky

Un cordial coloré

Mes grands-parents avaient très peu de trésors puisqu'ils n'avaient pour ainsi dire rien emporté avec eux quand ils avaient émigré de Pologne. Les quelques biens qu'ils possédaient étaient précieux, notamment un service de verres à cordial en cristal qui est resté gravé dans ma mémoire. Mon grand-père était allé à Brooklyn, une année, et il avait rapporté ce service importé de Pologne. Des verres taillés aux teintes de joyaux — rubis, saphir, émeraude, améthyste. On ne les sortait que dans les grandes occasions. Une naissance, un décès, un congé.

Le krupnik est un cordial à base de miel et d'épices qui réchauffe les cœurs en toutes circonstances.

KRUPNIK

- 350 g de miel
- 125 ml d'eau
- 1 feuille de laurier, broyée
- 1 c. c. d'extrait de vanille pur
- 1 c. c. de zeste de citron râpé
- 1 pincée de muscade
- 10 clous de girofle
- 2 pincées de cannelle
- 750 ml de vodka.

Mélangez tous les ingrédients dans un pot, hormis la vodka. Portez à ébullition, baissez le feu et laissez mijoter, couvert, 10 minutes environ. Tamisez, jetez les épices. Ajoutez la vodka et faites chauffer doucement, sans bouillir. Servez immédiatement, de préférence dans des verres à cordial en cristal.

30

Annoncer des mauvaises nouvelles faisait partie de son travail. C'est ce que Rourke se répétait, tout en progressant péniblement dans la neige en direction du pavillon d'hiver. Il en avait toujours été ainsi. Au cours de sa formation, on lui avait enseigné les meilleures méthodes pour annoncer ces tristes nouvelles et soutenir les personnes concernées. Nombre de fois au cours de sa carrière, il avait dû débarquer chez des gens à l'improviste pour leur apprendre que l'impensable était arrivé — un accident, un décès, une arrestation ou quelque autre événement qui changerait le cours de leur vie à jamais. Ces moments le hantaient pendant des années.

A cause de la tempête de neige, la route du camp n'était même pas accessible par chasse-neige. Il avait eu recours à une motoneige équipée de pneus spéciaux, et il avait été contraint de couvrir le dernier bout de chemin en raquettes. L'un de ses adjoints lui avait fait remarquer qu'il pouvait contacter Jenny par téléphone, mais Rourke ne pouvait pas imaginer ça une seconde. Il fallait qu'il le lui dise de vive voix.

Il faisait presque nuit quand il atteignit le pavillon, et la neige tombait plus dru que jamais. Il fixa son attention sur les lumières dorées qui scintillaient aux fenêtres et les volutes de fumée réconfortantes qui s'échappaient de la cheminée. Il imaginait Jenny à l'intérieur, assise devant son ordinateur ou en train de se préparer à manger en écoutant de la musique, en rêvassant ou en réfléchissant. Cette image provoqua en lui un élan de tendresse associé à un sentiment qui ne l'avait pas quitté pendant une bonne moitié de sa vie. Un été, il y avait longtemps, il était tombé amoureux de Jenny. Il avait passé des années à essayer de l'oublier. Force était de reconnaître qu'il n'avait jamais réussi. Cette pensée ne lui procurait aucune joie. Quelque part dans le monde, il y avait des gens qui savaient y faire en amour, qui trouvaient cela gai, facile, et qui estimaient que leur vie n'aurait pas de sens autrement. Il ne faisait pas partie de ces gens-là.

Il s'arrêta devant le pavillon pour enlever ses raquettes. Les marches étaient couvertes de neige et une rangée de stalactites pendait de l'avant-toit. Au moment où il passait en dessous, un gros segment se détacha et s'enfonça silencieusement dans la neige.

Il appela Jenny, puis il frappa. Rufus donna l'alarme en aboyant et en se jetant contre la porte.

« Brave chien », pensa Rourke.

Dès que la porte s'ouvrit, Rufus bondit. Il manifesta sa joie sans retenue dès qu'il reconnut son maître. Jenny recula, arborant une expression que Rourke avait de la peine à déchiffrer. Elle n'était manifestement pas très heureuse de le voir et elle avait l'air… coupable.

Pourquoi se sentirait-elle coupable ? Elle portait un jean et un pull-over, et ses cheveux étaient relevés en une queue-de-cheval. Elle avait les bras croisés sur sa poitrine, comme pour se protéger.

— Rourke, dit-elle. Je ne m'attendais pas à te voir.

C'était l'évidence même.

— J'ai besoin de te parler.

Elle fronça les sourcils et son regard changea, un peu comme… Il ne pouvait s'empêcher de penser qu'elle se comportait comme quelqu'un que l'on aurait fait venir au commissariat de force.

Il entra et referma la porte.

Pendant que Rufus faisait des bonds autour de lui, il enleva ses bottes et son anorak. Ça faisait du bien d'ôter quelques couches. La marche en raquettes l'avait drôlement réchauffé.

— On peut s'asseoir ?

— Euh… bien sûr, répondit Jenny en lui désignant le canapé.

Rourke décida de ne pas y aller par quatre chemins. Elle semblait perplexe, et il aurait été cruel de la faire attendre plus longtemps.

— On a découvert un corps dans les grottes au-dessus de la cascade, lui annonça-t-il sans préambule.

Elle paraissait atterrée.

— Un corps ?

— Oui.

— Un corps humain ?

Il hocha la tête, serrant les poings alors qu'il mourait d'envie de la prendre dans ses bras.

— Sonnet, Zach et Daisy sont allés là-haut en raquettes. Il n'y a pas eu d'identification formelle…

Il s'apprêtait à dire « des restes », mais sa phrase resta en suspens.

— On enverra une équipe là-haut dès que le temps le permettra. J'ai pensé qu'il fallait que tu le saches, pour te préparer à la nouvelle…

« Bon, pensa-t-il. Finissons-en. »

— Le corps est presque certainement celui de ta mère.

Il vit ces paroles s'insinuer dans son esprit comme une brûlure lente, la confusion initiale cédant la place à la compréhension, puis à la douleur. Elle garda le silence, ne bougea presque pas, sauf pour poser les mains à plat sur les genoux et les étudier attentivement.

— J'ai comparé les… euh, vêtements avec la description faite dans le rapport au moment de sa disparition, expliqua-t-il.

Il avait pris la peine de relire ce rapport archivé bien que ce soit inutile. Il l'avait étudié tant de fois au fil des années qu'il le connaissait par cœur, de sorte que, à l'instant où il avait vu les photos prises par Daisy, il avait compris.

— C'est assez probant.

Il marqua un temps d'arrêt, horrifié à la pensée de la souffrance qu'il lui infligeait.

— Je suis désolé, ajouta-t-il.

Elle resta immobile quelques minutes encore, très loin de là en pensée. Elle déglutit, glissa une mèche vagabonde derrière son oreille. Puis elle prit une grande inspiration tremblante.

— J'écrivais mon journal quand j'étais petite, souffla-t-elle d'une voix faible. Je commençais chaque passage par « Chère maman ». C'était ma manière à moi de la rendre réelle. Même sans nouvelles d'elle au bout de dix, quinze, vingt ans, elle continuait à exister pour moi, à être la personne à qui je disais tout, toujours là quand j'avais besoin d'elle.

— Je ne sais pas quoi dire, Jen. Si ce n'est que nous déterminerons ce qui est arrivé. Je jure que je ne connaîtrai pas de repos avant de le savoir.

Elle était bizarrement calme, même s'il soupçonnait que, au fond d'elle-même, il se passait une foule de choses. Puis elle s'éclaircit la voix, son regard changea, et une fois de plus, il eut l'impression qu'elle se sentait coupable.

— Euh… à propos, reprit-elle. Ma mère avait un secret… je viens de le découvrir.

Elle se leva et s'approcha de la table. Une boîte à pêche rouillée, toute carbonisée à l'extérieur, était posée à côté de son ordinateur. Quelqu'un avait dû la récupérer après l'incendie.

Jenny lui tendit une tasse à thé qui semblait contenir une poignée de pierres minuscules.

— Je crois que ce sont des diamants, dit-elle. En fait, depuis que j'ai appelé Laura, j'en suis même sûre. Et je pense que ce qui est arrivé à ma mère découle de ça.

Rourke prit l'une des petites pierres dans le creux de sa main, tandis que Jenny lui expliquait qu'elles étaient restées cachées des années dans des plombs faits maison.

Un frisson le parcourut tandis qu'il passait mentalement en revue les différentes éventualités. Mariska était en possession d'une fortune cachée, et elle s'était mise en danger, d'une manière ou d'une autre.

— Il faudra vérifier, dit-il.

Mais ce frisson lui prouvait que Jenny avait raison.

Elle resta près de la porte, toute petite, l'air perdu.

— J'en voulais tellement à ma mère, dit-elle finalement. Je lui en voulais de m'avoir abandonnée et de ne jamais être revenue. Je… je ne sais plus quoi penser, maintenant.

Elle croisa de nouveau les bras, comme pour s'aider à rester en un seul morceau.

A cet instant, Rourke fut convaincu qu'il était un salopard pour la bonne raison qu'il n'éprouvait rien d'autre qu'un pur désir pour cette femme. Oh, ce n'était pas nouveau ! N'empêche qu'en ce moment tragique il ne songeait qu'à l'emmener au lit. Il l'avait déjà fait une fois, quand ils avaient cru que Joey était mort… Et aujourd'hui, voilà qu'il venait lui annoncer une nouvelle tragédie et qu'il avait envie d'elle plus que jamais. Il était un ange de la mort, lubrique qui plus est.

— Pourquoi me regardes-tu comme ça ? lui demanda-t-elle.

— Il vaut mieux que tu ne le saches pas.

DE LA NOURRITURE POUR L'AME
Par Jenny Majesky

La venue du printemps

En Pologne, le mardi qui précède le Carême s'appelle *tlusty cswartek* (mardi gras). Ce jour-là, on sait que le printemps est sur le point d'éclore. On se régale traditionnellement de *mazurki*, qui sont des gâteaux tout fins. Les grands-mères transmettent la recette à leur fille, de génération en génération. La famille se rassemble pour partager ces *mazurki*, et des débats passionnés s'ensuivent, tandis que chacun choisit ses gâteaux préférés.

MAZUREK

- 100 g de beurre doux
- 120 g de chocolat à cuire, fondu
- 200 g de sucre
- 3 œufs
- 1 c. c. de vanille
- ¼ c. c. de sel
- 250 g de farine.

Pour le glaçage :

- 120 g de sucre glace et 1-3 c. s. de lait
- Des noix ou des noix de pécan hachées pour la garniture.

Préchauffez le four à 180°. Fouettez le beurre pour obtenir une crème ; ajoutez le chocolat fondu et le sucre. Mélangez bien. Incorporez les œufs, un par un. Ajoutez la vanille et le sel, puis la farine peu à peu en remuant bien. Transvasez la préparation dans un plat de 30 x 15 x 2 cm. Faites cuire environ 20 minutes. Versez le glaçage dessus et saupoudrez de noix hachées. Coupez en carrés et servez.

31

1998

Rourke venait de commencer sa garde ce samedi soir quand il reçut un appel personnel. Il décrocha sur le bureau du sergent tout en jetant un coup d'œil par la fenêtre. Il faisait un temps maussade. La tempête menaçait.

— Agent McKnight à l'appareil.

— Salut, frangin ! fit une voix chaleureuse. Je suis rentré.

— Joey !

Dieu merci, pensa Rourke en fermant les yeux. Joey était finalement de retour. Après cette terrible fausse alerte, on l'avait envoyé au centre médical de Landstuhl en Allemagne, où il avait subi plusieurs opérations dans l'espoir de sauver son œil. En vain. Il avait été transféré à Walter Reed avant d'être réformé avec tous les honneurs.

— C'est moi. Joey surnommé « le Chanceux ».

Rourke perçut l'ironie amère de cette remarque. Joey avait beaucoup perdu, cette nuit-là. Ses frères d'armes auxquels il était farouchement attaché, en plus de son œil droit. Ce triste épisode l'avait changé irrémédiablement, comme on pouvait s'y attendre, et une certaine méfiance avait dès lors transparu dans ses courriels et ses coups de fil, de plus en plus rares.

— Où es-tu ? lui demanda Rourke.

— A la gare de Kingston. Le prochain train part dans une heure. J'ai besoin qu'on vienne me chercher. J'ai l'intention de faire une surprise à ma douce. Elle aime bien les surprises.

Rourke avait la bouche sèche. Ce qui s'était passé entre Jenny et lui, ce soir-là, avait été une terrible erreur. Leur chagrin les avait dépouillés de toutes leurs défenses, mais ce n'était pas une excuse. Le pire, c'est qu'il referait exactement la même chose s'il en avait l'occasion, même s'il était rongé par la culpabilité chaque fois qu'il y pensait.

Jusqu'à ce soir-là, il ignorait que le sexe pouvait être aussi puissant, une sorte de possession. Il ne s'était pas rendu compte à quel point cela pouvait vous ravager quand on vous l'arrachait. Il s'était abandonné de son plein gré, incontestablement. Mais le lendemain matin, à la seconde où Joey avait appelé, ils avaient pris la mesure de la terrible erreur qu'ils avaient commise. Un atroce sentiment de culpabilité les avait paralysés. Depuis lors, ils avaient évité tout contact. Ils ignoraient l'un et l'autre si Joey était conscient de ce qui s'était passé, mais de terribles soupçons les hantaient. Ils l'avaient trahi de la pire manière.

— Alors qu'est-ce que t'en dis ? insista Joey.

— Tu as bu ? lui demanda Rourke.

— Hep, je suis soldat ! Un vétéran. Un vétéran borgne. Evidemment que j'ai bu ! Tu voudrais pas faire un petit crochet par ici pour venir me chercher ?

Un trajet de cinquante kilomètres représentait un peu plus qu'un « petit crochet ». Rourke jeta un coup d'œil autour de lui.

— Je suis de garde. Il va falloir que j'en parle au sergent…

— Allons ! fit Joey. Tu te balades en voiture de patrouille, de toute façon. Viens donc par ici.

— Attends une minute. Je vais voir ce que je peux faire.

— Depuis quand le grand Rourke McKnight demande-t-il la permission ? lança Joey d'un ton agressif. En temps normal, tu fais comme chez toi, que je sache.

Il marqua une pause avant d'ajouter :

— Tu sais quoi ? Je n'ai pas besoin que tu viennes me chercher, après tout. Laisse tomber.

— Joey…

— On se verra plus tard, conclut-il avant de raccrocher.

Rourke regarda le combiné en fronçant les sourcils, puis

il raccrocha à son tour. Cette conversation l'avait mis mal à l'aise. L'espace d'un instant, il fut tenté de passer chez Jenny pour la prévenir, mais il se ravisa. Joey voulait lui faire la surprise et il n'était pas question qu'il gâche ça.

« Bon, pensa-t-il, je vais tâcher d'aller le chercher et de le ramener à la maison. »

Quelques secondes plus tard, cependant, on lui transmit un autre appel. Il dut se rendre à la résidence de Round Table Arms pour essayer de rétablir l'ordre. Quelqu'un s'était plaint d'une dispute bruyante chez des voisins, ce qui se produisait malheureusement souvent.

En vérifiant le message, Rourke se rendit compte qu'il s'agissait de la famille Taylor. Il passa rapidement la première. Grady Taylor était sacrément méchant quand il avait bu, et il y avait des enfants dans la maison. Rourke avait en horreur les types qui battaient leur femme et leurs enfants. Il les détestait même avec une fureur qui l'aurait presque rendu lui-même dangereux.

Il fonça sous la pluie. La voiture de patrouille faisait des embardées sur la chaussée humide et huileuse.

Il annonça qu'il était sur place avant de monter quatre à quatre l'escalier en fer. Bien entendu, la dispute n'avait pas cessé — il entendait la voix bourrue d'un homme et les accents plaintifs et belliqueux d'un adolescent. Il tapa à la porte avec sa matraque. La porte s'ouvrit à la volée.

— Y a un problème, monsieur l'agent ?

En apparence, Grady Taylor n'avait rien d'un homme violent. Il était obèse, mais son costume était bien coupé, même si sa cravate était défaite et jetée avec désinvolture sur ses épaules. Rourke n'était pas dupe, toutefois. Il reconnut la violence à ses yeux brillants, à ses cheveux hirsutes, aux rougeurs sur les jointures de sa main droite.

— C'est plutôt à moi de vous poser la question, répliqua-t-il en jetant un coup d'œil par-dessus l'épaule du gaillard.

Il aperçut un adolescent efflanqué en tenue hip-hop — sweat-shirt trop grand, pantalon baggy. Le gosse s'essuyait la bouche du revers de la main. Voyant que Rourke l'examinait, il se détourna comme s'il avait honte.

— Aucun problème, chef, répondit aimablement Taylor. Mon fiston et moi, on avait juste une petite discussion. Les adolescents, vous savez…

Nom d'un chien ! S'attendait-il vraiment à ce que Taylor opine du bonnet d'un air entendu ?

Les adolescents. Ben, voyons !

— Vous avez joué des poings, on dirait.

— C'est pas vos oignons ! aboya Taylor. Vous ne savez pas ce que c'est que d'élever un enfant, de le maintenir à l'abri du danger…

— Il n'est pas à l'abri du danger ici, déclara Rourke en faisant un signe au jeune garçon. Suis-moi, on va aller faire un petit tour, histoire que vous vous calmiez un peu tous les deux.

Le gosse n'avait pas besoin d'encouragements. Il s'empara d'un gros manteau et se dirigea aussitôt vers la porte en enfilant les manches.

— Je t'interdis de sortir de cette maison ! hurla Taylor. Je le jure devant Dieu, je te…

— Qu'est-ce que vous ferez ?

Pris d'un élan de fureur, Rourke leva sa matraque et la plaça en travers de la gorge de Taylor, le plaquant contre la porte.

— Qu'est-ce que vous feriez, enfoiré ?

La rage brillait dans le regard de Taylor. Il brandit les poings. Rourke sentait qu'il était sur le point de perdre le contrôle de lui-même. Il pressa la matraque plus fort contre la gorge de l'homme.

« Essaie un peu, gros plein de soupe, pensa-t-il. Ose me défier… »

Le visage de Taylor s'assombrit. Il avait de la peine à respirer.

— Papa ! lança le gosse. Eh, papa !

Sa voix sortit Rourke de sa torpeur et il recula, relâchant la pression. Sacré nom de… Il avait failli… Taylor s'effondra contre le chambranle de la porte. Rourke se tourna vers le garçon, qui semblait avoir oublié sa lèvre meurtrie. Un filet de sang vif dégoulinait le long de son menton et il tremblait de peur, non pas devant son père, mais devant Rourke.

— Allons-y ! Je t'emmène chez un copain ou chez un parent, d'accord ? Ça va aller ?

Le gamin garda le silence quand ils sortirent sous une pluie battante et montèrent dans la voiture de patrouille. Rourke fit son rapport par radio, après quoi il tendit une boîte de Kleenex à son passager pour qu'il s'essuie la bouche. Le gosse n'arrêtait pas de jeter des coups d'œil inquiets en direction de l'appartement. Les enfants étaient incroyablement loyaux envers leurs parents.

Il indiqua l'adresse d'un copain chez qui il pouvait passer la nuit, puis ils se mirent en route dans un silence morne.

« Il a peur de moi », pensa Rourke.

Après avoir déposé le garçon, il avait l'intention d'aller chercher Joey, mais au moment où il redémarrait, sa radio grésilla. Collision entre une vieille Mustang et un train de marchandises au passage à niveau à l'entrée de la ville, à quelques centaines de mètres de l'endroit où il se trouvait. Les ambulances étaient en route.

Rourke eut un pressentiment avant d'arriver sur les lieux. Il avait l'impression d'avoir un sac de glace dans le ventre. Il *savait*, inexplicablement, avant même de voir la lueur blafarde, surnaturelle des gyrophares, la voiture défoncée, la fumée, les étincelles volant dans l'air de la nuit tandis que les sauveteurs découpaient la carrosserie du véhicule accidenté.

Il *savait* avant de se frayer un chemin entre les diverses équipes et tout le matériel et de voir la victime, son regard rendu vitreux par la confusion, au-delà de la douleur. Le visage blanc comme la craie, Joey était déjà allongé sur une étroite civière.

Le cœur de Rourke sombra comme une pierre. Joey. Il était tellement pressé qu'il avait emprunté ou loué une voiture pour foncer chez Jenny.

Quel imbécile il avait été de penser que Joey attendrait le train ! Quelle connerie ! Il aurait dû le savoir, et mission ou pas, il aurait dû tout laisser tomber et filer à la rencontre de son ami.

— Joey, dit-il en se faufilant entre deux ambulanciers. Hé, mec, c'est moi ! Tu m'entends ?

Joey cilla. Il y avait du sang partout, plus de sang que Rourke en avait jamais vu, foncé comme une nappe de pétrole, se mêlant à la pluie.

— Vous le connaissez ? demanda l'un des ambulanciers.

En voyant son expression, Rourke comprit qu'il devait se préparer au pire.

— Oui, répondit-il, tendant la main vers…

Il ne pouvait pas le toucher. Il y avait des tubes et du sang partout.

— Nom de Dieu, Joey, regarde-toi !

Les lèvres de Joey remuèrent.

— Rourke. Désolé… mon vieux.

— Ne t'inquiète pas, répondit Rourke par-dessus les épaules des ambulanciers qui s'affairaient autour de lui.

Il parvint à sourire tant bien que mal.

— Ne sois pas désolé. Tu vas t'en tirer, Joe. Ces gars vont t'aider.

Le sourire de Joey avait une qualité ineffable, presque un rayonnement. Il savait pertinemment qu'il n'allait pas s'en sortir.

— Dis-lui…

Ses yeux se révulsèrent.

— Joey…

Son regard se fixa un bref instant sur Rourke. Il remua les lèvres, mais aucun son n'en sortit. Puis ses yeux chavirèrent de nouveau.

— Elle le sait, mon pote. Je te jure, je…

Quelque chose changea. Joey frémit des pieds à la tête.

— Nom de Dieu ! hurla Rourke. Faites quelque chose, bordel ! Faites quelque chose !

Jenny sursauta en entendant frapper à la porte peu avant 9 heures. Elle venait d'installer Gram devant la télé. Il n'était que 9 heures du soir, mais elle était déjà en pyjama, comme une vieille fille. Les gens de son âge allaient boire un verre à la Whistle Stop Tavern, le samedi soir, ou bien ils bordaient leurs enfants. Elle, elle sirotait une tasse de camomille en attendant de regarder *Buffy le vampire* avec sa grand-mère.

Elle prit un gilet et le serra autour d'elle pour aller ouvrir. Rourke se tenait sur le seuil, son casque sous le bras, les épaules bien droites, le menton pointé en avant dans une posture très militaire.

— Rourke ?

Il entra et elle vit une chose qu'elle n'avait jamais vue auparavant : il était sur le point de craquer. Il avait les traits tirés, le teint blême, les yeux rouges. Ses mains tremblaient. Il frissonnait de la tête aux pieds.

— C'est Joey, dit-il.

— Joey ? Mais il est à Washington. Au Walter Reed. J'avais l'intention d'aller le voir le week-end prochain…

— Il a été réformé, dit Rourke d'une voix blanche. Il était en route pour venir te voir. Il a eu un accident.

Jenny se réfugia aussitôt dans l'espoir — c'était de nouveau une fausse alerte. C'était déjà arrivé une fois ; ça pouvait se reproduire. Quelqu'un avait transmis une information erronée. Si seulement elle pouvait fermer les yeux et le croire, tout s'arrangerait ! Mais ses yeux restaient obstinément ouverts, et elle vit la vérité sous la forme de taches de sang sur l'uniforme de Rourke, sur sa peau, sous ses ongles. Il avait essayé de le nettoyer, à l'évidence : il sentait le savon, et elle discernait les marques d'une brosse à ongles… mais peu importait. Cette fois-ci, Joey était parti.

Elle sentit qu'elle sombrait. Rourke lui saisit les bras, la redressa. Il lui parlait, mais on aurait dit quelqu'un d'autre, presque aussi anéanti que Joey. Elle voyait ses lèvres bouger tandis qu'il lui expliquait ce qui s'était passé. Elle entendait même les mots qu'il prononçait : Joey avait sauté dans le premier train pour New York, et là il avait pris l'express pour Kingston. L'encre était à peine sèche sur ses papiers de libération. A Kingston, il avait loué une voiture pour faire le reste du trajet jusqu'à Avalon. Il voulait lui faire une surprise.

Une surprise.

DE LA NOURRITURE POUR L'AME

Par Jenny Majesky

Repas de deuil

Quand un ami cher passait de vie à trépas, sa famille faisait appel à ma grand-mère parce qu'elle avait l'art de préparer un repas pour un groupe de personnes au pied levé.

RAGOUT DES FUNERAILLES A LA LEGION AMERICAINE

- 450 g de viande hachée
- ½ oignon haché
- 100 g de carottes en tranches, surgelées
- 100 g de chou-fleur, surgelé
- 100 g de brocoli haché, surgelé
- 625 g de soupe aux champignons à la crème
- 625 g de soupe au poulet
- 3-4 branches de céleri, coupées en morceaux
- 2 c. s. de sauce de soja
- ½ c. c. de poivre blanc
- 350 g de nouilles chow mein.

Préchauffez le four à 170°. Faites revenir la viande et l'oignon dans une grande casserole en fonte en écrasant la viande à la fourchette. Egouttez et transvasez dans un grand plat allant au four. Mélangez les légumes, les soupes, le céleri, la sauce de soja et le poivre. Incorporez à la viande. Ajoutez les 2/3 des nouilles, couvrez et faites cuire au four 1 heure. Garnissez le plat avec le reste des nouilles. Remettez le couvercle et prolongez la cuisson 15 minutes environ.

32

Le vent s'était calmé et la neige tombait à gros flocons, enveloppant le pavillon d'hiver d'un coussin de silence. Jenny tira les manches de son pull-over sur ses mains pour les réchauffer.

— Je ne veux pas le savoir, Rourke. Je ne veux pas savoir ce que tu penses.

Il secoua la tête.

— Aucune importance. Est-ce que ça va, Jen ?

Elle hocha la tête.

— C'est bizarre : je devrais être en train de pleurer comme une hystérique, non ?

— Pas vraiment. Ça fait longtemps qu'elle est partie.

— Je me sens… soulagée en un sens. Je sais ce qu'il en est, au moins. Quand tu m'as annoncé la nouvelle, j'ai senti quelque chose de froid et de crispé se dénouer en moi. Je sais pourquoi maintenant : c'est parce que je n'ai plus à être en colère. Je lui en ai voulu pendant des années parce que je pensais qu'elle ne m'aimait pas suffisamment pour revenir. Alors qu'en fait, elle a essayé de sauver l'affaire familiale, le mieux possible, la mort dans l'âme probablement. Et puis il lui est arrivé quelque chose de terrible. J'aurais dû l'aimer tout ce temps-là au lieu d'être fâchée et pleine de rancœur. Je regrette…

Elle n'arrivait pas à aller au bout de sa pensée.

— … je regrette de ne pas avoir géré mes émotions différemment.

Rourke ne disait rien : il se contentait de la dévisager de

ses yeux hantés. Elle se sentit assaillie par les regrets. Elle le comprenait trop bien. Il avait l'air aussi seul qu'elle l'était dans son cœur. Après la mort de Joey, ils auraient pu — ils auraient dû — se réconforter l'un l'autre. Au lieu de cela, ils s'étaient tourné le dos. Ils avaient été si meurtris par le passé tous les deux qu'ils avaient peur de l'amour, peur de se perdre, de souffrir, de confier leur cœur aux soins de quelqu'un d'autre.

— C'est à cause de Joey, n'est-ce pas ? chuchota-t-elle. C'est pour ça que tu gardes tes distances vis-à-vis de tout le monde.

— C'est pour ça que je garde mes distances vis-à-vis de toi.

— Ça n'a aucun sens, Rourke…

— Il était au courant pour nous.

— Il te l'a dit ?

— Non. Mais il savait.

— Et tu as vécu avec ça toutes ces années.

— Ce n'est pas le genre de chose qu'on oublie. Il nous aimait et nous l'avons trahi. Il le savait, et à l'instant de sa mort, nous nous sommes retrouvés comme figés, sans aucune chance de… On ne pourra jamais arranger ça.

Quelque chose dans son visage lui rappela le garçon qu'elle avait connu jadis — cette colère, cette vulnérabilité, cette vive aspiration qui l'avait profondément touchée. A l'époque déjà, ils étaient blessés tous les deux et ils se protégeaient à l'excès. Cela transparaissait maintenant dans son impossibilité de se pardonner une chose à laquelle il ne pouvait rien changer.

— Je ne sais pas comment tu te débrouillais, mais moi, je parlais très souvent avec Joey, reprit-elle. Je ne vais pas me torturer à force de me demander s'il était au courant pour nous. Je refuse de le faire et je voudrais que tu adoptes la même attitude.

— Je n'ai pas le choix, répondit-il. J'aurais pu empêcher ce terrible accident qui lui a coûté la vie. J'aurais pu tout laisser en plan et aller le chercher sur-le-champ.

— Seigneur, Rourke, écoute-toi ! Tu ne peux pas sauver le monde. Ce n'est pas ton travail.

— Oh, pardon ! Je pensais pourtant que c'était le job d'un flic.

Le rôle idéal pour lui. Sauver les gens, puis s'en aller.

Pas cette fois-ci, décida-t-elle. Cette fois-ci, elle ne le laisserait pas faire.

— Tu fais le micux possible, reprit-elle. C'est le cas de tout le monde, et parfois ça ne suffit pas, c'est vrai, mais c'est ainsi. Tu affirmes que nous ne devrions pas être ensemble, que nous n'avons jamais été ensemble, et moi je te dis que tu as tort.

— Foutaises ! Joey et toi, vous alliez très bien ensemble. Vous auriez dû être mariés : c'est ça, la vérité.

Elle le foudroya du regard.

— Tu as décidé ça tout seul, sans même me demander mon avis. Eh bien, sache que Joey et moi, nous n'étions *pas faits l'un pour l'autre*. Je l'aimais, mais jamais comme je t'ai aimé, toi.

Cet aveu lui échappa avant qu'elle puisse se retenir. Elle inspira à fond. Elle se sentait mortifiée, mais bizarrement soulagée. Elle lui avait enfin dit la vérité et, pour le moment, le monde ne s'était pas arrêté de tourner.

Sa réaction n'était pas franchement encourageante. Il jura et la fusilla des yeux à son tour. Puis il se leva, et alla se planter devant la fenêtre en lui tournant le dos. La nuit tombait sur le lac et il n'y avait pas la moindre lueur dehors.

— Je vais te faire un aveu, moi aussi, déclara-t-il finalement. Quand j'ai appris que mon meilleur ami était mort, je n'ai pensé qu'à une chose : j'étais enfin libre de te sauter.

Elle savait très bien qu'il se montrait délibérément grossier. Mais ça ne lui faisait pas peur.

— Ce n'est pas du tout ce que tu pensais, et tu le sais très bien. C'est une histoire que tu t'es racontée pour être sûr de passer ta vie entière à culpabiliser. Ce que tu as ressenti, en réalité, ce que nous avons ressenti tous les deux, c'est la douleur d'avoir perdu un être que nous aimions profondément. A tel point que nous nous sommes interdit de nous aimer, à cause de lui. Le problème, c'est que toi et moi, on est faits l'un pour l'autre, même si on s'est donné un mal fou pour essayer de l'ignorer. Et chaque fois que nous avons feint de le croire, nous avons nié nos sentiments véritables et nous avons gâché notre vie. Tu le sais aussi bien que moi, j'en suis sûre.

Rourke se détourna de la fenêtre pour lui faire face. Ses mots l'avaient bouleversé. Il traversa la pièce en deux enjambées pour venir la prendre dans ses bras, où elle s'abandonna tout entière. Son odeur douce, fleurie l'enveloppa et, en cet instant qui était probablement pour elle l'un des plus pénibles de l'existence, il éprouva pour elle un élan de tendresse indicible.

Quand elle leva son visage vers le sien, il l'embrassa délicatement, savourant le goût de ses lèvres infiniment douces et chaudes. Elle lui rendit son baiser avec une ardeur dont il rêvait depuis des années, et ils n'échangèrent plus un mot, se pressant l'un contre l'autre jusqu'au moment où il se mit presque à frémir de désir.

Dans le même temps, il ne pouvait s'empêcher de se demander si ce n'était pas une reproduction de la fois précédente, quand ils avaient cru à tort que Joey était mort.

Il se fit violence pour s'écarter d'elle et lui posa la question avec les yeux. Elle ne dit rien, mais lui prit la main et l'entraîna vers la chambre où une petite lampe brillait près du lit. Et là, finalement, il lui révéla ses sentiments de l'unique manière dont il savait le faire.

La neige descendait du ciel en rideaux obliques, s'entassant contre les flancs du pavillon presque jusqu'aux rebords des fenêtres. Au cœur de la nuit, Jenny dormait près de Rourke et elle le regardait.

Cette nuit avait mis tellement de temps à venir ! Quand ils s'étaient finalement laissés aller, ils avaient vécu une explosion d'émotions, mieux qu'en rêve, et le sentiment de béatitude que cela lui avait procuré était si intense qu'elle en avait les larmes aux yeux. Cette intimité qu'ils avaient partagée ne ressemblait en rien à ce qu'elle avait connu auparavant, et sa douceur l'avait prise totalement au dépourvu. Ses sentiments pour lui éclipsaient toute sa souffrance et le chagrin qui l'avaient si longtemps isolée.

Une vague lueur filtrait à travers l'aube grise. Elle ne se rappelait plus combien de fois ils avaient fait l'amour. A un moment donné, il avait appelé le commissariat pour dire qu'ils allaient bien, qu'ils reviendraient quand la tempête serait passée.

Et pour une raison inexplicable, tandis qu'elle écoutait sa respiration et les battements de son propre cœur, elle n'arrêtait pas de pleurer. Rourke lui effleura la joue du bout des doigts.

— Je suis désolé, murmura-t-il.

— Tu ne comprends pas, dit-elle en s'efforçant d'analyser ses émotions. Ce n'est pas… je ne suis pas triste. Je me sens… soulagée en un sens. Pas seulement au sujet de ma mère. Pour nous aussi.

« Bon, se dit-elle. Autant jouer le tout pour le tout. »

— Ça fait tellement longtemps que j'avais envie de ça. Tu ne t'en rendais pas compte ?

Il esquissa un sourire.

— Je me donnais du mal pour t'éviter. Après ce que nous avions fait… comment pouvions-nous être heureux ?

— Comment ? Comme ça, tout simplement.

Elle caressa tendrement son visage, sa barbe naissante, la mèche de cheveux blonds sur son front. Elle déposa un baiser sur la cicatrice en forme de croissant.

— Tu te souviens du jour où tu t'es fait ça ?

— Le jour où on s'est rencontrés. Je me suis bagarré pour toi.

Il l'observa un long moment, sans qu'elle se sente gênée pour autant. Elle avait plaisir à sentir son regard posé sur elle, parce qu'il n'arrivait pas à cacher le désir et la tendresse qu'elle lui inspirait.

— Je n'ai jamais eu besoin que tu me protèges. Ni à l'époque ni maintenant. J'ai juste besoin que…

Tu m'aimes.

Elle ne put se résoudre à prononcer ces mots.

— D'accord, dit-il comme si elle avait exprimé sa pensée à voix haute.

Alors elle rit et se blottit dans ses bras.

— Il va encore neiger toute la journée.

— Tant mieux ! dit-elle.

Beaucoup plus tard dans la matinée, tout le bois dans le poêle étant consumé, et Rourke décida d'aller en chercher. Il y avait plusieurs stères empilés près du bâtiment principal, à deux cents mètres de là. Il mit ses bottes, ses raquettes, enfila une paire de gants et un anorak.

— Je reviens tout de suite, dit-il.

Elle contempla le paysage en plissant les yeux. Toute une étendue de monticules blancs couronnait le lac plat à l'infini. Les bois et les autres constructions n'étaient que de vagues ombres au loin.

— Ne te perds pas !

Il rit et l'embrassa.

— Après cette nuit ? Tu plaisantes ?

Elle ferma la porte derrière lui et s'y adossa. Rourke se mit en marche en tirant une vieille luge derrière lui, suivi de près par Rufus, qui caracolait à ses côtés. Elle le suivit des yeux jusqu'à ce que sa silhouette s'estompe et disparaisse. Elle éprouvait un bonheur si intense qu'elle en avait le souffle coupé. Enfin ! Tout prenait un sens, maintenant qu'elle était avec Rourke.

Elle frissonna et alla jeter un coup d'œil au poêle. La dernière bûche était réduite en cendres et il commençait à faire frisquet. Elle alla dans la chambre pour enfiler une paire de grosses chaussettes, un pantalon et un pull.

Elle s'arrêta devant la glace pour jeter un coup d'œil à son reflet. Elle avait les cheveux en bataille, ses lèvres étaient mystérieusement pleines et… était-ce la barbe naissante de Rourke qui lui avait laissé cette marque sur le menton ? Même échevelée, elle n'avait jamais eu l'air aussi heureux qu'en cet instant.

En souriant, elle prit machinalement la chemise en coton de Rourke. Son odeur lui fit tourner la tête de désir. Sur le coup d'une impulsion, elle l'enfila. Puis elle effleura le reste de ses affaires — sa veste en gabardine, le cuir de son arme, en sécurité dans son étui.

Le vent s'était levé, hurlant comme une voix presque humaine sur le lac et à travers les arbres. Pourvu qu'il se dépêche ! Ça devait faire un quart d'heure qu'il était parti, et il lui manquait déjà.

Le bonheur était si simple, pensa Rourke, tout en tenant tête à la bourrasque. Pourquoi ne l'avait-il pas compris jusque-là ? Il s'agit tout bonnement de savoir où est sa place dans le monde, et qui l'on veut avoir à ses côtés. Paradoxalement, il l'avait compris à l'instant où il avait vu Jenny avec ses tresses et ses baskets délacées. Seulement, il y avait un monde entre le savoir et le mettre en pratique.

Pour le vivre, il devait affronter un certain nombre de vérités difficiles à admettre. Le fait qu'il ne pourrait jamais changer le passé, par exemple, et que le fait de s'imposer un châtiment ne servirait à rien d'autre qu'à alimenter son amère déception. Il avait finalement compris. Pour faire son deuil de Joey, il devait non pas fuir le bonheur, mais lui courir après. Il évitait Jenny parce qu'il pensait ne pas mériter la fin heureuse destinée à son ami. Après cette nuit, il se rendait compte qu'on pouvait envisager les choses différemment. Vivre heureux avec Jenny ne changerait rien à ce qui s'était passé, mais au moins c'était une manière d'envisager un avenir rempli de bonheur. Il fallait qu'il l'épouse. Cette idée s'imposait à lui, inéluctablement. Ça ne faisait aucun doute. Il s'agissait d'une vérité toute simple qu'il s'était cachée beaucoup trop longtemps. Il se demanda si elle trouverait ça brutal ou si elle comprendrait. Il ne voulait pas lui faire peur.

Le bois était entassé sous l'avant-toit d'une remise à cent mètres du pavillon. Les énormes bûches étaient tapissées de toiles d'araignée ; elles n'avaient pas été fendues. Génial ! Il espérait trouver une hache dans la remise.

Rufus avait envie de jouer. La neige le rendait d'humeur folâtre et il sautait en tous sens, aboyant pour inviter son maître à jouer. Rourke rit et le pourchassa un moment au point qu'il se mit à transpirer malgré le froid.

Un peu plus tard, il trouva une hache et s'attaqua au tas de bois. Il ne savait pas trop quelle quantité il leur faudrait, mais si jamais il se retrouvait bloqué ici avec Jenny, il ne s'en plaindrait pas.

Rufus aboya de nouveau, mais cette fois, ce n'était pas une invitation au jeu. Rourke percevait la différence. Il posa la hache et sortit à la recherche du chien. L'imposant husky courait vers l'entrée du camp. Ce fut en tout cas son impression. On n'y voyait pour ainsi dire rien, à cause de la neige.

Il se protégea les yeux pour tâcher de percer la blancheur. Ils avaient de la visite. Connor, peut-être, ou Greg, venu s'assurer que tout allait bien. Mais pourquoi auraient-ils choisi de venir un jour de tempête ?

La silhouette floue mais sombre avançait rapidement. On aurait dit qu'elle glissait sur la neige. Un adepte des raquettes. Rufus continuait à aboyer furieusement, sans doute effrayé par les mouvements saccadés du visiteur.

Rourke agita les bras pour attirer son attention.

— Hé ! cria-t-il. Par ici !

L'homme s'immobilisa. Rourke distingua sa grande veste de chasseur. Puis un bruit retentit, presque avalé par le vent, mais reconnaissable entre tous aux oreilles du policier — un coup de feu. Le chien jappa, ravagé par la douleur, et fonça dans les bois.

Puis Rourke sentit une brûlure atroce dans sa poitrine.

Il ordonna à ses pieds d'avancer, mais ils refusaient d'obéir. La neige était toute douce quand il s'effondra, à plat ventre.

« Quel imbécile je suis ! » pensa-t-il.

En entendant comme un claquement, puis un autre, Jenny inclina la tête de côté. En hiver, les bois produisaient toutes sortes de bruits inattendus — une branche couverte de glace qui se brisait, le choc quand elle tombait sur un toit, les cerfs fourrageant entre les arbres.

Elle alla à la fenêtre, mais ne vit rien qu'un immense champ de blancheur. Elle alluma la cuisinière électrique et mit de l'eau à chauffer pour le thé. La pièce refroidissait rapidement, maintenant que le poêle était éteint.

Finalement, elle entendit Rourke dehors, tapant des pieds sur le porche. Elle courut à la porte et l'ouvrit.

— Dieu merci, tu es…

Mais ce n'était pas lui. C'était un inconnu cagoulé, pointant une arme sur elle. Elle fut prise d'une envie de rire passagère, hystérique. Une arme ? Il devait s'agir d'une hallucination… Puis l'inconnu passa à l'action, la poussant à l'intérieur avant de refermer la porte d'un coup de coude. Son esprit se figea. Elle n'arrivait même plus à réfléchir.

— Qu'est-ce qui se passe ? bredouilla-t-elle. D'où sortez-vous, pour l'amour du ciel ?

— Assieds-toi ! ordonna l'homme en désignant une chaise de bois.

Des menottes pendaient à la ceinture de son pantalon. Etait-ce un policier ? Jenny repensa aux coups de fil qu'elle avait passés après la découverte des diamants. Elle avait appelé Rourke, Olivia, Nina… Quelle idée de raconter à tout le monde qu'elle avait découvert une fortune en diamants !

Elle s'assit, les yeux rivés sur la main gantée de noir, sur l'arme braquée sur elle. En même temps, elle songeait à Rourke et aux bruits qu'elle avait entendus quelques minutes plus tôt. Il s'était passé quelque chose. Où était le chien ?

Elle reporta son attention sur l'arme, et la terreur lui serra les entrailles. S'il était en mesure de le faire, Rourke serait là.

— Allons droit au but, dit-elle d'un ton étonnamment ferme en voyant l'homme avancer vers elle avec les menottes.

Elle se leva d'un bond, de sorte qu'il braqua le revolver sur son visage. Comme si de rien n'était, elle s'approcha du comptoir de la cuisine et prit la soucoupe contenant les diamants.

— C'est pour ça que vous êtes venu, n'est-ce pas ? Ma mère était peut-être prête à mourir pour ça. Pas moi.

— Pose-les ! aboya l'homme.

Sa voix lui paraissait étrangement familière, mais elle n'arrivait pas à l'identifier. Elle reposa la soucoupe et recula.

L'homme ôta son gant, saisit les pierres.

— Tout est là, dit-elle, consciente de chaque seconde qui passait sans lui ramener Rourke.

Elle jeta inconsciemment un coup d'œil dans la chambre, et ne se rendit compte de son erreur qu'au moment où l'homme reprit la parole :

— Il ne peut rien pour toi.

Alors, il savait ! Il avait vu Rourke.

— Où est-il ? demanda-t-elle d'un ton impérieux.

— Assieds-toi, répéta l'homme.

Il voulait les diamants. Etait-ce lui qui avait tué sa mère pour les avoir, et qui lui avait volé son enfance ? Peut-être était-il à l'origine de toutes ces questions restées sans réponse à propos de Mariska ?

Jenny sentit qu'elle devenait quelque d'autre, un être en colère, déterminé, plus fort aussi face à son agresseur. Toute sa vie, elle avait fait ce qu'il fallait, agissant comme on lui disait de le faire, sans prendre de risque. Cet homme s'imaginait qu'elle obéirait à tous ses ordres. Il se trompait. Comment pourrait-elle avoir peur, maintenant ? Rourke lui avait appris que le meilleur moyen de se défendre consistait à se battre. Sans jamais renoncer.

Alors, elle se jeta sur son agresseur et lui envoya son genou entre les jambes, comme Rourke le lui avait montré.

L'homme se plia en deux et elle vit qu'il avait le souffle coupé. Elle visait ses yeux, à présent, mais il tomba à la renverse, hors de sa portée. Sa cagoule lui resta dans les mains. Il était blême de souffrance, presque aussi pâle que ses cheveux blonds.

— Matthew ! souffla-t-elle.

Au départ, elle n'y comprit rien. Puis tout devint clair dans son esprit. Il avait eu vent de sa découverte, et il était venu chercher les diamants. Comme une imbécile, elle en avait parlé à Laura, après quoi elle avait laissé des messages un peu partout en ville dans l'espoir d'atteindre Nina et Rourke. Elle se rappelait aussi sa visite chez Zach, et les tristes aveux du jeune homme à propos des habitudes de jeux de son père. Elle avait décidé de ne pas en parler à Rourke, mais elle savait maintenant que c'était exactement ce qu'elle aurait dû faire. Rourke aurait trouvé une solution avant qu'on en arrive là. Cela dit, comment aurait-elle pu le savoir — personne ne pouvait savoir que Matthew prendrait une initiative aussi désespérée…

Il respirait fort, toujours blême de douleur ; pourtant, ce fut avec détermination qu'il braqua de nouveau son arme sur elle. L'espace d'un instant, pétrifiée de terreur, elle se borna à regarder l'œil noir, glacial du revolver.

— Prends les diamants et va-t'en ! dit-elle. Ils n'ont pas d'importance. Je t'en prie, file !

— Je ne peux pas faire ça. Plus maintenant.

Elle avait vu son visage. Il ne la laisserait pas partir.

— Je sais, Matthew, reprit-elle. Je sais.

Elle avait besoin de faire diversion, de le ralentir d'une manière ou d'une autre.

— Mais… dis-moi ce qui est arrivé à ma mère. Je me suis posé la question toute ma vie.

— Elle est tombée du Meerskill Bridge, répondit-il d'un ton neutre.

Jenny eut une vision de sa mère en train de tomber, ses membres s'agitant dans le vent, de l'impact de son corps sur les rochers en bas de la cascade.

— Tu l'as poussée ? demanda-t-elle, en proie à une haine indicible.

— J'ai dit qu'elle était tombée.

L'arme vacilla légèrement.

« Très bien, pensa Jenny. Il est nerveux, donc de moins en moins concentré. »

— Elle aimait sortir et faire la fête. Elle a vendu la mèche à propos des diamants, un soir, il y a des années. De fil en aiguille, on est allés sur le pont. Elle était ivre et elle est tombée, mais comme j'étais seul avec elle, j'ai eu peur qu'on m'accuse de l'avoir poussée.

Il devait être furieux qu'elle meure avant de lui avoir donné les diamants, pensa Jenny. Elle fit mine de ne pas regarder le revolver.

— Alors tu… tu l'as emmenée à la grotte.

— C'était un accident.

Elle prit une profonde inspiration, humant l'odeur de la chemise qu'elle portait. L'odeur de Rourke.

— Bon, d'accord, c'était un accident. Si tu le dis.

Puis, en un geste de reddition, elle leva les deux mains devant elle, s'offrant à lui.

Dès qu'il fit mine de prendre les menottes, elle leva les poings brutalement et le frappa à la mâchoire de toutes ses forces. Après quoi elle courut dans la chambre, consciente qu'elle n'avait que quelques secondes devant elle. Il s'élança à sa poursuite au moment où elle ôtait le cran de sécurité du revolver en se retournant vers lui.

Regarde bien la cible, et puis tire, lui avait dit Rourke. Elle n'avait qu'une fraction de seconde pour agir. Elle braqua l'arme sur lui. C'était sa seule chance. Elle pouvait lui tirer dessus maintenant. Elle vit la main de Matthew s'élever, le revolver pointé sur elle. Elle appuya sur la détente. Il poussa un hurlement et recula en titubant. Son arme avait disparu. Elle ne savait pas du tout où elle était passée et ne pouvait qu'espérer qu'il n'en savait rien non plus.

A cet instant, elle eut une vision de Zach, Zach qui

ressemblait tant à son père, avec cette lueur désespérée dans le regard, avide d'amour et de protection.

— Salopard ! cria-t-elle à Matthew en cherchant discrètement son arme des yeux.

Elle demeurait introuvable.

— Bouge-toi ! ajouta-t-elle. On va aller chercher Rourke.

Matthew hésita, plissa les yeux d'un air intrigué. Sa main était à l'intérieur de son anorak. Saignait-il ou tenait-il toujours son revolver ?

— Ne me force pas à le faire, Matthew ! chuchota-t-elle. Je n'en ai aucune envie, mais je jure devant Dieu que je le ferai.

Il leva la main, comme pour braquer de nouveau l'arme sur son visage.

— Moi aussi, dit-il. Et là, tu rates l'occasion d'aller retrouver Rourke.

Elle savait qu'il se jouait d'elle, qu'il mentait probablement à propos de Rourke, mais la plus petite chance était préférable à aucune. Sa main tremblait quand elle baissa le revolver avant de le laisser tomber par terre avec un bruit sourd. Dès qu'il se pencha pour le ramasser, elle fonça dans la cuisine.

Matthew ne voulait qu'une chose : les diamants. Elle s'en empara et poursuivit sa course jusqu'à la porte. Un souffle glacial s'engouffra dans la maison quand elle se rua dehors, fouillant du regard les alentours à la recherche de Rourke, sans parvenir à le localiser.

Criant après elle, Alger surgit sur le porche. Un coup de feu retentit, et un sanglot déchira la poitrine de Jenny tandis qu'elle courait, progressant avec une lenteur cauchemardesque entre les congères. Elle parvint à atteindre le ponton et se retourna brusquement, tendant le poing au-dessus de la surface du lac couverte de neige.

— N'approche pas ! cria-t-elle. Sinon je lâche les diamants et tu ne les retrouveras jamais.

Matthew s'immobilisa, braquant toujours son arme sur elle.

— Donne-les-moi ! ordonna-t-il.

Bon, pensa-t-elle, c'était effectivement ce qu'il voulait.

— Dis-moi où est Rourke.

Il avait cessé de neiger et de faibles rayons de soleil coloraient le ciel, baignant le paysage d'une lumière magique. Le vent était tombé. Où était Rourke ? Une ombre dansa au loin et elle fut saisie d'un terrible espoir. Elle s'obligea à garder les yeux rivés sur Alger, de peur de lui révéler ses pensées en fouillant le paysage du regard. L'ombre parut reculer, puis revenir.

Rourke ? Ou peut-être le chien ?

Matthew s'élança alors vers elle, et elle comprit qu'il ne s'arrêterait pas. Elle savait aussi qu'il ne lui tirerait pas dessus tant qu'elle tenait les diamants dans sa main. Elle entrevit un mouvement flou derrière lui. Il bondit et, au même moment, elle jeta les diamants. Ils s'éparpillèrent en un grand arc et disparurent, s'enfonçant dans la neige qui tapissait le lac.

33

A l'instant où elle pénétra dans le hall de l'hôpital inondé de soleil, Jenny se sentit oppressée. Elle était déjà venue ici trois fois — pour son grand-père, pour Gram, et puis à la morgue, pour Joey — et chaque fois, elle était repartie le cœur brisé. Elle plongea la main dans sa poche et en sortit le flacon de remèdes avant de se diriger vers une fontaine.

« Attends une minute ! » se dit-elle.

Le pire était passé. Matthew Alger était en garde à vue et on avait transporté Rourke à l'hôpital en hélicoptère. Rufus était chez le vétérinaire. Deux policiers l'avaient reconduite en ville ; deux autres avaient emmené Alger. La tempête s'était calmée. En ville, on déblayait les rues. Elle n'avait aucune raison de paniquer. A part que Rourke avait dû être opéré en urgence. A cette pensée, elle eut le souffle coupé. Ça lui paraissait soudain insoutenable d'aimer quelqu'un au point que sa perte puisse vous anéantir.

Mais c'était une réalité à laquelle elle ne pouvait échapper. Rourke McKnight détenait son cœur, et même la perspective de le perdre n'y changerait rien. Elle ne regretterait jamais. Cela ressemblait si peu à la Jenny d'avant, qui se méfiait tant de ses sentiments…

Le policier qui l'accompagnait — un des neveux de Nina — parut remarquer son hésitation. Il s'écarta légèrement et attendit. Elle ferma les yeux un court instant, inspira profondément, remit le flacon dans sa poche et continua à marcher.

En sortant de l'ascenseur, elle vit plusieurs policiers agglutinés dans la salle d'attente. Ils buvaient du café debout en parlant à voix basse, mais tout le monde se tut en la voyant.

« Non, pensa-t-elle. Je vous interdis de sombrer dans le silence ! »

— Quelle chambre ? demanda-t-elle d'un ton impérieux. Où est-il ?

— En soins intensifs, répondit quelqu'un. Il sort de la salle d'op.

Jenny dut se contenter d'attendre, comme tout le monde, dans un état de terreur effroyable. A travers les doubles vitrages, elle voyait le personnel médical s'affairer ainsi qu'un lit entouré d'un si grand nombre de machines qu'il était presque impossible d'apercevoir Rourke.

L'un de ses adjoints s'approcha d'elle.

— Il s'en est sorti comme un chef. Son état est stationnaire. On nous informera dès qu'on pourra le voir.

Elle hocha la tête, la gorge serrée, la fatigue ayant soudain raison d'elle. Toutes les frayeurs des dernières heures avaient sapé ses forces. Elle ignorait quelle heure il était ; elle savait seulement qu'il faisait nuit. Elle ne se souvenait pas de la dernière fois où elle avait mangé. Sa main gonflée lui faisait mal, bien que quelqu'un lui ait donné un sac de glace à poser dessus. Elle marcha vers la fenêtre en vacillant légèrement sur ses jambes.

— Hé, attention ! fit une voix douce, tandis qu'un bras lui entourait gentiment les épaules.

C'était Olivia, un anorak sur le dos, ses cheveux blonds remontés en une queue-de-cheval négligée.

Philip Bellamy se tenait près d'elle. Jenny se rappela qu'il était arrivé un peu plus tôt, cette semaine.

— On vient juste d'apprendre la nouvelle, dit Olivia.

Philip marqua un temps d'arrêt, puis s'éclaircit la voix.

— Daisy nous a dit… pour Mariska.

Jenny s'aperçut qu'elle n'arrivait plus à parler. Elle se borna à hocher la tête. Elle était accablée — par le danger auquel elle avait échappé, par son inquiétude pour Rourke, par le choc qu'elle avait éprouvé en apprenant la vérité au sujet de sa mère. Mais elle se rendait compte maintenant qu'elle ne serait pas seule pour affronter tout ça. Sa sœur et son père étaient là pour la soutenir, manifestant un dévouement auquel elle ne s'était pas attendue.

Olivia lui tendit un gobelet rempli de thé fort.

— Merci, dit Jenny, retrouvant finalement sa voix. Je suis heureuse que vous soyez venus. Ç'a été… incroyable.

— Je sais, dit Philip en lui tapotant l'épaule.

Contrairement aux autres fois, il ne semblait pas mal à l'aise, et elle se sentait réconfortée par sa présence.

— J'ai été désolé d'apprendre ce qui est arrivé à ta mère, dit-il. Profondément désolé.

Jenny but son thé à petites gorgées tout en jetant des coups d'œil vers le poste des infirmières.

— Merci. Je ne peux pas dire que j'aie été surprise. Enfin… ça faisait si longtemps qu'elle était partie, sans un mot. En définitive, on était forcé d'en conclure qu'elle était morte. Tout de même, sans preuve concrète, j'ai continué à m'imaginer qu'elle était quelque part dans le monde.

— J'ai pensé la même chose, dit Philip d'une voix enrouée par l'émotion, ce qui incita Jenny à se souvenir qu'il avait, lui aussi, aimé Mariska.

Il se passa une main dans les cheveux.

— Je ne comprends pas. Pas du tout.

— Elle… Maman a pensé qu'elle tenait sa chance, dit Jenny. Je ne cherche pas à prendre sa défense, mais compte tenu des circonstances, je crois que je comprends. Elle a conclu un marché avec les Lightsey, en ignorant qu'elle risquait de causer du tort à d'autres gens qu'elle-même.

— Mes grands-parents maternels n'auraient jamais dû faire ça, dit Olivia. Ils ont profité d'une fille jeune, apeurée, enceinte…

Philip leva la main pour l'arrêter.

— Quand on est parent, on est prêt à tout pour faire en sorte que ses enfants aient tout ce qu'on souhaite leur donner. Ils ont cru bien faire : ils étaient persuadés que Pamela et moi trouverions le bonheur ensemble et que Mariska serait à l'abri du besoin grâce à la fortune qu'ils lui avaient donnée.

En définitive, les Lightsey avaient découvert l'une des plus vieilles vérités du monde : que l'argent n'apportait pas tout, loin de là. Ils avaient réussi à faire disparaître Mariska, et leur fille avait épousé Philip, comme prévu. Mais ils n'avaient jamais connu le bonheur ensemble. Au final, personne n'avait eu ce qu'il voulait.

— Et les diamants dans tout ça ? demanda Olivia.

Jenny s'absorba dans l'examen du sol pavé.

— Euh, je doute qu'on en revoie la couleur.

Elle leur raconta son affrontement avec Matthew Alger en leur expliquant qu'elle avait jeté les pierres dans le lac quelques secondes avant que Rourke surgisse derrière lui en titubant et le désarme.

— Je suis désolée, dit-elle.

— Il n'y a pas de raison, répondit Olivia. C'est mieux comme ça. Je suppose que, dans les faits, ils appartenaient à Lightney Gold & Gem, mais ça ne semblerait pas juste de les leur restituer. De toute façon, ces diamants n'ont aucune importance. La seule chose qui compte, c'est que tu ailles bien.

Jenny porta le gobelet à ses lèvres, pour s'apercevoir qu'il était vide.

— Je vais aller le remplir, dit Philip.

Il prit le gobelet et se dirigea vers l'ascenseur.

— Il est content d'avoir quelque chose à faire, expliqua Olivia. L'attente, ce n'est pas son fort.

— C'est difficile pour tout le monde.

Jenny avait un peu la nausée. Sa main lui faisait mal, mais elle l'ignora.

Nina arriva sur ces entrefaites. En voyant Jenny, elle se précipita vers elle et la prit dans ses bras.

— Je n'arrive pas à y croire, dit-elle. Est-ce que ça va ?

— Oui. Rourke va s'en sortir.

Elle devait s'en persuader.

— On n'a pas encore eu le droit de le voir, ajouta-t-elle.

— J'ai des remords épouvantables, dit Nina. Je me sens

responsable. Matthew se servait allègrement dans les caisses de la municipalité, et j'ai mis un temps fou à le comprendre. C'était la raison pour laquelle il avait tellement besoin d'argent. Il fallait qu'il remplace ce qu'il avait dérobé avant que l'expert-comptable prenne la mesure de ce qu'il fabriquait.

— Rien de tout cela n'est ta faute, répondit Jenny.

— Peut-être, mais il n'empêche que j'ai honte à en mourir. Et je suis terriblement désolée pour Zach aussi.

— Vous êtes Mlle Majesky ? demanda une infirmière qui venait de les rejoindre.

Olivia secoua la tête.

— C'est ma sœur, Jenny.

Jenny essaya d'interpréter l'expression de la jeune femme. En vain. Non, pensa-t-elle. Pour l'amour du ciel, non !

— C'est moi, Jenny Majesky, dit-elle. Que se passe-t-il ?

— Le patient a demandé à vous voir, répondit l'infirmière. Ou plus précisément, il a *exigé* de vous voir.

Jenny vacilla sur ses jambes, se heurtant à son père, qui l'aida à retrouver son équilibre. Olivia et lui l'accompagnèrent jusqu'aux soins intensifs, mais elle franchit la porte seule. L'infirmière la conduisit dans une petite salle et l'aida à enfiler une tunique en papier fin.

Elle ne reconnut pas l'inconnu couché dans le lit, entouré de barreaux, de tubes et de machines. Des goutte-à-goutte pendaient au-dessus de lui et un réseau de fils était arrimé à sa poitrine par des bandes adhésives. On aurait dit que son visage avait été moulé dans de la cire incolore. Il cligna des paupières, puis elle sentit son regard posé sur elle. Il avait toujours les yeux plus bleus que bleus, et ses lèvres remuaient.

— Il va falloir que vous vous approchiez, dit l'infirmière. On vient de lui ôter un tube de la gorge. Il ne peut que chuchoter.

Jenny s'approcha à la hâte.

« Souris-lui, se dit-elle. Ne lui laisse pas voir à quel point tu es inquiète ! »

La cicatrice sur sa pommette, souvenir d'un été si lointain, se détachait sur sa peau blanche. Elle passa la main au-dessus du barreau pour essayer de le toucher, mais il avait des trucs attachés aux doigts et des tubes couraient dans tous les sens. Finalement, elle se contenta de lui effleurer l'épaule pour sentir la chaleur de son corps contre la paume de sa main.

— Je suis contente que tu ailles mieux. Il y a plein de gens qui attendent dans le couloir et qui seront heureux de le savoir, eux aussi.

— Rufus ? chuchota-t-il.

— L'un de tes collègues l'a emmené chez le vétérinaire. Ça va aller.

Elle espérait ne pas mentir. Une balle avait frôlé le flanc de l'animal, mais le vétérinaire avait assuré qu'il guérirait.

— Et toi ?

Elle inspira profondément. Elle était prête à tout risquer pour lui. Plus que prête. Et le risque ultime consistait à s'ouvrir entièrement à lui et à cesser de se préoccuper des conséquences.

« Bon, se dit-elle. Vas-y ! »

— Je t'aime et je ne vais plus te quitter. Plus jamais. Tu as intérêt à t'habituer à moi.

Il plissa les yeux, mais il était impossible de déterminer ce qu'il pensait. L'une des machines produisait un bruit de succion rythmique qui faisait bruyamment écho dans la pièce.

— Ecoute-moi bien.

Il marqua un temps d'arrêt, toussota, et le reste de sa phrase ne fut qu'un murmure.

— Je voulais te demander de m'épouser. Peut-être à l'automne ou l'hiver prochain. Mais j'ai changé d'avis.

Jenny s'arma de courage. Le problème, c'est qu'elle ne parvenait plus à maintenir ce mur en place, celui qu'elle avait érigé pour se protéger des sentiments qu'elle éprouvait pour lui. Ça ne marchait plus. Elle était folle de lui et ce n'était pas en avalant un Xanax qu'elle s'en remettrait.

Il essayait de sourire, elle le voyait bien.

— J'ai changé d'avis, répéta-t-il. Je ne veux pas t'épouser à l'automne ou l'hiver prochain. Je veux qu'on se marie maintenant.

— Maintenant ? chuchota-t-elle.

— Enfin, dès que je serai sorti d'ici. Je t'ai promis de t'expliquer un jour où je voulais en arriver. Je te le dis maintenant.

Maintenant ? Rêvait-elle d'être une future mariée entourée de ses amis et de sa famille, préparant le grand jour qu'elle n'oublierait jamais ? Peut-être, mais elle rêvait surtout d'autre chose qui concernait non pas une journée de sa vie, mais le reste de son existence. Toutes ses émotions confluèrent en un sentiment si intense qu'il teintait tout en une brume vaporeuse. Oui. Même ici, dans cette chambre inconnue, aseptisée, au milieu des bips des machines, le monde ne lui avait jamais paru plus beau.

— Je regrette de ne pas pouvoir te faire ma demande à genoux, reprit Rourke. Je t'ai aimée plus de la moitié de ma vie, Jenny Majesky. Je veux que tu sois ma femme.

Elle scruta son visage. C'était un homme compliqué, difficile. Il l'avait blessée de nombreuses fois, mais seulement parce qu'il s'était donné beaucoup de mal pour garder ses distances vis-à-vis d'elle. Tout était différent maintenant.

— J'ai le sentiment que tu ne raffoles pas des diamants, ajouta-t-il. Tant mieux parce que je n'ai pas de bague. Mais je t'en offrirai une si tu le souhaites. Des rubis, des perles, un saphir géant… comme tu voudras. Dis-moi juste que tu acceptes de m'épouser. Et pour l'amour du ciel, arrête de pleurer !

— Je ne pleure pas.

C'était pourtant le cas. Elle ne pouvait s'en empêcher.

— Je te réponds oui, Rourke. Pour toujours. Oui.

DE LA NOURRITURE POUR L'AME

Par Jenny Majesky

Célébrations quotidiennes

Le point d'orgue parfait d'un repas n'a rien à voir avec le dessert ou le café ; il tient à la compagnie dont on s'entoure. Il n'empêche qu'on peut rendre une fête plus agréable encore en mangeant bien. A la boulangerie Sky River, nous faisons des gâteaux pour chaque occasion, et nos clients nous apportent toujours de nouvelles idées. Pas seulement pour les mariages, les anniversaires, mais aussi pour les premières communions, les diplômes, les retraites, les enterrements, les naissances et les jours de Fête nationale. Ma grand-mère, Helen Majesky, confectionna celui-ci pour le centenaire de M. Gordon Dunbar, mais si vous me demandez mon avis, il convient à toute célébration.

GATEAU DE FETE

- 300 g de farine
- 4 c. c. de levure
- ½ c. c. de sel
- 200 g de beurre doux fondu
- 400 g de sucre brun
- 4 œufs
- 125 ml de bourbon
- 60 ml d'eau
- 180 g de copeaux de chocolat
- 180 g de noix de pécan, hachées
- Glaçage au beurre et au whisky.

Préchauffez le four à 170°. Graissez et farinez un moule à cake de 30 x 20 x 5 cm. Mélangez la farine, la levure et le sel. Faites fondre le beurre, ajoutez la farine, le sucre brun, les œufs, le whisky et l'eau. Versez la préparation dans le moule. Garnissez de copeaux de chocolat et de noix de pécan hachées. Faites cuire 50 à 55 minutes, jusqu'à ce que le gâteau soit ferme au centre et que les bords commencent à se décoller. Laissez refroidir 15 minutes, puis versez le glaçage.

Glaçage au beurre et au whisky

Faites fondre 50 g de beurre. Incorporez 100 g de sucre glace, 80 ml de bourbon, 1 c. c de vanille. Mélangez bien.

Épilogue

Deux ans plus tard

— Attends une seconde ! dit Rourke, arrêtant Jenny sur le trottoir en la tirant par la manche. Il faut que je regarde ça un moment.

Rufus qu'elle tenait en laisse s'arrêta docilement lui aussi et s'assit. Jenny se retourna pour jeter un coup d'œil dans la librairie Camelot. La propriétaire avait consacré toute une vitrine à son premier livre, intitulé *De la nourriture pour l'âme : maximes gourmandes d'une boulangerie familiale.* Par Jenny Majesky McKnight, illustré de photographies de Daisy Bellamy.

Ce magnifique ouvrage de grand format avait quelque chose d'aussi chaleureux et riche que les pâtisseries de sa grand-mère. Il venait de paraître, et Jenny était aux anges.

— Je n'arrive toujours pas à y croire, dit-elle, tout sourire, en secouant la tête.

Le jour de la parution, il y avait eu une réception à la boulangerie Sky River. Il avait fallu prendre des dispositions particulières pour gérer la circulation, tellement il y avait de monde. Jenny ne savait pas trop si les gens étaient venus pour le gâteau au whisky ou pour avoir un exemplaire dédicacé, mais le fait est qu'il y avait foule.

— Si on allait en acheter un ? suggéra Rourke.

— J'en ai tout un carton à la maison.

— Ce n'est pas ça qui m'en empêchera.

Il lui tint la porte et ils s'engouffrèrent dans la boutique avec le chien. Tout était calme à l'intérieur, et l'employée ne reconnut pas Jenny, emmitouflée sous son écharpe et son bonnet de laine pour se protéger du froid intense de ce mois de février, d'autant plus qu'elle était ronde comme un kolache du fait de sa grossesse avancée.

Rourke acheta le livre et sourit à la vendeuse.

— C'est mon auteur préféré, dit-il.

Jenny sortit pratiquement en courant du magasin.

— Je ne m'y habituerai jamais !

La rue était déserte. Les gens évitaient de sortir par un temps pareil. Rourke ouvrit le livre à la première page. Celle de la dédicace :

En souvenir de mes chers grands-parents, Helen et Leopold Majesky.

— J'ai le sentiment que, où qu'ils soient, ils sont incroyablement fiers de toi à l'heure qu'il est.

Elle hocha la tête, mais brusquement, les larmes lui montèrent aux yeux, à cause des hormones de la grossesse sans doute, ou parce qu'il lui était impossible de penser à ses grands-parents sans que sa mère lui vienne à l'esprit.

On avait procédé à une autopsie. Ses blessures étaient compatibles avec une chute vertigineuse — du haut du pont Meerskill. Alger n'avait pas menti. Elle était tombée, mais il avait eu tellement peur d'être accusé de l'avoir poussée qu'il avait caché le corps. Il purgeait sa peine, à présent. Zach faisait ses études à l'université…

« Ça suffit ! » se dit Jenny. Qu'ils reposent en paix — Mariska, Joey, ses grands-parents…

— Ton livre est magnifique, dit Rourke en l'attirant contre lui.

Il caressa son ventre rond.

— Toi aussi, tu es magnifique, et je t'aime.

Il avait le don de percevoir son humeur. Ce qui n'était pas surprenant : il en avait toujours été ainsi.

Elle aperçut leur reflet dans la vitre du magasin : deux survivants qui n'allaient pas tarder à fonder une famille, et ce qu'elle éprouva au cœur de l'hiver, c'était une chaleur que le froid ne pourrait jamais affecter.

Si vous avez aimé *Le pavillon d'hiver,*
découvrez le nouveau roman de Susan
Wiggs *Là où la vie nous emporte*, paru en
octobre 2012 en grand format chez Mosaïc.

Le livre en quelques mots :

Daisy Bellamy est déchirée entre deux hommes : Logan O'Donnel, le père sérieux et responsable de son fils, et Julian Gastineaux, un militaire rebelle et indomptable. Et alors qu'elle pense avoir enfin fait son choix, d'incroyables péripéties vont à nouveau la plonger dans un dilemme insondable…

Pour en découvrir davantage, voici un extrait de ce livre en avant-première …

Le marié était si beau qu'à sa vue, Daisy Bellamy se sentit à deux doigts de fondre.

« S'il vous plaît…, supplia-telle intérieurement. Oh, s'il vous plaît, faites que cette fois soit la bonne ! »

L'homme lui adressa un petit sourire nerveux.

— Allez, murmura-telle dans un souffle, recommencez, en y mettant du sentiment. Dites « Je t'aime, » et pensez-le. Montrez-moi ce que vous éprouvez.

Coiffure impeccable et smoking gris perle à queue-de-pie, le marié avait tout du prince charmant ; tout son être irradiait l'adoration. Plongeant un regard intense dans celui de Daisy, il déclara d'une voix étranglée par la sincérité :

— Je t'aime.

— *Oui !* lui murmura Daisy en retour. C'est dans la boîte !

Elle écarta l'appareil de son visage.

— C'est ce que je cherchais à avoir. Bien joué, Brian.

Zach Alger, le vidéaste, s'avança pour capter la réaction de la toute nouvelle mariée, Andrea Hubble, jolie jeune femme aux joues rosies par l'émotion. Caméscope au poing, il amena habilement le couple à lui confier son amour, ses espoirs, ses rêves et son bonheur en ce jour unique.

Les mariés se penchèrent l'un vers l'autre pour s'embrasser et Daisy en profita pour les prendre en photo. En arrière-plan, un plongeon huard s'envolait à tire-d'aile du lac des Saules, projetant une gerbe de gouttelettes qui étincelèrent comme autant d'étoiles aux premiers feux du crépuscule. La splendeur de la nature conférait un éclat supplémentaire au romantisme du moment. Daisy excellait à saisir l'amour dans le cadre de son objectif. Dans la vie… c'était nettement moins le cas.

Elle aspirait ardemment à éprouver la joie qu'elle lisait sur le visage de ses clients, mais jusqu'ici, sa vie sentimentale se résumait à une succession d'erreurs et d'occasions manquées.

Une ratée, voilà ce qu'elle était, une ratée qui s'efforçait de redresser la barre de son existence. Elle avait un petit garçon qui ne mesurait pas encore la nullité de sa mère, un métier à responsabilités, et le désir inavoué d'une chose pour elle inaccessible : cet amour resplendissant qu'épiait l'objectif de son appareil photo.

Zach jeta un coup d'œil à sa montre :

— Bon, je crois qu'on a fini, ici. Quant à vous, les amoureux, une grande fête vous attend.

Les jeunes mariés se pressèrent les doigts, le visage radieux. Daisy sentait les ondes d'exaltation émanant d'eux.

— La plus belle fête de notre vie, renchérit Andréa. Et je veux que tout soit parfait.

Souhait totalement illusoire, songea Daisy, qui gardait son appareil prêt à être déclenché. Les meilleurs clichés s'obtenaient parfois de manière aléatoire, dans l'improvisation du moment. Les impondérables, voilà ce qui donne à un mariage son caractère unique et mémorable. La gloire de l'imperfection lui avait été révélée du temps où elle faisait ses premières armes dans la photographie de mariage. Aucun événement n'échappe aux accrocs, et ce quels qu'aient été les soins minutieux apportés à son organisation. Il y avait toujours un témoin pour finir la tête dans le saladier de punch, une marquise en toile qui menaçait de s'effondrer, une invitée qui mettait le feu à ses cheveux en s'approchant trop près des bougies, une tante obèse victime d'un évanouissement, un petit bébé vagissant à pleins poumons.

Ce sont ces détails qui font le sel de la vie. En tant que mère célibataire, Daisy avait appris à apprécier l'imprévu. Dans sa vie, les plus beaux instants survenaient parfois au moment où elle s'y attendait le moins : les menottes de son fils s'agrippant à elle, l'ancrant au sol avec une force supérieure à celle de la gravité. Les pires aussi : un train quittant une gare et la laissant sur le quai, seule avec ses rêves — mais elle s'efforçait de ne pas s'appesantir là-dessus.

Elle suggéra aux mariés de traverser main dans la main un vaste champ immaculé en bordure du lac des Saules. Durant la Seconde Guerre mondiale, ce champ avait été le site d'un Jardin de la Victoire, ces potagers destinés à lutter contre la pénurie alimentaire. A présent, il comptait au nombre de ses cadres de prédilection, surtout à cette heure dorée du jour, quand la lumière hésitait encore entre l'après-midi et le soir.

Le champ était baigné par les derniers rayons roses et ambre de la journée. Pour Brian et Andrea, ce moment-là incarnait la perfection absolue. Précédant légèrement son tout nouvel époux, la mariée conduisait la marche, le menton levé. L'attitude du marié se voulait protectrice, mais toute sa démarche irradiait le bonheur. La brise souleva la robe de la mariée, de sorte que le couple se trouva uni par un jeu d'ombres arachnéen — tableau impromptu, né d'un mouvement coïncidant avec l'ouverture de l'obturateur.

Daisy contrôla le viseur de son appareil ; elle tenait peut-être là une photo emblématique pour le couple.

Sauf que… Elle zooma sur un petit point à l'horizon.

— Zut, marmonna-t-elle.

— Quoi ?

Zach tendit le cou pour apercevoir l'image par-dessus son épaule.

— Jake, le chien des Fritchman. Il s'est encore échappé.

Et voilà que sa silhouette se découpait sur le ciel immense, en train de faire une crotte dans toute la splendeur de la haute résolution.

— Classique, commenta Zach qui retourna à la tâche qui l'occupait.

Il enroulait des câbles et préparait tout son attirail vidéo en vue de filmer la noce.

Appuyant sur un bouton, Daisy cocha la photo pour la retoucher ultérieurement, puis elle se tourna vers Zach.

— Prêt ?

— Que la fête continue !

Ils suivirent les jeunes mariés sur le chemin qui longeait le lac jusqu'au pavillon principal du camp Kioga, où devait se tenir la réception. Le couple effectua un arrêt aux stands afin de se rafraîchir avant de faire son entrée majestueuse, et Daisy se prépara à immortaliser les festivités.

Elle s'était spontanément prise de sympathie pour la mariée et, depuis toujours, elle adorait le cadre du camp Kioga. Situé au bord du lac des Saules, le village de vacances constituait un repère historique à l'ambiance sereine, et de plus, il appartenait à ses grands-parents. Niché dans le coin le plus sauvage du comté d'Ulster, non loin de la petite ville d'Avalon, le Camp Kioga avait été fondé à l'origine dans le but de procurer un refuge à l'élite new-yorkaise ; c'était alors un havre de paix où les nantis pouvaient échapper à la fournaise estivale.

Aujourd'hui, le camp avait été transformé en résidence de luxe par Olivia, la cousine de Daisy, qui en avait revisité le concept. L'année dernière, le camp Kioga avait été cité comme cadre idéal pour l'organisation de mariages sur un blog, et les réservations affluaient.

Pour Daisy, le camp Kioga représentait bien plus qu'un cadre magnifique. Elle y avait passé les moments les plus heureux — mais aussi d'autres plus pénibles — de son existence, et le paysage tout entier avait façonné son sens esthétique en photographie.

A paraître le 1er janvier

Best-Sellers n°543 • suspense

Le manoir du mystère - Heather Graham

Quand l'agent Angela Hawkins accepte de devenir la coéquipière du brillant et séduisant enquêteur Jackson Crow, elle est loin d'imaginer ce qui l'attend. Tout ce qu'elle sait, c'est que la femme d'un sénateur est morte en tombant du balcon de l'une des plus belles demeures historiques du quartier français de La Nouvelle-Orléans. Et que, pour presque tout le monde, elle s'est jetée dans le vide, désespérée par la mort récente de son fils. Mais à peine Angela commence-t-elle son enquête avec Jackson dans l'étrange demeure du sénateur que l'hypothèse du suicide lui semble exclue. Guidée par son intuition et par des visions inquiétantes où elle voit la jeune femme en danger, Angela est en effet rapidement persuadée que dans l'entourage du sénateur, chacun est moins innocent qu'il n'y paraît. Mais de là à tuer ? Et pour quel motif ? Décidés à dévoiler la sombre vérité, Angela et Jackson vont non seulement risquer leur vie… mais, aussi, leur âme.

Best-Sellers n°544 • suspense

Meurtre à Heron's Cove - Carla Neggers

Lorsqu' Emma Sharpe est appelée d'urgence au couvent de Heron's Cove, sur la côte du Maine, c'est en partie en qualité de détective spécialisée dans le trafic d'œuvres d'art au sein du FBI, et aussi en raison des années qu'elle a elle-même vécues ici. Mais elle n'a pas le temps d'en savoir plus, car quelques minutes à peine après son arrivée, la religieuse qui l'a contactée est retrouvée morte. Pour unique piste, Emma doit se contenter de la disparition mystérieuse d'un tableau représentant d'anciennes légendes. C'est alors qu'elle découvre, stupéfaite, que sa famille n'est pas étrangère à l'histoire de cette toile. Se pourrait-il qu'il y ait un lien entre ce vol, le meurtre et son propre passé ? Emma ne sait où donner de la tête. Heureusement, elle peut compter sur la précieuse collaboration de Colin Donovan, un agent secret du FBI solitaire et mystérieux. Même si elle conserve une certaine méfiance vis-à-vis de cet homme qui se moque des règles et semble n'en faire qu'à sa tête. Lancée dans une folle course contre la montre, elle s'immerge avec Colin dans un héritage fait de mensonges et de tromperies. Sans savoir qu'un tueur impitoyable les a déjà dans sa ligne de mire.

Best-Sellers n°545 • thriller

Dans l'ombre du bayou - Lisa Jackson

Lorsque Eve Renner accepte en pleine nuit le mystérieux rendez-vous fixé par Roy, son ami d'enfance, dans un cabanon du bayou, non loin de La Nouvelle-Orléans, elle n'imagine pas qu'elle met le pied dans un véritable guet-apens. Car elle découvre son ami poignardé, le chiffre 212 tracé sur un mur en lettres de sang. Pis encore : Cole, son fiancé, se trouve sur les lieux du crime et tente de la tuer elle aussi... Trois mois plus tard, Eve se remet difficilement de la trahison de Cole, qu'elle aime depuis toujours. Devenue amnésique, elle ne comprend pas ce qui a pu se passer lors de cette nuit de cauchemar. Jusqu'à ce qu'un mystérieux courrier l'incite à chercher dans ses souvenirs d'enfance. Et c'est là que se dissimule non seulement le secret du meurtre de Roy, mais aussi la clé d'autres mystères, plus troubles, plus dangereux encore...

Best-Sellers n°546 • thriller

Face au danger - Brenda Novak

Traumatisée par la violente agression dont elle a été victime trois ans auparavant, Skye Kellermann a mis du temps à surmonter ses angoisses. Ce n'est que depuis peu qu'elle reconstruit son existence autour de l'association d'aide aux victimes qu'elle a créé en Californie avec deux amies. Mais quand elle apprend que son agresseur est sur le point d'être libéré pour bonne conduite, bien avant la fin de sa peine, toutes ses peurs ressurgissent brutalement : comment oublier que c'est son propre témoignage qui a permis d'envoyer cet homme derrière les barreaux ? Lui n'a certainement pas oublié qu'il a tout perdu par sa faute. Le temps presse et Skye n'a qu'une solution : faire ce qu'il faut pour qu'il ne sorte pas de prison, en commençant par prouver son implication dans trois affaires de meurtres survenues à l'époque de son agression, et qui n'ont jamais été résolues... Heureusement, elle peut compter sur l'aide et le soutien inconditionnel de l'inspecteur David Willis, qui est venu la trouver. Car lui aussi en est convaincu : Burke n'en restera pas là.

Best-Sellers n°547 • roman

Le secret d'une femme - Emilie Richards

Lorsqu'elle arrive à Toms Brook, le village natal de sa mère, en Virginie, Elisa Martinez sait que ce qu'elle est venue chercher ici pourrait bien bouleverser sa vie à tout jamais. Aussi courageuse que farouche, elle a appris à cacher derrière une apparente réserve les lourds secrets de son passé. Un passé qui l'a toujours contrainte à fuir de ville en ville, à changer de nom, à taire tout ce qui pourrait la trahir. Pourtant, quand Sam Kincaid lui propose de travailler avec lui, elle sent qu'il lui sera difficile de ne pas ouvrir son cœur à cet homme séduisant et attentionné. Bientôt prise au piège de son attirance pour Sam, Elisa se retrouve déchirée entre la nécessité de protéger ses secrets et le désir de vivre cet amour qu'elle n'attendait plus – un amour qui pourrait bien être la promesse d'une vie nouvelle...

Best-Sellers n°548 • roman

Un si beau jour- Susan Mallery

Vivre enfin ses rêves. C'est le souhait le plus cher de Jenna lorsqu'elle retourne s'installer à Georgetown, dans sa famille, après un divorce douloureux et une vie professionnelle décevante. Aussi, sur un coup de tête, décide-t-elle de lancer un concept innovant : une boutique dans laquelle elle proposera à la fois des accessoires et des cours de cuisine. Une entreprise qui s'avère rapidement être un véritable succès. Mais à peine Jenna retrouve-t-elle sa sérénité et sa joie de vivre, qu'un couple de hippies, Serenity et Tom, débarque dans son magasin et se présente comme ses parents naturels. Bouleversée, Jenna s'insurge contre cette arrivée intempestive. D'autant plus que celle qui prétend être sa mère ne tarde pas à se mêler de sa vie privée. C'est ainsi qu'elle lui présente Ellington, un ostéopathe, certes séduisant, mais qu'elle n'a nullement l'intention de fréquenter ! Et pour couronner le tout, son ex-mari tente désormais de la reconquérir… Submergée par ses émotions, Jenna doute : peut-elle croire à une seconde chance d'être heureuse ?

Best-Sellers n°549 • historique

La rebelle irlandaise - Susan Wiggs

Irlande, 1658.

Lorsque John Wesley s'éveille sous un soleil brûlant, sur le pont d'un bateau voguant au beau milieu de la mer, il peine à croire qu'il est vivant. Autour de son cou, il sent encore la brûlure de la corde… Il aurait dû être exécuté pour trahison, alors pourquoi l'a-t-on épargné ? C'est alors qu'une voix s'élève au-dessus du vacarme des flots : Cromwell, l'homme qui a ordonné son exécution avant de lui offrir un sursis inespéré...Aussitôt, John comprend que son salut ne lui a pas été accordé sans conditions : s'il veut rester en vie et récupérer sa fille de trois ans que Cromwell retient en otage, il doit se rendre en Irlande et infiltrer un clan de rebelles pour livrer leur chef aux Anglais. Une mission simple en apparence, à condition de ne pas tomber sous le charme de la maîtresse des rebelles, la ravissante Catlin MacBride…

Best-Sellers n°550 • historique

Les amants ennemis - Brenda Joyce

Cornouailles, 1793

Fervente opposante à la monarchie, Julianne suit avec passion la tempête révolutionnaire qui s'est abattue sur la France. Et de son Angleterre natale, où les privilèges font loi, elle désespère de voir la société évoluer un jour. Aussi se réjouit-elle quand, au beau milieu de la nuit, un Français blessé débarque au manoir familial de Greystone et lui demande son aide. Julianne ne tient-elle pas là l'occasion rêvée d'apporter sa modeste contribution au mouvement qu'elle soutient ? Et puis, elle rêve d'en apprendre davantage sur le fascinant étranger qui l'a envoûtée dès le premier regard. Mais Julianne est loin de se douter que l'arrivée du mystérieux Français à Greystone ne doit rien au hasard…vivre sous son toit pendant trente jours…

Composé et édité par les

éditions HARLEQUIN

Achevé d'imprimer en octobre 2012

BRODARD & TAUPIN

La Flèche

Dépôt légal : novembre 2012

N° d'imprimeur : 69556

Imprimé en France